FOLIO SCIENCE-FICTION

Orson Scott Card

LES CHRONIQUES D'ALVIN LE FAISEUR

LIVRE II

Le prophète rouge

Traduit de l'américain
par Patrick Couton

Gallimard

Titre original :

THE TALES OF ALVIN MAKER. RED PROPHET

Mormon, ancien missionnaire bénévole au Brésil, Orson Scott Card, né en 1951, développe une littérature empreinte de morale, retraçant des destinées exemplaires, véritables récits initiatiques impliquant des choix éthiques d'une portée universelle.

Mais Orson Scott Card est aussi un exceptionnel créateur de mondes imaginaires. Partageant sa production entre la science-fiction et la *fantasy*, il est l'auteur de quelques-unes des œuvres les plus marquantes de ces vingt dernières années : *Les maîtres chanteurs, Le cycle d'Ender,* qui a remporté à plusieurs reprises les prix les plus prestigieux, ou *Les chroniques d'Alvin le Faiseur.*

À la mémoire de mon grand-père, Orson Rega Card (1891-1984), dont la vie fut sauvée par des Indiens de la tribu Blood, lorsqu'il était enfant, près de la frontière canadienne.

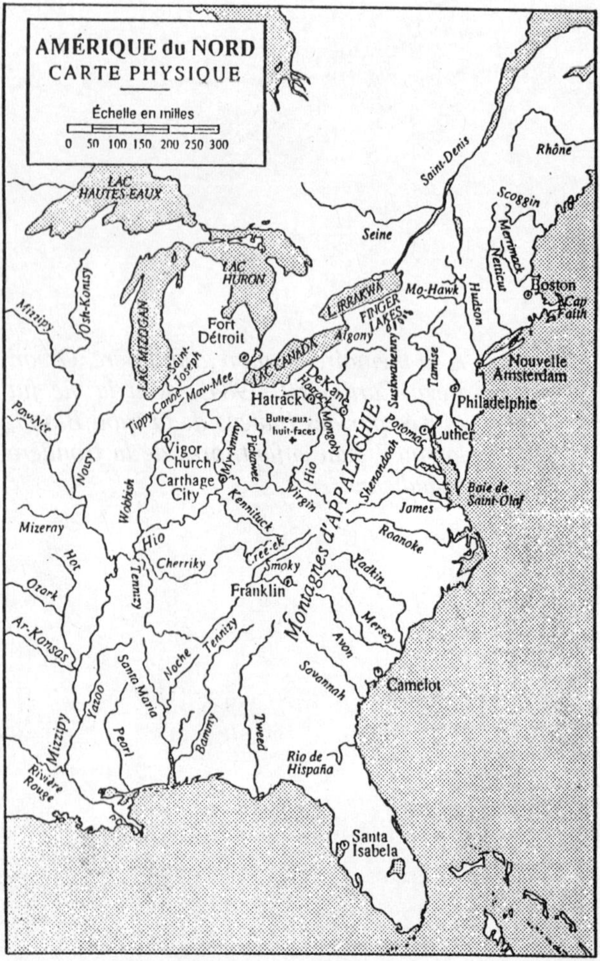

AMÉRIQUE du NORD
CARTE PHYSIQUE
Échelle en milles
0 50 100 150 200 250 300
LAC HAUTES-EAUX
LAC HURON
LAC MIZOGAN
L. IRRAKWA
LAC CANADA
FINGER LAKES
Fort Détroit
Saint-Denis
Rhône
Scoggin
Seine
Merrimack
Netticut
Boston
Cap Faith
Mo-Hawk
Hudson
Nouvelle Amsterdam
Philadelphie
Luther
Tamise
Suskwahenny
Algony
Mizzipy
Osh-Konsy
Saint-Joseph
Tippy-Canoe
Maw-Mee
DeKane
Hatrack
Hatrack
Butte-aux-huit-faces
Mongoly
Montagnes d'APPALACHIE
Potomac
Shenandoah
Baie de Saint-Olaf
Pau-Nee
Vigor Church
Carthage City
My-Ammy
Pickawee
Hio
Virgin
Nousy
Wobbish
Kennituck
James
Roanoke
Mizeray
Hio
Cree-ek
Smoky
Cherriky
Hot
Ozark
Tennizy
Franklin
Yadkin
Ar-Konsas
Noche
Tennizy
Mersey
Avon
Savannah
Camelot
Santa Maria
Yazoo
Mizzipy
Peorl
Bammy
Tweed
Rio de Hispaña
Rivière Rouge
Santa Isabela

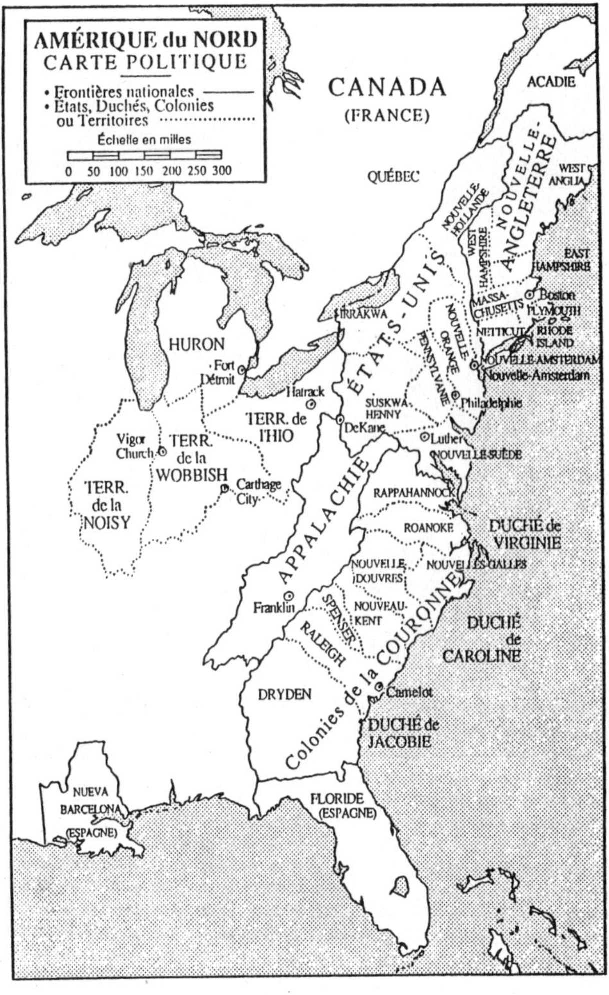
AMÉRIQUE du NORD
CARTE POLITIQUE
• Frontières nationales
• États, Duchés, Colonies ou Territoires
Échelle en milles
0 50 100 150 200 250 300
CANADA
(FRANCE)
QUÉBEC
ACADIE
NOUVELLE-ANGLETERRE
WEST ANGLIA
NOUVELLE-HOLLANDE
WEST HAMPSHIRE
EAST HAMPSHIRE
MASSA-CHUSETTS
Boston
PLYMOUTH
NETTICUT
RHODE ISLAND
ÉTATS-UNIS
IRRAKWA
NOUVELLE-ORANGE
PENNSYLVANIE
NOUVELLE-AMSTERDAM
Nouvelle-Amsterdam
Philadelphie
SUSKWA-HENNY
DeKane
Luther
NOUVELLE-SUÈDE
HURON
Fort Détroit
Hatrack
TERR. de l'HIO
Vigor Church
TERR. de la WOBBISH
Carthage City
TERR. de la NOISY
APPALACHIE
RAPPAHANNOCK
ROANOKE
DUCHÉ de VIRGINIE
NOUVELLE-DOUVRES
NOUVELLES-GALLES
Franklin
SPENSER
NOUVEAU-KENT
RALEIGH
DUCHÉ de CAROLINE
Colonies de la COURONNE
Camelot
DRYDEN
DUCHÉ de JACOBIE
NUEVA BARCELONA (ESPAGNE)
FLORIDE (ESPAGNE)

Note de l'auteur

Ce récit a pour cadre une Amérique dont l'histoire, parfois conforme à la réalité, s'en écarte aussi très souvent. Ne tenez pas les personnages du livre qui portent des noms célèbres du passé américain pour des portraits fidèles. En particulier, sachez que William Henry Harrison, resté dans les annales pour avoir exercé la plus courte présidence des États-Unis et pour son inoubliable slogan électoral « Tippecanoe et Tyler itou », était un homme plus agréable que son homologue ici présenté.

Mes remerciements vont à Carol Breakstone pour les traditions indiennes, à Beath Meacham pour le Mont Octogone et la Chaîne Silex, à Wayne Williams pour sa patience héroïque et à mon arrière-arrière-grand-père Joseph pour toutes les histoires qui sous-tendent ce récit.

Comme toujours dans mon travail, Kristine A. Card a inspiré et parfait chaque page du livre.

I

Casse-pattes

Il n'y avait pas beaucoup de bateaux plats à descendre l'Hio, par les temps qui couraient, pas avec des pionniers à bord en tout cas, pas avec des familles, des outils, des meubles, des graines et quelques cochons pour entreprendre un élevage. Il suffisait de deux ou trois flèches enflammées pour qu'une tribu de Rouges s'en aille bientôt vendre un chapelet de scalps à moitié carbonisés aux Français de Détroit.

Casse-pattes Palmer, lui, ignorait ce genre de désagréments. Les Rouges connaissaient tous *son* bateau plat, chargé d'une montagne de barils. Dans la plupart de ces barils clapotait du whisky, la seule musique, ou presque, qu'ils comprenaient, les Rouges. Mais au milieu de ce vaste empilement de futaille il s'en trouvait un où rien ne clapotait. Il était bourré de poudre à canon, et une mèche s'en échappait.

À quoi lui servait cette poudre ? On se laissait porter par le courant, on négociait une courbe à la perche, et brusquement surgissaient une demi-douzaine de canoës remplis de Rouges peinturlurés de la tribu des Kicky-Poos. Ou l'on découvrait un feu allumé sur la berge, et des démons shaw-nees dansant autour, prêts à enflammer leurs flèches.

Pour le commun des mortels, il ne restait plus qu'à prier, se battre et mourir. Mais pas pour Casse-pattes. Il se dressait au beau milieu de son bateau plat, une torche dans une main, la mèche dans l'autre, et se mettait à crier : « J'fais sauter l'whisky ! J'fais sauter l'whisky ! »

La plupart des Rouges parlaient mal l'anglais, mais ils comprenaient parfaitement ce que « sauter » et « whisky » voulaient dire. Casse-pattes échappait donc aux volées de flèches et à l'abordage, et bien vite les canoës le dépassaient en longeant la rive la plus éloignée. L'un des Rouges lançait : « Carthage City ! » et Casse-pattes criait en retour : « C'est ça ! » Les canoës filaient alors sur l'Hio, pour gagner en aval le port où l'alcool serait bientôt en vente.

Évidemment, les hommes qui maniaient les perches et qui descendaient l'Hio pour la première fois, ils n'en savaient pas autant que Casse-pattes Palmer, et ils manquaient faire dans leurs pantalons dès qu'ils apercevaient ces Rouges avec leurs flèches enflammées. Et lorsqu'ils voyaient Casse-pattes approcher sa torche de la mèche, l'envie les prenait de sauter à l'eau sans demander leur reste. Casse-pattes, lui, il riait, il riait. « Vous les connaissez pas, ces Rouges, les gars, eux et leur tord-boyaux, disait-il. Ils feront rien, ils ont trop peur d'en perdre la moindre goutte dans la rivière. Ils tueraient leur propre mère sans l'ombre d'une hésitation si elle s'mettait entre eux et un baril, mais nous autres, ils nous toucheront pas tant que j'les menace d'allumer c'te mèche au premier geste de leur part. »

En leur for intérieur, les hommes devaient se demander si Casse-pattes était vraiment capable de tout faire sauter, radeau, équipage et chargement ; la réponse est *oui*. Réfléchir n'était pas son fort, et il ne consacrait guère de temps à méditer sur la mort, l'au-delà ou autres questions philosophiques, mais sa décision était faite : le jour venu, il ne mourrait sûrement pas tout seul. Et si on le tuait, on n'en tirerait sûrement aucun profit non plus, ah non, alors. Surtout pas un de ces poltrons de faux-jetons de Rouges à moitié soûls armés de couteaux à scalps.

Casse-pattes avait un grand secret : il n'avait pas besoin de torche, pas plus que de mèche. De toutes façons, la mèche, elle n'allait même pas jusqu'au baril de poudre, si vous tenez à le savoir. Casse-pattes ne voulait pas courir le risque que la poudre explose par accident. Non, si Casse-pattes avait un jour besoin de faire sauter son bateau, il n'aurait qu'à y penser un moment. Et la poudre, elle commencerait bientôt à drôlement s'échauffer, peut-être qu'il en sortirait un peu de fumée, et puis *boum !* tout sauterait.

Parfaitement. Ce sacré Casse-pattes était une étincelle. Oh, il y a des gens qui soutiennent que ces histoires-là, les étincelles, ça n'existe pas, et pour preuve ils disent : « T'en as déjà vu une, étincelle, ou connu quelqu'un qu'en était une ? » mais ça ne prouve rien du tout. Parce que, quand on est une étincelle, on ne va pas le raconter à tout le monde, pas vrai ? Ce n'est pas comme si les gens ne demandaient qu'à louer vos services... c'est tellement simple de se servir d'un silex et d'un bout d'acier, ou même de ces allumettes alchimiques. Non, être une étincelle n'offre qu'un seul intérêt : quand on veut allumer un feu de loin ; et dans ces cas-là, il s'agit forcément d'un feu *malveillant*, destiné à brûler quelqu'un, détruire une maison, faire sauter quelque chose. Et quand on vend ce genre de service-là, on ne se promène pas avec le panneau « Étincelle à louer ».

L'inconvénient, c'est que lorsque le bruit se répand que vous êtes une étincelle, on vous met sur le dos le moindre feu de rien du tout. Un gamin allume une pipe dans une grange, et la grange est réduite en cendres... est-ce que le drôle va avouer : « Ouais, p'pa, c'est moi qu'ai fait ça. » Pas de danger, il va prétendre : « C'est sûrement une étincelle qu'a mis l'feu, p'pa ! » et du coup, c'est vous qu'ils vont rechercher, le bouc émissaire du pays. Ah non, Casse-pattes n'était pas idiot. Il ne disait jamais à personne qu'il pouvait chauffer et enflammer ce qu'il voulait.

Il y avait une autre raison qui poussait Casse-pattes à ne pas recourir trop souvent à son talent d'étincelle. C'était une raison si secrète qu'il ne la connaissait pas vraiment lui-même. En fait, il avait peur du feu. Une peur viscérale. Il y a des gens qui craignent l'eau, et ils vont au bord de la mer ; d'autres craignent la mort, et ils deviennent fossoyeurs ; d'autres craignent Dieu, et ils se font prêcheurs. Eh bien, Casse-pattes, lui, craignait le feu plus que tout, aussi était-il sans cesse attiré vers lui, malgré des sensations de nausée à l'estomac ; et le moment venu, quand il lui fallait allumer un feu, ma foi, il hésitait, il remettait à plus tard, il se donnait des raisons pour ne pas le faire. Casse-pattes avait un talent, mais il rechignait terriblement à s'en servir trop souvent.

Il l'aurait fait, pourtant. Il l'aurait fait sauter, cette poudre, avec lui, ses hommes et son whisky par la même occasion, avant de laisser un Rouge s'en emparer par le meurtre. Casse-pattes aurait peut-être ressenti sa peur maladive du feu, mais il l'aurait vite oubliée sous le coup de la colère.

C'était donc une bonne chose, cet amour immodéré des Rouges pour l'alcool qui leur faisait craindre d'en perdre la moindre goutte. Aucun canoë ne s'approchait trop près, aucune flèche ne sifflait aux oreilles pour venir se planter en vibrant dans un baril. Ainsi Casse-pattes et ses barils, tonnelets, fûts, quartauts, glissaient-ils en toute sérénité au fil de la rivière, jusqu'à Carthage City, nom pompeux donné par le gouverneur Harrison à une palanque abritant une centaine de soldats en plein confluent de la Little My-Ammy et de l'Hio. Mais Bill Harrison était le genre d'homme à d'abord donner un nom, puis à faire des pieds et des mains pour que la localité se montre à la hauteur de son choix. Et il y avait bien une cinquantaine de cheminées à fumer à l'extérieur de la palissade maintenant, ce qui voulait dire que Carthage City n'était pas loin de constituer un village.

Il les entendit brailler avant d'arriver en vue du débarcadère... il devait y avoir des Rouges qui passaient le plus clair de leur temps assis au bord de la rivière, à attendre l'apparition du bateau d'alcool. Et Casse-pattes les savait particulièrement impatients cette fois-ci ; il avait remarqué comment l'argent changeait de mains, là-bas, à Fort Dekane ; les autres revendeurs de whisky avaient été retardés, pour un oui, pour un non, et la pauvre Carthage City devait être aussi sèche que l'intérieur d'un téton de taureau. Et voilà que surgissait Casse-pattes, sur son bateau plat chargé de plus de barils qu'ils n'en avaient jamais vus ; il allait faire son beurre, ce coup-ci, sûr et certain.

Bill Harrison était peut-être aussi vaniteux qu'un paon, avec ses grands airs et ce titre de gouverneur qu'il se donnait alors que personne ne l'avait élu et qu'il s'était nommé tout seul à ce poste, mais il connaissait son affaire. Ses hommes, en beaux uniformes, se tenaient impeccablement alignés devant le débarcadère, mousquets chargés et prêts à tirer sur le premier Rouge qui s'aviserait de s'avancer ne serait-ce que d'un pas vers la berge. Ça n'avait rien d'une formalité, oh non... ces Rouges bouillaient d'impatience, Casse-pattes le voyait bien. Ils ne sautaient pas partout comme des gamins, évidemment, ils attendaient, debout, et ils regardaient ; comme ça, dehors, devant tout le monde, sans que ça les gêne, à moitié nus comme souvent en été. Ils ne bougeaient pas, tout *humbles*, prêts à faire des courbettes, à implorer, à supplier : « S'il te plaît, monsieur Casse-pattes, un baril contre trente peaux de cerf. » Oh, que ce serait agréable à entendre, oh oui, alors. « S'il te plaît, monsieur Casse-pattes, un gobelet de whisky contre ces dix peaux de rat musqué » « You-hou ! » s'écria Casse-pattes. Ses manieurs de perches le regardèrent comme s'il était fou, parce qu'ils ne savaient pas, ils n'avaient jamais connu ces Rouges avant que le gouverneur Harrison ne s'installe ici, cette façon qu'ils avaient de ne jamais daigner poser les yeux sur un homme blanc, quand on était forcé d'entrer à quatre pattes dans leurs huttes où la fumée et la vapeur manquaient vous étouffer, qu'il fallait rester assis à leur adresser des signes et parler leur baragouin jusqu'à ce qu'on ait la permission de procéder au troc. C'étaient alors eux, les Rouges, qui portaient les armes, des arcs et des lances, et vous creviez de trouille à l'idée que votre scalp finisse par les intéresser davantage que votre camelote.

Oublié, tout ça. Ils n'avaient plus une seule arme, asteure. La langue pendante, ils ne faisaient qu'attendre leur tord-boyaux, asteure. Ensuite ils buvaient, buvaient, buvaient, buvaient et *youpi* ! Ils tombaient raides morts avant même de s'être arrêtés de boire, et c'était une très bonne chose, oui, très bonne. Le bon Rouge, c'est le Rouge mort, disait toujours Casse-pattes, et vu la façon dont marchaient aujourd'hui leurs affaires, à Harrison et à lui, ces Rouges mouraient à toute vitesse, et ils payaient pour ça, par-dessus le marché.

Casse-pattes s'estimait donc le plus heureux des hommes quand ils s'amarrèrent au débarcadère de Carthage City. Même que le sergent l'accueillit par un salut, croyez-le ou non ! Rien à voir avec la manière dont les shérifs des États-Unis le traitaient, en Suskwahenny, comme s'il n'était que de la crotte qu'ils venaient de racler sur le siège des cabinets. Ici, dans ce pays neuf, les hommes entreprenants tels que Casse-pattes, on les traitait en gentlemen, et ça lui convenait tout à fait, à Casse-pattes. Que ces pionniers, avec leurs femmes rudes et laides et leurs morveux maigrichons, abattent donc les arbres, retournent la terre, fassent pousser du maïs, élèvent des cochons et gagnent tout juste de quoi vivre. Très peu pour Casse-pattes. Lui, il arriverait après, une fois les champs bien propres et nets, et les maisons joliment alignées dans des rues tracées à angles droits ; puis il sortirait son argent pour s'acheter la plus grande

ABYSS
LA STRATÉGIE ENDER
LA VOIX DES MORTS
XÉNOCIDE

demeure de la ville, et le banquier marcherait dans la gadouille pour lui libérer le trottoir, le maire l'appellerait monsieur... à moins que d'ici là il ne décide d'être maire lui-même.

Voilà le message contenu dans le salut du sergent ; Casse-pattes y lut son avenir quand il posa le pied sur la terre ferme.

« On va décharger ici, monsieur Casse-pattes, fit le sergent.

— J'ai un connaissement, dit Casse-pattes, alors pas question qu'vos gars, ils vendent en douce. Mais il s'pourrait bien qu'y ait un baril de bon whisky qu'on aurait bizarrement oublié de comptabiliser. J'gagerais qu'ce baril-là nous f'rait pas trop défaut.

— On fera très attention, monsieur », dit l'autre, mais il arborait un sourire jusqu'aux deux oreilles qui lui découvrait les dents du fond, et Casse-pattes savait que le sergent trouverait un moyen de se garder une bonne moitié du baril en surplus. S'il était bête, il vendrait son demi-tonnelet petit à petit aux Rouges. Mais on ne s'enrichit pas avec un demi-tonnelet de whisky. Non, si ce sergent était malin, il le *partagerait* en autant de coups à boire, avec les officiers les mieux à même de lui donner de l'avancement, et à la longue, un de ces jours il ne sortirait plus pour accueillir les bateaux plats, oh non, il resterait assis dans les quartiers d'officiers, une jolie femme dans sa chambre et une épée de bon acier au côté.

Pas question de raconter ça au sergent. De l'avis de Casse-pattes, celui à qui il fallait dire comment s'y prendre n'était de toute façon pas capable de faire le travail. Et s'il avait assez de jugeote pour réussir son affaire, il n'avait pas besoin d'un revendeur de whisky en bateau plat pour lui dicter sa conduite.

« L'gouverneur Harrison veut vous voir, dit le sergent.

— Et j'veux l'voir, moi d'même, fit Casse-pattes. Mais j'ai b'soin d'prendre un bain, de m'raser et d'passer des vêtements propres d'abord.

— L'gouverneur a dit de vous installer dans l'ancienne résidence.

— L'*ancienne* ? » s'étonna Casse-pattes. Harrison n'avait fait bâtir la résidence officielle que quatre ans plus tôt. Casse-pattes ne voyait qu'une raison pour laquelle Harrison s'était d'un coup décidé à en construire une autre aussi vite. « Alors, c'est-y donc que l'gouverneur Bill s'est trouvé une nouvelle femme ?

— Eh oui, répondit le sergent. Jolie comme tout, et pas plus d'quinze ans, dites donc ! Mais elle est de Manhattan, alors elle cause pas beaucoup anglais... N'importe comment, ça ressemble guère à de l'anglais quand elle s'y risque. »

Ça ne gênait pas Casse-pattes. Le hollandais, il le parlait très bien, presque aussi bien que l'anglais et beaucoup mieux que le shaw-nee. Il deviendrait l'ami de la femme de Harrison le temps de le dire. Même que l'idée l'effleura de... mais non, non, ça n'était pas bon de fricoter avec la femme d'un autre. Casse-pattes était visité par le désir aussi souvent qu'à son tour, mais il savait toutes les complications que ça entraînait dès qu'on se laissait aller. D'ailleurs, il n'avait pas réellement besoin de femme blanche, pas avec toutes ces squaws assoiffées autour de lui.

Est-ce que Bill Harrison amènerait ses enfants ici,

asteure qu'il avait une seconde femme ? Casse-pattes hésitait sur l'âge que ça leur faisait maintenant, mais ils avaient peut-être assez grandi pour apprécier la vie de la frontière. Casse-pattes avait pourtant le sentiment vague que les gamins feraient beaucoup mieux de rester à Philadelphie chez leur tante. Non pour se préserver des régions sauvages, mais pour éviter de rester auprès de leur père. Casse-pattes aimait bien Bill Harrison, seulement ce n'est certes pas lui qu'il choisirait pour garder des enfants... même les siens.

Casse-pattes s'arrêta à l'entrée de la palanque. Tiens, voilà quelque chose de pas mal. En plus des habituels charmes et symboles censés repousser les ennemis, le feu et autres calamités, le gouverneur Bill avait accroché un panneau de la largeur du portail. En grosses lettres, il annonçait :

CARTHAGE CITY

et en plus petites :

CAPITALE DE L'ÉTAT DE LA WOBBISH

C'était bien de ce vieux Bill, une pareille idée. D'une certaine manière, il croyait ce panneau plus puissant que n'importe quel charme. En tant qu'étincelle, par exemple, Casse-pattes savait que le charme contre le feu ne l'empêcherait pas d'en allumer un, ça serait seulement *plus dur* de le déclencher en restant auprès. S'il lançait un bon incendie de plus loin, le charme brûlerait, tout comme le reste. Mais ce panneau, qui élevait la Wobbish au rang d'État et faisait de Carthage City sa capitale, eh bien, il renfermait vraiment un certain pouvoir, un pouvoir sur la façon de penser des gens. Si vous répétez une chose suffisamment souvent, les gens finissent par la croire vraie et bientôt elle *devient* vraie. Oh, rien du genre : « Ce soir la lune va s'arrêter de tourner et repartir dans l'autre sens » ; pour que ça marche, faudrait que la lune entende vos paroles. Mais si vous dites, mettons : « Cette fille, elle est facile », ou : « C'gars-là, c'est un voleur », peu importe si les personnes concernées vous croient ou non... toutes *les autres* se mettent à le croire et les traitent comme tels. Alors Casse-pattes se disait que si Bill Harrison se débrouillait pour que suffisamment de gens voient un panneau désignant Carthage comme la capitale de l'État de la Wobbish, un de ces jours elle le serait pour de bon.

À la vérité, Casse-pattes se fichait pas mal que ce soit Harrison qui devienne gouverneur et installe sa capitale à Carthage City, ou que ce soit cet abstinent de puritain suffisant d'Armure-de-Dieu Weaver, là-haut dans le nord, là où la Tippy-Canoe se jette dans la Wobbish, qui obtienne le poste et dirige l'État depuis Vigor Church. Laissons ces deux-là se bagarrer entre eux ; quel que soit le gagnant, Casse-pattes entendait bien devenir riche et n'en faire qu'à sa tête. Sinon, on verrait tout le pays livré aux flammes. Si un jour Casse-pattes se retrouvait complètement ruiné, sur la paille, il s'arrangerait pour que personne n'en profite. Quand il ne restait aucun espoir, une étincelle pouvait encore se venger, ce qui, de l'avis de Casse-pattes, constituait à peu près le seul avantage que lui offrait son talent.

Ah si, bien entendu... être une étincelle lui assurait un bain toujours chaud, il y gagnait au moins ça.

Lâcher la rivière pour retourner à la vie civilisée le changeait agréablement. Les vêtements qu'on avait déposés pour lui étaient propres, et ça faisait du bien de se débarrasser le visage de cette barbe en broussaille. Sans parler de la squaw qui le baignait, qui ne demandait qu'à gagner une autre ration de whisky; si Harrison n'avait pas envoyé un soldat frapper à sa porte et lui enjoindre de presser le mouvement, Casse-pattes aurait touché un premier acompte de ce qu'elle avait à échanger. Au lieu de quoi, il se sécha et passa ses vêtements. Elle parut vraiment s'inquiéter quand il se dirigea vers la porte.

« Toi revenir? demanda-t-elle.

— Ben tiens, 'videmment que j'reviens, dit-il. Et j'vais ramener un baril.

— Avant la nuit, alors, fit-elle.

— Ma foi, p't-êt' ben qu'oui, p't-êt' ben qu'non, répondit-il. Qu'esse ça peut faire?

— La nuit, tous les Rouges comme moi en dehors du fort.

— Pas possible? murmura Casse-pattes. Bon, j'vais essayer d'revenir avant la nuit. Et si j'reviens pas, je m'souviendrai de toi. J'vais p't-êt' oublier ta figure, mais j'vais pas oublier tes mains, hein? Ce bain m'a beaucoup plu. »

Elle sourit, mais ce n'était qu'une grotesque caricature d'un véritable sourire. Casse-pattes n'arrivait pas à comprendre pourquoi les Rouges ne s'étaient pas éteints depuis des années; leurs squaws étaient tellement laides. Mais si on fermait les yeux, elles faisaient l'affaire en attendant de retrouver de vraies femmes.

Il ne s'agissait pas seulement d'une nouvelle résidence qu'avait fait bâtir Harrison; il avait rajouté tout un nouveau pan de palissade, et le fort était quasiment deux fois plus grand qu'avant. Et un bon et solide parapet courait sur toute la longueur de la palissade. Harrison était prêt pour la guerre. Ce qui inquiéta Casse-pattes. Le commerce du whisky ne faisait guère recette en temps de guerre. Les Rouges qui livraient des batailles ne ressemblaient pas aux Rouges qui buvaient du tord-boyaux. Casse-pattes en voyait tellement de la seconde catégorie qu'il avait presque oublié l'existence de la première. Il y avait même un canon. Non, deux canons. Ça ne présageait rien de bon.

Tiens, le bureau de Harrison ne se trouvait pas dans la résidence. Bien éclairé, il était installé dans un tout autre bâtiment, les nouveaux quartiers généraux, dont il occupait l'angle sud-ouest. Casse-pattes remarqua qu'en plus du personnel habituel des soldats montant la garde et des officiers chargés de la paperasse, il y avait plusieurs Rouges assis ou affalés dans les locaux. Les Rouges apprivoisés de Harrison, bien sûr... il en gardait toujours quelques-uns autour de lui. Mais il y avait davantage de Rouges apprivoisés qu'à l'ordinaire, et Casse-pattes n'en reconnut qu'un seul : Lolla-Wossiky, un Shaw-Nee borgne, le Rouge le plus imbibé encore de ce monde. Même les autres Rouges se fichaient de lui, il était dans un tel état, un vrai parasite.

Le plus drôle dans l'histoire, c'est que l'homme qui avait abattu le père de Lolla-Wossiky, une quinzaine d'années plus tôt, n'était autre que Harrison, et Lolla-Wossiky, alors gamin, y avait assisté. Il arrivait même quelquefois à Harrison de le raconter sous le nez du poivrot borgne qui se contentait de hocher la tête, de rire, la bouche fendue jusqu'aux deux oreilles, et de se conduire comme s'il n'avait pas de cervelle ni de dignité humaine ; le Rouge le plus servile, le plus abject que Casse-pattes ait jamais vu. Il ne se souciait même pas de venger son papa mort, du moment qu'il avait son tord-boyaux. Non, Casse-pattes n'était nullement surpris de voir Lolla-Wossiky étalé par terre devant le bureau de Harrison, si bien qu'à chaque fois que la porte s'ouvrait, elle le cognait en plein dans le derrière. Chose incroyable, alors qu'il n'y avait plus de whisky à Carthage depuis quatre mois, Lolla-Wossiky trouvait encore moyen d'être soûl. Il vit entrer Casse-pattes, se redressa sur un coude, agita un bras en guise de salut, puis se laissa retomber en arrière sans un son. Le mouchoir qu'il gardait noué sur son infirmité avait glissé, dévoilant aux regards l'orbite vide où rentraient les paupières. Casse-pattes eut l'impression que l'œil absent le regardait. Il n'aimait pas cette impression. Il n'aimait pas Lolla-Wossiky. Harrison était le genre d'homme à s'entourer à plaisir de créatures aussi viles — pour se valoriser à ses propres yeux, par contraste, se disait Casse-pattes —, mais Casse-pattes n'aimait pas contempler des spécimens d'humanité aussi misérables. Pourquoi Lolla-Wossiky n'était-il pas encore mort ?

Au moment d'ouvrir la porte de Harrison, Casse-pattes releva la tête ; son regard délaissa le Rouge borgne soûl pour croiser celui d'un autre homme, et... ça, c'est curieux, alors ! L'espace d'une seconde, il crut qu'il s'agissait encore de Lolla-Wossiky, tellement il lui ressemblait. Seulement, c'était un Lolla-Wossiky doté de ses deux yeux, et pas du tout soûl, comme je vous dis. Ce Rouge était adossé au mur ; de la pointe des orteils jusqu'au scalp, il devait faire ses six pieds, il avait le crâne rasé en dehors d'une unique mèche de cheveux et portait des vêtements propres. Il se tenait *raide*, comme un soldat au garde-à-vous, et il ne daigna même pas accorder un regard à Casse-pattes. Ses yeux fixaient le vide, droit devant lui. Mais Casse-pattes savait que ce gars-là voyait *tout*, même s'il ne regardait rien. Ça faisait longtemps qu'il n'avait pas croisé de Rouge de son acabit, froid et conscient de tout ce qui se passe.

Dangereux, ça, dangereux... est-ce que Harrison deviendrait négligent, qu'il laisse entrer dans ses propres quartiers généraux un Rouge avec des yeux pareils ? avec un port de roi et des bras si puissants qu'il donne l'impression de pouvoir bander un arc taillé dans le tronc d'un chêne de six ans ? Lolla-Wossiky était si méprisable qu'il dégoûtait Casse-pattes. Mais ce Rouge qui lui ressemblait, il en était l'opposé. Et au lieu de dégoûter Casse-pattes, il le mettait en rage ; si fier, si provocant, comme s'il se croyait l'égal des Blancs. Non, supérieur aux Blancs. Voilà l'impression qu'il donnait... comme s'il se croyait *supérieur*.

Casse-pattes se rendit alors compte qu'il restait immobile, la main sur le loquet de la porte, sans détacher les yeux du Rouge. Il n'avait pas bougé depuis combien de temps ? Ça n'était pas bon, de laisser voir que ce Rouge le mettait mal à l'aise. Il ouvrit la porte et entra.

Mais il n'en parla pas, du Rouge, pas question, ça n'aurait pas été malin du tout. Inutile d'informer Harrison que ce Shaw-Nee arrogant le travaillait, lui tapait sur les nerfs. Car assis derrière une grande table attendait le gouverneur Bill, tel Dieu sur son trône, et Casse-pattes comprit qu'il y avait eu des changements dans le coin. Ce n'était pas seulement le fort qui avait grandi... la prétention de Bill Harrison aussi. Et si Casse-pattes voulait réaliser le profit qu'il espérait de ce voyage, il faudrait qu'il s'arrange pour lui rabaisser son caquet, afin de traiter sur un pied d'égalité plutôt que de marchand à gouverneur.

« Vu vos canons, fit Casse-pattes, sans même se soucier de dire bonjour. C'est pour qui donc, cette artillerie, les Français de Détroit, les Espagnols de Floride, ou pour les Rouges ?

— C'est toujours pour les Rouges, de toute manière, quels que soient ceux qui achètent les scalps, dit Harrison. À présent, assieds-toi, détends-toi, Casse-pattes. Une fois ma porte fermée, plus de cérémonie entre nous. » Oh oui, le gouverneur Bill aimait les manigances, en vrai politicien. Donner à croire à quelqu'un que vous lui accordez une faveur en l'autorisant à s'asseoir en votre présence, le flatter pour qu'il s'imagine un vrai *poteau* avant de lui faire les poches. Bon, songea Casse-pattes, j'ai moi aussi quelques manigances de mon cru à te proposer, on verra bien qui l'emportera.

Casse-pattes s'assit, leva les pieds et les posa sur le bureau du gouverneur Bill. Il sortit une pincée de tabac et se la cala dans la bouche, entre gencive et joue. Il vit Bill marquer légèrement le coup. Un signe qui ne trompait pas : sa femme lui avait fait perdre quelques mâles habitudes. « Une 'tite pincée ? » proposa Casse-pattes.

Il fallut une minute avant que Harrison reconnaisse

qu'il en prendrait bien un peu. « J'ai plus ou moins juré de ne plus toucher à ça », avoua-t-il, l'air piteux.

Ainsi donc, Harrison regrettait sa vie de célibataire. Ma foi, c'était une bonne nouvelle pour Casse-pattes. Qui lui donnait une arme contre le gouverneur. « D'après qu'vous vous êtes déniché un chauffe-lit de Manhattan », lança-t-il.

Le coup porta : la figure de Harrison s'empourpra. « J'ai épousé une *dame* de La Nouvelle-Amsterdam », dit-il. Sa voix était calme et froide.

Il s'en battait les fesses, Casse-pattes... c'était exactement ce qu'il voulait.

« Une *épouse* ! fit-il. Eh ben, dites donc ! Faites excuse, gouverneur, c'est c'que j'ai entendu raconter, faut m'pardonner, j'faisais qu'répéter les... les bruits qui courent.

— Les bruits ? demanda Harrison.

— Oh, non, vous inquiétez pas. Vous connaissez, les racontars de soldats... J'ai honte d'les avoir écoutés, eux d'abord. C'est vrai, toutes ces années vous avez honoré la mémoire de vot' première femme, et si j'avais vraiment été votre ami, j'aurais su qu'celle que vous amèneriez sous vot' toit serait une dame, et une épouse mariée en bonne et due forme.

— Ce que je veux savoir, fit Harrison, c'est : qui t'a dit qu'elle était *autre chose* ?

— Allons, Bill, c'étaient que des paroles en l'air de soldats ; j'veux pas qu'un d'vos gars ait du tracas par rapport qu'il sait pas tenir sa langue. Pour l'amour de Dieu, Bill, un chargement d'whisky vient d'arriver ! Vous allez pas leur en vouloir, ils pensaient qu'à ça, ils ont raconté n'importe quoi. Non, prenez-vous donc une pincée de tabac et souvenez-vous qu'tous vos gars, ils vous aiment bien. »

Harrison se servit une bonne chique dans la blague qu'on lui présentait et s'en cala la joue. « Oh, je sais, Casse-pattes, ça ne m'embête pas. » Mais Casse-pattes savait, lui, que ça l'embêtait bel et bien, que Harrison était si en colère qu'il n'arrivait même pas à cracher droit ; à preuve, il manqua le crachoir. Un crachoir, nota le trafiquant, d'une propreté étincelante. Personne ne crachait donc plus par ici, en dehors de Casse-pattes ?

« Vous d'venez civilisé, dit Casse-pattes. L'prochain coup, vous aurez des rideaux en dentelle.

— Oh, j'en ai, fit Harrison. Chez moi.

— Et des p'tits pots d'chambre en porcelaine ?

— Casse-pattes, tu as l'esprit d'un serpent et la bouche d'un porc.

— C'est pour ça qu'vous m'aimez, Bill... parce que vous avez l'esprit d'un porc et la bouche d'un serpent.

— Tu ferais bien de ne pas l'oublier, dit Harrison. N'oublie surtout pas que je peux mordre, et profond, et ma morsure est venimeuse. Ne l'oublie pas, au cas où tu voudrais me jouer un vilain tour.

— Un vilain tour ! se récria Casse-pattes. Qu'esse vous dites là, Bill Harrison ! De quoi vous m'accusez ?

— Je t'accuse d'avoir tout arrangé pour nous sevrer de ton casse-pattes pendant quatre longs mois de printemps ; j'ai dû pendre trois Rouges qui avaient forcé la porte des magasins militaires, et même certains de mes soldats ont pris le large !

— Moi ? J'ai amené l'chargement aussi vite que j'ai pu ! »

Harrison se contenta de sourire.

Casse-pattes garda son air de douleur offensée, c'était l'une de ses meilleures expressions, et d'ailleurs elle n'était pas complètement feinte. Si un seul des autres revendeurs de whisky avait eu un tant soit peu de tête, il aurait trouvé moyen de descendre la rivière malgré les efforts de Casse-pattes. Ce n'était pas de sa faute, à Casse-pattes, si c'était lui le salopard le plus sournois, le plus malveillant, le plus méprisable, le plus compétent à se livrer à un trafic d'emblée pas très propre ni très reluisant.

Son air d'innocence blessée finit par l'emporter sur le sourire de Harrison, comme s'y attendait le trafiquant.

« Écoute, Casse-pattes, fit Harrison.

— Vous feriez p't-êt' mieux de m'appeler monsieur Ulysse Palmer, asteure. Y a qu'mes *amis* qui m'appellent Casse-pattes. »

Mais Harrison ne mordit pas à l'hameçon. Il ne se lança pas dans des protestations d'indéfectible amitié. « Écoute, *monsieur* Palmer, fit-il, tu sais, et je sais, que ça n'a rien à voir avec l'amitié. Tu veux devenir riche et moi gouverneur d'un véritable État. J'ai besoin de ton alcool pour être gouverneur, et toi de ma protection pour être riche. Mais cette fois-ci, tu as poussé le bouchon trop loin. Tu me comprends ? Que tu te fasses un monopole, je m'en fiche, mais si tu ne m'approvisionnes pas régulièrement en whisky, je me fournirai ailleurs.

— Écoutez, gouverneur Harrison, j'comprends bien qu'vous avez dû des fois vous faire du mauvais sang, mais j'peux vous arranger ça. Qu'esse vous diriez de six barils de mon meilleur whisky rien qu'pour vous... »

Mais Harrison n'était pas non plus d'humeur à se faire soudoyer. « Ce que tu oublies, monsieur Palmer, c'est que je peux avoir *tout* ton casse-pattes, si j'en ai envie. »

Ah bon, Harrison voulait jouer les méchants ; Casse-pattes connaissait ce jeu-là, lui aussi, mais il avait pour règle de s'y livrer en gardant le sourire. « Monsieur l'gouverneur, mon whisky, vous me l'prendrez *une fois*. Mais après ça, quel revendeur voudra faire affaire avec vous ? »

Harrison partit à rire, à rire. « N'importe lequel, Casse-pattes Palmer, et tu le sais bien ! »

Le trafiquant reconnaissait quand il était battu. Il se mit aussitôt à rire avec Harrison.

On frappa à la porte. « Entrez », fit Harrison. En même temps, il faisait signe à Casse-pattes de rester assis. Un soldat pénétra dans le bureau, salua et annonça : « Monsieur Andrew Jackson demande à vous voir, monsieur. Du Tennizy, il a dit.

— Ça faisait un moment que je voulais le voir, fit Harrison. Mais je suis ravi, il ne pouvait pas me faire davantage plaisir, faites entrer, faites entrer. »

Andrew Jackson. Ça devait être cet avocat qu'on surnommait monsieur Hickory. À l'époque où Casse-pattes exploitait le Tennizy, Hickory Jackson était un vrai gars de la campagne ; il avait tué un homme en duel, envoyé à l'occasion son poing dans quelques figures, s'était fait la réputation de tenir parole, et le bruit courait qu'il n'était pas tout à fait marié à sa femme dont le passé cachait sûrement un autre époux, même pas mort. Voilà ce qui différenciait Casse-pattes de Hickory : lui se serait assuré que le mari était mort et enterré depuis longtemps. Casse-pattes était donc un peu étonné que ce Jackson ait pris de l'importance au point que ses affaires le conduisent jusqu'à Carthage City, si loin au nord du Tennizy.

Mais ce n'était rien auprès de sa surprise lorsque Jackson passa la porte, raide comme la justice, les yeux embrasés. Il traversa le bureau à grands pas et tendit la main au gouverneur Harrison. Mais il l'appela *monsieur* Harrison. Ce qui signifiait, soit qu'il était un imbécile, soit qu'il ne comprenait pas que Harrison avait autant besoin de lui que lui de Harrison.

« Vous avez trop de Rouges par ici, dit Jackson. Cet ivrogne borgne près de la porte vous donnerait envie de dégobiller.

— C'est-à-dire, fit Harrison, que je le considère comme une sorte d'animal de compagnie. Mon Rouge de compagnie.

— Lolla-Wossiky », dit Casse-pattes, obligeant. Enfin, pas vraiment obligeant. C'est qu'il n'appréciait pas la façon qu'avait eue Jackson de ne pas le remarquer, et Harrison ne s'était pas soucié de le présenter.

Jackson se tourna pour le regarder. « Vous avez dit ?

— Lolla-Wossiky, répéta Casse-pattes.

— Le nom du Rouge borgne », ajouta Harrison.

Jackson considérait Casse-pattes d'un œil froid. « La seule circonstance où j'ai besoin de connaître le nom d'un cheval, c'est quand j'ai l'intention de le monter.

— Je m'appelle Casse-pattes Palmer », fit le trafiquant. Il tendit la main.

Jackson ne la saisit pas. « Votre nom est Ulysse Brock, dit Jackson, et vous devez plus de dix livres de dettes impayées à Nashville. Maintenant quc l'Appalachie a adopté la monnaie des États-Unis, ça veut dire que vous devez deux cent vingt piastres en or. J'ai racheté ces dettes, et il se trouve que j'ai les papiers sur moi, parce que j'ai appris que vous revendiez du whisky dans la région ; je pense donc que je vais vous mettre en état d'arrestation. »

Casse-pattes n'aurait jamais imaginé que Jackson avait autant de mémoire, ni qu'il soit assez salaud pour racheter la reconnaissance de dette d'un autre, surtout une reconnaissance vieille de sept ans qui ne demandait qu'à se faire oublier. Mais Jackson sortit bel et bien de sa poche un mandat d'arrêt qu'il déposa sur le bureau du gouverneur Harrison.

« Je vous sais gré d'avoir déjà cet homme entre vos mains dès mon arrivée, dit Jackson, et je suis heureux de vous annoncer que la loi d'Appalachie accorde à l'officier responsable de la capture dix pour cent des sommes recouvrées. »

Harrison se renversa sur sa chaise et adressa un large sourire à Casse-pattes. « Ma foi, Casse-pattes, tu ferais bien de rester assis, on va tous faire davantage connaissance. Mais après tout, ce n'est peut-être pas nécessaire, monsieur Jackson a l'air de mieux te connaître que moi.

— Oh, je connais fort bien Ulysse Brock, dit Jackson. C'est le genre de canaille dont nous avons dû nous débarrasser, au Tennizy, avant de pouvoir nous prétendre civilisés. Et j'espère qu'ici aussi vous serez vite débarrassés de cette engeance, au moment où votre territoire de la Wobbish se prépare à rejoindre les États-Unis.

— Vous vous faites beaucoup d'idées, dit Harrison. On pourrait essayer de faire cavalier seul, vous savez.

— Si l'Appalachie n'a pas pu faire cavalier seul, avec Tom Jefferson pour président, vous n'y arriverez pas davantage ici, à mon avis.

— Peut-être bien, dit Harrison, et peut-être qu'il nous faut faire quelque chose que Tom Jefferson n'a pas eu le courage d'entreprendre. Peut-être aussi qu'on a besoin chez nous d'hommes comme Casse-pattes.

— Ce qu'il vous faut, ce sont des soldats, dit Jackson. Pas des trafiquants d'alcool. »

Harrison secoua la tête. « Vous me forcez à en venir au fait, monsieur Jackson, et j'imagine assez bien pourquoi le Tennizy vous a envoyé ici me rencontrer. J'en viens donc au fait. Nous connaissons chez nous les mêmes ennuis que vous avez connus chez vous, dans le Sud, et ces ennuis se résument en deux mots : les Rouges.

— Voilà pourquoi je m'étonne que vous laissiez des Rouges ivres traîner un peu partout dans votre quartier général. Leur place est à l'ouest du Mizzipy, c'est clair comme le jour. Nous n'aurons pas la paix, ni la civilisation, tant qu'ils ne s'y retrouveront pas. Et comme l'Appalachie, et aussi les États-Unis, sont convaincus qu'on peut traiter les Rouges en êtres humains, il nous faut résoudre notre problème de Rouges *avant* de rejoindre l'Union. Pas plus compliqué que ça.

— Eh bien, vous voyez ? fit Harrison. On est déjà entièrement d'accord.

— Alors comment se fait-il que vous laissiez autant de Rouges envahir votre quartier général ? On dirait Independence Street, à Washington City. En Appalachie, ils ont des Cherrikys comme employés, il y en a même qui occupent des postes gouvernementaux, en pleine capitale, des emplois que des Blancs devraient tenir, et quand j'arrive chez vous, c'est pour vous trouver, vous aussi, entouré de Rouges.

— Calmez-vous, monsieur Jackson, allons, calmez-vous. Le roi, là-bas dans son palais de Virginie, il a bien ses Noirs, non ?

— Ses Noirs sont des esclaves. Tout le monde sait qu'on ne peut pas faire un esclave d'un Rouge. Le Rouge n'est pas assez intelligent pour qu'on le forme à travailler correctement.

— Eh bien, prenez donc cette chaise, monsieur Jackson, et je vais vous montrer de la meilleure façon que je connaisse, en vous faisant voir deux magnifiques spécimens shaw-nees. Asseyez-vous donc. »

Jackson saisit la chaise et la déplaça de l'autre côté du bureau, loin de Casse-pattes. Cette manière d'agir, ça lui faisait mal au ventre, à Casse-pattes. Les hommes comme Jackson avaient l'air si droits, si honnêtes... mais le trafiquant savait que l'homme parfait, ça n'existait pas, il n'y avait que des hommes pas encore achetés, ou pas tombés assez bas, ou trop trouillards pour tendre la main et saisir ce qu'ils désiraient. La vertu ne revenait à rien d'autre qu'à ça, Casse-pattes avait assez vécu pour s'en apercevoir. Mais voilà que Jackson, avec ses grands airs, demandait à Bill Harrison de l'arrêter. Vous vous rendez compte ? un étranger du Tennizy... venir jusqu'ici brandir un mandat d'un juge d'Appalachie... qui plus est, un mandat qui n'avait pas plus force de loi dans le territoire de la Wobbish que s'il était de la main du roi d'Éthiopie. Tu sais, monsieur Jackson, la route est longue jusque chez toi, et il pourrait bien t'arriver un accident en chemin.

Non, non, non, se dit silencieusement Casse-pattes. La revanche ne mène à rien dans ce monde. Rendre la monnaie d'une pièce, ça ne règle pas les comptes. La meilleure vengeance, c'est de devenir assez riche pour qu'ils t'appellent tous « monsieur », voilà comment leur rendre la monnaie de leur pièce, à ces gars-là. Pas d'embuscade. Pour un peu qu'on l'apprenne, tu serais fini, Casse-pattes Palmer.

Aussi Casse-pattes se contenta-t-il de sourire sur sa chaise, tandis que Harrison appelait son aide de camp. « Demandez donc à Lolla-Wossiky d'entrer. Et pendant que vous y êtes, dites à son frère qu'il peut venir aussi. »

Le frère de Lolla-Wossiky... ce devait être le Rouge arrogant debout contre le mur. Curieux, comme deux petits pois d'une même gousse pouvaient aussi peu se ressembler.

Lolla-Wossiky entra, obséquieux, le sourire aux lèvres ; son œil passa rapidement en revue les visages des Blancs. Il se demandait ce qu'ils lui voulaient, comment il pourrait les satisfaire pour qu'ils le récompensent avec du whisky. Il suait la soif d'alcool par tous les pores ; il était pourtant tellement soûl qu'il marchait de travers. À moins que les quantités d'alcool ingurgitées jusque-là l'empêchent de marcher droit même à jeun ? Casse-pattes se le demandait... mais bien vite il eut la réponse. Harrison tendit la main vers le secrétaire derrière lui pour en sortir un cruchon et un gobelet. Lolla-Wossiky regarda le liquide ambré se déverser dans le gobelet ; on aurait dit que la seule vision du whisky lui en donnait le goût dans la bouche, tant son œil brillait. Mais il s'abstint de faire ne serait-ce qu'un pas vers lui. Harrison tendit le bras et posa le récipient sur la table près du Rouge, mais l'autre ne bougea pas davantage ; toujours hilare, il regardait tantôt le gobelet, tantôt Harrison, et attendait, attendait.

Harrison se tourna vers Jackson et sourit. « Lolla-Wossiky, c'est le Rouge le plus civilisé de tout le territoire de la Wobbish, monsieur Jackson. Il ne prend jamais ce qui ne lui appartient pas. Il ne parle jamais sauf quand on s'adresse à lui. Il obéit et fait tout ce que je lui dis de faire. Et tout ce qu'il demande en échange, c'est un coup à boire. Même pas besoin que ce soit de l'alcool de qualité. Whisky ou mauvais rhum espagnol, tout lui est bon, pas vrai, Lolla-Wossiky ?

— Très vrai, votre Excellence », répondit Lolla-Wossiky. Il s'exprimait clairement, étonnant pour un Rouge. Surtout un Rouge soûl.

Casse-pattes vit Jackson étudier le borgne avec dégoût. Puis le regard de l'avocat du Tennizy glissa vers la porte où se dressait le Rouge arrogant, grand et fort. Casse-pattes s'amusa à observer la figure de Jackson. Du dégoût, son expression passa franchement à la colère. À la colère et, oui, à la peur. Oh, oui, vous n'êtes pas à l'abri de la peur, monsieur Jackson. Vous savez ce qu'il en est, du frère de Lolla-

Wossiky. C'est votre ennemi, mon ennemi, l'ennemi de tous les Blancs qui voudraient s'emparer de ce pays, parce qu'un jour ou l'autre ce Rouge prétentieux va vous planter son tommy-hawk dans le crâne et vous peler tout doucement le scalp ; et pas question pour lui d'aller le vendre aux Français, dame non, monsieur Jackson, il le gardera pour le donner à ses enfants, et il leur dira : « Voilà le seul bon Blanc. Voilà le seul Blanc qui ne manque pas à sa parole. Voilà ce qu'on fait aux Blancs. » Casse-pattes le savait, Harrison le savait et Jackson le savait. Ce jeune guerrier près de la porte, c'était la mort. Ce jeune guerrier, c'était l'obligation pour les Blancs de vivre à l'est des montagnes, entassés dans leurs vieilles cités farcies d'hommes de loi, de professeurs et de gens élégants qui ne vous laissaient jamais la place de respirer. Des gens comme Jackson, en fait. Casse-pattes étouffa un rire à cette idée. Jackson représentait exactement le genre d'individus qu'on voulait oublier en allant vers l'ouest. Jusqu'où je dois aller vers l'ouest pour que ces hommes de loi perdent ma trace et ne me rattrapent plus ?

« Je vois que vous avez remarqué Ta-Kumsaw. Le frère aîné de Lolla-Wossiky, et mon très, très grand ami. Vous savez, je connais ce garçon depuis avant la mort de son père. Regardez-moi quel solide guerrier il est devenu ! »

Si Ta-Kumsaw eut conscience de la manière dont on le ridiculisait, il n'en laissa rien paraître. Il ne regardait personne dans la pièce. Non, il regardait par la fenêtre dans le mur derrière le gouverneur. Mais Casse-pattes, lui, n'était pas dupe. Casse-pattes savait ce que Ta-Kumsaw regardait et il se doutait aussi des sentiments qui l'agitaient. Ces Rouges, ils prenaient la famille très au sérieux. Ta-Kumsaw observait son frère à la dérobée, et si Lolla-Wossiky était trop rond pour éprouver de la honte, alors ça voulait dire que Ta-Kumsaw en éprouverait d'autant plus.

« Ta-Kumsaw, dit Harrison. Tu as vu, je t'ai servi à boire. Approche, assieds-toi et bois, on va causer. »

À ces mots, Lolla-Wossiky se raidit. Était-ce possible que le whisky ne lui soit pas destiné, en fin de compte ? Mais Ta-Kumsaw, lui, ne broncha pas, ne montra par aucun signe qu'il avait entendu.

« Vous voyez ? dit Harrison à Jackson. Ta-Kumsaw n'est même pas assez civilisé pour s'asseoir et prendre un verre avec des amis. Mais son jeune frère, lui, au contraire... pas vrai ? Hein, Lolly ? Je regrette de ne pas avoir de siège pour toi, mon ami, mais tu n'as qu'à t'installer là, par terre sous mon bureau... assieds-toi à mes pieds et bois-moi ce rhum.

— Vous êtes bien aimable », dit Lolla-Wossiky avec cette diction claire et précise qui lui était propre. À la surprise de Casse-pattes, le Rouge borgne ne se jeta pas sur le rhum. Non, il s'avança à pas prudents, fruits d'un travail de précision, et prit le gobelet entre des mains qui tremblaient à peine. Puis il s'agenouilla devant le bureau de Harrison et, son récipient maintenu en équilibre, s'abaissa jusqu'à la position assise, jambes croisées.

Mais il se trouvait encore devant le bureau, pas en dessous, et Harrison le lui fit remarquer. « Je voudrais que tu t'asseyes sous mon bureau, dit le gouverneur. Je considérerais cela comme une marque de grande courtoisie envers moi. »

Lolla-Wossiky pencha donc la tête presque jusqu'aux genoux et se dandina sur les fesses pour se glisser sous le meuble. C'était très difficile pour lui de boire dans cette posture, car il ne pouvait pas redresser la tête, encore moins la renverser en arrière pour vider le gobelet. Mais il y parvint quand même et but avec précaution, en s'inclinant d'un côté puis de l'autre.

Durant tout ce temps, Ta-Kumsaw ne prononça pas un mot. N'eut même pas l'air de s'apercevoir de l'humiliation dont son frère était l'objet. Oh, pensa Casse-pattes, oh, le feu qui brûle dans le cœur de ce garçon ! Là, Harrison prend de grands risques. En outre, s'il est le frère de Lolla-Wossiky, il doit savoir que Harrison a abattu son père pendant les soulèvements des Rouges, dans les années quatre-vingt-dix, quand le général Wayne se battait contre les Français. On n'oublie pas ce genre de chose, surtout quand on est un Rouge, et voilà que Harrison met sa résistance à l'épreuve, à la limite de la rupture.

« Maintenant que tout le monde est à l'aise, fit Harrison, prends donc un siège et dis-nous pourquoi tu es venu, Ta-Kumsaw. »

Ta-Kumsaw ne prit pas de siège. Ne ferma pas la porte, n'avança pas plus loin dans la pièce. « Moi parler pour Shaw-Nees, Casta-Skeeaws, Pee-Orawas, Winny-Baygos.

— Dis donc, Ta-Kumsaw, tu sais bien que tu ne parles même pas au nom de tous les Shaw-Nees, et sûrement pas au nom des autres.

— Toutes tribus qu'ont signé traité du général Wayne. » Ta-Kumsaw continuait comme si Harrison ne l'avait pas interrompu. « Traité dit Blancs pas vendre whisky aux Rouges.

— C'est vrai, fit Harrison. Et nous respectons ce traité. »

Ta-Kumsaw ne regarda pas Casse-pattes, mais il leva la main et pointa le doigt sur lui. Casse-pattes ressentit son geste comme si Ta-Kumsaw l'avait réellement touché. Ça ne le mit pas en rage, cette fois-ci, ça lui flanqua une peur panique. Il avait entendu raconter que certains Rouges avaient des pouvoirs d'attirance si puissants qu'il n'existait pas de sortilège capable de vous protéger ; ils vous entraînaient tout seul dans les bois pour vous découper en petits morceaux avec leurs couteaux, pour le seul plaisir de vous entendre crier. Voilà à quoi pensa Casse-pattes quand il sentit Ta-Kumsaw le désigner de son doigt haineux.

« Pourquoi montres-tu mon vieil ami Casse-pattes Palmer ? demanda Harrison.

— Oh, j'ai idée qu'personne m'aime aujourd'hui », dit Casse-pattes. Il éclata de rire, mais sans parvenir à dissiper sa peur, malgré tout.

« Lui amener son bateau de whisky, dit Ta-Kumsaw.

— Oh, il a amené toutes sortes de choses, dit Harrison. Mais s'il a amené du whisky, on va le confier au cantinier du fort et pas une goutte ne sera vendue aux Rouges, tu peux en être sûr. Nous faisons respecter ce traité, Ta-Kumsaw, même si vous, les Rouges, vous ne le respectez pas trop ces temps-ci. C'en est au point que les bateaux plats ne peuvent plus descendre l'Hio tout seuls, mon ami, et si les choses ne s'arrangent pas, j'ai l'impression que l'armée va devoir passer à l'action.

— Brûler un village ? demanda Ta-Kumsaw. Tuer nos bébés ? Nos anciens ? Nos femmes ?

— Où tu vas chercher des idées pareilles ? » fit Harrison. Il avait l'air franchement offensé, même si Casse-pattes savait pertinemment que Ta-Kumsaw décrivait l'opération militaire typique.

Le trafiquant intervint, sans mâcher ses mots. « Vous autres, les Rouges, vous brûlez bien des fermiers sans défense dans leurs cabanes et des pionniers sus leurs bateaux plats, pas vrai ? Alors pourquoi qu'vos villages devraient être plus en sécurité, d'après toi ? Dis-le moi donc ! »

Ta-Kumsaw ne le regardait toujours pas. « Loi anglaise dit : tue l'homme qui vole ton pays, tu n'es pas mauvais. Tue pour voler son pays, et tu es très mauvais. Quand nous tuons des fermiers blancs, nous ne sommes pas mauvais. Quand vous tuez le peuple rouge qui vit ici depuis mille ans, vous êtes très mauvais. Traité dit : restez à l'est de rivière My-Ammy, mais ils ne restent pas, et vous les aidez.

— Monsieur Palmer parle à tort et à travers, dit Harrison. Malgré tout ce que vous, les sauvages, vous infligez à nos semblables — torturer les hommes, violer les femmes, enlever les enfants pour les réduire en esclavage —, nous, on ne fait pas la guerre aux faibles. On est civilisés, alors on se conduit de manière civilisée.

— Cet homme va vendre son whisky aux hommes rouges. Les fera ramper dans la boue comme des vers. Il va donner son whisky aux femmes rouges. Les rendra sans forces comme le cerf qui perd son sang, elles feront tout ce qu'il demande.

— S'il fait ça, on l'arrête, dit Harrison. On le jugera et on le punira pour avoir enfreint la loi.

— S'il fait ça, vous ne l'arrêterez pas, dit Ta-Kumsaw. Vous partagerez des peaux avec lui. Vous le mettrez en sûreté.

— Ne me traite pas de menteur, dit Harrison.

— Ne mens pas, fit Ta-Kumsaw.

— Si tu continues de parler comme ça aux Blancs, Ta-Kumsaw, mon garçon, il s'en trouvera un qui prendra la mouche et te fera sauter la tête.

— Mais je sais que vous l'arrêterez. Je sais que vous le jugerez et le punirez parce qu'il a enfreint la loi. » Ta-Kumsaw débita sa phrase sans l'ombre d'un sourire, mais Casse-pattes avait suffisamment commercé avec les Rouges pour connaître leur sens de l'humour.

Harrison hocha la tête, gravement. Casse-pattes se demanda s'il avait saisi la blague. Peut-être se figurait-il que Ta-Kumsaw le croyait vraiment. Mais non, Harrison savait que Ta-Kumsaw et lui se mentaient l'un à l'autre ; et Casse-pattes en vint à se dire que lorsque ça ment des deux bords et qu'aucun n'est dupe, ça équivaut presque à dire la vérité.

Le comique de l'histoire, c'est que Jackson, lui, le prit au sérieux. « C'est vrai, fit le juriste du Tennizy. L'autorité de la loi, c'est ce qui distingue l'homme civilisé du sauvage. Les hommes rouges ne sont pas encore assez avancés, voilà tout, et si vous ne tenez pas à vous soumettre à la loi de l'homme blanc, il faudra céder la place. »

Pour la première fois, Ta-Kumsaw regarda l'un des occupants du bureau dans les yeux. Il fixa Jackson avec froideur et dit : « Ces hommes sont des menteurs. Ils savent ce qui est vrai, mais ils disent que ce n'est pas vrai. Tu n'es pas un menteur. Tu crois ce que tu dis. »

À son tour, Jackson hocha la tête, gravement. Il avait l'air si prétentieux, si intègre, si dévot que Casse-pattes ne put résister : il chauffa sa chaise, un tout petit peu, juste assez pour qu'il tortille du derrière. Ça ôtait un peu de dignité. Mais Jackson garda ses grands airs. « Je crois ce que je dis parce que je dis la vérité.

— Tu dis ce que tu crois. Mais ce n'est quand même pas la vérité. Quel est ton nom ?

— Andrew Jackson. »

Ta-Kumsaw hocha la tête. « Hickory. »

Jackson parut sincèrement surpris et heureux que Ta-Kumsaw ait entendu parler de lui. « Certains m'appellent comme ça. » Casse-pattes chauffa un peu plus sa chaise.

« Veste Bleue dit : Hickory est un homme bon. »

Jackson ne comprenait toujours pas pourquoi son siège était si inconfortable, en tout cas il ne tenait plus. Il se dressa d'un bond et s'écarta de la chaise en gigotant des jambes à chaque pas pour calmer la douleur cuisante. Mais il continuait quand même à parler avec une incroyable dignité. « Je suis content que Veste Bleue le pense. Il est chef des Shaw-Nees dans le Tennizy, n'est-ce pas ?

— Quelquefois, dit Ta-Kumsaw.

— Qu'est-ce que tu veux dire, quelquefois ? fit Harrison. Ou bien il est un chef, ou bien il ne l'est pas.

— Quand il parle franc, il est chef, dit Ta-Kumsaw.

— Eh bien, je suis content de savoir qu'il me fait

confiance », reprit Jackson. Mais son sourire était un peu pâlichon, parce que Casse-pattes s'appliquait à chauffer le sol sous ses pieds ; à moins de savoir voler, l'Hickory ne pourrait pas y échapper, ce coup-ci. Casse-pattes n'avait pas l'intention de le tourmenter longtemps. Jusqu'à ce que Jackson saute deux ou trois fois, pas plus, et qu'il essaye après ça d'expliquer pourquoi il s'était mis à danser sous le nez d'un jeune guerrier shaw-nee et du gouverneur William Henry Harrison.

Mais le petit jeu de Casse-pattes tourna court, parce qu'au même moment Lolla-Wossiky bascula en avant et roula de sous le bureau. Un sourire de crétin lui fendait la figure, et il avait les yeux fermés. « Veste bleue ! » s'écria-t-il. Casse-pattes nota que l'alcool avait fini par lui brouiller l'élocution. « Hickory ! brailla le Rouge borgne.

— Toi, tu es mon ennemi, dit Ta-Kumsaw, ignorant son frère.

— Tu te trompes, fit Harrison. Je suis ton ami. Ton ennemi se trouve plus au nord, dans la ville de Vigor Church. Ton ennemi, c'est ce renégat d'Armure-de-Dieu Weaver.

— Armure-de-Dieu Weaver, il ne vend pas de whisky aux Rouges.

— Moi non plus, dit Harrison. Mais c'est lui qui dresse des cartes de tout le pays à l'ouest de la Wobbish. Pour pouvoir le diviser en parcelles et le vendre quand il aura tué tous les Rouges. »

Ta-Kumsaw ne tint aucun compte des efforts de Harrison pour le retourner contre son rival du Nord. « Je viens te prévenir, dit Ta-Kumsaw.

— Me prévenir ? fit Harrison. Toi, un Shaw-Nee

qui ne parle au nom de personne, tu me *préviens*, ici, dans mon fort, au milieu d'une centaine de soldats prêts à t'abattre si je l'ordonne ?

— Respecte le traité, dit Ta-Kumsaw.

— Nous respectons le traité, nous ! C'est vous qui les rompez tout le temps, les traités !

— Respecte le traité, répéta Ta-Kumsaw.

— Sinon ? demanda Jackson.

— Sinon tous les Rouges à l'ouest des montagnes viendront ensemble vous tailler en pièces. »

Harrison renversa la tête en arrière et se mit à rire, à rire. Ta-Kumsaw restait impassible.

« *Tous* les Rouges, Ta-Kumsaw ? demanda Harrison. Tu veux dire, même Lolla-Wossiky, là ? Même mon Shaw-Nee de compagnie, mon Rouge apprivoisé, même *lui* ? »

Pour la première fois, Ta-Kumsaw regarda son frère, qui ronflait étalé par terre. « Le soleil se lève tous les jours, homme blanc. Mais est-il apprivoisé ? La pluie tombe tout le temps. Mais est-elle apprivoisée ?

— Excuse-moi, Ta-Kumsaw, mais ce poivrot borgne est aussi apprivoisé que mon cheval.

— Oh oui, fit Ta-Kumsaw. Mets la selle. Passe la bride. Monte dessus et galope. Vois où va ce Rouge apprivoisé. Pas où tu veux.

— Exactement où je veux, dit Harrison. Ne l'oublie pas. Ton frère est toujours à portée de ma main. Et si jamais tu t'écartes du droit chemin, mon garçon, je l'arrête pour complicité et je le pends haut et court. »

Ta-Kumsaw eut un vague sourire. « Tu le crois.

Lolla-Wossiky le croit. Mais il apprendra à voir de son autre œil avant qu'on mette la main sur lui. »

Puis Ta-Kumsaw fit demi-tour et sortit. Doucement, silencieusement, sans raideur, sans colère, sans même fermer la porte derrière lui. Il se déplaçait avec grâce, à la façon d'un animal, d'un très dangereux animal. Casse-pattes avait vu un cougouar une fois, des années plus tôt, alors qu'il se trouvait seul dans les montagnes. C'était pareil, Ta-Kumsaw. Un félin tueur.

L'aide de camp de Harrison ferma la porte.

Harrison se tourna vers Jackson et sourit. « Vous voyez ? fit-il.

— Je suis censé voir quoi, monsieur Harrison ?

— Faut-il que je vous mette les points sur les *i*, monsieur Jackson ?

— Je suis homme de loi. J'aime qu'on me mette les points sur les *i*. Si vous savez les mettre.

— Moi, j'sais même pas lire, dit joyeusement Casse-pattes.

— Tu ne sais pas te taire non plus, répliqua Harrison. Je vais vous mettre les points sur les *i*, Jackson. Vous et vos gars du Tennizy, vous parlez de repousser les Rouges à l'ouest du Mizzipy. Bon, admettons qu'on y arrive. Qu'est-ce que vous allez faire, poster des soldats tout au long du fleuve, qui monteront la garde nuit et jour ? Ils le retraverseront, le fleuve, quand ils voudront, pour faire leurs coups de main, piller, torturer, tuer.

— Je ne suis pas idiot, dit Jackson. Ce sera au prix d'une guerre longue et sanglante, mais quand on leur aura fait passer le fleuve, ils seront finis. Et les hommes comme ce Ta-Kumsaw... ils seront morts ou discrédités.

— Vous croyez ? Eh bien, pendant cette guerre longue et sanglante dont vous parlez, des tas de garçons blancs mourront, et aussi des femmes blanches, et des enfants. Mais j'ai une meilleure idée. Ces Rouges tètent le whisky comme un veau tète le lait au pis de sa mère. Il y a deux ans, un millier de Pee-Ankashaws vivaient à l'est de la My-Ammy. Puis ils se sont mis à se soûler. Ils ont arrêté de travailler, ils ont arrêté de manger, ils sont devenus si faibles que la première petite maladie qu'est passée dans le coin les a rayés de la carte. Rayés de la carte, comme ça. Est-ce qu'il reste encore un Pee-Ankashaw vivant dans la région ? je n'en sais rien. Il s'est passé la même chose dans le nord, pour les Chippy-Was, seulement c'est les marchands français qu'ont fait le coup. Et l'avantage avec le whisky, c'est qu'il extermine les Rouges et que pas un Blanc ne meurt. »

Jackson se mit lentement debout. « J'imagine qu'il va me falloir trois bains en rentrant, dit-il, et je ne me sentirai pas propre pour autant. »

Casse-pattes vit avec plaisir que Harrison était vraiment furieux. Le gouverneur bondit sur ses pieds et hurla à Jackson, si fort que Casse-pattes en sentit trembler son siège : « Prenez pas vos grands airs avec moi, espèce d'hypocrite ! Vous voulez les voir tous morts, moi pareil ! Y a pas de différence entre nous. »

Jackson s'arrêta près de la porte et posa sur le gouverneur un œil dégoûté. « L'assassin, monsieur Harrison, l'*empoisonneur*, il ne voit pas de différence entre un soldat et lui. Mais le soldat, si. »

Contrairement à Ta-Kumsaw, Jackson ne dédaigna pas de claquer la porte.

Harrison se laissa retomber sur sa chaise. « Casse-pattes, je dois dire que ce gars-là, je ne l'aime pas beaucoup.

— Vous en faites pas, dit Casse-pattes. Il est avec vous. »

Harrison sourit lentement. « Je sais. Quand la guerre va éclater, on sera tous ensemble. Sauf peut-être cet ami des Rouges, là-haut à Vigor Church.

— Même lui, fit Casse-pattes. Une fois la guerre déclarée, les Rouges seront pas capables de reconnaître un Blanc d'un autre. Et alors, ses genses se mettront à mourir comme les nôtres. Et alors, Armure-de-Dieu Weaver se battra.

— Ouais, seulement, si Jackson et Weaver soûlaient leurs Rouges comme on le fait chez nous, il n'y aurait pas besoin d'une guerre. »

Casse-pattes envoya une giclée en direction du crachoir et ne le manqua pas de beaucoup. « Ce Rouge, ce Ta-Kumsaw...

— Qu'est-ce qu'il a ? demanda Harrison.

— Il m'inquiète.

— Pas moi, dit Harrison. J'ai là son frère, ivre mort, par terre dans mon bureau. Ta-Kumsaw ne fera rien.

— Quand il m'a désigné, j'ai senti son doigt qui m'touchait à travers la pièce. M'est avis qu'il a un pouvoir d'attirance. Ou de toucher à distance. M'est avis qu'il est dangereux.

— Tu ne crois pas à toute cette sorcellerie, quand même, Casse-pattes ? Tu es tellement instruit, je te croyais au-dessus de ce genre de superstition.

— Ben je l'suis pas, et vous non plus, Bill Harrison. Vous avez d'mandé à un sourcier où que l'terrain était solide pour y construire vot' fort, et quand vot' première femme a eu ses enfants, vous avez fait venir une torche pour voir comment se présentait l'bébé dans son ventre.

— Je te préviens, dit Harrison : plus de commentaires sur ma femme.

— Laquelle, hein, Bill ? La chaude ou la froide ? »

Harrison lâcha un long chapelet de jurons. Oh, Casse-pattes jubilait, Casse-pattes buvait du lait. Il avait un talent pour chauffer les objets, et comment ! mais c'était plus amusant de chauffer l'esprit des gens, parce qu'il n'y avait pas de flammes alors, seulement beaucoup de vapeur, beaucoup d'air chaud.

Bref, Casse-pattes laissa ce vieux Bill Harrison lui chanter goguette un moment. Puis il sourit et leva les mains comme pour se rendre. « Allons, vous connaissez que j'pensais pas à mal, Bill. C'est que j'vous savais pas si collet monté, asteure. J'croyais qu'on connaissait tous deux où s'fabriquaient les bébés, comment ils entraient là et comment qu'ils en sortaient, et vos femmes font pas autrement qu'la mienne. Quand elle est allongée et qu'elle crie, vous savez bien qu'vous faites venir une sage-femme pour lui jeter un sort endormeur, ou un calme-douleur, et quand le bébé tarde à sortir, vous avez une torche pour vous dire comment il s'présente. Alors écoutez-moi, Bill Harrison. Ce Ta-Kumsaw, l'a une espèce de talent, une espèce de pouvoir. Il est plus que ce qu'il paraît.

— Ah bon, Casse-pattes ? Ma foi, peut-être que oui et peut-être que non. Mais il a dit que Lolla-

Wossiky verrait de son autre œil avant que je lui mette la main dessus, et je vais lui prouver avant longtemps qu'il n'est pas prophète.

— À propos de not' borgne, il commence à péter que c'en est une infection. »

Harrison appela son aide de camp. « Envoyez-moi le caporal Withers et quatre soldats, tout de suite. »

Casse-pattes admira la façon dont Harrison maintenait la discipline militaire. Il ne s'écoula pas trente secondes avant que n'arrivent les soldats et que le caporal Withers ne salue : « Oui, monsieur, général Harrison.

— Que trois de vos hommes m'emportent cet animal dans l'écurie. »

Le caporal Withers obéit instantanément, ne prenant que le temps de répéter : « Oui, monsieur, général Harrison. »

Général Harrison. Casse-pattes sourit. Il savait que Harrison n'avait jamais décroché plus que le grade de colonel sous les ordres du général Wayne pendant la dernière guerre française, et même à l'époque, ça ne menait pas loin. Général. Gouverneur. Quel prétentieux...

Mais Harrison s'adressait encore à Withers, tout en regardant Casse-pattes. « Quant à vous et au soldat Dickey, ayez l'obligeance d'arrêter monsieur Palmer et de le mettre sous les verrous.

— M'arrêter ! s'écria Casse-pattes. Qu'esse vous me chantez là ?

— Il a plusieurs armes sur lui, il faudra le fouiller soigneusement, dit Harrison. Je suggère de le déshabiller ici même avant de l'emmener dans sa cellule, et laissez-le sans vêtements. Ce gars-là, c'est une anguille, je ne veux pas qu'il nous fausse compagnie.

— Vous m'arrêtez pour quoi donc ?

— Eh bien, on a un mandat d'arrêt pour dettes non honorées, dit Harrison. Et tu as été accusé de vendre du whisky aux Rouges. Naturellement, faut qu'on saisisse tous tes biens — ces barils suspects que mes gars ont coltinés dans le fort à longueur de journée — et qu'on les vende pour rembourser la dette. Si on en retire suffisamment d'argent et qu'on peut te laver de ces vilaines charges de soûler les Rouges, eh bien, on te laissera partir. »

Puis Harrison sortit de son bureau. Casse-pattes jura, cracha et lâcha des commentaires sur la femme et la mère de Harrison, mais le soldat Dickey étreignait un mousquet, et une baïonnette prolongeait le canon de ce mousquet ; Casse-pattes se soumit donc au déshabillage et à la fouille. Mais il connut pire, et il jura encore, lorsque Withers lui fit traverser tout le fort complètement nu et ne lui donna même pas de couverture quand il le boucla dans une réserve. Une réserve encombrée des barils vides de la *dernière* cargaison de whisky.

Il attendit deux jours dans sa cellule avant qu'on le juge et, pour la première fois, il avait le meurtre au cœur. Il ne manquait pas d'idées de vengeance, soyez-en sûr. Il pensa enflammer les rideaux de dentelles de la maison de Harrison, ou incendier la remise où l'on avait entreposé le whisky, flanquer le feu partout. À quoi bon être une étincelle si on ne peut pas se servir de son talent pour rendre la monnaie de leur pièce à de prétendus amis qui vous jettent en prison ?

Mais il n'alluma pas de feu, car Casse-pattes n'était

pas idiot. D'abord, il savait qu'un feu allumé n'importe où dans l'enceinte aurait toutes les chances de se répandre d'un bout à l'autre de la palanque en moins d'une demi-heure. Et, selon toutes probabilités, chacun se précipiterait pour sauver femmes, enfants, poudre, alcool, et oublierait le trafiquant de whisky enfermé dans une réserve. Casse-pattes n'avait pas envie de mourir dans un incendie qu'il aurait lui-même provoqué... tu parles d'une vengeance ! Il serait toujours temps d'allumer un feu le jour où on lui passerait une corde autour du cou, mais il n'allait pas courir le risque de mourir grillé uniquement pour prendre une revanche pareille.

Pourtant, la principale raison qui le retenait, ce n'était pas la peur, c'était le simple sens des affaires. Harrison agissait ainsi dans le but de montrer à Casse-pattes qu'il n'appréciait pas la façon dont il différait les livraisons de whisky pour faire grimper les prix. Harrison lui démontrait qu'il possédait un pouvoir réel ; Casse-pattes n'avait que de l'argent. Très bien, que Harrison joue donc au puissant. Casse-pattes savait aussi pas mal de choses. Il savait qu'un de ces jours la région de la Wobbish adresserait une demande au Congrès américain à Philadelphie pour accéder au statut d'État. Après quoi, un certain William Henry Harrison soupirerait de tout son petit cœur après le poste de gouverneur. Et Casse-pattes avait vu suffisamment d'élections, là-bas, en Suskwahenny, Pennsylvanie et Appalachie, pour savoir qu'on n'obtient pas de voix sans piastres d'argent à distribuer. Casse-pattes les aurait, lui, ces piastres d'argent. Et le moment venu, il les distribuerait peut-être, ces piastres d'argent, aux électeurs de Harrison ;

et puis, à la réflexion, peut-être pas. Non, peut-être pas. Il aiderait peut-être un autre candidat à s'installer dans la résidence du gouverneur, un de ces jours, quand Carthage serait une vraie ville et la Wobbish un véritable État, et alors Harrison se morfondrait le reste de sa vie, il se rappellerait le temps où il disposait du pouvoir de mettre les gens en prison et il grincerait des dents de colère en pensant que des gars comme Casse-pattes le lui avaient retiré.

Voilà quelles distractions occupèrent les heures de Casse-pattes dans sa cellule, pendant deux longs jours et deux longues nuits.

Puis on le tira hors de la réserve pour le traîner devant la cour — pas rasé, sale, hirsute, les vêtements tout bouchonnés. Le général Harrison occupait la place du juge, le jury au complet portait l'uniforme, et l'avocat de la défense était... Andrew Jackson ! À l'évidence, le gouverneur Bill cherchait à mettre Casse-pattes hors de lui et le pousser à l'invective, mais Casse-pattes n'était pas né d'hier. Il savait, quelle que soit l'idée que Harrison avait derrière la tête, qu'il n'y aurait aucun avantage à monter sur ses grands chevaux. Contente-toi de ne pas bouger et prends ton mal en patience.

Ça ne dura que quelques minutes.

Casse-pattes écouta, la mine sérieuse, un jeune lieutenant déclarer sous serment que tout le whisky du trafiquant avait été remis au vivandier au même prix de vente que la fois précédente. D'après les documents, Casse-pattes n'avait pas gagné un sou de plus à espacer les livraisons de quatre mois. Bon, se dit le trafiquant, c'est très bien, Harrison me fait comprendre comment il voit les choses. Il ne dit donc rien.

Harrison avait l'air content comme tout, du haut de sa solennité de magistrat. Amuse-toi, songea Casse-pattes. Tu n'arriveras pas à me mettre en colère.

Mais il y arriva quand même. On préleva sans plus attendre deux cent vingt piastres pour les remettre à Andrew Jackson, ici même, au tribunal. On lui compta une à une onze pièces d'or de vingt piastres. De voir les pièces rutilantes tomber dans les mains de Jackson, Casse-pattes en eut mal dans sa chair. Il ne pouvait se taire plus longtemps. Mais il réussit à ne pas élever le ton, à parler avec douceur. « Ça m'semble pas régulier, dit-il, que l'plaignant soye l'avocat d'la défense.

— Oh, il ne vous défend pas pour l'inculpation de dettes, fit son Honneur le juge Harrison. Il ne vous défend que pour l'inculpation de vente de whisky. » Puis Harrison eut un large sourire et d'un coup de marteau déclara la première affaire close.

Celle du whisky ne prit guère plus longtemps. Jackson présenta avec soin les mêmes factures et reçus pour prouver que tous les barils avaient été vendus au vivandier de Fort Carthage, et pas une goutte au moindre Rouge. « Je dois pourtant dire, fit Jackson, que la quantité de whisky représentée par ces reçus suffirait à une armée dix fois plus importante pendant trois ans.

— On a une bande de soldats gros buveurs, dit le juge Harrison. Et à mon avis, ce whisky ne va pas faire six mois. Mais pas une goutte aux Rouges, monsieur Jackson, vous pouvez en être sûr ! »

Puis il rendit un verdict de non-lieu en faveur de Casse-pattes Palmer, alias Ulysse Brock. « Mais que cela vous serve de leçon, monsieur Palmer, dit Harrison de sa plus belle voix de magistrat. La justice de la frontière est rapide et sûre. Veillez à payer vos dettes. Et évitez tout ce qui, même de loin, peut ressembler au mal.

— Pour sûr », fit Casse-pattes avec entrain. Harrison l'avait refait en beauté, mais tout s'était bien passé. Oh, les deux cent vingt piastres lui restaient en travers de la gorge, et aussi les deux jours de prison, mais Harrison ne voulait pas trop accabler Casse-pattes. Car ce qu'ignorait Jackson, et que personne n'avait jugé utile de mentionner, c'était que Casse-pattes Palmer tenait par contrat la charge de vivandier auprès de l'armée des États-Unis dans le territoire de la Wobbish. Tous ces documents qui prouvaient qu'il n'avait pas vendu le whisky aux Rouges indiquaient en réalité qu'il se l'était vendu à lui-même, et à profit encore. Jackson allait maintenant rentrer chez lui et Casse-pattes s'installer dans le magasin du vivandier, vendre du whisky à des prix exorbitants, partager les profits avec le gouverneur Bill et regarder les Rouges tomber comme des mouches. Harrison avait joué son petit tour à Casse-pattes, très bien, mais lui, il en jouerait un meilleur au vieil Hickory.

Casse-pattes tint à venir à l'embarcadère quand Jackson prit le bac pour retraverser l'Hio. Jackson avait amené avec lui deux gars, de vraies montagnes, armés de carabines, rien que ça ! Casse-pattes remarqua que l'un d'eux avait l'air à moitié rouge, probablement métissé cherriky ; ce genre de chose, c'était courant en Appalachie, des Blancs qui se *mariaient* réellement avec des squaws, comme si c'étaient de vraies femmes. Et les deux carabines portaient l'estampille « Eli Whitney » sur le canon, ce qui voulait dire qu'elles étaient fabriquées dans l'état d'Irrakwa, où le Whitney en question avait ouvert une usine qui produisait des fusils à une telle cadence qu'il faisait chuter les prix ; et à ce qu'on disait, tous ses ouvriers étaient des *femmes*, des *squaws* irrakwas, croyez-le ou non. Jackson pouvait toujours parler de repousser les Rouges à l'ouest du Mizzipy, c'était déjà trop tard. La faute à Ben Franklin, qui avait permis aux Irrakwas de fonder leur propre État dans le nord, et plus encore à Tom Jefferson, en Appalachie, qui avait fait des Cherrikys des citoyens votants quand ils menaient leur révolution contre le roi. Traitez les Rouges en citoyens, et ils s'imaginent aussitôt bénéficier des mêmes droits que les Blancs. Aucune chance d'obtenir une société ordonnée si ce genre d'idée se popularise. Ma parole, il ne manquerait plus après ça que les Noirs se mettent à refuser de rester esclaves ; du coup, plus moyen de s'asseoir au comptoir d'une taverne et de se retourner sans tomber à sa gauche sur un *Rouge*, et à sa droite sur un *Noir* et ça, c'était tout bonnement contre nature.

Et le Jackson, là, qui s'en allait, croyait qu'il allait sauver l'homme blanc des Rouges, lui qui voyageait avec un métis et trimballait des carabines fabriquées par des sauvages. Le pire, c'est qu'il emportait onze pièces d'or dans sa sacoche de selle, des pièces qui appartenaient de droit à Casse-pattes. Ça mettait Casse-pattes tellement en rage qu'il n'arrivait pas à raisonner correctement.

Aussi chauffa-t-il la sacoche, là où la goupille de métal la maintenait sur la selle. Il sentait ça d'ici, le cuir qui se carbonisait, devenait noir de cendre, qui durcissait autour de la goupille. Dans pas longtemps, pendant que le cheval marcherait, la sacoche tomberait toute seule. Mais comme il y avait des chances pour qu'on s'en rende compte, Casse-pattes se dit qu'il n'allait pas s'en tenir là. Il chauffa tout un tas d'autres parties de la selle, et les selles des autres hommes par la même occasion. Ils accostèrent sur l'autre rive, enfourchèrent leurs chevaux et s'éloignèrent, mais Casse-pattes savait qu'ils monteraient à cru avant d'être rentrés à Nashville. Il espérait de tout son cœur que la selle de Jackson se détacherait au bon moment et de telle façon que le vieil Hickory atterrirait sur le derrière, ou même qu'il se casserait le bras, peut-être. Cette seule idée mit Casse-pattes de bonne humeur. De temps en temps, c'était amusant d'être une étincelle. Quand on rabaissait le caquet à un avocat pompeux aux allures de petit saint.

À vrai dire, un homme honnête comme Andrew Jackson ne faisait pas le poids devant une paire de crapules comme Bill Harrison et Casse-pattes Palmer. Mais c'était quand même une honte que l'armée ne donne pas de médailles aux soldats qui tuaient leurs ennemis à coups de whisky plutôt qu'à coups de carabines. Parce que sinon, Harrison et Palmer seraient tous deux des héros, ça, Casse-pattes en était sûr.

Tel que ça se présentait, Casse-pattes se disait que dans toute cette histoire Harrison trouverait bien moyen de passer pour un héros, tandis que lui n'en retirerait rien d'autre que de l'argent. Bah, c'est comme ça, songea-t-il. À certains la gloire, à d'autres l'argent. Mais je m'en fiche, tant que je ne fais pas partie de ceux qui se retrouvent sans rien du tout. Je ne tiens pas à faire partie de ceux-là, ah non, alors ! Et si jamais ça m'arrive, il y en a qui vont le regretter.

II

Ta-Kumsaw

Tandis que Casse-pattes regardait Jackson traverser la rivière, Ta-Kumsaw, lui, regardait le Blanc revendeur de whisky et savait ce qu'il faisait. Comme n'importe quel autre Rouge qui se serait donné la peine de le regarder... un Rouge à jeun, en tout cas. L'homme blanc fait beaucoup de choses que l'homme rouge ne comprend pas, mais quand il traficote avec le feu, l'eau, la terre et l'air, il ne peut pas le cacher à l'homme rouge.

Ta-Kumsaw ne voyait pas le cuir de la selle brûler sur le cheval de Jackson. Il ne sentait pas la chaleur. Ce qu'il voyait ressemblait à un frémissement, à une trombe minuscule qui attirait son attention de l'autre côté de la rivière. Une discordance dans l'harmonie du paysage. La plupart des hommes rouges ne percevaient pas ces phénomènes avec autant d'acuité que Ta-Kumsaw. Son jeune frère, Lolla-Wossiky, était à sa connaissance le seul à les percevoir plus fortement. Beaucoup plus fortement. Il sentait tous les tourbillons, tous les remous du courant. Ta-Kumsaw se remémora leur père, Pucky-Shinwa ; il parlait de Lolla-

Wossiky, disait qu'il serait chaman et Ta-Kumsaw chef de guerre.

C'était avant que Harrison Bouche-qui-ment n'abatte Pucky-Shinwa sous les yeux de Lolla-Wossiky.

Ta-Kumsaw était parti chasser ce jour-là, à quatre mains de marche vers le nord, mais il avait ressenti le meurtre comme un coup de fusil qu'on aurait tiré juste derrière lui. Quand un homme blanc lançait un charme, un sort, ou se servait d'un instrument divinatoire, Ta-Kumsaw avait une impression de démangeaisons sous la peau, mais quand un Blanc tuait, c'était comme un coup de poignard.

Il se trouvait en compagnie d'un autre frère à cet instant, Methowa-Tasky, et lui lança : « Tu as senti ? »

Les yeux de Methowa-Tasky s'agrandirent. Non, rien senti. Mais déjà, malgré son âge — pas tout à fait treize ans —, Ta-Kumsaw était sûr de lui. Il l'avait senti. Pas d'erreur. Un meurtre avait été commis, et il devait retourner auprès du mourant.

Il prit la tête pour courir à travers bois. Comme tous les Rouges de cette époque, il communiait totalement avec la nature. Il n'avait pas besoin de penser où poser les pieds ; il savait que les brindilles s'assoupliraient et ploieraient sous ses pas, que les feuilles se détremperaient et ne bruiraient pas, que les branches qu'il écartait reprendraient vite leur place sans laisser aucun indice de son passage. Des hommes blancs se vantaient de pouvoir se mouvoir aussi silencieusement qu'un Rouge, et de fait, certains y parvenaient... mais en progressant lentement, prudemment, en inspectant le sol, en contournant les buissons. Ils ne soupçonnaient pas à quel point l'homme rouge n'avait guère besoin de réfléchir pour éviter de faire du bruit, de laisser des traces.

Ce n'était pas à sa course que pensait Ta-Kumsaw, il ne pensait pas du tout à lui-même. La vie palpitante et verte de la forêt l'entourait, et en son centre, devant lui, un tourbillon noir l'aspirait vers le bas, plus fort, plus vite, vers cette déchirure dans le vert vivant, cette blessure par où était passé un meurtrier. Longtemps avant d'arriver, même Methowa-Tasky le sentit. Là-bas, par terre, gisait leur père, une balle dans la tête. Et debout près de lui, silencieux et comme aveugle : Lolla-Wossiky, dix ans.

Ta-Kumsaw ramena chez lui le corps de son père en travers de ses épaules, comme un cerf. Methowa-Tasky conduisait Lolla-Wossiky par la main, sans quoi le jeune garçon ne voulait pas avancer. La mère les accueillit par de longs gémissements de douleur, car elle aussi avait senti la mort, mais elle ignorait qu'il s'agissait de son époux jusqu'à ce que ses fils le ramènent. La mère ligota le corps de son mari sur le dos de Ta-Kumsaw ; puis Ta-Kumsaw escalada l'arbre le plus grand, détacha le corps de son père de son dos et le lia à la plus haute branche qu'il put atteindre.

Il n'aurait pas fallu qu'il grimpe au-delà de ses forces et que le corps lui échappe des mains. Mais Ta-Kumsaw n'alla pas au-delà de ses forces. Il attacha son père à une branche si haute que le soleil lui éclairait le visage toute la journée. Les oiseaux et les insectes s'en nourriraient ; l'air et le soleil le dessécheraient ; la pluie entraînerait ses restes vers le sol. C'était la façon de Ta-Kumsaw de rendre son père à la terre.

Mais qu'allait-on faire de Lolla-Wossiky ? Il ne

disait rien, il ne s'alimentait que lorsqu'on lui donnait à manger, et il fallait lui prendre la main et le conduire, sinon il restait indéfiniment à la même place. La mère avait peur de ce qui était arrivé à son garçon. La mère aimait beaucoup Ta-Kumsaw, plus que n'importe quelle mère de la tribu aimait un fils ; mais quand bien même, elle aimait davantage Lolla-Wossiky. Souventes fois elle leur avait raconté comment, bébé, Lolla-Wossiky se mettait à pleurer chaque hiver dès les premiers souffles d'air glacés. Elle avait beau le couvrir de peaux d'ours ou de bison, elle ne parvenait jamais à le calmer. Puis un hiver où il était assez grand pour parler, il lui apprit la raison de ces pleurs : « Toutes les abeilles vont mourir », dit-il. Voilà ce qu'était Lolla-Wossiky, le seul Shaw-Nee qui ait jamais ressenti la mort des abeilles.

Voilà quel était le jeune garçon qui se tenait à côté de son père lorsque le colonel Bill Harrison l'avait abattu. Si Ta-Kumsaw avait senti ce meurtre comme un coup de poignard, à une demi-journée de distance, qu'avait donc éprouvé Lolla-Wossiky, lui si près, lui déjà si sensible ? S'il pleurait pour la mort des abeilles en hiver, quel effet avait eu sur lui le meurtre, sous ses yeux, de son père par un homme blanc ?

Au bout de quelques années, Lolla-Wossiky avait fini par se remettre à parler, mais le feu avait quitté son regard, et il restait indifférent à tout. Il avait perdu son œil par accident ; il avait trébuché et était tombé sur le chicot pointu d'un buisson abattu. Trébuché ! Tombé ! À quel homme rouge était-ce jamais arrivé ? On aurait dit que Lolla-Wossiky avait perdu tout sens de la terre ; il était aussi empoté qu'un homme blanc.

À moins, avait pensé Ta-Kumsaw, à moins que l'écho de cet ancien coup de feu lui résonne encore si fort dans la tête qu'il n'entendait plus rien d'autre désormais ; que la vieille douleur, toujours aiguë, l'empêche de sentir les battements du monde vivant. Une douleur qui avait duré jusqu'à ce que la première gorgée de whisky ait appris à Lolla-Wossiky comment en émousser les dents acérées.

Voilà pourquoi Ta-Kumsaw ne battait jamais Lolla-Wossiky quand il avait bu ; pourtant il battait n'importe quel autre Shaw-Nee, même ses frères, même un vieillard, s'il le prenait le poison de l'homme blanc à la main.

Mais l'homme blanc n'avait jamais soupçonné ce que voyait, entendait et sentait l'homme rouge. L'homme blanc avait amené la mort et le néant dans ce pays. L'homme blanc abattait les arbres séculaires, pleins de sagesse, qui avaient tant à raconter ; les jeunes arbres qui avaient beaucoup de vies à vivre devant eux ; et l'homme blanc ne leur demandait jamais : ça vous ferait plaisir de faire une maison, pour moi et ma tribu ? Tailler, couper, casser, brûler, c'était ça, les façons de l'homme blanc. Prendre à la forêt, prendre à la terre, prendre à la rivière, mais ne rien donner en retour. L'homme blanc tuait des animaux dont il n'avait pas besoin, des animaux qui ne lui faisaient pas de mal ; mais si un ours avait faim en se réveillant l'hiver et prenait un petit cochon, même un seul, l'homme blanc le traquait et le tuait par vengeance. Il n'avait aucun sentiment de l'harmonie de la terre, jamais.

Pas étonnant que la terre déteste l'homme blanc ! Pas étonnant que toute la nature se rebelle sous son pas, qu'elle craque sous ses pieds, se plie dans le mauvais sens, crie à l'homme rouge : « C'est ici que se trouvait l'ennemi ! L'intrus est venu, il a traversé ces buissons, monté cette colline ! » L'homme blanc disait pour plaisanter que les Rouges pouvaient même suivre une piste humaine sur l'eau, puis il éclatait de rire comme si ce n'était pas vrai. Mais ça l'était, vrai, car lorsqu'un homme blanc longeait une rivière ou un lac, l'eau bouillonnait, écumait et clapotait bruyamment des heures durant après son passage.

Et voilà que Casse-pattes Palmer, marchand de poison, tueur perfide, voilà qu'il allume son feu ridicule sur la selle d'un autre homme blanc, croyant que personne ne s'en aperçoit. Les hommes blancs, avec leurs petits talents de rien ! Les hommes blancs, avec leurs charmes et leurs sortilèges conjureurs ! Ils ne savaient donc pas que leurs charmes repoussaient seulement les attaques qui n'étaient pas naturelles ? Quand un voleur vient, il sait qu'il agit mal, alors un charme repousseur vigoureux fait croître sa peur jusqu'à ce qu'il s'enfuie en criant. Mais l'homme rouge n'est jamais un voleur. L'homme rouge est partout chez lui sur cette terre. Pour lui, le charme n'est qu'un point froid, une agitation dans l'air, et rien de plus. Pour lui, un talent, c'est comme une mouche, *bzzz, bzzz, bzzz*. Loin au-dessus de cette mouche, la puissance de la terre vivante, c'est cent faucons aux aguets, décrivant des cercles.

Ta-Kumsaw regarda Casse-pattes faire demi-tour, regagner le fort. Bientôt il vendra son poison pour de bon. La plupart des hommes rouges rassemblés ici seront soûls. Ta-Kumsaw restera surveiller. Il n'aura pas besoin de leur parler. Ils le verront, c'est tout, et ceux qui gardent encore un peu de fierté repartiront sans s'imbiber. Ta-Kumsaw n'est pas encore chef. Mais on tient compte de lui. Ta-Kumsaw est la fierté des Shaw-Nees. Tous les hommes rouges de toutes les autres tribus veulent se comparer à lui. Les Rouges-à-whisky se sentent tout petits quand ils regardent ce fort et grand guerrier.

Il se rendit à l'endroit où s'était tenu Casse-pattes et imposa le calme aux contractions causées par le trafiquant. Les insectes furieux et bourdonnants ne tardèrent pas à s'assagir. L'odeur du marchand de whisky s'atténua. L'eau se remit à clapoter contre la rive, produisant un chant involontaire.

Qu'il était facile de guérir la terre après le passage de l'homme blanc ! Si tous les hommes blancs partaient aujourd'hui, demain elle aurait déjà retrouvé le repos, et dans un an il ne resterait pas la moindre trace de leur venue. Même les ruines des constructions de l'homme blanc retourneraient à la terre, elles serviraient d'abris aux petits animaux, elles tomberaient en miettes sous l'étreinte avide des plantes grimpantes. Le métal de l'homme blanc ne serait plus que rouille ; la maçonnerie de l'homme blanc que collines basses et cavernes exiguës ; les crimes de l'homme blanc des notes mélodieuses et nostalgiques dans le chant du cardinal, car le cardinal, l'oiseau rouge, se souvenait de tout et le changeait en bienfait quand il le pouvait.

Toute la journée, Ta-Kumsaw se tint à l'extérieur du fort, à regarder les hommes rouges allant acheter leur poison. Hommes et femmes de toutes tribus —

Wee-Aws et Kicky-Poos, Potty-Wottamees et Chippy-Was, Winny-Baygos et Pee-Orawas —, ils entraient chargés de peaux et de paniers et ressortaient avec seulement des gobelets ou des cruchons de whisky, parfois uniquement ce qu'ils avaient déjà dans le ventre. Ta-Kumsaw ne dit rien, mais il sentait que les Rouges qui buvaient ce poison perdaient le contact avec la terre. Ils ne déformaient pas le vert de la vie à la manière de l'homme blanc ; c'était plutôt comme s'ils n'existaient plus du tout. L'homme rouge qui buvait du whisky était déjà mort, pour ce qu'en savait la terre. Non, même pas mort, parce qu'il ne redonnait rien à la terre. Je reste ici et je les regarde devenir des fantômes, se dit Ta-Kumsaw, ni morts, ni vivants. Il ne formula cette pensée que dans sa tête, mais la terre sentit son chagrin, et le vent lui répondit en pleurant dans les branches.

Le crépuscule venu, un cardinal, l'oiseau rouge, marche dans la poussière devant Ta-Kumsaw

Raconte-moi une histoire, dit l'oiseau rouge dans son langage silencieux, les yeux levés vers l'homme rouge également silencieux.

Tu connais mon histoire avant que je la raconte, dit Ta-Kumsaw sans un mot. Tu sens mes larmes avant que je pleure. Tu connais le goût de mon sang avant qu'il soit versé.

Pourquoi éprouves-tu du chagrin à cause d'hommes rouges qui n'appartiennent pas aux Shaw-Nees ?

Avant l'arrivée de l'homme blanc, dit Ta-Kumsaw silencieusement, nous ne savions pas que tous les hommes rouges étaient semblables, frères de la terre, parce que nous croyions toutes les créatures ainsi ; alors nous nous querellions avec d'autres hommes rouges comme l'ours se querelle avec le cougouar, comme le rat musqué chicane le castor. Puis l'homme blanc est venu, et j'ai vu tous les hommes rouges comme des jumeaux comparés à lui.

Qu'est-ce que l'homme blanc ? Qu'est-ce qu'il fait ?

L'homme blanc est comme un être humain, mais il écrase toutes choses vivantes sous ses pieds.

Alors pourquoi, ô Ta-Kumsaw, lorsque je regarde dans ton cœur, pourquoi n'as-tu pas le désir de nuire à l'homme blanc, le désir de tuer l'homme blanc ?

L'homme blanc ne sait pas le mal qu'il commet. L'homme blanc ne sent pas la paix de la terre, comment alors peut-il se rendre compte des petites morts qu'il cause ? Je ne peux pas en vouloir à l'homme blanc. Mais je ne peux pas le laisser rester. Et quand je le ferai quitter cette terre, je ne le haïrai pas.

Si tu n'as pas de haine, ô Ta-Kumsaw, tu chasseras sûrement l'homme blanc.

Je ne lui ferai pas plus de mal qu'il n'est nécessaire pour le faire partir.

L'oiseau rouge hoche la tête. Une fois, deux fois, trois fois, quatre fois. Il volète jusqu'à une branche à hauteur de la tête de Ta-Kumsaw. Il chante une nouvelle chanson. Dans cette chanson, Ta-Kumsaw n'entend aucun mot ; mais il y entend sa propre histoire. Dorénavant, son histoire est dans le chant de tous les oiseaux rouges du pays, car ce que sait un oiseau rouge, les autres s'en souviennent.

Quiconque aurait observé Ta-Kumsaw tout ce temps n'aurait pas eu la moindre idée de ce qu'il avait dit, vu et entendu. Le visage de Ta-Kumsaw n'exprimait rien. Il se tenait debout à la même place ; un oiseau rouge s'était posé près de lui, était resté un moment, avait chanté puis était reparti.

Mais ce moment avait changé le cours de la vie de Ta-Kumsaw ; il le savait parfaitement. Avant ce jour, il était un jeune homme. On admirait sa force, son calme et son courage, mais il n'était pas autorisé à parler autrement que comme n'importe quel Shaw-Nee, et une fois qu'il avait parlé, il se taisait et les anciens décidaient. Dorénavant il déciderait tout seul, en vrai chef, en chef de guerre. Pas un chef des Shaw-Nees, ni même un chef des hommes rouges du Nord, mais le chef de toutes les tribus rouges en guerre contre l'homme blanc. Il savait depuis des années que cette guerre devait arriver ; mais jusqu'à cet instant, il avait cru que ce serait un autre qui la conduirait, un chef comme Tige-de-maïs, Poisson-noir, ou même un Cree-Ek, un Chok-Taw du Sud. Mais l'oiseau rouge était venu à *lui*, Ta-Kumsaw, et l'avait inscrit dans son chant. Maintenant, où qu'aille Ta-Kumsaw sur la terre qui savait le chant de l'oiseau rouge, son nom serait connu des grands sages rouges. Il était chef de guerre de tous les hommes rouges qui aimaient la terre ; la terre l'avait choisi.

Tandis qu'il se tenait là, non loin des berges de l'Hio, il avait le sentiment d'être le visage de la terre. Le feu du soleil, le souffle de l'air, la force du sol, la course de l'eau se retrouvaient en lui et regardaient le monde par ses yeux. Je suis la terre ; je suis les mains, les pieds, la bouche et la voix de la terre en lutte pour se débarrasser de l'homme blanc.

Telles étaient ses pensées.

Il demeura à la même place jusqu'à la nuit noire. Les autres hommes rouges étaient repartis vers leurs loges ou leurs cabanes pour dormir... ou s'étendre, ivres, pour ainsi dire morts, jusqu'au matin. Ta-Kumsaw sortit de la transe où l'avait plongé l'oiseau et entendit des rires venant du village rouge, des rires et des chansons de soldats blancs venant de l'intérieur du fort.

Il s'éloigna du lieu où il était resté si longtemps debout. Il avait les jambes raides, mais il ne chancela pas ; il les forçait à se mouvoir sans à-coups, et le sol cédait délicatement sous ses pieds. L'homme blanc devait porter des bottes lourdes et rudes pour marcher longtemps, parce que le sol lui écorchait et entaillait les chairs ; l'homme rouge portait les mêmes mocassins pendant des années, parce que la terre lui était aimable et faisait bon accueil à son pas. Ta-Kumsaw avançait, et il sentait sol, vent, rivière, éclair, avancer avec lui ; la terre, tout ce qui vivait, était en lui, et lui était les mains, les pieds et le visage de la terre.

Il y eut un cri dans le fort. Suivi d'autres :

« Au voleur ! Au voleur !

— Arrêtez-le !

— Il a pris un baril ! »

Jurons, vociférations. Puis le bruit le plus effroyable : un coup de feu. Ta-Kumsaw attendit la morsure de la mort. Elle ne vint pas.

Une ombre humaine émergea au-dessus du parapet. L'homme, quel qu'il fût, tenait un tonnelet en équilibre sur son épaule. Un instant, il vacilla à l'extrême pointe des poteaux de la palissade, puis sauta. Ta-Kumsaw savait qu'il s'agissait d'un frère rouge, parce qu'il était capable de sauter d'une hauteur de trois hommes, chargé d'un lourd baril, et de ne faire presque aucun bruit en atterrissant.

Peut-être volontairement, ou peut-être pas, le

voleur en fuite courut droit à Ta-Kumsaw et s'arrêta devant lui. Ta-Kumsaw abaissa le regard. À la lueur des étoiles, il reconnut l'homme.

« Lolla-Wossiky, dit-il.

— J'ai un baril, dit Lolla-Wossiky.

— Je devrais détruire ce baril », dit Ta-Kumsaw.

Lolla-Wossiky leva la tête, comme l'oiseau rouge, et regarda son frère. « Alors, il faudra que j'en prenne un autre. »

Les hommes blancs qui pourchassaient Lolla-Wossiky parvinrent à la porte, réclamant à grands cris au garde de l'ouvrir. Il faut que je m'en souvienne, songea Ta-Kumsaw. Un bon moyen de me faire ouvrir la porte. En même temps que lui venait cette pensée, il passa le bras autour de son frère, baril compris. Ta-Kumsaw sentit la terre verte comme un second battement de cœur, très fort en lui, et tandis qu'il tenait son frère, le même pouvoir de la terre passa dans Lolla-Wossiky. Ta-Kumsaw l'entendit suffoquer.

Les Blancs sortirent en courant du fort. Ta-Kumsaw et Lolla-Wossiky avaient beau se tenir à découvert, les soldats ne les virent pas. Ou plutôt si, ils *virent*; mais ils ne remarquèrent pas les deux Shaw-Nees, voilà. Ils les dépassèrent au pas de course, en hurlant et tirant au petit bonheur dans les bois. Ils se regroupèrent à côté des deux frères, si près qu'en tendant le bras ils auraient pu les toucher. Mais ils ne tendirent pas le bras; ils ne touchèrent pas les hommes rouges.

Au bout d'un moment, les Blancs abandonnèrent les recherches et regagnèrent le fort en sacrant et marmonnant.

« C'était l'Rouge borgne.

— L'soûlard shaw-nee.

— Lolla-Wossiky.

— Si je l'trouve, je l'tue.

— Faut l'pendre, ce sale voleur. »

Voilà ce qu'ils disaient, et Lolla-Wossiky était là, à moins d'un jet de pierre, le baril sur l'épaule.

Lorsque le dernier homme blanc fut dans le fort, Lolla-Wossiky gloussa.

« Tu ris avec le poison de l'homme blanc sur l'épaule, dit Ta-Kumsaw.

— Je ris avec le bras de mon frère autour de ma taille, répondit Lolla-Wossiky.

— Laisse ce whisky, frère, et viens avec moi, dit Ta-Kumsaw. L'oiseau rouge a entendu mon histoire et me célèbre dans son chant.

— Alors je vais écouter ce chant et je m'en réjouirai toute ma vie, dit Lolla-Wossiky.

— La terre est avec moi, frère. Je suis le visage de la terre, la terre est mon souffle et mon sang.

— Alors j'entendrai battre ton cœur dans le pouls du vent, dit Lolla-Wossiky.

— Je rejetterai l'homme blanc à la mer », dit Ta-Kumsaw.

Pour toute réponse, Lolla-Wossiky éclata en sanglots ; non pas des sanglots d'ivrogne, mais ceux secs et profonds d'un homme accablé de douleur. Ta-Kumsaw voulut resserrer son étreinte, mais son frère le repoussa et s'éloigna en titubant, sans lâcher son baril, pour s'enfoncer dans l'obscurité parmi les arbres.

Ta-Kumsaw ne le suivit pas. Il savait pourquoi son frère pleurait : parce que la terre avait comblé Ta-Kumsaw de son pouvoir, un pouvoir suffisant pour rendre aussi invisible qu'un arbre au beau milieu de Blancs soûls. Et Lolla-Wossiky savait qu'en toute justice il aurait dû avoir dix fois plus de pouvoir que Ta-Kumsaw, quel que soit ce pouvoir. Mais l'homme blanc l'en avait privé, par le meurtre et le whisky, jusqu'à ce qu'il ne soit plus assez homme pour que l'oiseau rouge apprenne sa chanson ou que la terre emplisse son cœur.

Tant pis, tant pis, tant pis.

La terre m'a choisi pour être sa voix, je dois donc commencer à parler. Je ne vais pas rester plus longtemps ici, à essayer de faire honte aux malheureux ivrognes que la soif du poison de l'homme blanc a déjà tués. Je ne mettrai plus en garde les menteurs blancs. J'irai trouver les Rouges encore vivants, encore des hommes, et je les rassemblerai. Comme un seul et même grand peuple, nous renverrons l'homme blanc au-delà de la mer.

III
Maurepas

Frédéric, le jeune comte de Maurepas, et Gilbert, le vieillissant marquis de La Fayette, se tenaient ensemble à la rambarde du chaland, sur le canal, les yeux tournés vers le lac Irrakwa. La voile de la *Marie-Philippe* était parfaitement visible à présent ; ils suivaient son approche depuis des heures tandis qu'elle traversait le dernier et le plus en aval des Grands Lacs.

Frédéric ne se rappelait pas à quand remontait sa dernière humiliation au nom de sa nation. Peut-être à l'époque où le cardinal Machin-chose avait essayé de suborner la reine Marie-Antoinette. Oh, bien sûr, Frédéric n'était alors qu'un jeune homme, pas plus de vingt-cinq ans, un blanc-bec, sans expérience du monde. Il s'était dit qu'il n'arriverait jamais pire humiliation à la France que la révélation d'un cardinal persuadé de pouvoir suborner la reine avec un collier de diamants. Ou avec quoi que ce soit, d'ailleurs. Ah ça, évidemment, la véritable humiliation, à son avis, c'était qu'un cardinal français soit assez bête pour croire à l'utilité de suborner la reine ;

au mieux, elle pouvait influencer le roi, et comme le roi Louis n'avait jamais influencé personne...

L'humiliation personnelle était une douleur. L'humiliation d'une famille, bien pire. L'humiliation d'une classe sociale, un martyre. Mais l'humiliation d'une nation restait la plus atroce des souffrances humaines.

Aujourd'hui, à bord d'un misérable chaland, un chaland *américain*, amarré au bord d'un canal *américain*, il attendait d'accueillir un général français. Pourquoi n'était-ce pas un canal français ? Pourquoi les Français n'avaient-ils pas été les premiers à fabriquer ces ingénieuses écluses et à percer un canal autour des chutes canadiennes ?

« Ne fumez pas, mon cher Frédéric, murmura La Fayette.

— Je ne fume pas, mon cher Gilbert.

— Vous ronchonnez, alors. Vous n'arrêtez pas de ronchonner.

— Je renifle. J'ai un rhume. »

Le Canada n'était rien d'autre qu'une décharge pour les rebuts de la société française, songea Frédéric pour la millième fois. Même la noblesse qui finissait ici était gênante. Ce marquis de La Fayette, un membre du... non, un *fondateur* du Club des Feuillants, ce qui revenait presque à dire un traître avoué au roi Charles. Fadaises démocratiques. Pourquoi pas un Jacobin comme ce terroriste de Robespierre ? Ils avaient bien sûr exilé La Fayette au Canada, où il ne pouvait guère faire de mal. Guère de mal, s'entend, en dehors d'humilier la France de cette façon inconvenante...

« Notre nouveau général se fait accompagner de plusieurs officiers d'état-major, dit La Fayette, avec armes et bagages. Il aurait été ridicule de débarquer pour faire un épouvantable trajet en voiture et en chariot, quand on peut tout transporter par voie d'eau. Nous aurons l'occasion de faire connaissance.»

Puisque La Fayette, à sa façon fruste (la honte de l'aristocratie !), tenait à ne pas mâcher ses mots sur le sujet, Frédéric ne pouvait faire autrement que s'abaisser à son niveau et parler lui aussi sans détour. «Un général français ne devrait pas voyager en terre étrangère pour rejoindre son poste !

— Mais, mon cher Frédéric, il ne posera pas le pied sur le sol américain, pas une fois ! D'un bateau à l'autre, tout le trajet sur l'eau.»

Le sourire affecté de La Fayette était exaspérant. Prendre à la légère cette souillure sur l'honneur de la France. Pourquoi, oh ! pourquoi son père n'avait-il su garder encore un peu la faveur du roi ? Frédéric aurait pu rester assez longtemps pour gagner une promotion à un poste distingué, comme seigneur de la marche italienne ou... est-ce qu'il existe un poste de ce genre ?... enfin, quelque part où l'on mange une nourriture décente, de la musique, de la danse et du théâtre... Ah, Molière ! En Europe, où il affronterait un ennemi civilisé comme les Autrichiens ou les Prussiens, ou même — en élargissant le sens du mot "civilisé" — les Anglais. Au lieu de quoi, il se retrouvait ici, à jamais pris au piège — à moins que Père ne s'insinue à nouveau dans les faveurs du roi — face à une invasion populacière d'affreux Anglais sans éducation, la lie, les plus vils rebuts de la société de leur pays, sans parler des Hollandais, des Suédois et des Allemands... Oh, c'était insupportable rien que d'y penser. Il y avait pire : les alliés ! Des tribus de

Rouges qui n'étaient même pas des hérétiques, encore moins des chrétiens... c'étaient des *païens*, et la moitié des opérations militaires à Détroit consistaient à acheter ces horribles trophées sanguinolents...

« Holà, mon cher Frédéric, vous êtes bel et bien en train d'attraper froid, dit La Fayette.

— Pas du tout.

— Vous avez tremblé.

— J'ai *frissonné*.

— Il vous faut cesser de bouder et faire contre mauvaise fortune bon cœur. Les Irrakwas se sont montrés très coopératifs. Ils nous ont fourni la propre barge du gouverneur, à titre gracieux, en signe de bonne volonté.

— Le gouverneur ! Le *gouverneur* ? Voulez dire cette grosse bonne femme, cette affreuse païenne à la peau rouge ?

— Elle n'est pas responsable de sa peau rouge, et elle n'est pas païenne. En fait, elle est baptiste, ce qui est presque chrétien, mais en plus tapageur.

— Comment ne pas y perdre son latin dans ces hérésies anglaises ?

— Je crois que le cas ne manque pas d'élégance. Une femme gouverneur de l'État d'Irrakwa, et une Rouge, qui plus est, acceptée comme l'égale des gouverneurs de Suskwahenny, de Pennsylvanie, de la Nouvelle-Amsterdam, de la Nouvelle-Suède, de la Nouvelle-Orange, de la Nouvelle-Hollande...

— J'ai l'impression qu'il vous arrive de préférer ces sales petits États-Unis à votre pays natal.

— Je suis français de cœur, dit La Fayette avec

douceur. Mais j'admire l'esprit d'égalitarisme des Américains. »

Encore l'égalitarisme. Le marquis de La Fayette était comme un piano-forte qui n'aurait eu qu'une touche. « Vous oubliez que notre ennemi à Détroit est américain.

— Vous, vous oubliez que notre ennemi, c'est la horde de squatters illégaux, quelle que soit leur nation d'origine, qui se sont établis dans la réserve rouge.

— C'est de l'ergotage. Ils sont tous américains. Ils passent tous par La Nouvelle-Amsterdam ou Philadelphie avant de prendre la route de l'Ouest. Ici, dans l'Est, vous les encouragez — ils savent tous à quel point vous admirez leur philosophie anti-monarchiste —, et c'est moi qui dois payer ensuite pour leurs scalps quand les Rouges les massacrent dans l'Ouest.

— Allons, allons, Frédéric. Même de mauvaise humeur, vous ne devez pas m'accuser d'anti-monarchisme. L'ingénieuse machine à découper la viande de monsieur Guillotin attend quiconque se rend coupable de ce *crime*.

— Oh, soyez sérieux, Gilbert. On ne l'emploierait pas contre un marquis. On ne tranche pas la tête aux aristocrates qui avancent ces idées démocratiques insensées. On les envoie au Québec. » Frédéric sourit... il ne résistait pas à l'envie de retourner le couteau dans la plaie. « Ceux qu'on méprise vraiment, on les envoie à Niagara.

— Alors, que diable avez-vous pu faire, vous... pour qu'on vous expédie à Détroit ? » murmura La Fayette.

Encore de l'humiliation. N'en verrait-il jamais la fin ?

La *Marie-Philippe* était si proche qu'ils distinguaient les matelots et les entendaient crier tandis que le bateau tirait l'ultime bord à l'entrée de Port Irrakwa. Dernier des Grands Lacs, l'Irrakwa était le seul à pouvoir accueillir des vaisseaux de haute mer ; les chutes du Niagara y veillaient. Au cours des trois dernières années, depuis que les Irrakwas avaient terminé leur canal, presque toutes les expéditions de marchandises qui avaient eu besoin de passer les chutes pour rejoindre le lac Canada avaient été débarquées sur la rive américaine avant de remonter le canal Niagara. Les villes de portage françaises se mouraient ; un nombre embarrassant de Français avait traversé le lac pour vivre du côté américain, où les Irrakwas n'étaient que trop heureux de les mettre au travail. Et le marquis de La Fayette, censément le gouverneur suprême de tout le Canada au sud et à l'ouest du Québec, ne paraissait pas s'en formaliser outre mesure. Si jamais son père rentrait dans les bonnes grâces du roi Charles, Frédéric s'assurerait que La Fayette soit le premier aristocrate à tâter du couperet de Guillotin. Ce qu'il avait commis ici, au Canada, relevait de la trahison pure et simple.

Comme s'il lisait dans l'esprit de Frédéric, La Fayette lui tapota l'épaule et dit : « Bientôt, allez, un peu de patience. » L'espace d'un instant, Frédéric eut l'absurde illusion que La Fayette prophétisait avec calme sa propre exécution pour trahison.

Mais le marquis observait seulement qu'enfin *Marie-Philippe* s'était suffisamment approchée pour lancer un filin sur le débarcadère. Les débardeurs irrakwas saisirent le cordage qu'ils arrimèrent au guindeau, puis se mirent à chanter dans leur baragouin innommable tandis qu'ils halaient le bateau à quai. La *Marie-Philippe* immobilisée, ils commencèrent à décharger la cargaison d'une part et à faire descendre les passagers de l'autre.

« N'est-ce pas ingénieux, cette façon d'activer le transport de la cargaison ? fit remarquer La Fayette. Ils la déchargent sur ces lourds wagons, qui roulent sur des rails — des rails, comme les bennes de mines ! — et puis les chevaux l'amènent jusqu'ici, en douceur, facilement comme tout. On peut transporter de bien plus lourdes charges sur des rails que dans des chariots ordinaires, savez-vous ? Stephenson me l'a expliqué la dernière fois que je suis venu ici. C'est parce qu'on n'a pas besoin de diriger. » Il n'en finissait pas de débiter ses fadaises. Comme de bien entendu, l'instant suivant il repartait sur la machine à vapeur de Stephenson, qui, il en avait la conviction, remplacerait le cheval. Stephenson en avait construit en Angleterre ou en Écosse, ou ailleurs, mais il était en Amérique à présent, et croyez-vous que La Fayette l'aurait invité à fabriquer ses voitures à vapeur au Canada ? Oh, non... le marquis était ravi de le laisser les fabriquer pour les Irrakwas et il marmottait une excuse idiote du genre : les Irrakwas utilisent déjà des machines à vapeur pour leurs filatures, et tout le charbon se trouve du côté américain... mais Frédéric de Maurepas savait la vérité. La Fayette estimait que la machine à vapeur, en tirant des voitures sur des rails, rendrait les échanges commerciaux et les voyages infiniment plus rapides et moins coûteux... et il pensait que le monde y gagnerait si on la construisait dans les frontières d'une *démocratie* ! Il allait de soi que Frédéric ne croyait pas les machines capables un jour d'aller plus vite que des chevaux, mais peu importait... La Fayette, lui, croyait en elles, et le fait de ne pas les avoir introduites au Canada relevait de la pure trahison.

Le mot avait dû se former sur ses lèvres. Ou alors La Fayette entendait les pensées d'autrui... Frédéric avait eu vent de rumeurs prétendant que le marquis possédait ce genre de talent. Peut-être qu'il avait seulement deviné. Peut-être que le diable le lui avait soufflé... tiens, c'est une idée ! En tout cas, La Fayette éclata de rire et dit : « Frédéric, si j'avais demandé à Stephenson de construire son chemin de fer au Canada, vous m'auriez fait démettre de mes fonctions pour avoir gaspillé de l'argent en fariboles. En l'état actuel des choses, si vous faisiez un rapport m'accusant de trahison pour avoir encouragé Stephenson à rester en Irrakwa, on vous rappellerait au pays pour vous enfermer dans une chambre capitonnée !

— Trahison ? Moi, je vous accuse ? fit Frédéric. Loin de moi cette pensée. » Malgré tout, il se signa, au cas où ce serait le diable qui avait inspiré La Fayette. « Dites, n'en avons-nous pas assez de regarder les débardeurs transporter la cargaison ? Il me semble que nous avons un officier à accueillir.

— Pourquoi êtes-vous si impatient de le rencontrer, à présent ? demanda La Fayette. Hier, vous ne cessiez de me rappeler que c'est un roturier. Il a même commencé sa carrière militaire comme caporal, c'est ce que vous avez dit, il me semble.

— Il est général maintenant, et Sa Majesté a jugé bon de nous l'envoyer. » Frédéric affichait une bienséance compassée. Mais La Fayette ne se départait pas d'un sourire amusé. Un de ces jours, Gilbert, un de ces jours...

Plusieurs officiers en grand uniforme tournaient en rond sur le débarcadère, mais aucun n'avait le rang de général. À l'évidence, le héros de la bataille de Madrid se préparait à faire une grande entrée. Ou bien espérait-il qu'un marquis et un fils de comte viennent le trouver, *lui*, dans sa cabine ? Impensable.

Et, de fait, il n'y pensa pas. Les officiers s'écartèrent, et de leur poste d'observation à la rambarde du chaland, Maurepas et La Fayette le virent descendre de la *Marie-Philippe* sur le débarcadère.

« Il n'en impose guère, dites donc, glissa Frédéric.

— Ils ne sont pas très grands dans le Sud de la France.

— Le Sud de la France ! jeta Frédéric avec mépris. Il est de Corse, mon cher Gilbert. Tout juste français. Autant dire italien.

— Il a vaincu l'armée espagnole en trois semaines, pendant que son officier supérieur était malade de la dysenterie, lui rappela La Fayette.

— Un acte d'insubordination pour lequel on aurait dû le casser, répliqua Frédéric.

— Oh, j'en conviens, fit La Fayette. Seulement, voyez-vous, il l'a gagnée, la guerre ; le roi Charles a pu ajouter la couronne d'Espagne à sa collection de couvre-chefs et il a estimé indécent de faire passer en cour martiale le soldat auquel il la doit.

— La discipline avant tout. Chacun doit savoir où est sa place et y rester, sinon ce sera le chaos.

— Sans nul doute. Enfin, on l'a quand même puni. On l'a promu général, mais pour l'envoyer *ici*. On ne voulait pas de lui dans la campagne d'Italie. Sa Majesté ne verrait aucun inconvénient à être doge de Venise, mais ce général Bonaparte, dans le feu de l'enthousiasme, serait capable de mettre la main sur le collège des cardinaux et de faire nommer le roi Charles pape.

— Votre sens de l'humour est criminel.

— Frédéric, regardez l'homme.

— Précisément, je le regarde.

— Alors, ne le regardez pas. Regardez tous les autres. Regardez ses officiers. Avez-vous déjà vu des soldats porter autant d'amour à leur chef ? »

À contre-cœur, Frédéric s'arracha à la contemplation du Corse pour observer les subalternes qui marchaient tranquillement derrière lui. Non pas comme des courtisans, on ne sentait chez eux aucune manœuvre pour se placer à leur avantage. Comme si... comme si... Frédéric ne trouvait pas de mots pour l'exprimer.

« Comme si chacun d'eux savait que Bonaparte l'aime et l'apprécie.

— Si c'est la méthode qu'il applique, je la trouve ridicule, dit Frédéric. On ne peut avoir prise sur ses subalternes si on n'entretient pas en eux la peur de perdre leur poste.

— Allons le voir.

— Absurde ! C'est à lui de venir à nous ! »

Mais comme d'habitude chez La Fayette : sitôt dit, sitôt fait... Il était déjà sur le débarcadère et s'avançait à grands pas pour s'arrêter devant Bonaparte et recevoir son salut. Frédéric, pour sa part, savait quel était son rang dans la société, et aussi celui de Bonaparte : ce serait au Corse de venir à lui. On pouvait toujours faire de Bonaparte un général, on n'en ferait jamais un gentilhomme.

La Fayette flagornait, évidemment. « Général Bonaparte, nous sommes honorés de vous recevoir. Je regrette seulement que nous ne puissions vous offrir les agréments de Paris...

— Monseigneur le gouverneur, dit Bonaparte, se trompant complètement sur le titre, je n'ai jamais goûté les agréments de Paris. Mes meilleurs moments, ce sont les campagnes militaires qui me les ont donnés.

— Et ses meilleurs moments, la France aussi les tient de vos campagnes. Venez, vous allez rencontrer le général de Maurepas. Il sera votre officier supérieur à Détroit. »

Frédéric perçut la légère pause avant que La Fayette ne prononce le mot « supérieur ». Frédéric savait quand on le ridiculisait. Je me souviendrai de chacune des offenses, Gilbert, et je vous les revaudrai.

Les Irrakwas étaient très efficaces dans le transbordement de la cargaison ; il ne fallut pas une heure avant que le chaland ne se mette en route. Naturellement, La Fayette passa le premier après-midi à donner un cours à Bonaparte sur la machine à vapeur de Stephenson. Le Corse fit mine de s'intéresser, s'informant sur les possibilités de transport de troupes, sur la vitesse de pose des rails derrière une armée en marche, il demanda si ces chemins de fer pouvaient être facilement coupés par une action ennemie... mais c'était si ennuyeux, si assommant que Frédéric ne comprenait pas comment Bonaparte parvenait à tenir aussi longtemps. Bien entendu, un officier se devait de *feindre* un intérêt pour tout ce que disait un gouverneur, mais là, il poussait le devoir un peu loin.

La conversation ne tarda pas à exclure ostensiblement Frédéric, mais il n'en avait cure. Il laissa vagabonder ses pensées, se rappela cette actrice — comment déjà ? — qui interprétait si joliment son rôle, un rôle de... ou était-ce une ballerine ? Il se rappelait ses jambes, en tout cas, des jambes d'une grâce... mais elle avait refusé de le suivre au Canada, malgré l'assurance de son amour et sa promesse de l'installer dans une maison encore plus belle que celle qu'il bâtirait pour sa femme. Si seulement elle était venue ! Évidemment, elle serait peut-être morte de la fièvre, comme était morte sa femme. Alors, tout était sans doute pour le mieux. Jouait-elle toujours sur les scènes parisiennes ? Bonaparte n'en saurait rien, c'était couru, mais l'un de ses jeunes officiers avait pu la voir. Il faudrait qu'il se renseigne.

Ils dînèrent à la table du gouverneur Rainbow, bien entendu, puisque c'était la seule du bateau. Le gouverneur leur avait adressé ses regrets de ne pouvoir accueillir elle-même les distingués voyageurs français, mais elle comptait sur ses gens pour prendre soin d'eux. Frédéric, flairant un cuisinier irrakwa là-dessous, s'était armé de courage, dans l'attente d'un repas insipide de Rouge, encore du cartilage de cerf, sûrement, coriace — difficile de qualifier pareille chère de *venaison* — mais voilà que le chef était, tenez-vous bien, français ! Un huguenot, ou plus exactement un petit-fils de huguenots, mais il ne gardait pas de rancune, aussi le repas fut-il succulent. Qui aurait imaginé de la bonne cuisine française dans ce pays ? Et ce n'était pas non plus de ces spécialités acadiennes épicées.

Frédéric s'efforça de prendre une part plus active dans la conversation du dîner, après avoir terminé les derniers reliefs de la table. Il fit de son mieux pour expliquer à Bonaparte la situation militaire assez insupportable dans le sud-ouest. Il énuméra un à un les problèmes : les alliés rouges indisciplinés, le flot interminable des immigrants. « Mais le pire, ce sont encore nos soldats. Un ramassis d'indécrottables superstitieux, comme toujours dans les classes inférieures. Ils voient des présages partout. Qu'un colon hollandais ou allemand appose un charme sur la porte de sa maison, il faut presque leur taper dessus pour les faire entrer. »

Bonaparte sirotait son café (ce breuvage barbare ! Mais il avait l'air de le déguster avec le même plaisir que les Irrakwas), puis il se renversa sur sa chaise et fixa Frédéric de ses yeux perçants. « Dois-je comprendre que vous accompagnez les fantassins dans leurs perquisitions ? »

L'attitude condescendante de Bonaparte était outrageante, mais avant que Frédéric ait pu proférer la réplique cinglante qu'il avait sur le bout de la langue, La Fayette éclata de rire. « Napoléon, dit-il, cher ami, cela tient à la nature de notre adversaire supposé dans cette guerre. Quand la plus grande ville à cinquante milles à la ronde consiste en quatre cabanes et une forge, on ne procède pas à des perquisitions. Chaque maison est une forteresse ennemie. »

Le front de Napoléon se plissa. « Ils ne concentrent pas leurs forces en armées ?

— Ils n'ont jamais levé d'armée, pas depuis que le général Wayne a soumis le chef Pontiac, il y a des années, et il s'agissait d'une armée anglaise. Les États-Unis possèdent quelques forts, mais ils se trouvent tous le long de l'Hio.

— Alors pourquoi ces forts sont-ils toujours debout ? »

La Fayette gloussa une fois encore. « Vous n'avez donc pas lu de comptes rendus sur l'issue de la guerre que le roi anglais a menée contre les rebelles d'Appalachie ?

— J'avais d'autres engagements, dit Bonaparte.

— Inutile de nous rappeler que vous combattiez en Espagne, dit Frédéric. Nous aurions tous aimé en être, nous aussi.

— Vraiment ? murmura Bonaparte.

— Que je vous résume, reprit La Fayette, ce qui est arrivé à Lord Cornwallis quand, en Virginie, il a pris la tête de son armée pour tenter d'atteindre Franklin, la capitale d'Appalachie, sur le cours supérieur du Tennizy.

— C'est moi qui vais le faire, dit Frédéric. Vos résumés sont généralement plus longs que l'original, Gilbert. »

La Fayette parut ennuyé de l'interruption de Frédéric, mais après tout, c'était lui, La Fayette, qui avait insisté pour qu'ils s'adressent l'un à l'autre en frères d'armes, par leurs prénoms. S'il voulait qu'on le traite en marquis, il n'avait qu'à exiger le protocole. « Allez-y, fit-il.

— Cornwallis est parti à la recherche de l'armée d'Appalachie. Il ne l'a jamais trouvée. Des cabanes vides en pagaïe, oui, auxquelles il a mis le feu... mais ils en reconstruisent de nouvelles en une journée. Et tous les jours, une demi-douzaine de ses soldats se faisaient blesser ou tuer par des coups de mousquets.

— De carabines, corrigea La Fayette.

— Oui, bon, ces Américains préfèrent les canons rayés, dit Frédéric.

— Ils ne peuvent pas tirer correctement leurs salves, les carabines sont trop lentes à recharger, fit observer Bonaparte.

— Ils ne tirent pas de salves du tout, sauf quand ils sont supérieurs en nombre, dit La Fayette.

— Je vous le dis, reprit Frédéric. Cornwallis est arrivé devant Franklin, pour s'apercevoir que la moitié de son armée était morte, blessée ou affectée à la protection de ses convois de ravitaillement. Benedict Arnold, le général d'Appalachie, avait fortifié la ville. Travaux de terrassement, parapets, tranchées sur tout le versant de la colline. Lord Cornwallis a voulu mettre le siège, mais les Cherrikys se déplaçaient tellement silencieusement que les patrouilles des Cavaliers ne les ont jamais entendus passer des vivres pendant la nuit. Diabolique, cette façon qu'ont les Blancs d'Appalachie de travailler main dans la main avec les Rouges... Ils en ont fait des citoyens, dès le début, figurez-vous, et ils y ont assurément trouvé leur compte, cette fois-ci. Et les troupes d'Appalachie ont si souvent lancé des raids sur ses colonnes de ravitaillement qu'en moins d'un mois il est devenu clair à Cornwallis qu'il n'était plus l'assiégeant mais l'assiégé. Il a fini par se rendre avec toute son armée, et le roi d'Angleterre a dû accorder son indépendance à l'Appalachie. »

Bonaparte hocha gravement la tête.

« Attendez de connaître le fin mot de l'histoire, dit La Fayette. Après sa reddition, on a conduit Cornwallis dans la ville de Franklin où il a découvert qu'on en avait évacué toutes les familles bien avant son arrivée. C'est comme ça, avec ces Américains de la frontière, ils plient bagage et se réinstallent n'importe où. On ne peut les tenir en place.

— Mais on peut les tuer, dit Bonaparte.

— À condition de les attraper, fit La Fayette.

— Ils ont des fermes et des champs, dit Bonaparte.

— Oui, bien sûr, vous pourriez essayer de retrouver chacune des fermes, dit La Fayette. Et une fois sur les lieux, vous constateriez, si les occupants sont chez eux, qu'il s'agit d'une brave famille de fermiers. Aucun soldat parmi eux. Il n'y a pas d'*armée*. Mais dans la minute qui suivrait votre départ, on vous tirerait dessus depuis la forêt. Ce serait peut-être le même petit fermier, et peut-être pas.

— Un problème intéressant, dit Bonaparte. Vous ne connaissez jamais votre ennemi. Il ne concentre jamais ses forces.

— Voilà pourquoi nous traitons avec les Rouges, dit Frédéric. Nous nous voyons mal assassiner d'innocentes familles de fermiers nous-mêmes, n'est-ce pas ?

— Alors vous payez les Rouges pour qu'il les tuent à votre place.

— Oui. Le système fonctionne plutôt bien, dit Frédéric, et nous n'avons pas l'intention d'en changer.

— *Bien* ? Il fonctionne *bien* ? fit Bonaparte, méprisant. Il y a dix ans, on ne comptait pas plus de cinq cents familles à l'ouest de l'Appalachie. Maintenant elles sont dix mille entre les montagnes et la My-

Ammy, et davantage encore à pousser sans arrêt vers l'ouest. »

La Fayette adressa un clin d'œil à Frédéric. Frédéric le détestait dans ces cas-là. « Napoléon lit nos dépêches, dit le marquis, hilare. Il a retenu nos estimations de la colonisation américaine dans la réserve des Rouges.

— Le roi veut que cesse l'intrusion américaine sur le territoire français, et qu'elle cesse immédiatement, dit Bonaparte.

— Ah oui ? demanda La Fayette, il s'y prend de bien étrange façon.

— Étrange ? C'est moi qu'il a envoyé, fit Bonaparte. Ce qui veut dire qu'il compte sur la victoire.

— Mais vous êtes général, dit La Fayette. Des généraux, nous en avons déjà.

— De plus, ajouta Frédéric, vous n'avez pas le commandement. C'est à *moi* qu'il appartient.

— Le marquis détient l'autorité militaire suprême de la région », répliqua Bonaparte.

Frédéric comprit parfaitement : La Fayette avait aussi le pouvoir de confier le commandement à Bonaparte, par-dessus sa tête à lui, Frédéric, s'il en avait envie. Il jeta un regard anxieux vers le marquis qui, la mine satisfaite, étalait du pâté de foie gras sur son pain. La Fayette sourit avec bienveillance. « Le général Bonaparte est sous votre commandement, Frédéric. Nous ne changerons rien. Jamais. J'espère que c'est clair, mon cher Napoléon.

— Bien entendu, dit Bonaparte. Loin de moi l'idée de changer quoi que ce soit. Sachez que le roi envoie au Canada davantage que des généraux. Un millier d'autres soldats seront ici au printemps.

— Oui, eh bien, vous me voyez touché d'apprendre qu'il a encore promis d'envoyer d'autres troupes... N'avons-nous pas déjà entendu une douzaine de fois semblable promesse, Frédéric ? Je me sens toujours rassuré d'entendre une nouvelle promesse royale. » La Fayette vida la dernière goutte de son verre de vin. « Mais le fait est, mon cher Napoléon, que nous avons déjà des soldats, lesquels ne font rien d'autre que stationner en garnison à Fort Détroit, ou Fort Chicago, et payer des scalps avec du bourbon. Quel gaspillage ! Les Rouges le boivent comme de l'eau, et le bourbon les tue.

— Si nous n'avons pas besoin de généraux ni de soldats, fit Bonaparte avec condescendance, alors de quoi avons-nous besoin, à *votre* avis, pour gagner cette guerre ? »

Frédéric n'arrivait pas à décider s'il haïssait Bonaparte parce qu'il parlait grossièrement à un aristocrate, ou s'il le chérissait de s'adresser ainsi au détestable marquis de La Fayette.

« Pour gagner ? Dix mille colons français, dit La Fayette. Rivaliser avec les Américains, homme pour homme, femme pour femme, enfant pour enfant. Rendre le commerce impossible dans cette partie du pays pour qui ne parle pas français. Les submerger sous le nombre.

— Personne ne viendrait s'établir dans un pays aussi sauvage, objecta Frédéric, comme il l'avait déjà tant de fois répété.

— Offrez-leur une terre gratuite, ils viendront, fit La Fayette.

— De la canaille, dit Frédéric. Nous n'avons que faire d'autres canailles. »

Bonaparte étudia un instant en silence le visage de La Fayette. « La valeur commerciale de ces régions, c'est le négoce des fourrures, dit-il d'un ton calme. Le roi s'est montré très clair sur ce point. Il ne veut absolument aucune colonie européenne en dehors des forts.

— Alors le roi perdra la guerre, répondit gaiement La Fayette, il aura beau envoyer tous les généraux qu'il voudra. Et sur ce, messieurs, je crois que nous en avons terminé avec le dîner. »

Il se leva et quitta aussitôt la table.

Bonaparte se tourna vers Frédéric qui se levait à son tour pour partir. Il tendit la main et lui toucha le poignet. « Restez, s'il vous plaît », dit-il. Ou plutôt non, en réalité il se contenta d'un : « Restez », mais Frédéric eut l'impression qu'il ajoutait « s'il vous plaît », qu'il voulait vraiment le voir partager sa compagnie, qu'il l'aimait et l'honorait...

Mais il ne pouvait pas rester, non, il ne pouvait pas, c'était un roturier, et Frédéric n'avait rien à lui dire...

« Monseigneur de Maurepas », murmura le caporal corse. Ou se contenta-t-il de murmurer « Maurepas », pendant que Frédéric imaginait le « Monseigneur » ? Quels que fussent les mots prononcés, sa voix était riche de respect, de confiance, d'espoir...

Alors Frédéric resta.

Bonaparte ne dit presque rien. Seulement les civilités d'usage. Nous devrions faire du bon travail ensemble. Nous pouvons efficacement servir le roi. Je vous aiderai de mon mieux.

Mais pour Frédéric, il y avait beaucoup plus que les mots. La promesse d'honneurs à venir, de retourner à Paris couvert de gloire. La victoire sur les Américains, et surtout la perspective de remettre La Fayette à sa place, de triompher de ce traître de marquis démocrate. Lui et Bonaparte y parviendraient, ensemble. Quelques années de patience, le temps de réunir une armée de Rouges si importante qu'elle inciterait les Américains à en lever une aussi ; puis nous mettons l'armée américaine en déroute et nous rentrons chez nous. Pas plus difficile que ça. C'était presque une fièvre d'espoir et de confiance qui gagnait le cœur de Frédéric, jusqu'à ce que...

Jusqu'à ce que Bonaparte retire la main de son poignet.

Comme si la main du Corse l'avait mis en liaison avec une grande source de vie et de chaleur ; le contact rompu, il avait froid, il se sentait fatigué. Mais il restait le sourire de Bonaparte ; Frédéric regarda l'homme et se rappela le sentiment de promesse éprouvé un instant plus tôt. Travailler avec Bonaparte serait forcément gratifiant, comment avait-il pu penser autrement ? L'homme savait se tenir à sa place, c'était certain. Frédéric se contenterait d'*utiliser* ses indéniables talents militaires, et ensemble ils triompheraient avant de rentrer glorieusement en France...

Le sourire de son vis-à-vis s'éteignit, et Frédéric éprouva une fois encore un vague sentiment de perte.

« Bonsoir, dit Bonaparte. Je vous verrai demain matin, monsieur. »

Le Corse sortit.

Si Frédéric avait pu se voir, il aurait reconnu l'expression de son visage : c'était la même, faite d'amour et de dévotion, qu'il avait lue sur celui de tous les jeunes officiers de Bonaparte. Mais il ne pouvait pas se voir. Ce soir-là, il alla se coucher plus apaisé, plus confiant, plus optimiste et plus enthousiaste qu'il ne l'avait été durant toutes ses années passées au Canada. Il se sentait même — comment dire ? quelle est cette impression ? se demanda-t-il —, ah oui : intelligent. Il se sentait même intelligent.

*

Il faisait nuit noire, mais les manœuvres du canal travaillaient d'arrache-pied à pomper l'eau dans l'écluse au moyen de leur bruyante machine à vapeur. C'était une merveille de mécanique, le système le plus incroyable d'écluses de la planète. Le reste du monde l'ignorait. L'Europe prenait toujours l'Amérique pour un pays de sauvages. Mais les entreprenants États-Unis d'Amérique, stimulés par l'exemple de ce vieux sorcier de Ben Franklin, encourageaient l'invention et l'industrie. La rumeur prétendait qu'un certain Fulton avait mis au point un bateau mû par la vapeur qui faisait la navette sur l'Hudson, descente et remontée... un bateau à vapeur proposé au roi Charles qui avait refusé de le financer ! Les mines de charbon s'enfonçaient dans le sol de Suskwahenny et d'Appalachie. Et ici, dans l'état d'Irrakwa, les Rouges battaient les Blancs à leur propre jeu ; ils creusaient des canaux, fabriquaient des voitures propulsées par la vapeur qui circulaient sur des rails, bâtissaient des filatures, tournant elles aussi à la vapeur, qui avalaient le coton des colonies de la Couronne pour recracher un fil superbe capable de rivaliser avec les produits d'Europe... et à moitié prix. Ce n'était que le commencement, les premiers pas, mais déjà plus de la moitié des bateaux qui remontaient le Saint-Laurent faisaient route vers l'Irrakwa, et non vers le Canada.

La Fayette resta debout près de la rambarde jusqu'au remplissage de l'écluse et l'extinction des feux de la machine à vapeur. Puis le *clop, clop, clop* des chevaux de trait, et le bateau se remit à glisser en avant, à fendre l'eau. La Fayette quitta la rambarde et monta sans hâte l'escalier menant à sa chambre. Au lever du jour, le bateau serait à Port Buffalo. Maurepas et Bonaparte partiraient pour Détroit, vers l'ouest. La Fayette regagnerait la résidence du gouverneur à Niagara. Il y siégerait, transmettrait des ordres et regarderait la politique parisienne ruiner la postérité des Français du Canada. La Fayette n'avait aucun moyen d'empêcher les Américains, Rouges et Blancs confondus, de devancer le Canada et de le laisser à la traîne. Mais il pouvait encore faire une ou deux choses pour aider la France à devenir une nation capable d'aborder l'avenir avec autant de détermination que l'Amérique.

Dans ses quartiers, allongé sur son lit, La Fayette souriait. Il imaginait aisément à quel jeu Bonaparte s'était livré dans la soirée, seul dans la même pièce que ce pauvre écervelé de Frédéric. Le jeune comte de Maurepas avait sans nul doute succombé à son charme. La chose aurait parfaitement pu arriver à La Fayette, mais on l'avait prévenu contre Bonaparte, contre son talent pour inciter les gens à lui confier leurs vies. C'était un talent appréciable pour un général, tant qu'il ne l'exerçait que sur ses soldats, alors prêts à mourir pour lui. Mais Bonaparte l'exerçait sur tout le monde, s'il estimait en obtenir un résultat.

Aussi Robespierre, le grand ami de La Fayette, lui avait-il envoyé une certaine amulette sertie de pierres précieuses. L'antidote au charme du Corse. Ainsi qu'une fiole de poudre, l'ultime antidote à Bonaparte, au cas où aucun autre moyen ne parviendrait à le mettre au pas.

N'ayez crainte, Robespierre, mon cher ami, se dit La Fayette. Bonaparte vivra. Il s'imagine manipuler le Canada pour servir ses desseins, mais c'est moi qui le manipulerai, lui, pour servir ceux de la démocratie. Il ne s'en doute pas pour le moment, mais quand il rentrera en France, il sera prêt à prendre le commandement d'une armée révolutionnaire et à employer son talent pour mettre un terme à la tyrannie de la classe dirigeante plutôt que pour entasser des couronnes insensées sur le très indigne chef du roi Charles.

Car le talent de La Fayette n'était pas de lire les pensées d'autrui, comme le croyait Maurepas, mais presque. La Fayette savait, dès qu'il les rencontrait, ce que ses semblables, hommes et femmes, désiraient le plus. Et sachant cela, il devinait le reste. La Fayette connaissait déjà Napoléon mieux que Napoléon lui-même. Il n'ignorait pas que Napoléon Bonaparte voulait diriger le monde. Et peut-être y parviendrait-il. Mais pour l'instant, ici au Canada, ce serait La Fayette qui dirigerait Napoléon Bonaparte. Il s'endormit, le poing serré sur l'amulette protectrice.

IV

Lolla-Wossiky

Lorsque Lolla-Wossiky laissa Ta-Kumsaw près de la porte de Fort Carthage, il savait ce que pensait son frère. Ta-Kumsaw pensait qu'il partait avec son baril pour boire, boire, boire.

Mais Ta-Kumsaw ne savait rien. L'assassin-blanc Harrison ne savait rien. Personne ne savait rien de Lolla-Wossiky. Ce baril lui durerait deux mois peut-être. Quelques gorgées par-ci, quelques gorgées par-là. Attention, attention, ne jamais laisser perdre une goutte, boire seulement ce qu'il faut, reboucher soigneusement, le faire durer. Peut-être même trois mois.

Avant, il devait toujours rester près du fort de l'assassin-blanc Harrison pour remplir ses gobelets du whisky dégoulinant du cruchon brun. Mais maintenant, du whisky, il en avait beaucoup, assez pour accomplir son voyage, son grand voyage vers le nord et rencontrer son animal-totem qu'il avait vu en songe.

Personne ne savait que Lolla-Wossiky avait un totem. L'homme blanc ne le savait pas parce que l'homme blanc ne voyait pas d'animal-totem en songe, l'homme blanc dormait tout le temps et ne se réveillait jamais. L'homme rouge ne le savait pas parce que l'homme rouge, en voyant Lolla-Wossiky, le prenait pour un Rouge-à-whisky promis à la mort, qui n'avait pas de totem, qui ne se réveillait jamais.

Mais Lolla-Wossiky savait, lui. Lolla-Wossiky savait qu'il avait vu apparaître cette lumière, là-haut vers le nord, cinq ans plus tôt. Il savait que c'était son totem qui appelait, mais il n'avait jamais pu aller le rejoindre. Il était parti cinq, six, dix fois, mais le whisky avait fui de son sang et le bruit noir était revenu, le terrible bruit noir qui lui faisait tout le temps si mal. Quand le bruit noir surgissait, c'était comme cent minuscules couteaux qui lui vrillaient la tête, encore et encore, et il ne sentait plus la terre, il ne voyait même pas la lumière de son totem, il devait rebrousser chemin, trouver du whisky, apaiser le bruit pour pouvoir *penser*.

La dernière fois, ç'avait été la pire. Il n'y avait pas eu d'arrivage de whisky depuis très, très longtemps et, pendant les deux derniers mois, même l'assassin-blanc Harrison n'avait pas eu grand-chose à lui donner, peut-être un gobelet par semaine, jamais de quoi tenir plus de quelques heures, au mieux une journée. Deux longs mois de bruit noir continuel.

Le bruit noir empêchait Lolla-Wossiky de marcher normalement. Tout bouge, le sol monte et descend, comment marcher quand la terre se comporte comme l'eau ? Alors ils pensaient tous que Lolla-Wossiky était soûl, lui qui titubait comme un Rouge-à-whisky, qui n'arrêtait pas de tomber. Où est-ce qu'il se procure le whisky ? demandaient-ils. Personne n'a de whisky, mais Lolla-Wossiky trouve quand même à se soûler, comment fait-il ? Personne n'a les yeux pour voir que Lolla-Wossiky n'est pas ivre du tout. Ne l'entendent-ils pas s'exprimer ? Un langage clair, pas le langage d'un ivrogne. Ne sentent-ils pas qu'il n'empeste jamais l'alcool ? Personne ne le devine, personne ne s'en doute, personne n'y songe, personne ne l'imagine. On sait bien que Lolla-Wossiky a toujours besoin de whisky. Jamais personne ne se dit que Lolla-Wossiky vit peut-être dans une douleur si grande qu'il souhaite mourir.

Et quand il ferme son œil pour que le monde s'arrête d'ondoyer comme la rivière, tous le croient endormi ; alors ils disent des choses. Des choses qu'ils ne voudraient pas que les Rouges entendent. Lolla-Wossiky s'en était très vite rendu compte, aussi quand le bruit noir devenait si affreux qu'il lui donnait envie d'aller s'étendre au fond de la rivière pour le faire taire à tout jamais, il choisissait plutôt d'aller de son pas titubant jusqu'au bureau de l'assassin-blanc Harrison, de s'écrouler par terre près de sa porte et d'écouter. Le bruit noir était très puissant, mais ce n'était pas un bruit dans l'oreille, alors il entendait quand même les voix, malgré le grondement dans sa tête. Il pensait très fort pour saisir chaque mot par-dessous la porte. Il savait tout ce que l'assassin-blanc Harrison disait à tout le monde.

Lolla-Wossiky ne racontait à personne ce qu'il entendait.

Lolla-Wossiky ne racontait à personne la vérité. On ne le croyait jamais, de toute façon. Tu es soûl, Lolla-Wossiky. Honte à toi, Lolla-Wossiky. Même quand il n'était pas soûl, même quand il avait si mal qu'il aurait voulu tuer tout ce qui vivait pour faire cesser la douleur, même alors on répétait : « Quelle tristesse de voir un Rouge se soûler comme ça ! » Et Ta-Kumsaw qui restait là, sans jamais rien dire ; ou quand il parlait, il était fort, il avait raison, tandis que Lolla-Wossiky était faible et avait tort.

Vers le nord, nord, nord, se chante Lolla-Wossiky tout en marchant. Vers le nord pendant mille pas avant de boire un petit coup. Vers le nord malgré le bruit noir tellement assourdissant que je ne sais plus où il se trouve, le nord, mais vers le nord quand même parce que je n'ose pas m'arrêter.

Nuit très sombre. Bruit noir si envahissant que la terre ne parle pas à Lolla-Wossiky. Même la lumière blanche du totem est lointaine et semble venir de partout à la fois. Un œil voit la nuit, l'autre œil voit le bruit noir. Dois m'arrêter. Dois m'arrêter.

En marchant avec de grandes précautions, Lolla-Wossiky trouva un arbre, déposa le baril, s'assit et s'adossa contre le tronc, le baril entre les jambes. Très lentement, parce qu'il n'y voyait rien, il palpa la surface du tonnelet pour s'assurer de l'emplacement du bondon. *Tap, tap, tap* avec le tommy-hawk, *tap, tap, tap*, jusqu'à ce que le bondon prenne du jeu. Prudemment, il le retira en le faisant aller et venir sous les doigts. Puis il se pencha au-dessus et pressa hermétiquement sa bouche sur le trou de la bonde, comme s'il donnait un baiser, comme un bébé au sein, aussi étroitement que ça ; ensuite relever ensemble tête et baril, tout doucement, tout doucement, pas très haut, voilà son odeur, voilà le whisky, une gorgée, deux gorgées, trois gorgées, quatre.

Quatre, pas plus. Quatre, c'est la limite. Quatre,

c'est le bon nombre, le nombre entier, le nombre carré. Quatre gorgées.

Il remit le bondon en place et, à petits coups, le rentra en force, bien enfoncé. Déjà le whisky lui monte à la tête. Déjà le bruit noir s'estompe, s'estompe.

Jusqu'au silence. Le beau silence vert.

Mais le vert s'éloigne lui aussi, s'efface avec le noir. C'est à chaque fois ainsi. Le sens de la terre, cette vision verte dont bénéficient tous les Rouges, personne ne l'a jamais possédé aussi intensément que Lolla-Wossiky. Or maintenant, quand la vision verte apparaît, immédiatement derrière s'en vient à chaque fois le bruit noir. Et quand le bruit noir disparaît, quand le whisky le chasse, immédiatement derrière s'en va à chaque fois le silence vert de la vie.

Lolla-Wossiky se retrouve alors semblable à l'homme blanc. Coupé de la terre. Le sol craque sous les pas. Les branches s'accrochent. Les racines se prennent dans les pieds. Les animaux s'enfuient.

Lolla-Wossiky avait espéré pendant des années, espéré déterminer l'exacte quantité de whisky qu'il lui fallait boire pour faire taire le bruit noir sans chasser la vision verte. Quatre gorgées, il n'avait pas trouvé mieux. Elles repoussaient le bruit noir juste au-delà de sa perception, derrière l'arbre le plus proche. Mais elles repoussaient aussi le vert, là où Lolla-Wossiky ne parvenait qu'à l'effleurer. À la limite de sa portée. Il pouvait alors faire semblant d'être un vrai Rouge au lieu d'un Rouge-à-whisky, ce qui revenait à être un Blanc.

Pourtant cette nuit, il avait si longtemps manqué de whisky — deux mois, excepté un gobelet de temps en temps — que quatre gorgées, c'était trop pour lui.

Le vert était parti avec le noir. Mais il s'en fichait, oui, aujourd'hui il s'en fichait. Dormir.

*

Il s'éveilla au matin, à l'instant où revenait le bruit noir. Il ne savait pas avec certitude si c'était le jour ou le bruit qui l'avait tiré du sommeil. Aucune importance. Quelques coups pour sortir le bondon, quatre gorgées, quelques coups pour le remettre en place. Cette fois le sens de la terre ne s'éloigna pas beaucoup, il le possédait en partie. Assez pour trouver le lapin au gîte.

Un bon gros bâton. Le couper ici, le tailler et le tailler encore pour le hérisser sur tout le pourtour de picots de bois pointus.

Lolla-Wossiky s'agenouilla devant le terrier du lapin.

« J'ai très faim, murmura-t-il. Et je n'ai pas beaucoup de forces. Me donneras-tu ta viande ? »

Il fit effort pour entendre la réponse, fit effort pour savoir si elle était favorable. Mais elle était trop lointaine, et chez les lapins la voix de la terre n'avait pas grande puissance. Autrefois, il se souvint, il entendait toutes les voix, et à des milles et des milles de distance. Peut-être que si le bruit noir s'en allait un jour il entendrait encore. Mais pour le moment, il n'avait aucun moyen de savoir si le lapin lui donnait son accord ou non.

Il ne savait donc pas s'il en avait le droit. Ne savait pas s'il prenait, à la manière des Rouges, ce que la terre lui offrait, ou s'il volait à la manière des Blancs qui assassinaient selon leur bon plaisir. Il n'avait pas le choix. Il enfonça le bâton dans le terrier, en tournant au hasard. Il le sentit frémir, entendit le couinement, puis le retira, sans cesser de tourner. Un jeune lapin, pas bien gros, rien qu'un jeune lapin qui gigotait pour se dégager des picots; mais Lolla-Wossiky était vif : à l'instant même où le lapin apparaissait à l'entrée du terrier, prêt à se libérer et à s'enfuir, le Rouge tendit la main, l'attrapa par les oreilles, le souleva vite en l'air et lui donna une secousse qui produisit un craquement sec. Il retomba mort, le petit lapin, et Lolla-Wossiky l'emporta du terrier, le ramena au baril, parce que c'est très mauvais, ça crée un vide sur la terre si vous dépouillez un jeune animal où sa famille peut vous voir et vous entendre.

Il n'alluma pas de feu. Trop dangereux, et il n'avait pas le temps de fumer la viande, pas aussi près du fort de l'assassin-blanc Harrison. Il n'y avait pas beaucoup de viande, de toute façon; il la mangea entièrement, crue, ce qui nécessita de la mastication, mais le goût en était prononcé et bon. S'il ne t'est pas possible de fumer la viande, l'homme rouge sait cela, emporte tout ce que tu peux dans ton ventre. Il coinça la peau à la taille de son pagne, hissa le tonnelet sur son épaule et prit la direction du nord. La lumière blanche luisait droit devant; l'animal de son rêve appelait, il le pressait de venir. Je te réveillerai, disait le totem. Je mettrai fin à ton rêve.

L'homme blanc avait entendu parler des animaux-totems. L'homme blanc pensait que l'homme rouge allait dans la forêt et qu'il faisait des rêves. Stupide homme blanc, jamais il ne comprenait. Toute la vie n'est d'abord qu'un long sommeil, un long rêve. Tu t'endors à l'instant de ta naissance et tu ne te réveilles jamais, jamais, et un jour le totem finit par t'appeler. Alors tu pars dans la forêt ; parfois tu ne fais que quelques pas, parfois tu marches jusqu'au bord du monde. Tu marches jusqu'à ce que tu rencontres l'animal qui t'appelle. L'animal n'existe pas dans un rêve. L'animal te tire du rêve. L'animal te montre qui tu es, t'apprend où est ta place sur la terre. Ensuite tu rentres chez toi réveillé, enfin réveillé, et tu dis au chaman, à ta mère et à tes sœurs ce qu'était le totem. Un ours ? Un carcajou ? Un oiseau ? Un poisson ? Un faucon ou un aigle ? Une abeille ou une guêpe ? Le chaman te conte des histoires et t'aide à choisir ton nom-de-réveil. Ta mère et tes sœurs donnent des noms à tous tes enfants, déjà nés ou encore à naître.

Tous les frères de Lolla-Wossiky avaient rencontré leur totem depuis longtemps. Maintenant sa mère était morte, ses deux sœurs parties vivre dans une autre tribu. Qui donnerait un nom à ses enfants ?

Je sais, dit Lolla-Wossiky. Je sais. Lolla-Wossiky, le Rouge-à-whisky borgne, n'aura jamais d'enfants. Mais Lolla-Wossiky trouvera son totem. Lolla-Wossiky se réveillera. Lolla-Wossiky aura son nom-de-réveil.

Lolla-Wossiky saura alors s'il doit vivre ou mourir. Si le bruit noir persiste et que le réveil ne lui apprend rien de plus que ce qu'il sait déjà, Lolla-Wossiky s'en ira dormir dans la rivière et se laissera rouler jusqu'à la mer, loin de la terre et du bruit noir. Mais si le réveil lui montre une raison de continuer à vivre, bruit noir ou pas, Lolla-Wossiky vivra. Beaucoup de longues années à boire et souffrir, à souffrir et boire.

Lolla-Wossiky but quatre gorgées chaque matin et quatre gorgées chaque soir avant d'aller dormir, en espérant que lorsque le totem le réveillerait, il pourrait alors mourir.

*

Un jour, il s'arrêta sur la rive d'un cours d'eau limpide, alors que le bruit noir obscurcissait la vision de son œil perdu et lui assourdissait les oreilles. Un grand ours brun se dressait dans la rivière. L'animal frappait la surface de l'eau et un poisson volait dans les airs. L'ours le rattrapait entre les dents, donnait deux coups de mâchoire et l'avalait. Ce n'était pas le spectacle de son repas qui intéressait Lolla-Wossiky. C'étaient ses yeux.

Il manquait un œil à l'ours, tout comme à Lolla-Wossiky. Qui se demanda alors si l'animal était son totem. Mais non, impossible. La lumière blanche qui l'appelait brillait toujours au nord, un peu à l'ouest de la rivière. Cet ours n'était donc pas son totem, il faisait partie du rêve.

Pourtant, il apportait peut-être un message à Lolla-Wossiky. Peut-être que l'ours se trouvait ici parce que la terre voulait dire une histoire à Lolla-Wossiky.

Voici le premier détail qu'il remarqua : quand l'ours saisissait le poisson entre ses mâchoires, il regardait avec son œil unique et voyait miroiter les rayons du soleil sur les écailles. Lolla-Wossiky s'en aperçut parce que lui aussi tournait la tête de côté, tout comme l'ours.

Voici le second détail qu'il remarqua : lorsque l'ours regardait dans l'eau pour voir nager le poisson et donner son coup de patte, il regardait avec l'autre œil, l'œil absent. Lolla-Wossiky ne comprenait pas pourquoi. C'était très étrange.

Voici le dernier détail qu'il remarqua : il observait l'ours, mais son œil valide était fermé. Et quand il le rouvrit, la rivière était toujours là, la lumière du soleil toujours là, les poissons dansaient toujours en l'air puis s'évanouissaient, mais l'ours avait disparu. Lolla-Wossiky ne voyait l'ours que s'il fermait son œil valide.

Lolla-Wossiky but deux gorgées au baril, et il n'y eut plus d'ours.

*

Un jour, Lolla-Wossiky croisa une route d'homme blanc et eut l'impression d'une rivière coulant sous ses pieds. Le courant de la route l'entraînait. Il chancela, puis trouva la cadence et se mit à trottiner, le baril sur l'épaule. Un homme rouge ne marchait jamais sur la route de l'homme blanc : le sol était tassé trop dur par temps sec, la boue trop épaisse par temps de pluie, et les ornières des roues de chariots, comme des mains d'homme blanc, cherchaient à tordre la cheville de l'homme rouge, à lui attraper la jambe, à le renverser. Mais cette fois, le sol était aussi moelleux que l'herbe du printemps sur la berge de la rivière, tant que Lolla-Wossiky courait sur la route dans la bonne direction. Il ne se dirigeait plus vers la lumière, parce que sa douceur l'environnait et qu'il savait le totem très, très près.

Par trois fois, la route enjamba un cours d'eau — deux petites rivières et une grosse —, et à chacune il y avait un pont, fait de grandes billes de bois bien lourdes et de solides planches, avec un toit comme une maison d'homme blanc. Lolla-Wossiky resta longtemps sur le premier pont. Il n'avait jamais entendu parler d'une chose pareille. Il se tenait à l'endroit sous lequel l'eau était censée passer, mais le pont était si lourd et si solide, les parois si épaisses qu'il n'arrivait pas du tout à la voir ni à l'entendre.

Et la rivière détestait ça. Lolla-Wossiky sentait sa colère, son désir de monter jusqu'au pont pour l'arracher à ses rives. Des procédés d'homme blanc, pensa Lolla-Wossiky, l'homme blanc a besoin de conquérir, d'arracher les choses à la terre.

Malgré tout, sur le pont, il nota une autre particularité. Le bruit noir y était moins fort, et pourtant le whisky avait presque entièrement quitté son corps. Il entendait davantage de silence vert qu'il n'en avait entendu depuis longtemps. Comme si le bruit noir provenait en partie de la rivière. Comment est-ce possible ? La rivière n'a pas de colère envers l'homme rouge. Et rien de ce que fabrique l'homme blanc ne peut rapprocher l'homme rouge de la terre. Pourtant c'était ce qui se passait ici même. Lolla-Wossiky repartit sur la route en pressant le pas ; quand son totem le réveillerait, peut-être comprendrait-il ce phénomène.

La route déboucha dans un espace de prairies, parsemé de quelques bâtiments d'hommes blancs. Beaucoup de chariots. Des chevaux attachés à des piquets, qui broutent l'herbe de la prairie. Tintements de marteaux de métal, chocs de haches dans le bois, crissements de scies qui vont et viennent, toutes sortes de bruits d'hommes blancs en train de tuer la forêt. Une ville d'hommes blancs.

En fait non, pas une ville d'hommes blancs. Lolla-Wossiky s'arrêta à la lisière du terrain découvert. Pourquoi cette ville d'hommes blancs est-elle différente ? qu'est-ce qu'il manque que j'aurais dû voir ?

La palissade. Il n'y avait pas de palissade.

Où les hommes blancs allaient-ils pour se cacher ? Où enfermaient-ils les ivrognes rouges et les voleurs blancs ? Où dissimulaient-ils leurs fusils ?

« Oh ! hisse ! Oh ! hisse ! Oh ! hisse ! » Voix forte d'homme blanc qui retentit comme une cloche dans l'air épais d'un après-midi d'été.

En haut d'une colline herbeuse, peut-être à un demi-mille de distance, une étrange structure de bois se levait. Lolla-Wossiky ne voyait pas les hommes qui la poussaient parce qu'il était mal placé ; ils se trouvaient tous derrière la croupe de la colline. Mais il voyait monter un pan de bois neuf, soutenu dans sa partie supérieure par des perches qui le mettaient en place.

« Le mur latéral à présent ! Oh ! hisse ! Oh ! hisse ! Oh ! hisse ! »

Un autre pan de bois monta, doucement, tout doucement, perpendiculaire au premier. Quand les deux pans furent à la verticale, ils se joignaient par un bord. Pour la première fois, Lolla-Wossiky vit les hommes. De jeunes Blancs, au nombre de trois, qui grimpèrent en haut des pans de mur, levèrent leurs marteaux et les abattirent comme des tommy-hawks pour imposer leur volonté au bois. Après avoir cogné pendant un moment, ils se redressèrent, debout tout en haut des pans de mur, leurs marteaux brandis comme des lances qu'on vient de retirer du corps du bison sauvage. Les perches qui avaient poussé les murs en place furent ôtées. Les murs ne bougèrent pas, ils se soutenaient l'un l'autre. Lolla-Wossiky entendit des vivats.

Puis soudain les hommes blancs apparurent tous sur la croupe de la colline. Ils m'ont vu ? Est-ce qu'ils vont venir pour me chasser ou me mettre en prison ? Non, ils se contentaient de descendre la colline pour rejoindre leurs chevaux et leurs chariots. Lolla-Wossiky se fondit dans les bois.

Il but quatre gorgées, puis grimpa dans un arbre et y trouva un emplacement pour le baril, à l'enfourchure de trois grosses branches. Bien maintenu, bien à l'abri. Des feuilles bien épaisses ; personne ne le verrait du sol, pas même un homme rouge.

Lolla-Wossiky fit un grand détour, mais il se retrouva bientôt sur la colline où se dressaient les murs tout neufs. Il les regarda longuement, sans parvenir à comprendre à quoi allait servir ce bâtiment. Ces pans de mur, c'était le nouveau style de construction, comme la dernière résidence de l'assassin-blanc Harrison, mais le bâtiment serait très grand, plus grand que tout ce que Lolla-Wossiky avait vu les hommes blancs construire, plus haut qu'une palissade.

D'abord les ponts bizarres, clos comme des maisons. Maintenant cette étrange bâtisse, haute comme des arbres. Lolla-Wossiky quitta l'abri de la forêt et s'avança à découvert sur la prairie, d'un pas chaloupé parce que le sol ne restait jamais stable quand il avait bu du whisky. Arrivé à la bâtisse, il monta sur le plancher de bois. Un plancher d'homme blanc, des murs d'homme blanc, mais Lolla-Wossiky n'éprouvait pas la même sensation que dans toutes les autres constructions d'homme blanc qu'il avait connues jusque-là. Un grand espace ouvert à l'intérieur. Des murs très hauts. Première fois qu'il voyait l'homme blanc bâtir quelque chose qui n'était ni fermé ni sombre. Même un homme rouge serait heureux dans un pareil séjour.

« Qui c'est ? Qui t'es, toi ? »

Lolla-Wossiky se retourna si vite qu'il faillit en tomber. Un grand homme blanc se tenait en bordure de la construction. Le plancher montait si haut qu'il lui arrivait à la taille. L'homme ne portait pas de peau de daim comme un chasseur, ni d'uniforme comme un soldat. Il était habillé comme un fermier, peut-être bien, seulement il était propre. En fait, Lolla-Wossiky n'avait jamais vu d'hommes de son espèce à Carthage.

« Qui t'es, toi ? redemanda l'arrivant.

— Homme rouge, répondit Lolla-Wossiky.

— L'jour baisse, mais il fait tout d'même pas 'core nuit. Faudrait que j'soye aveugle pour pas remarquer que t'es un Rouge. Mais j'connais les Rouges du pays, et toi t'es pas d'icitte. »

Lolla-Wossiky éclata de rire. Comme si un homme blanc pouvait différencier un Rouge d'un autre au point de dire lequel était du pays et lequel venait d'ailleurs !

« T'as un nom, l'homme rouge ?

— Lolla-Wossiky.

— T'es soûl, hein ? J'sens ça d'icitte, et tu marches pas trop droit.

— Très soûl. Rouge-à-whisky.

— Qui donc t'a donné du whisky ? Dis-le moi ! Où t'as eu ce whisky ? »

Lolla-Wossiky ne savait que penser. L'homme blanc ne lui avait encore jamais demandé où il trouvait son whisky. L'homme blanc le savait toujours. « C'est l'assassin-blanc Harrison, dit-il.

— Harrison, il est à deux cents milles au sud-est. Comment qu'tu l'as appelé ?

— Le gouverneur Bill Harrison.

— Tu l'as appelé l'assassin-blanc Harrison.

— Rouge *très* soûl.

— J'vois ça. Mais t'as pas pu boire à Fort Carthage et faire tout ce chemin à pied sans dessoûler. Alors, où t'as eu ce whisky ?

— Vous allez m'enfermer ?

— T'enfermer... et où donc tu veux que je t'enferme, tu peux me l'dire ? T'es vraiment de Fort Carthage, hein ? Alors, écoute, monsieur Lolla-Wossiky : y a pas de cellule pour enfermer les Rouges soûls chez nous autres, par rapport que chez nous autres, les Rouges, ils se soûlent pas. Et si ça leur arrive, on trouve le Blanc qui leur a donné de l'alcool, et le Blanc reçoit le fouet. Tu vas donc me dire tout d'suite où t'as eu ce whisky.

— Mon whisky, fit Lolla-Wossiky.

— Tu ferais p't-être mieux d'me suivre.

— Pour m'enfermer ?

— Je t'ai déjà dit, chez nous autres... Écoute, t'as faim ?

— M'est avis, fit Lolla-Wossiky.

— Tu connais où manger ?

— Je mange là où je suis.

— Bon, ce soir tu t'en viens manger à la maison. »

Lolla-Wossiky ne savait pas quoi dire. Était-ce une

blague d'homme blanc ? Les blagues de l'homme blanc étaient très difficiles à comprendre.

« T'as pas faim ?

— M'est avis, répéta Lolla-Wossiky.

— Eh ben, viens-t'en, alors ! »

Un autre homme blanc montait la colline. « Armure-de-Dieu ! lança-t-il. Votre chère épouse se demandait où vous étiez.

— Une minute, révérend Thrower. Il m'semble qu'on va p't-être avoir de la compagnie à dîner.

— Qui c'est ? Holà, Armure-de-Dieu, il me semble bien qu'il s'agit d'un Rouge.

— Il dit qu'il s'appelle Lolla-Wossiky. C'est un Shaw-Nee. Et pis il est soûl comme une grive. »

Lolla-Wossiky était très surpris. Cet homme blanc savait qu'il était un Shaw-Nee sans même l'avoir demandé. D'après ses cheveux, tous arrachés en dehors de l'épaisse bande médiane qui lui descendait jusque dans le cou ? D'autres Rouges faisaient de même. La bordure de son pagne ? L'homme blanc ne voyait jamais ces choses-là.

« Un Shaw-Nee, fit l'homme blanc qui venait d'arriver. N'est-ce pas une tribu particulièrement sauvage ?

— Ben, euh, j'sais pas, révérend Thrower, dit Armure-de-Dieu. C'est une tribu particulièrement *sobre*. Par là, j'entends qu'ils se soûlent moins que d'autres. Y en a qui s'figurent que le seul Rouge dont ils ont rien à craindre, c'est le Rouge-à-whisky, alors quand ils voyent tous ces Shaw-Nees qui boivent pas, ils s'disent que ça les rend dangereux.

— Celui-ci ne semble pas appartenir à cette catégorie.

— Je sais. J'ai essayé de découvrir qui donc lui avait donné son whisky, et il a pas voulu me l'dire.»

Le révérend Thrower s'adressa à Lolla-Wossiky. «Ne sais-tu pas que le whisky est l'instrument du diable et la déchéance de l'homme rouge?

— J'crois pas qu'il parle assez bien l'anglais pour savoir d'quoi vous causez, révérend.

— Alcool très mauvais pour l'homme rouge, dit Lolla-Wossiky.

— Bah, p't-être qu'il comprend quand même, fit Armure-de-Dieu en gloussant. Lolla-Wossiky, si tu connais que l'alcool c'est mauvais, comment s'fait-y que t'empestes le whisky autant qu'un bar irlandais?

— Alcool très mauvais pour l'homme rouge, reprit Lolla-Wossiky, mais l'homme rouge tout le temps soif.

— Il existe une explication scientifique simple à ce phénomène, dit le révérend Thrower. Les Européens consomment des boissons alcoolisées depuis si longtemps qu'ils se sont constitué une tolérance. Les Européens qui ne peuvent pas se passer d'alcool tendent à mourir plus jeunes, font moins d'enfants et pourvoient moins bien aux besoins de ceux qu'ils ont déjà. Il en résulte que la plupart des Européens ont un organisme qui résiste à l'alcool. Mais vous, les Rouges, vous ne vous êtes jamais forgé cette tolérance.

— Foutrement vrai, fit Lolla-Wossiky. Homme blanc qui-parle-vrai, comment ça se fait que l'assassin-blanc Harrison ne t'a pas encore tué?

— Eh, dites, écoutez ça, fit Armure-de-Dieu. C'est la deuxième fois qu'il traite Harrison d'assassin.

— Il a aussi juré, ce que je n'apprécie pas.

— S'il est de Carthage, l'a appris à causer l'anglais avec une catégorie d'hommes blancs qui croyent que les mots comme “foutrement”, c'est de la ponctuation, si vous m'suivez, révérend. Mais écoute, Lolla-Wossiky. Cet homme, là, c'est le révérend Philadelphia Thrower, et c'est un ministre du Seigneur Jésus-Christ, alors fais attention à pas employer de gros mots devant lui. »

Lolla-Wossiky n'avait pas la moindre idée de ce qu'était un ministre... il n'y avait rien de tel à Carthage City. Il finit par se dire qu'un ministre devait ressembler à un gouverneur, mais en plus agréable.

« Tu vas habiter dans la très grande maison ?

— Habiter ici ? demanda Thrower. Oh non, c'est la maison du Seigneur.

— Qui ça ?

— Le Seigneur Jésus-Christ. »

Lolla-Wossiky avait entendu parler de Jésus-Christ. Les hommes blancs invoquaient tout le temps ce nom-là, principalement quand ils se mettaient en colère ou qu'ils mentaient. « Homme très en colère, fit Lolla-Wossiky. Habite ici ?

— Le seigneur Jésus-Christ est amour et pardon. Il n'habite pas ici à la façon d'un homme blanc qui habiterait dans une maison. Mais quand les bons chrétiens veulent faire leurs dévotions — chanter des hymnes, prier, entendre la voix du Seigneur —, nous nous réunissons ici. C'est une église, ou plutôt c'en sera une.

— Jésus-Christ parle ici ? » Lolla-Wossiky se disait qu'il pourrait être intéressant de rencontrer ce très important homme blanc face à face.

« Oh non, pas en personne. C'est moi qui parle pour Lui. »

Du bas de la colline monta une voix de femme. « Armure ! Armure Weaver ! »

Armure-de-Dieu s'anima. « L'dîner est prêt, et la v'là qui nous appelle, elle aime pas ça du tout. Viens-t'en, Lolla-Wossiky. Soûl ou pas, si t'as envie d'un dîner, t'es l'bienvenu.

— J'espère que tu vas accepter, dit le révérend Thrower. Et après le dîner, j'espère pouvoir t'enseigner les paroles du Seigneur Jésus.

— D'abord et avant tout, dit Lolla-Wossiky, vous promettez de ne pas m'enfermer. Je ne veux pas prison, je dois trouver totem.

— On va pas t'enfermer. Tu peux sortir d'chez moi comme ça te chante. » Armure-de-Dieu se tourna vers le révérend Thrower. « Vous voyez c'que les Rouges apprennent sus les Blancs chez William Henry Harrison ? Whisky et prison.

— Ses croyances païennes m'inquiètent davantage. Un totem ! Est-ce leur façon de concevoir des dieux ?

— Le totem, c'est pas Dieu, c'est un animal qu'ils voyent en rêve et qui leur apprend des choses, expliqua Armure, ils font toujours un grand voyage, jusqu'à tant qu'ils ayent le rêve, et puis ils s'en retournent. Ça explique ce qu'il fait chez nous autres, à deux cents milles des principaux camps shaw-nees établis en aval de la My-Ammy.

— Totem *réel*, dit Lolla-Wossiky.

— T'as raison », fit Armure-de-Dieu. Lolla-Wossiky savait qu'il ne disait cela que pour éviter de le vexer.

« Cette pauvre créature a manifestement grand besoin de l'évangile de Jésus, dit Thrower.

— Il m'semble, à moi, qu'il a pour l'instant davantage b'soin d'un dîner, vous croyez pas ? »

Thrower gloussa. « Je ne pense pas avoir lu quoi que ce soit de ce genre dans la Bible, Armure-de-Dieu, mais vous êtes sûrement dans le vrai. »

Armure-de-Dieu se mit les mains sur les hanches et redemanda à Lolla-Wossiky : « Tu t'en viens, ou pas ?

— M'est avis », fit Lolla-Wossiky.

*

Le ventre de Lolla-Wossiky était plein, mais d'une nourriture d'homme blanc, pâteuse, douceâtre, trop cuite, et il protestait. Thrower n'arrêtait pas de parler avec des mots bizarres. Ses histoires étaient bonnes, mais il rabâchait sur le péché originel et la rédemption. Un moment, Lolla-Wossiky crut avoir compris et dit : « Il est bête, ce dieu, il fait naître tout le monde mauvais pour l'envoyer brûler en enfer. Pourquoi il est si en colère ? Tout est de sa faute ! » Mais la remarque mit Thrower dans tous ses états, il n'en parla que davantage et plus vite, aussi Lolla-Wossiky évita-t-il ensuite de livrer la moindre de ses pensées.

Le bruit noir revenait, de plus en plus fort à mesure que parlait le révérend. Le whisky se dissipait déjà ? Il était bien rapide à le quitter, l'alcool. Et quand Thrower sortit pour aller se soulager, le bruit noir se calma. Très curieux... Lolla-Wossiky n'avait encore jamais vu personne influencer le bruit noir par ses déplacements.

Mais c'était peut-être parce qu'il se trouvait dans les parages du totem. Il le sentait tout près à cause de la lumière blanche qui l'entourait, partout où il posait le regard, et il ne savait pas où se diriger. Ne t'étonne pas des ponts qui affaiblissent le bruit noir et du ministre blanc qui le renforce. Ne t'étonne pas d'Armure-de-Dieu, qui a dessiné le visage de la terre, qui nourrit l'homme rouge et qui ne vend ni même ne donne d'alcool.

Pendant que Thrower était dehors, Armure-de-Dieu montra la carte à Lolla-Wossiky. « C'est une représentation de toute la région. En haut, au nord-ouest, y a l'grand lac... les Kicky-Poos, ils l'appellent Grande Eau. Et là, Fort Chicago... un avant-poste français.

— Français. Un gobelet de whisky pour un scalp d'homme blanc.

— Tout juste, c'est l'tarif, dit Armure-de-Dieu. Mais les Rouges, par icitte, ils prennent pas d'scalps. Ils commercent honnêtement avec moi, et j'commerce honnêtement avec eux autres ; on s'amuse pas à abattre des Rouges, et d'leur côté ils tuent pas des Blancs pour la prime. Tu me comprends ? Si jamais tu t'sens l'envie de boire, pense à c'que j'vais te dire : y avait dans le pays un Rouge-à-whisky de la tribu Wee-Aw, ça fait p't-être quatre ans de ça, et v'là qu'il tue un p'tit Danois dans la forêt. D'après toi, c'est-y les hommes blancs qui lui ont couru après ? Eh ben, non ; tu connais qu'les Blancs, ils ont aucune chance de trouver un Rouge dans ces bois, surtout pas des fermiers ou du monde comme nous autres. Non, c'est les Shaw-Nees et les Otty-Was qui lui ont mis la main d'sus deux heures après que l'drôle soye porté disparu. Et d'après toi, c'est-y les hommes blancs qu'ont puni ce Rouge-à-whisky ? Eh ben, non ; ils ont fait s'asseoir l'Wee-Aw et ils lui ont d'mandé : "Tu veux montrer que t'es brave ?" et quand il a dit oui, ils ont passé six heures à le tuer.

— Très aimable, fit Lolla-Wossiky.

— *Aimable ?* M'est avis qu'non, dit Armure-de-Dieu.

— L'homme rouge tue un garçon blanc pour le whisky, je ne permets pas qu'il montre sa bravoure, lui mourir... *tchac* ! Comme ça, vite, comme serpent à sonnettes, lui pas un homme.

— J'dois r'connaître que vous autres, les Rouges, vous avez des idées vraiment pas ordinaires, fit Armure-de-Dieu. Tu veux dire que c'est une faveur quand vous torturez quelqu'un à mort ?

— Pas *quelqu'un*. L'ennemi. Tu captures un ennemi, il montre sa bravoure avant de mourir, et alors son esprit s'envole jusque chez lui. Dit à sa mère et ses sœurs qu'il est mort en brave, elles chantent des chansons et crient pour lui. Il ne se montre pas brave, alors son esprit tombe par terre et on marche dessus, on le rend poussière, il ne revient jamais chez lui, personne ne se souvient de son nom.

— Une bonne chose que Thrower, il soye asteure aux cabinets, dehors, sinon m'est avis qu'il en mouillerait son pantalon d'entendre une doctrine pareille. » Armure-de-Dieu jeta un regard en coin à Lolla-Wossiky. « Tu veux dire qu'ils ont *fait honneur* au Wee-Aw qui a tué ce p'tit garçon ?

— Très mauvaise chose, de tuer petit garçon. Mais

peut-être l'homme rouge connaît les Rouges-à-whisky, toujours soif, devenus fous. Pas comme tuer un homme pour prendre sa maison, ou sa femme, ou sa terre, comme fait tout le temps l'homme blanc.

— J'dois avouer, le plusse que j'en apprends sus vous autres, les Rouges, le plusse que j'y trouve du sens, comme qui dirait. J'ferais mieux de davantage lire la Bible tous les soirs avant que j'devienne rouge moi-même. »

Lolla-Wossiky se prit à rire, à rire.

« Qu'esse qu'est si drôle ?

— Beaucoup d'hommes rouges deviennent blancs, et après ils meurent. Mais jamais un homme blanc ne devient rouge. Je dois raconter cette histoire, tout le monde va rire.

— Vous autres, les Rouges, vous avez un sens de l'humour que j'arrive pas du tout à comprendre. » Armure tapota la carte. « C'est icitte qu'on est... là, juste après que la Tippy-Canoe, elle se jette dans la Wobbish. Tous ces points, c'est des fermes d'hommes blancs. Et ces cercles, des villages de Rouges. Çui-ci, l'est shaw-nee, et l'autre là, winny-baygo, tu vois l'système ?

— L'assassin-blanc Harrison nous dit que tu as dessiné le visage du pays pour trouver les villages des Rouges. Et tuer tout le monde, il dit.

— Ça, c'est bien l'genre d'accroires que je m'attends à lui voir faire. Alors, t'as entendu causer d'moi avant d'monter par icitte, c'est ça ? Eh ben, j'espère que tu crois pas toutes ces inventions.

— Oh non, personne ne croit l'assassin-blanc Harrison.

— Bonne chose.

— Personne ne croit aucun homme blanc. Tous mentent.

— Hé là, pas moi, t'entends ? Pas moi. Harrison, il veut tellement devenir gouverneur qu'il est prêt à dire toutes les menteries possibles pour prendre le pouvoir et l'garder.

— Il dit que tu veux aussi être gouverneur. »

Armure marqua un silence. Regarda la carte. Regarda la porte de la cuisine, où sa femme faisait la vaisselle. « Ben, m'est avis qu'il a pas menti là-d'sus. Mais l'idée que j'ai d'la fonction de gouverneur et la sienne, ça fait deux. J'veux être gouverneur pour que les hommes rouges et les hommes blancs vivent icitte ensemble et en paix, qu'ils cultivent la terre côte à côte, qu'ils apprennent dans les mêmes écoles, et qu'un jour on voye plus de différence entre Rouges et Blancs. Mais Harrison, lui, il veut se débarrasser complètement de l'homme rouge. »

Si l'homme rouge devient comme l'homme blanc, alors il ne sera plus rouge. Méthode Harrison ou méthode Armure, le résultat est le même : plus d'hommes rouges. Voilà ce que pensa Lolla-Wossiky, mais il s'abstint de le dire. Il savait que s'il était très mauvais de rendre blancs tous les hommes rouges, c'était encore pire de tous les tuer avec de l'alcool comme le préméditait Harrison, ou de les tuer et de les chasser de leurs terres comme le proposait Jackson. Harrison était un homme très mauvais. Armure voulait être un homme bon, mais il ne savait pas comment s'y prendre. Lolla-Wossiky s'en rendait compte, alors il n'engagea pas la discussion avec Armure-de-Dieu.

Lequel continuait de lui commenter la carte.

« Icitte, en bas, t'as Fort Carthage, c'est un carré parce que c'est une ville. Pour nous autres aussi, j'ai mis un carré, quand bien même on n'est pas encore une vraie ville. On l'appelle Vigor Church, rapport à cette église qu'on bâtit.

— "Church" pour l'église. Pourquoi Vigor ?

— Oh, à cause des premiers colons qui se sont établis, les ceusses qu'ont ouvert le chemin et construit les ponts, la famille Miller. Ils restent là-haut derrière l'église, plus loin sus la route. Ma femme, c'est leur fille aînée, par le fait. Ils ont appelé l'endroit Vigor rapport au fils aîné qui portait ce nom-là. Il s'est noyé dans la rivière Hatrack, tout là-bas près du Suskwahenny, quand ils s'en venaient par icitte. Alors ils ont donné son nom au pays.

— Ta femme, très jolie », dit Lolla-Wossiky.

Il fallut plusieurs secondes à Armure pour réagir à cette remarque, tellement il paraissait surpris. Et dans la boutique à l'arrière, où ils avaient mangé, sa femme Aliénor devait écouter, car elle apparut soudain dans l'encadrement de la porte.

« Personne m'a jamais dit que j'étais jolie », fit-elle avec douceur.

Lolla-Wossiky était déconcerté. La plupart des femmes blanches avaient le visage étroit, sans pommettes, le teint maladif. Aliénor avait le teint plus sombre, le visage large, de hautes pommettes.

« Moi j'te trouve jolie, dit Armure. C'est vrai. »

Lolla-Wossiky ne le croyait pas, et Aliénor non plus, pourtant elle sourit et disparut de la porte. Armure ne l'avait jamais trouvée jolie, c'était évident. Et au bout d'un moment, Lolla-Wossiky comprit pourquoi. Elle était jolie comme une femme rouge. Alors, bien entendu, les hommes blancs, qui ne savaient jamais voir, prenaient sa beauté pour de la laideur.

Ce qui voulait aussi dire qu'Armure-de-Dieu avait épousé une femme qu'il trouvait laide. Mais il ne criait jamais après elle et ne la battait pas non plus, comme le faisait l'homme rouge marié à une squaw laide. Ça, c'était une bonne chose, conclut Lolla-Wossiky.

« Toi très heureux, dit Lolla-Wossiky.

— C'est par rapport qu'on est chrétiens, dit Armure-de-Dieu. Toi aussi, tu serais heureux si t'étais chrétien.

— Moi, je ne serai jamais heureux », fit Lolla-Wossiky. Il voulait dire : « Tant que je n'entendrai plus le silence vert, tant que le bruit noir ne sera pas parti. » Mais inutile d'expliquer ça à un homme blanc ; ils ignoraient que la moitié des choses qui se passaient dans le monde leur restait complètement invisible.

« Si, tu le seras », lança Thrower. Il entra dans la pièce à grands pas, débordant d'énergie, prêt à reprendre l'assaut contre ce païen. « Accepte Jésus-Christ comme ton sauveur, et tu connaîtras le vrai bonheur. »

Ah, voilà une promesse qui méritait considération. Voilà une bonne raison de parler de ce Jésus-Christ. Peut-être que Jésus-Christ était le totem de Lolla-Wossiky. Peut-être qu'il chasserait le bruit noir et qu'il rendrait Lolla-Wossiky à nouveau heureux, comme avant que l'assassin-blanc Harrison fasse éclater le monde en crachant le bruit noir de son fusil.

« Jésus-Christ me réveiller ? demanda Lolla-Wossiky.

— Il a dit : “Venez, suivez-moi, et je ferai de vous des pêcheurs”, répondit Thrower.

— Lui me réveiller ? Me rendre heureux ?

— La joie éternelle, dans le giron du Père Céleste », dit Thrower.

Rien de tout ça n’avait de sens, mais Lolla-Wossiky décida quand même de tenter sa chance, dans l’espoir de se réveiller, et *alors* il comprendrait de quoi parlait Thrower. Le révérend rendait le bruit noir plus fort, mais peut-être avait-il aussi le remède pour le faire taire.

Cette nuit-là, Lolla-Wossiky dormit donc dehors dans les bois ; au matin, il but ses quatre gorgées de whisky et monta en titubant jusqu’à l’église. Thrower fut contrarié de le voir ivre, et Armure insista une fois de plus pour savoir qui lui avait donné de l’alcool. Comme tous les autres hommes qui participaient à la construction de l’église s’étaient attroupés, Armure fit un discours, ponctué de menaces en pagaïe. « Si j’trouve çui-là qui soûle les Rouges, j’vous jure que j’y flanque le feu à sa maison et que je l’expédie vivre chez Harrison, là-bas sus l’Hio. Par chez nous autres, on est des chrétiens. J’peux p’t-être pas vous empêcher d’mettre des charmes sus vos maisons, d’jeter des sorts et d’faire des conjurations — c’qui montre le peu d’foi que vous avez dans not’ Seigneur — mais j’peux sûrement vous empêcher d’empoisonner les genses que l’Seigneur a jugé bon de mettre sus c’te terre. Vous avez compris ? »

Tous les hommes blancs hochèrent la tête et dirent « oui », « pour sûr » et « m’est avis ».

« Personne d’ici m’a donné du whisky, dit Lolla-Wossiky.

— P't-être qu'il l'a apporté avec lui dans une tasse ! lança l'un des hommes.

— P't-être qu'il a un alambic dans les bois ! » fit un autre.

Ils éclatèrent tous de rire.

« Un peu de respect, je vous prie, dit Thrower. Ce païen accepte le Seigneur Jésus-Christ. Il va recevoir l'eau du baptême comme l'a lui-même reçue Jésus. Qu'on y voie le premier pas d'une grande action missionnaire parmi les hommes rouges de la forêt américaine !

— Amen », murmurèrent les autres.

L'eau était froide, et c'est à peu près tout ce qu'en retint Lolla-Wossiky, sauf que lorsque Thrower l'aspergea, le bruit noir devint plus fort. Jésus-Christ ne se montra pas, ce n'était donc pas lui le totem, tout compte fait. Lolla-Wossiky fut déçu.

Mais pas le révérend Thrower. C'était ce qu'il y avait d'étrange chez les hommes blancs. Ils ne semblaient pas se rendre compte de ce qui se passait autour d'eux. Thrower donnait un baptême sans le moindre effet bénéfique, et le voilà parti à se pavaner pour le reste de la journée comme s'il venait de faire entrer un bison dans un village affamé en plein cœur de l'hiver.

Armure-de-Dieu se montrait tout aussi aveugle. À midi, quand Aliénor monta le déjeuner aux ouvriers, on permit à Lolla-Wossiky de manger avec eux. « On va pas renvoyer un chrétien, pas vrai ? » dit l'un. Mais aucun n'était enchanté à l'idée de s'asseoir auprès de lui, probablement parce qu'il puait l'alcool et la sueur et qu'il titubait en marchant. Finalement, Armure-de-Dieu s'installa en sa compagnie à l'écart du reste des hommes, et ils parlèrent de choses et d'autres.

Jusqu'à ce que Lolla-Wossiky lui demande : « Jésus-Christ, il aime pas les charmes ?

— C'est vrai. C'est à Lui qu'il faut s'adresser ; toutes ces supplications et je n'sais quoi, c'est du blasphème. »

Lolla-Wossiky hocha la tête avec gravité. « Charme peint, pas bon. La peinture, jamais vivante.

— Peint, taillé, du pareil au même.

— Charme en bois, un peu plus fort. L'arbre était vivant.

— Ça m'fait ni chaud ni froid, peints ou en bois, y aura pas d'charmes chez moi. Attireurs, repousseurs, écarteurs, conjureurs, j'veux pas d'ça. Un bon chrétien se fie à la prière, v'là tout. Le Seigneur est mon berger, je manquerai de rien. »

Lolla-Wossiky sut alors qu'Armure-de-Dieu était aussi aveugle que Thrower. Parce qu'il n'avait jamais vu de maison autant bardée de charmes que la sienne. C'était en partie la raison pour laquelle Armure avait impressionné Lolla-Wossiky : sa maison était réellement bien protégée, parce qu'il s'y entendait assez pour composer ses charmes à partir de choses vivantes. Arrangements de plantes vives suspendues sur la galerie, graines porteuses de vie conservées dans des pots judicieusement placés, ail, taches de jus de baies... le tout disposé avec tant d'habileté que, malgré l'alcool qu'il avait bu pour atténuer le bruit noir, Lolla-Wossiky ressentait les forces attractives et répulsives des charmes écarteurs, repousseurs et autres sortilèges.

Pourtant Armure-de-Dieu était loin de se douter

que sa maison contenait le moindre sortilège. « Ma femme Aliénor, sa famille avait tout l'temps des charmes. Son jeune frère, Al junior, c'est l'drôle de six ans qui s'bagarre avec le p'tit Suédois blond, là-bas... tu l'vois ? Il connaît vraiment comment graver les charmes, à ce qu'on raconte. »

Lolla-Wossiky regarda le garçon mais ne put le voir précisément. Il voyait le petit blond avec lequel il se battait, mais le frère d'Aliénor ne lui apparaissait pas clairement, il ignorait pourquoi.

Armure continuait de parler. « Ça t'fait pas mal au ventre ? Si jeune, et déjà on l'détourne de Jésus. Aussi bien, ç'a été très dur pour Aliénor d'abandonner ces pratiques de sorcellerie. Mais elle y est arrivée. M'a fait un serment solennel, sinon on se s'rait jamais mariés. »

À cet instant, Aliénor, la jolie femme que les hommes blancs trouvaient laide, s'approchait pour reprendre le panier du déjeuner. Elle entendit les derniers mots que prononça son mari mais ne révéla par aucun signe qu'elle y attachait de l'importance. Pourtant, lorsqu'elle lui prit son bol et qu'elle le regarda dans l'œil, Lolla-Wossiky eut l'impression qu'elle lui demandait : « Tu les as vus, ces charmes ? »

Lolla-Wossiky lui sourit, de son plus grand sourire, ainsi comprendrait-elle qu'il n'avait aucune intention de le révéler à son mari.

Elle lui rendit un sourire hésitant, peu sûre d'elle. « T'as aimé c'que t'as mangé ?

— Tout trop cuit, dit Lolla-Wossiky. Le goût du sang parti. »

Les yeux de la femme s'agrandirent. Armure se borna à rire et donna une tape sur l'épaule de Lolla-

Wossiky. « Eh ben, c'est ça, être civilisé. T'arrêtes de boire du sang, voilà tout. J'espère que ton baptême va t'mettre sus le bon ch'min... c'est clair que t'as été longtemps sus l'mauvais.

— Je m'demandais », fit Aliénor... Elle n'alla pas plus loin, jeta un coup d'œil vers le pagne de Lolla-Wossiky, puis regarda son mari.

« Ah oui, on a causé d'ça hier au soir. J'ai des vieux pantalons et une chemise que j'mets plus, et pis de toute façon Aliénor est après m'en faire d'autres, alors je m'suis dit, asteure que t'es baptisé, que tu devrais commencer à t'habiller comme un chrétien.

— Très chaud, aujourd'hui, dit Lolla-Wossiky.

— Oui, eh ben, les chrétiens, ils croient aux vêtements simples, Lolla-Wossiky, mais tout d'même... » Armure éclata de rire et lui redonna une tape sur l'épaule.

« J'peux apporter les vêtements c'tantôt », dit Aliénor.

Lolla-Wossiky trouvait l'idée stupide. Les hommes rouges avaient toujours l'air bête dans des vêtements d'homme blanc. Mais il ne voulait pas discuter avec eux, parce qu'ils cherchaient à être amicaux. Et peut-être que le baptême ferait effet, après tout, s'il passait des vêtements d'homme blanc. Peut-être alors que le bruit noir s'en irait.

Aussi ne répondit-il pas. Il se contenta de regarder vers le petit garçon aux cheveux blonds qui courait en rond en criant : « Alvin ! Ally ! » Lolla-Wossiky s'efforça de distinguer l'autre gamin qu'il pourchassait. Il vit un pied toucher le sol et soulever de la poussière, une main fendre l'air, mais jamais il ne vit l'enfant proprement dit. Très étrange.

Aliénor attendait qu'il réponde. Lolla-Wossiky se taisait, car il regardait à présent le jeune garçon qui n'était pas là. Armure-de-Dieu finit par dire en riant : « Apporte donc les vêtements, Aliénor. On va te l'habiller comme un chrétien, dame sûr, et p't-être que demain il pourra donner la main à construire l'église, et s'mettre à un métier convenable. On va lui trouver une scie. »

Lolla-Wossiky n'entendit pas réellement la dernière phrase, sinon il se serait enfui dans les bois sans demander son reste. Il avait vu ce qui arrivait aux hommes rouges qui voulaient utiliser des outils d'homme blanc. De quelle façon ils se coupaient de la terre, petit à petit, à chaque fois qu'ils maniaient leur métal. Même les fusils. Un homme rouge qui veut se servir d'un fusil pour chasser, il est à moitié blanc dès la première fois qu'il appuie sur la détente ; un homme rouge ne peut employer le fusil que dans un cas : pour tuer les hommes blancs, voilà ce que disait toujours Ta-Kumsaw, et il avait raison. Mais Lolla-Wossiky n'entendit pas Armure proposer de lui donner à manier une scie, parce qu'il venait à l'instant de faire une incroyable découverte. Quand il fermait son œil valide, il distinguait le jeune garçon. Tout comme l'ours borgne dans la rivière. L'œil ouvert, il voyait l'enfant à tête jaune courir et crier, mais pas Alvin Miller junior. L'œil fermé, il ne voyait rien d'autre que le bruit noir et des traces de vert... et soudain, au beau milieu, apparaissait le jeune garçon, luisant, éclatant de lumière comme s'il avait le soleil dans sa poche de derrière, qui jouait et riait, et dont la voix résonnait comme de la musique.

Et puis il ne le vit plus du tout.

Lolla-Wossiky rouvrit son œil. Il y avait là le révérend Thrower. Armure et Aliénor étaient partis... tous les hommes avaient repris leur travail à l'église. C'était Thrower qui avait fait disparaître le jeune garçon, pas de doute. Ou peut-être que non... parce qu'à présent, avec Thrower debout à côté de lui, Lolla-Wossiky arrivait à voir Alvin de son œil valide. Comme n'importe quel autre enfant.

« Lolla-Wossiky, il me vient à l'idée qu'il te faudrait vraiment un nom chrétien. C'est la première fois que je baptise un Rouge, alors j'ai utilisé sans réfléchir votre nomenclature barbare. Tu es censé prendre un nouveau nom, un nom chrétien. Pas nécessairement celui d'un saint — nous ne sommes pas des papistes — mais quelque chose qui suggérerait ta récente adhésion au Christ. »

Lolla-Wossiky hocha la tête. Il savait qu'il lui faudrait un nouveau nom, si le baptême finissait par se révéler efficace. Une fois qu'il aurait rencontré son totem et qu'il serait rentré chez lui, il aurait un nom. Il tenta de l'expliquer à Thrower, mais le ministre blanc eut du mal à comprendre. À la longue, pourtant, il saisit que Lolla-Wossiky voulait un nouveau nom et qu'il le voulait bientôt, aussi se radoucit-il.

« À propos, pendant que nous sommes tous les deux, dit Thrower, je me demandais si je pourrais examiner ton crâne. Je travaille à l'élaboration de classements méthodiques pour la science naissante de la phrénologie. Il s'agit de la théorie selon laquelle les talents particuliers et les penchants de l'âme humaine se traduisent, voire sont causés, par des protubérances et des dépressions dans la forme du crâne. »

Lolla-Wossiky n'avait pas la moindre idée de ce

dont parlait Thrower, il approuva donc silencieusement de la tête. Un bon moyen, habituellement, de répondre aux hommes blancs qui racontaient des absurdités, et le révérend ne faisait pas exception. En conséquence, Thrower palpa chaque pouce du crâne de Lolla-Wossiky, s'arrêtant de temps à autre pour prendre des croquis et des notes sur un bout de papier, marmonnant des « intéressant », des « ha ! » et des « tant pis pour cette théorie-là ». Quand il eut terminé, Thrower le remercia. « Vous avez grandement contribué à la cause de la science, monsieur Wossiky. Vous êtes la preuve vivante qu'un homme rouge ne possède pas nécessairement les bosses de la sauvagerie et du cannibalisme. Vous avez le lot normal de talents et de défauts commun à tous les humains. Les hommes rouges ne sont pas intrinsèquement différents des Blancs, abstraction faite d'une quelconque catégorisation aussi sommaire que facile. En vérité, tout indique que vous êtes un remarquable orateur, doté d'un sens de la religion profondément développé. Ce n'est pas un hasard que vous soyez le premier homme rouge à accepter l'Évangile dans mon ministère, ici en Amérique. Je dois dire que votre configuration phrénologique présente beaucoup de similitudes avec la mienne. Bref, mon cher chrétien tout frais baptisé, je ne serais pas surpris si vous finissiez vous-même missionnaire de l'Évangile. Vous prêcheriez aux grandes multitudes d'hommes et de femmes rouges et les amèneriez à se faire une idée du Ciel. Songez à cette perspective, monsieur Wossiky. Sauf erreur, votre avenir est là. »

Lolla-Wossiky avait à peine saisi le fond du discours de Thrower. Quelque chose à propos de lui, prêcheur. Quelque chose à propos de dire l'avenir. Il essaya d'y trouver un sens, mais en vain.

À la tombée du jour, Lolla-Wossiky était en habits d'homme blanc et avait l'air d'un imbécile. L'alcool s'était dissipé et il n'avait pas eu la moindre occasion de s'éclipser dans les bois pour boire ses quatre gorgées, aussi le bruit noir devenait-il insupportable. Plus grave : il semblait que la nuit tournait à la pluie, il ne verrait donc pas de son œil valide et, à cause du bruit noir, il ne pourrait pas non plus compter sur son sens de la terre pour le guider jusqu'au baril.

En conséquence, il titubait encore davantage que lorsqu'il avait pris de l'alcool, tellement le sol se soulevait et tanguait sous ses pieds. Il tomba à la renverse en voulant se lever de table, au dîner chez Armure. Aliénor insista pour qu'il passe la nuit sous leur toit. « On va pas le laisser dormir dans les bois, tout d'même, pas quand il tombe de l'eau », fit-elle ; comme pour étayer ses dires, le tonnerre éclata et la pluie se mit à battre contre le toit et les murs. Aliénor prépara un lit par terre dans la cuisine pendant que Thrower et Armure faisaient le tour de la maison pour fermer les volets. Avec reconnaissance, Lolla-Wossiky rampa jusqu'au lit : sans même retirer ses pantalons et sa chemise raides et inconfortables, il s'y étendit, l'œil clos, essayant de supporter les élancements dans sa tête, la douleur du bruit noir, comme des coups de couteau qui lui taillaient le cerveau en tranches.

Comme d'habitude, ils le croyaient endormi.

« Il a l'air plus soûl que ce matin, dit Thrower.

— J'connais qu'il a pas bougé d'la colline, fit

Armure. Il a pu trouver à boire nulle part, pas possible.

— J'ai entendu dire que lorsqu'un ivrogne s'arrête de boire, dit Thrower, il a l'air au début plus soûl que sous l'empire de l'alcool.

— J'espère que c'est ça, fit Armure.

— Je l'ai trouvé un peu déçu, au baptême, aujourd'hui, dit Thrower. Bien sûr, il est impossible de comprendre ce que ressent un sauvage, mais...

— Moi, je l'traiterais pas d'sauvage, révérend Thrower, dit Aliénor. J'crois qu'à sa manière, il est civilisé.

— Alors, autant traiter un blaireau de civilisé, dit Thrower. À sa *manière*, en tout cas.

— J'veux dire, fit Aliénor, la voix encore plus douce et plus soumise, mais par-là même donnant plus de poids à ses paroles, que je l'ai vu lire.

— Tourner des pages, plutôt, dit Thrower. Il ne pouvait pas être en train de *lire*.

— Si. Il lisait, et ses lèvres formaient les mots, dit-elle. Les écriteaux sus l'mur de la pièce de d'vant, où qu'on sert les clients. Il lisait les mots.

— C'est possible, vous savez, dit Armure. J'connais de source sûre qu'les Irrakwas, ils lisent tout aussi bien qu'les hommes blancs. J'y suis allé assez souvent chez eux autres, pour mon commerce, et j'vous garantis qu'vous avez intérêt d'les lire, les p'tites lignes de leurs contrats. Les hommes rouges peuvent apprendre à lire, l'fait est là.

— Mais celui-ci, cet ivrogne...

— Qui sait comment il est quand il a pas bu ? » fit Aliénor.

Ils passèrent dans l'autre pièce, puis sortirent, le

temps pour les Weaver de raccompagner Thrower à pied jusqu'à la cabane où il logeait, avant que la pluie ne devienne si violente qu'ils soient obligés de le garder pour la nuit.

Seul dans la maison, Lolla-Wossiky tenta de mettre ses idées en ordre. Le baptême à lui seul ne l'avait pas tiré de son rêve. Pas plus que les vêtements d'homme blanc. Peut-être qu'une nuit sans alcool serait plus efficace, comme le suggérait Aliénor, mais du coup la douleur le rendit fou, et il ne put s'endormir.

N'importe comment, il savait que le totem attendait quelque part près d'ici. La lumière blanche baignait à présent tout le voisinage ; c'était dans cette ville que Lolla-Wossiky devait se réveiller. Peut-être que s'il évitait la colline de l'église aujourd'hui, peut-être que s'il allait se promener dans les bois autour de Vigor Church, le totem le trouverait.

Une chose était sûre : il ne passerait pas une autre nuit sans whisky. Pas quand il avait un baril, dehors, dans la fourche d'un arbre, qui pouvait chasser le bruit noir et lui permettre de dormir.

*

Lolla-Wossiky battit les bois de long en large. Il vit beaucoup d'animaux, mais tous détalèrent à son approche ; il était tellement abruti de whisky ou de bruit noir qu'il ne communiait jamais plus avec la terre, et les animaux le fuyaient comme un Blanc.

Découragé, il se mit à boire plus de quatre gorgées, même sachant qu'il épuiserait trop vite sa réserve de whisky. Il erra de moins en moins dans la forêt, de plus en plus sur les routes et les chemins de l'homme blanc, surgissant dans des fermes au beau milieu de la journée. Parfois les femmes poussaient des cris et prenaient la fuite, un bébé dans les bras, entraînant les enfants sous le couvert des bois. D'autres pointaient des fusils sur lui pour qu'il s'en aille. Certaines lui donnaient à manger et lui parlaient de Jésus-Christ. Armure-de-Dieu finit par lui conseiller de ne pas entrer dans les fermes quand les hommes étaient partis travailler à l'église.

Il n'y avait donc plus rien à faire pour Lolla-Wossiky. Il se savait près du totem, mais il ne le trouvait pas. Il ne pouvait pas marcher dans la forêt parce que les bêtes se sauvaient devant lui, qu'il trébuchait et tombait tout le temps, de plus en plus souvent, au point de craindre de se briser un os et de mourir de faim, puisqu'il n'était même plus capable d'appeler de petits animaux pour se nourrir, il ne pouvait pas aller dans les fermes parce que les hommes se mettaient en colère. Aussi restait-il allongé sur les communaux, à dormir du sommeil de l'ivresse ou à s'efforcer de résister à la douleur du bruit noir, tantôt l'un, tantôt l'autre.

De temps en temps, il trouvait l'énergie pour gravir la colline et regarder les hommes qui travaillaient à l'église. À chaque fois, il s'en trouvait un pour lancer : « Tiens, v'là l'chrétien rouge ! » et Lolla-Wossiky sentait la malice et la moquerie dans leurs voix et dans les rires qui suivaient.

Il n'était pas à l'église le jour où la poutre faîtière s'écroula. Il dormait sur l'herbe des communaux, près de la galerie d'Armure-de-Dieu, quand il entendit le fracas. Il s'éveilla en sursaut, et le bruit noir revint, plus discordant que jamais ; il avait pourtant bu huit gorgées ce matin, de quoi ne pas dessoûler avant midi. Il se tenait la tête, toujours allongé, quand des hommes commencèrent à descendre de la colline en jurant et marmonnant à propos de l'étrangeté qui venait de se produire.

« Il s'est passé quoi ? » demanda Lolla-Wossiky. Il fallait qu'il sache ; cette étrangeté, quelle qu'elle soit, avait donné au bruit noir une force oubliée depuis des années. « Un homme a été tué ? » C'était un coup de fusil qui avait causé le bruit noir la première fois. « L'assassin-blanc Harrison a tiré sur quelqu'un ? »

Au début, on ne lui prêta aucune attention, on le croyait soûl, bien sûr. Mais quelqu'un finit par lui raconter l'incident.

Ils venaient de poser la première poutre faîtière en place, lorsque le poinçon central s'était fendu et l'avait fait rebondir en l'air. « L'est tombée à plat, comme le pied de Dieu qui marcherait sus la Terre, et t'sais quoi ? y avait le p'tit Alvin Miller, le gars d'Al Miller, juste dessous la poutre. Nous, on l'a cru mort. L'gamin était là, debout, la poutre s'est abattue, *bam !* — le boucan ! c'est pour ça que t'as cru à un coup d'fusil. Mais tu vas pas m'croire : c'te poutre, elle s'est carrément coupée en deux, à l'endroit exact où se trouvait Alvin, elle s'est carrément coupée en deux, et les deux moitiés sont tombées d'chaque côté du gamin, sans toucher un cheveu d'sa tête.

— L'a quelque chose de bizarre, c'gamin-là, dit un homme.

— L'a un ange gardien, voilà ce qu'il a », dit un autre.

Alvin junior. Le petit garçon qu'il ne voyait pas l'œil ouvert.

Il n'y avait personne dans l'église quand Lolla-Wossiky s'y rendit. La poutre était partie, elle aussi, on avait tout balayé, il ne restait plus trace de l'accident. Mais Lolla-Wossiky ne regardait pas avec son œil. Il l'avait senti, quasiment dès qu'il avait été en vue de l'édifice : un tourbillon, pas très rapide sur le pourtour, mais de plus en plus puissant à mesure qu'il s'en approchait. Un tourbillon de lumière... et plus Lolla-Wossiky s'avançait, plus le bruit noir diminuait. Parvenu sur le plancher de l'église, il se mit à l'emplacement où il savait que s'était tenu le petit garçon. Comment le savait-il ? Le bruit noir était plus faible. Pas complètement éliminé, et la douleur n'était pas calmée, mais il sentait à nouveau la terre verte, un peu seulement, moins qu'autrefois, mais il avait conscience de la vie menue sous le plancher, d'un écureuil dans la prairie, pas très loin, des choses qu'il n'avait pas éprouvées, soûl comme à jeun, pendant toutes ces années, depuis que le fusil avait déchargé le bruit noir dans sa tête.

Lolla-Wossiky tourna en tous sens mais ne vit rien d'autre que les murs de l'église. Jusqu'au moment où il ferma son œil. Lui apparut alors le tourbillon, oui, une lumière blanche tournoyant sans cesse autour de lui, et le bruit noir battait en retraite. Il arrivait à la fin de son rêve et, l'œil clos, il voyait, il voyait clairement. Un sentier lumineux se déroulait devant lui, une route aussi éclatante que le ciel en plein midi, aussi éblouissante que la neige sur la prairie par un jour ensoleillé, il savait déjà, sans avoir besoin d'ouvrir la paupière, où mènerait le sentier, il montait la colline, descendait l'autre flanc, remontait une autre colline plus élevée, pour déboucher sur une maison à proximité d'un cours d'eau, une maison où habitait un petit garçon blanc seulement visible à Lolla-Wossiky s'il fermait l'œil.

*

Il avait retrouvé son pas silencieux, maintenant que le bruit noir avait un peu reflué, il fit et refit sans arrêt le tour de la maison. Personne ne l'entendait. À l'intérieur, c'étaient des rires, des appels, des cris. Des enfants joyeux, des enfants qui se chamaillent. Voix sévères des parents. La langue mise à part, ç'aurait pu être son village. Ses frères et sœurs des jours heureux, avant que l'assassin-blanc Harrison ne prenne la vie de son père.

Le père blanc, Alvin Miller, sortit pour aller aux cabinets. Peu après, le jeune garçon jaillit en courant comme s'il avait le feu au derrière. Il cria à la porte des cabinets. Quand il avait l'œil ouvert, Lolla-Wossiky ne pouvait qu'entendre crier quelqu'un. L'œil fermé, il voyait distinctement le garçon rayonnant et percevait sa voix comme le chant d'un oiseau de l'autre côté d'une rivière, de la vraie musique, et pourtant ce qu'il disait était ridicule, inepte, des bêtises d'enfant.

« Si tu sors pas, j'fais juste devant la porte, et pis tu marcheras d'dans en partant ! »

Puis, silence ; le gamin commençait à s'inquiéter et se martelait du poing le sommet du crâne, comme pour se dire : « Crétin, crétin, crétin. » Il y eut un changement dans son expression ; Lolla-Wossiky rouvrit l'œil et vit que le père était ressorti, qu'il disait quelque chose.

Le jeune garçon lui répondit, honteux. Le père lui fit la leçon. Lolla-Wossiky referma l'œil.

« Oui, m'sieur », dit Alvin.

Le père devait à nouveau parler, mais, l'œil fermé, Lolla-Wossiky ne l'entendait pas.

« Pardon, papa. »

Puis le père dut s'en aller, parce que le petit Alvin entra dans les cabinets. Il marmonnait, mais si doucement que personne ne pouvait l'entendre. Lolla-Wossiky, lui, l'entendit. « Ça irait mieux si t'installerais d'aut' cabinets. »

Lolla-Wossiky se mit à rire. Nigaud de gamin, nigaud de père, comme tous les gamins, comme tous les pères.

Le jeune garçon finit ses besoins et rentra à la maison.

Et voilà, fit silencieusement Lolla-Wossiky. J'ai suivi le sentier de lumière, je suis venu jusqu'à cette ferme, j'ai vu des bêtises de famille blanche ; à présent, où est mon totem ?

À nouveau, il vit la lumière pâle se rassembler, à l'intérieur de la maison ; elle suivait Alvin qui montait l'escalier. Pour Lolla-Wossiky, les murs n'existaient pas. Il remarqua que le garçon faisait montre d'une extrême prudence, comme s'il redoutait un ennemi, une attaque. Arrivé à sa chambre, il s'y engouffra et ferma vite la porte derrière lui. Lolla-Wossiky le voyait si distinctement qu'il croyait presque entendre ses pensées ; et alors, parce qu'il le croyait, parce qu'il approchait de la fin de son rêve et que l'instant du réveil n'était pas loin, il entendit vraiment les pensées du jeune garçon, ou du moins il sut ce qu'il ressentait. C'était de ses sœurs qu'il avait peur. Une dispute idiote, au début simple taquinerie, mais qui avait mal tourné... il avait peur de leur vengeance.

Il découvrit en quoi cette vengeance consistait quand il ôta ses vêtements pour enfiler sa chemise de nuit par-dessus sa tête. Des piqûres ! Insectes, songea le jeune garçon. Araignées, scorpions, tout petits serpents ! Il retira la chemise de nuit, se donna des claques, poussa des cris de douleur, de surprise, de frayeur.

Mais Lolla-Wossiky avait suffisamment recouvré le sens de la terre pour savoir qu'il n'y avait pas d'insectes. Pas sur Alvin, ni dans sa chemise. Ce n'étaient pourtant pas les créatures vivantes qui manquaient. Une vie menue, de petites bêtes. Des cancrelats, des centaines, qui vivaient dans les murs et les planchers.

Mais pas dans *tous* les murs et planchers. Seulement dans la chambre d'Alvin junior. Tous se regroupaient dans sa chambre.

Était-ce hostilité de leur part ? Les cancrelats étaient trop petits pour haïr. Elles ne connaissaient que trois instincts, ces minuscules créatures : la peur, la faim, et le troisième, l'instinct de la terre. La croyance dans l'ordre naturel. Est-ce que le gamin leur donnait à manger ? Non. Ils étaient allés vers lui pour une autre raison. Lolla-Wossiky avait peine à le croire, mais les insectes le lui confirmèrent et il ne put en douter. Le jeune garçon avait trouvé moyen de les appeler. Il avait le sens de la terre, du moins assez pour faire venir ces petites créatures.

Les faire venir pour quoi ? Qui avait besoin des

cancrelats ? Mais ce n'était qu'un gamin. Il ne fallait pas y chercher de raison particulière. Sinon la découverte que les petites bêtes venaient quand on les appelait. Les enfants rouges l'apprenaient aussi, mais toujours auprès de leur père ou d'un frère, toujours au cours de leur première chasse. S'agenouiller et parler silencieusement à l'animal que l'on veut prendre, lui demander si le moment est bien choisi et s'il veut bien mourir pour donner des forces à une autre vie. Est-ce ton jour pour mourir ? demande le garçon rouge. Et si l'animal y consent, il vient.

Voilà ce qu'avait fait le garçon blanc. Sauf que ce n'était pas si simple. Il n'avait pas appelé les cancrelats à mourir pour subvenir à ses besoins, parce qu'il n'avait pas de besoins. Non, il les avait appelés et les laissait en vie. Il les protégeait. C'était comme un traité. Il y avait certains endroits où les cancrelats n'allaient pas. Dans le lit d'Alvin. Dans le berceau de son petit frère Calvin. Dans les vêtements d'Alvin, pliés sur le tabouret. Et en retour, lui ne les tuait jamais. Ils se trouvaient en sécurité dans sa chambre. C'était un sanctuaire, une réserve. Une grande stupidité : un enfant qui jouait avec des choses qu'il ne comprenait pas.

Mais le plus incroyable... il s'agissait d'un garçon blanc, qui accomplissait ce dont même un homme rouge était incapable. L'homme rouge avait-il jamais dit à l'ours : « Viens vivre chez moi et je te protégerai » ? L'ours aurait-il jamais cru pareille proposition ? Pas étonnant que la lumière se soit concentrée sur ce garçon. Rien à voir avec le talent ridicule de l'homme blanc Casse-pattes, ni même avec les puissants charmes vivants de la femme Aliénor. Rien à voir avec la faculté de l'homme rouge à s'adapter à l'ordonnance de la terre. Non, Alvin ne s'adaptait à rien. C'était la terre qui s'adaptait à lui. S'il voulait que les cancrelats vivent d'une certaine façon, s'il voulait passer un marché, alors la terre s'ordonnait selon ses désirs. Dans cet espace réduit, à travers ces vies menues, pour cette fois au moins, Alvin junior avait commandé et la terre obéi.

Est-ce que le jeune garçon se rendait compte à quel point c'était miraculeux ?

Non, non, il n'en avait pas la moindre idée. Comment aurait-il su ? Quel homme blanc était même capable de comprendre ça ?

Seulement, parce qu'il ne comprenait pas, Alvin junior allait détruire l'œuvre délicate qu'il avait réalisée. Les insectes qui l'avaient piqué étaient en fait des épingles de métal que ses sœurs avaient glissées dans sa chemise de nuit. Il les entendait maintenant qui riaient derrière leur cloison. Comme il avait eu très peur, à présent il était très en colère. Rendre la pareille, se venger ; Lolla-Wossiky sentait sa rage enfantine. Il ne les avait taquinées qu'une toute petite fois, et en retour elles lui flanquaient la frousse, elles le piquaient des centaines de fois et le faisaient saigner. Rendre la pareille, leur flanquer une bonne frousse...

Alvin junior s'assit sur le bord de son lit pour retirer, furieux, les épingles de sa chemise de nuit et les mettre de côté — les hommes blancs prenaient tellement soin de tous leurs outils métalliques inutiles, même d'aussi petits que ceux-là. Il vit alors les cancrelats qui galopaient le long des murs, qui entraient et sortaient à toutes pattes des fentes du plancher, et il vit du même coup sa vengeance.

Lolla-Wossiky le sentit qui préparait son plan dans sa tête. Alvin s'agenouilla ensuite sur le parquet et l'expliqua doucement aux cancrelats. Parce qu'il était un enfant, et un jeune garçon blanc qui n'avait personne pour lui apprendre, Alvin croyait qu'il fallait dire les mots tout haut, que les cancrelats arrivaient à comprendre son langage. Mais non... c'était normal, sa façon d'agencer le monde dans son esprit.

Et dans son esprit, il leur mentit. Il leur parla de faim. Et de nourriture dans la pièce d'à côté. Il leur montra la nourriture s'ils entraient dans la chambre des sœurs en passant sous la cloison, s'ils grimpaient sur les lits et les corps allongés. Il y aurait à manger s'ils se dépêchaient, à manger pour tous. C'était un mensonge, et Lolla-Wossiky aurait voulu lui crier de ne pas faire ça.

Si un homme rouge s'agenouillait et appelait une proie dont il n'avait pas besoin, la proie saurait qu'il ment et ne viendrait pas. Le mensonge couperait l'homme rouge de la terre, le condamnerait à marcher tout seul pendant quelque temps. Mais ce garçon blanc pouvait mentir avec une telle force, une telle intensité, que les minuscules esprits des cancrelats le croyaient. Ils se précipitèrent, par centaines, par milliers, sous les cloisons, et envahirent la pièce voisine.

Alvin junior entendit quelque chose et il en fut ravi. Mais Lolla-Wossiky était en colère. Il ouvrit son œil pour ne pas voir la joie d'Alvin junior récoltant le fruit de sa vengeance. À la place, il entendait maintenant les hurlements des sœurs assaillies par les cancrelats. Puis la ruée des parents et des frères dans la chambre. Et le piétinement. Le piétinement, l'écrasement, le massacre de cancrelats. Lolla-Wossiky ferma l'œil et sentit leurs morts, comme autant de piqûres d'épingles. Le bruit noir avait si longtemps masqué toutes les morts derrière un monstrueux souvenir de meurtre qu'il avait oublié à quoi ressemblaient les petites douleurs.

À la mort des abeilles.

Les cancrelats... des animaux inutiles, qui se gavaient de détritus, qui produisaient d'affreux bruissements dans leurs trous, répugnants quand ils grouillaient sur la peau ; mais ils faisaient partie de la terre, partie de la vie, partie du silence vert, et leur mort rendait un mauvais bruit, leur meurtre ne servait à rien, parce qu'ils avaient cru à un mensonge.

Je suis venu pour ça, comprit Lolla-Wossiky. La terre m'a conduit ici, elle connaissait tout le pouvoir de ce garçon, elle savait qu'il n'y avait personne pour lui apprendre comment s'en servir, personne pour lui apprendre qu'il fallait attendre et sentir le besoin de la terre avant de la changer. Personne pour lui apprendre à être rouge plutôt que blanc.

Je ne suis pas venu pour mon totem, mais pour être le totem de ce garçon.

Le remue-ménage s'apaisa. Sœurs, frères, parents retournèrent se coucher. Lolla-Wossiky enfonça ses doigts dans les fentes entre les rondins et grimpa prudemment, l'œil fermé, faisant davantage confiance à la terre qu'à lui-même pour le guider. Les volets du jeune garçon n'étaient pas mis ; Lolla-Wossiky passa les coudes par-dessus le rebord de la fenêtre et, suspendu, inspecta l'intérieur.

D'abord l'œil ouvert. Il vit un lit, un tabouret avec des vêtements soigneusement pliés, et, au pied du lit, un berceau. La fenêtre donnait sur l'espace entre le lit et le berceau. Dans le lit, une forme, de la taille d'un jeune garçon, non identifiable.

Lolla-Wossiky referma l'œil. Alvin était allongé dans le lit. Lolla-Wossiky sentit la chaleur de son agitation, comme une fièvre. Il avait eu si peur de se faire prendre, avant la griserie de la victoire, qu'à présent il s'efforçait de respirer calmement et de réprimer les rires qui le secouaient.

L'œil à nouveau ouvert, Lolla-Wossiky se hissa par-dessus le rebord de la fenêtre et bascula sur le plancher. Il s'attendait à ce qu'Alvin s'aperçoive de sa présence, qu'il pousse des cris ; mais la forme du garçon restait immobile dans son lit ; il n'y avait aucun bruit.

Alvin ne le voyait pas quand Lolla-Wossiky avait son œil ouvert, pas plus que lui ne voyait le garçon. C'était la fin du rêve, après tout, et Lolla-Wossiky était le totem du jeune garçon. Il avait pour devoir de lui donner des visions, de ne pas lui apparaître comme un Rouge-à-whisky borgne.

Quelle vision lui communiquer ?

Lolla-Wossiky passa la main à l'intérieur de son pantalon d'homme blanc, sous lequel il portait encore son pagne, et dégaina son couteau. Il leva les deux mains bien haut en tenant le couteau. Puis il ferma son œil.

Le garçon ne le voyait toujours pas ; il avait les yeux clos. Lolla-Wossiky rassembla donc la lumière qu'il sentait à proximité, il la rassembla tout contre lui, au point de se sentir lui-même devenir de plus en plus brillant. La lumière sortait de sa peau, alors il déchira le devant de la chemise d'homme blanc qu'il portait et leva une nouvelle fois les mains. Maintenant, même à travers ses paupières baissées, l'enfant pouvait voir la lueur. Il ouvrit les yeux.

Lolla-Wossiky sentit la terreur du jeune garçon devant l'apparition qu'il était devenu : un homme rouge éclatant de lumière, borgne, armé d'un couteau affilé. Mais Lolla-Wossiky ne voulait pas faire peur. Personne ne devait avoir peur de son totem. Il dirigea donc la lumière vers l'enfant, pour qu'elle l'enveloppe et lui apporte en même temps le calme, le calme, ne crains rien.

Le garçon se détendit un peu; il se tortilla néanmoins pour se redresser et s'asseoir dans son lit, adossé au mur.

Le moment était venu de commencer à réveiller le jeune garçon de sa vie de rêve. Comment Lolla-Wossiky connaissait-il la manière de procéder ? Personne, Rouge ou Blanc, n'avait jamais été le totem d'un autre homme. Pourtant il savait sans y penser ce qu'il devait faire. Ce qu'Alvin avait besoin de voir et de sentir. Lolla-Wossiky fit tout ce qui lui vint à l'esprit et qui paraissait judicieux.

Il leva son couteau luisant, posa la lame contre la paume de son autre main... et coupa. Nettement, durement, profondément; le sang jaillit de la blessure, ruissela le long de son avant-bras pour s'accumuler dans sa manche. Bientôt il se mit à goutter sur le plancher.

La douleur arriva brusquement, un instant plus tard; Lolla-Wossiky sut aussitôt comment, de cette douleur, tirer une image et la placer dans l'esprit du jeune garçon. L'image de la chambre de ses sœurs vue par les yeux d'une minuscule et faible créature. Qui se précipite dans la pièce, qui a faim, très faim, qui cherche à manger, certaine que la nourriture se trouve là ; sur le corps soyeux, avait dit la promesse... Grimper dessus, trouver à manger. Mais de grandes mains frappent, balayent, et la minuscule créature est précipitée sur le plancher. Le plancher tremble sous des pas de géants, une ombre soudaine, l'agonie de la mort.

Et tout recommence, encore et encore, pour chacune de ces petites vies, affamée, confiante, puis trahie, broyée, martyrisée.

Beaucoup d'insectes vivaient toujours, mais ils se tapissaient, galopaient, fuyaient. La chambre des sœurs, la chambre de mort, oui, ils la fuyaient. Pourtant il valait encore mieux y rester et mourir que courir dans l'autre pièce, la pièce des mensonges. Ils n'employaient pas de mots, non, il n'existait pas de mots dans la vie des minuscules créatures, pas de pensées dignes de ce nom. Mais la peur de mourir dans cette chambre n'était pas aussi forte qu'une autre sorte de peur, celle d'un monde, à côté, qui n'avait plus de sens, où n'importe quoi pouvait arriver, où la confiance n'existait pas, la certitude non plus. Une zone d'épouvante.

Lolla-Wossiky mit fin à la vision. Le jeune garçon se pressait les mains sur les yeux, sanglotant de désespoir. Lolla-Wossiky n'avait jamais vu personne à ce point torturé par le remords ; la vision qu'il lui avait donnée dépassait en intensité tous les rêves ordinaires des hommes. Je suis un horrible totem, se dit

Lolla-Wossiky. Il va m'en vouloir de l'avoir réveillé. Effrayé par sa propre puissance, il ouvrit son œil.

Aussitôt, l'enfant disparut, mais Lolla-Wossiky savait qu'Alvin le croirait lui aussi disparu. Et maintenant ? pensa-t-il. Suis-je ici pour affoler ce gamin ? Pour lui apporter l'horreur, comme le bruit noir dont j'ai souffert ?

Il voyait, aux secousses du lit, aux mouvements des couvertures, qu'Alvin pleurait toujours sans retenue. Lolla-Wossiky referma son œil et dirigea pour la seconde fois la lumière vers lui. Calme-toi, calme-toi.

Les pleurs ne furent plus que des gémissements ; l'enfant regarda à nouveau l'apparition qui brillait toujours d'une lumière aveuglante.

Lolla-Wossiky ne savait pas que faire. Comme il ne disait rien, indécis, ce fut Alvin qui se mit à parler, à implorer. « Je m'excuse, je l'referai plus, je... »

Il n'arrêtait pas de bredouiller. Lolla-Wossiky lui envoya davantage de lumière, pour l'aider à mieux voir. Le garçon y perçut comme une question. Qu'est-ce que tu ne referas plus ?

Alvin était incapable de répondre, il ne savait pas. Qu'est-ce qu'il avait réellement fait ? Était-ce parce qu'il avait envoyé les cancrelats à la mort ?

Il regarda l'homme-lumière et vit l'image d'un Rouge agenouillé devant un daim, lui demandant de s'approcher et de mourir ; le daim s'approchait, tremblant, apeuré ; le Rouge décocha sa flèche qui resta fichée, frémissante, dans le flanc de l'animal ; le daim flageola sur ses pattes et s'écroula. Tuer, mourir... ce n'était pas ça, son péché, car l'un et l'autre faisaient partie de la vie.

Alors, c'était le pouvoir qu'il détenait ? Son talent

à imposer sa volonté aux choses, à les faire se briser à un endroit précis, ou à les ajuster si serré qu'elles tenaient indéfiniment, sans colle ni clou ? Son talent à leur commander, pour qu'elles se placent dans le bon ordre ? C'était ça ?

Il regarda encore l'homme-lumière, et cette fois il eut une vision de lui-même appuyant ses paumes contre une pierre, et la pierre fondait comme du beurre à leur contact, prenait exactement la configuration qu'il désirait, en un bloc bien lisse qui se détachait du flanc de la montagne pour rouler, boule parfaite, sphère idéale, et grossir de plus en plus jusqu'à devenir un véritable monde, à l'exacte forme initialement donnée par ses mains, où des arbres et de l'herbe surgissaient du sol, où des animaux couraient, bondissaient, volaient, nageaient, rampaient et creusaient, à la surface, au-dessus et à l'intérieur du globe minéral qu'il avait façonné. Non, ce pouvoir n'était pas effrayant mais magnifique, pourvu qu'il sache l'employer.

Si c'est pas d'avoir donné la mort et si c'est pas de m'être servi de mon pouvoir, qu'est-ce que j'ai fait de mal ?

Cette fois-ci, l'homme-lumière ne lui montra rien. Cette fois-ci, la réponse ne vint pas sous forme d'une vision. Cette fois-ci, il y réfléchit tout seul dans sa tête. Il avait l'impression d'être incapable de comprendre, trop bête pour ça, et puis soudain il sut.

C'était parce qu'il n'avait pensé qu'à lui-même. C'était parce que les cancrelats croyaient qu'il agissait pour eux, alors qu'en réalité il agissait pour son propre compte. Faire du mal aux cancrelats, à ses sœurs, faire souffrir tout le monde, et tout ça pourquoi ? Parce qu'Alvin Miller junior n'était pas content et qu'il voulait prendre sa revanche...

Tandis qu'il regardait l'homme-lumière, il vit un feu jaillir de son œil unique pour le frapper au cœur. « Je m'en servirai jamais plus pour moi tout seul », murmura Alvin junior. Et quand il prononça ces paroles, il eut l'impression que son cœur était en feu, tellement ça lui chauffait à l'intérieur. Et puis l'homme-lumière disparut à nouveau.

Lolla-Wossiky était hors d'haleine, la tête lui tournait. Il se sentait faible, fatigué. Il ne connaissait rien des pensées du jeune garçon. Il savait seulement quelles visions lui envoyer, ensuite qu'il fallait arrêter les visions et attendre ; c'était tout ce qu'il devait faire, attendre, attendre, pour brusquement projeter un puissant trait de feu vers l'enfant et l'enfouir dans son cœur.

Et après ? Par deux fois déjà, il avait fermé l'œil et était apparu à Alvin. En avait-il terminé ? Il savait que non.

Pour la troisième fois, Lolla-Wossiky ferma son œil. Il s'aperçut alors que le jeune garçon brillait beaucoup plus qu'il ne brillait lui-même ; que la lumière était passée de son corps à celui de l'enfant. Et puis il comprit : il était le totem d'Alvin, oui, mais Alvin était aussi le sien. L'heure était à présent venue de se réveiller de sa vie de rêve.

Il fit trois pas et s'agenouilla près du lit, son visage à courte distance de celui, menu et craintif, du gamin, dont la tête brillait d'un tel éclat que Lolla-Wossiky avait du mal à voir qu'il s'agissait d'un enfant, non d'un homme, qui le regardait. Qu'est-ce que je veux de lui ? Pourquoi suis-je ici ? Qu'est-ce qu'il peut me donner, cet enfant aux grands pouvoirs ?

« Guéris tout », chuchota Lolla-Wossiky. Il avait parlé, non pas en anglais mais en shaw-nee.

Est-ce qu'Alvin avait compris ? Il leva sa petite main, l'avança doucement et toucha la joue du Rouge, sous l'orbite vide. Puis il redressa un doigt jusqu'à ce qu'il entre en contact avec la paupière flasque.

L'air crépita et la lumière se chargea d'étincelles. Le garçon sursauta et retira la main. Pourtant Lolla-Wossiky ne le vit pas car Alvin était soudain devenu invisible. Mais Lolla-Wossiky se moquait de ce qu'il voyait ou non, parce qu'il *sentait* quelque chose d'incroyable : le silence. Le silence vert. Le bruit noir était entièrement, totalement parti. Il avait recouvré son sens de la terre, et l'ancienne blessure était guérie.

Lolla-Wossiky, à genoux, cherchait son souffle, tandis que la terre revenait vers lui, comme au temps jadis. Tant d'années étaient passées ; il avait oublié la sensation intense que procurait le fait de voir dans toutes les directions, d'entendre respirer le moindre animal, de sentir le parfum de chaque plante. Quand un homme est desséché, sur le point de mourir de soif, et qu'on lui déverse brusquement un torrent d'eau froide dans le gosier, il ne peut rien avaler, il manque d'air ; cette eau, il l'a désirée, mais elle arrive trop vite, en trop grande quantité, il ne peut pas la contenir, il ne peut pas la supporter...

« Ç'a pas marché, murmura Alvin. J'm'excuse. »

Lolla-Wossiky ouvrit son œil valide et vit alors pour la première fois l'enfant comme une personne ordinaire. Alvin fixait l'autre œil. Lolla-Wossiky se demanda pourquoi ; il y porta la main. La paupière pendait toujours sur l'orbite vide. Puis il comprit. Le jeune garçon croyait que c'était cette blessure qu'il aurait dû guérir. Non, non, ne sois pas déçu, petit, tu m'as guéri d'une blessure plus profonde ; que m'importe cette mutilation de rien du tout ? Je n'ai jamais perdu la vue : c'est mon sens de la terre que je n'avais plus, et tu me l'as redonné.

Il voulait le crier à l'enfant, clamer et chanter sa joie. Mais la sensation était trop forte pour lui. Les mots n'arrivèrent jamais à ses lèvres. Il ne pouvait même plus lui envoyer des visions désormais, parce qu'ils s'étaient tous deux réveillés. Le rêve était terminé. Chacun avait été le totem de l'autre.

Lolla-Wossiky prit le jeune garçon entre ses mains pour l'attirer à lui et lui planter sur le front un gros baiser appuyé, comme un père embrasse son fils, comme deux frères, comme de véritables amis à la veille de leur mort. Puis il s'élança vers la fenêtre, se suspendit au rebord et se laissa tomber sur le sol. La terre fléchit sous ses pieds, comme elle le faisait pour les autres hommes rouges, comme elle ne l'avait pas fait pour lui depuis tant d'années ; l'herbe se redressa plus vigoureuse sous ses pas ; les buissons s'ouvrirent sur son passage ; les feuilles s'assouplirent et s'écartèrent quand il courut parmi les arbres ; et alors il cria, clama, chanta, sans se soucier d'être entendu. Les animaux ne le fuyaient pas comme ils le faisaient d'ordinaire ; à présent ils venaient l'écouter ; des oiseaux chanteurs se réveillèrent pour chanter avec lui ; un cerf bondit de la forêt et courut à son côté pour traverser une prairie, et lui avait la main posée sur le flanc de l'animal.

Il courut jusqu'à perdre haleine, et pas une seule fois il ne rencontra d'ennemi, il n'éprouva de douleur ; il était à nouveau entier, rien d'essentiel ne lui manquait plus. Il s'arrêta sur la berge de la Wobbish, en face de l'embouchure de la Tippy-Canoe, à bout de souffle, riant, cherchant sa respiration.

À ce moment-là seulement il s'aperçut que sa main perdait toujours du sang, là où il s'était entaillé pour faire mal au garçon blanc. Sa chemise et son pantalon en étaient tout poisseux. Des vêtements d'homme blanc ! Je n'en ai jamais eu besoin. Il les quitta et les jeta dans la rivière.

Une drôle de chose se produisit. Les vêtements ne bougeaient pas. Ils restaient à la surface de l'eau, sans couler, sans dériver vers la gauche au fil du courant.

Comment était-ce possible ? Le rêve n'était pas achevé ? Il n'était pas encore complètement réveillé ?

Lolla-Wossiky ferma son œil.

Aussitôt, il vit quelque chose d'horrible et cria de peur. Dès qu'il fermait l'œil, il revoyait le bruit noir, comme une grande nappe, dure et gelée. C'était la rivière. C'était l'eau. Elle était faite de mort.

Il ouvrit l'œil, et ce ne fut à nouveau que de l'eau, mais ses habits ne bougeaient toujours pas.

Il referma l'œil et nota qu'à l'emplacement des vêtements, de la lumière miroitait à la surface de la nappe noire. Elle faisait tache, elle scintillait, elle éblouissait. C'était son sang qui brillait ainsi.

Il s'aperçut alors que le bruit noir n'était pas une chose. C'était « rien ». Le vide. L'endroit où finissait la terre, où commençait le vide ; c'était le bord du monde. Mais là où son sang miroitait, il y avait comme un pont qui enjambait le néant. Lolla-Wossiky s'agenouilla, l'œil toujours fermé, tendit sa main entaillée qui continuait de saigner et toucha l'eau.

Elle était solide, chaude et solide. Il barbouilla son sang à la surface de la rivière et obtint une plateforme. Il passa dessus à quatre pattes. Elle était lisse et dure comme de la glace, mais chaude, accueillante.

Il ouvrit l'œil. C'était à nouveau une rivière, mais solide sous lui. Au contact de son sang, l'eau devenait dure et lisse.

Toujours à quatre pattes, il rejoignit ses vêtements et les poussa devant lui. Il gagna de cette manière le milieu de la rivière, passa au-delà, établissant un pont de sang, étroit et luisant, jusqu'à l'autre rive.

Ce qu'il accomplissait était impossible. Le jeune garçon avait fait beaucoup plus que le guérir. Il avait changé l'ordre des choses. C'était à la fois effrayant et merveilleux. Lolla-Wossiky regarda entre ses mains l'eau sous lui. Son reflet borgne le contemplait. Puis il ferma l'œil, et une nouvelle vision jaillit soudain.

Il se vit dans une clairière, parlant à une centaine, un millier d'hommes rouges de toutes tribus. Il les vit bâtir une ville de loges, mille, cinq mille, dix mille Rouges, tous forts et entiers, affranchis de l'alcool de l'homme blanc, de la haine de l'homme blanc. Dans sa vision, on l'appelait le Prophète, mais lui insistait qu'il n'en était pas un. Il n'était qu'une porte, une porte ouverte. Passez-la, disait-il, et soyez forts, un peuple, une terre...

La porte. Tenskwa-Tawa.

Dans sa vision, le visage de sa mère apparut, et elle

lui dit ce mot-là : Tenskwa-Tawa. C'est ton nom désormais, car le rêveur est éveillé.

Et il vit bien davantage encore cette même nuit, le regard plongé dans l'eau solide de la Wobbish, tant de choses qu'il ne pourrait jamais les raconter toutes ; en l'espace d'une heure il vit défiler sous lui toute l'histoire de sa terre, la vie de chaque homme et de chaque femme, blanc, rouge ou noir, qui l'avait foulée. Il vit le commencement et il vit la fin. Les grandes guerres et les chicanes, tous les meurtres des hommes, toutes les fautes ; mais aussi tous les bienfaits, toutes les beautés.

Et surtout, il eut la vision de la Cité de Cristal. La ville faite d'eau solide et transparente comme du verre, d'eau qui ne se liquéfierait jamais, façonnée en tours de cristal si hautes qu'elles auraient dû projeter leur ombre à sept milles à la ronde. Mais parce qu'elles étaient si pures et transparentes, les rayons du soleil traversaient sans rencontrer d'obstacle chaque pouce, chaque yard et chaque mille de la cité. Partout où ils se trouvaient, les habitants, hommes et femmes, pouvaient plonger le regard dans le cristal et connaître les mêmes visions qu'avait en ce moment Lolla-Wossiky. Ils comprenaient absolument tout ; ils voyaient avec des yeux de pure lumière du soleil et parlaient avec la voix de l'éclair.

Lolla-Wossiky, qui désormais allait porter le nom de Tenskwa-Tawa, ne savait pas s'il bâtirait la Cité de Cristal, s'il y vivrait, ou même s'il la contemplerait avant de mourir. Il avait suffisamment à faire, pour commencer, avec ce qu'il voyait dans l'eau solidifiée de la rivière Wobbish. Il regarda, longtemps, longtemps, jusqu'à ce que son esprit en soit saturé. Puis il gagna à quatre pattes la rive opposée, grimpa sur la berge et marcha jusqu'à la prairie qu'il avait vue dans sa vision.

C'était ici qu'il appellerait les Rouges à se rassembler, qu'il leur apprendrait ce que sa vision lui avait montré et qu'il les aiderait à être, non pas les plus forts, mais forts ; non pas les plus nombreux, mais nombreux ; non pas les plus libres, mais libres.

*

Un certain baril dans la fourche d'un certain arbre. Tout l'été il demeura invisible. Mais la pluie le découvrit quand même, et la chaleur du plein été, et les insectes, et les dents des écureuils avides de sel. Humidité, sécheresse, chaleur, fraîcheur ; aucun baril ne peut résister éternellement dans de telles conditions. Il se fissura, un tout petit peu, mais suffisamment ; le liquide qu'il contenait s'échappa, goutte à goutte ; en l'espace de quelques heures le baril était vide.

Ça n'avait aucune importance. Personne ne l'avait jamais cherché. Personne n'en avait jamais eu besoin. Personne ne se désola lorsque la glace le fit éclater et que ses morceaux dégringolèrent de l'arbre dans la neige.

V

Un signe

Quand se répandit la rumeur d'un homme rouge qu'on appelait le Prophète, le gouverneur Bill Harrison éclata de rire et dit : « Eh, ça ne peut être que mon vieil ami Lolla-Wossiky. Quand il aura vidé le baril de whisky qu'il m'a volé, il arrêtera d'avoir des visions. »

Au bout de quelque temps, cependant, le gouverneur Harrison nota que l'on faisait grand cas des paroles du Prophète et que les Rouges prononçaient son nom avec la même vénération que les vrais chrétiens celui de Jésus ; il commença à s'inquiéter. Il réunit alors tous les Rouges des environs de Carthage City — le jour du whisky n'était pas loin, il ne manquait donc pas d'audience — et leur fit un discours. Dans ce discours il déclara notamment :

« Si ce brave Lolla-Wossiky est réellement un prophète, il devrait nous faire un miracle pour montrer qu'il ne parle pas en l'air. Vous devriez lui demander de se trancher une main ou un pied, et de le recoller ensuite... ça prouverait qu'il en est un, de prophète, pas vrai ? Ou encore mieux, de s'enlever un œil et de le remettre en place, guéri. Vous dites ? Il a *déjà* un œil en moins ? Ben alors, il est mûr pour un miracle, vous ne croyez pas ? Moi, je dis : tant qu'il n'a qu'un seul œil, il n'est pas prophète ! »

Le Prophète eut connaissance de ce discours alors qu'il enseignait dans une prairie qui descendait en pente douce vers les rives de la Tippy-Canoe, à moins d'un mille en amont de son confluent avec les eaux de la Wobbish. Ce furent des Rouges-à-whisky qui le mirent au courant du défi, et ils allèrent jusqu'à se moquer du Prophète en ajoutant : « Nous sommes venus te voir guérir ton œil. »

Le Prophète les regarda de son unique œil valide et dit : « De cet œil-ci, je vois deux hommes rouges, faibles et malades, esclaves de l'alcool, le genre d'hommes à se moquer de moi en répétant les paroles du meurtrier de mon père. » Puis il ferma son œil et dit : « De cet œil-là, je vois deux enfants de la terre, complets, beaux et forts, qui aiment femmes et enfants et font le bien à toutes créatures. » Il rouvrit alors l'œil et ajouta : « Quel œil est malade et lequel voit clair ? » Et ils lui répondirent : « Tenskwa-Tawa, tu es un vrai prophète et tes deux yeux voient.

— Allez annoncer à l'assassin-blanc Harrison que j'ai donné le signe qu'il a réclamé. Et parlez-lui d'un autre signe qu'il n'a pas demandé. Dites-lui qu'un jour le feu prendra dans sa maison. Aucune main humaine ne l'aura allumé. Seule la pluie parviendra à l'éteindre, mais avant de mourir, le feu lui enlèvera quelque chose qu'il aime plus qu'une main, un pied ou un œil, et il n'aura pas davantage le pouvoir de retrouver ce qu'il aura perdu. »

VI

Le baril de poudre

Casse-pattes n'en revenait pas. « Tu veux dire que tu la prends pas toute, ma cargaison ?

— On n'a pas fini c'que tu nous a vendu la dernière fois, Casse-pattes, dit l'intendant. Quatre barils, c'est tout ce qu'on veut. C'est plus qu'il nous en faut, par le fait.

— Alors moi, j'descends la rivière depuis Dekane avec un plein chargement de whisky, je m'arrête pas en cours de route pour en vendre dans les villes que j'traverse, je fais ce *sacrifice*, et toi, tu m'annonces...

— Écoute, Casse-pattes, j'crois qu'on connaît tous l'étendue de ton sacrifice. » L'intendant, la bouche en cœur, esquissa un sourire. « J'pense que t'auras pas d'mal à rentrer dans tes frais, sinon, eh ben, ça voudra dire que t'aurais dû faire plus attention avec les bénéfices que t'as déjà réalisés sus not' dos.

— Y a un aut' revendeur ! Qui c'est ?

— Personne, fit l'intendant.

— J'viens à Carthage City depuis bientôt sept ans asteure, et les quatre dernières années j'avais un monopole...

— Et si tu réfléchis bien, tu t'rappelleras que dans

l'temps, c'étaient les Rouges qui achetaient la majeure partie de ton whisky. »

Casse-pattes regarda autour de lui, s'éloigna de quelques pas de l'intendant, s'arrêta sur l'herbe humide de la berge. Son bateau plat se balançait paresseusement sur l'eau. Il n'y avait pas un Rouge en vue, pas un seul, le fait était là. Mais il ne fallait pas y chercher un coup monté, Casse-pattes le savait. Les Rouges avaient été moins nombreux lors de ses derniers passages. Mais quand même, il restait toujours quelques ivrognes.

Il se retourna et cria à l'intendant : « Alors comme ça, y a plus de Rouges-à-whisky ?

— Sûr, qu'il en reste, des Rouges-à-whisky. Mais on n'est pas à court d'alcool. Alors ils sont tous affalés quelque part par là, complètement soûls. »

Casse-pattes jura un peu. « J'vais aller en causer au 'verneur.

— Ah non, pas aujourd'hui, fit l'intendant. Il a un emploi du temps drôlement chargé. »

Casse-pattes eut un sourire mauvais. « Oh, son emploi du temps, l'est pas trop chargé pour *moi.*

— Dame si, Casse-pattes. Il l'a bien spécifié.

— M'est avis qu'il a p't-être *cru* qu'son emploi du temps était trop chargé, mon gars, mais moi, j'crois qu'non.

— C'est toi qui vois, dit l'intendant. Tu veux que j'décharge mes quatre barils ?

— Non, j'veux pas », répliqua Casse-pattes. Puis il se tourna vers les hommes qui maniaient les perches, plus particulièrement vers Mike Fink, celui qui paraissait le plus apte à commettre un meurtre, si besoin était, et leur cria : « L'premier qui s'avise de poser la main sus ce whisky, j'veux voir quatre balles lui trouer la peau avant qu'on l'balance à la flotte ! »

Les hommes éclatèrent de rire et lui adressèrent des saluts, sauf Mike Fink, dont la figure ne parvint qu'à se crisper un peu plus. Ça, c'en était un, de mauvais. À ce qui se disait, on reconnaissait facilement ceux qui s'étaient un jour frottés à Mike Fink parce qu'ils n'avaient plus d'oreilles. On disait aussi : si tu veux te sortir des pattes de Mike Fink avec une oreille encore collée à ton crâne, faut attendre qu'il t'en mâche une, ensuite tu lui tires deux balles dans le corps pour détourner son attention, et t'en profites pour te sauver. Un sacré bon batelier. Mais ça rendait Casse-pattes un peu nerveux, quand il pensait à ce que Fink pourrait faire s'il ne lui versait pas son salaire. Bill Harrison allait payer tout le chargement d'alcool, sinon gare aux ennuis !

Quand il entra dans le fort, Casse-pattes remarqua plusieurs choses. L'écriteau était celui-là même que Harrison avait accroché quatre ans plus tôt ; il commençait à avoir piètre allure maintenant, les intempéries ne l'avaient pas arrangé, mais personne ne l'avait remplacé. La ville ne s'arrangeait pas non plus. L'aspect du neuf avait disparu, et elle avait à présent l'air vraiment minable.

Rien à voir avec ce qui se passait dans le territoire de l'Hio. Les petites villes fortifiées dans le genre de celle-ci devenaient de vraies cités, avec des maisons peintes et même quelques rues pavées. L'Hio prospérait, du moins dans sa partie orientale, tout près du Suskwahenny, et on se disait déjà qu'il n'allait pas tarder à devenir un État.

Mais à Carthage City, ça ne respirait pas la prospérité.

Casse-pattes suivit la rue principale du fort. Toujours beaucoup de soldats, et qui semblaient toujours obéir à une stricte discipline, fallait lui reconnaître ça, au gouverneur Bill. Mais les Rouges-à-whisky qu'on voyait dans le temps vautrés dans tous les coins avaient cédé la place à des espèces d'écumeurs de rivières, plus affreux à regarder que Mike Fink, pas rasés, empestant le whisky tout autant que les poivrots rouges qu'il avait connus. On avait aussi transformé quatre anciens bâtiments en débits de boisson, et ils faisaient de bonnes affaires, en plein après-midi.

C'est ça, se dit Casse-pattes. Voilà ce qui cloche. Carthage City est devenue un port fluvial, une ville de débits de boisson. Personne n'a envie de s'établir par ici, avec toute cette racaille, ces rats de rivière. C'est une ville à whisky.

Mais si c'est une ville à whisky, le gouverneur Bill Harrison devrait m'en acheter au lieu de me servir cette histoire comme quoi quatre barils lui suffiront.

« Vous pouvez attendre si vous le désirez, monsieur Palmer, mais le gouverneur ne vous recevra pas aujourd'hui. »

Casse-pattes s'assit sur le banc devant le bureau de Harrison. Il nota que le gouverneur avait permuté avec son adjudant-major. Il avait cédé son grand et beau bureau pour y gagner quoi ? un espace plus réduit, mais... entouré de murs internes. Pas de fenêtres. Ah, ça voulait dire quelque chose. Ça voulait dire que Harrison ne souhaitait pas qu'on l'observe du dehors. Peut-être même qu'il avait peur de se faire tuer.

Casse-pattes attendit là deux heures durant, à regarder les soldats entrer et sortir, il s'efforça de ne pas se mettre en colère. Harrison faisait ça de temps en temps, il laissait attendre ses visiteurs, si bien qu'au moment d'entrer dans son bureau ils étaient dans un tel état qu'ils n'arrivaient plus à réfléchir correctement. Et parfois il le faisait pour que le visiteur se fâche et s'en aille. Ou qu'il se sente diminué, insignifiant, ce qui permettrait à Harrison de lui en imposer. Casse-pattes savait tout ça, aussi s'obligea-t-il à garder son calme. Mais quand le soir arriva et que les soldats commencèrent à se faire relever et à quitter leur service, ce fut plus qu'il n'en put supporter.

« À quoi vous jouez donc ? demanda-t-il brutalement au caporal de faction.

— On quitte le service, dit le caporal.

— Mais j'suis toujours là, moi, fit Casse-pattes.

— Faites-en autant, si ça vous dit », rétorqua le caporal.

La repartie fit au trafiquant l'effet d'une claque dans la figure. À une époque, ces gars-là se pressaient pour lécher les bottes de Casse-pattes Palmer. Les temps changeaient trop vite. Casse-pattes n'aimait pas ça du tout. « J'pourrais m'acheter ta vieille mère et la r'vendre avec bénéfice », dit-il.

La phrase porta. Le caporal abandonna son air d'ennui. Mais il ne céda pas à la colère et retint ses coups de poing. Il resta immobile, plus ou moins au garde-à-vous, et dit : « Monsieur Palmer, vous pouvez attendre icitte toute la nuit et toute la journée de demain, c'est pas pour ça qu'vous verrez Son Excellence le gouverneur. Et d'rester assis là, à attendre à longueur de temps, ça prouve que vous êtes trop bête pour comprendre de quoi il retourne. »

Ce fut donc Casse-pattes qui perdit son sang-froid et en vint aux mains. Enfin, pas exactement aux mains. Ça ressemblait davantage à un coup de pied, car Casse-pattes n'avait jamais appris les règles pour se battre en gentleman. Sa conception du duel consistait à attendre derrière un rocher le passage de son ennemi, à lui tirer dans le dos et à s'enfuir comme un dératé. Le caporal prit donc la grosse botte de Casse-pattes dans le genou, et sa jambe plia en arrière, formant un angle peu naturel. Il se mit à brailler au meurtre, ce qui était son droit, et pas seulement à cause de la douleur : après un coup pareil, sa jambe ne lui serait plus bonne à rien. Casse-pattes n'aurait probablement pas dû le frapper là, il le reconnaissait, mais ce gars n'avait qu'à pas se donner de grands airs. Il l'avait bien cherché.

L'ennui, c'est que le caporal n'était pas exactement seul. Au premier beuglement qu'il poussa, la pièce se remplit soudain d'un sergent et de quatre soldats, baïonnettes pointées, qui jaillirent du bureau du gouverneur, de vrais frelons en furie. Le sergent ordonna à deux de ses hommes de transporter le caporal à l'infirmerie. Les autres mirent Casse-pattes en état d'arrestation. Mais ils ne s'encombrèrent pas de civilités comme à son précédent passage, quatre ans plus tôt. Cette fois, les crosses de leurs mousquets entrèrent en collision avec certaines parties de l'anatomie du trafiquant, comme par inadvertance, et ses vêtements s'ornèrent d'empreintes de bottes diversement placées, difficile de dire comment elles étaient arrivées là. Il se retrouva enfermé dans une cellule de la prison ; pas une réserve, ce coup-ci. Ils le laissèrent avec ses vêtements et son lot de douleurs.

Pas de doute. Les choses avaient changé dans le coin.

Cette nuit-là, six autres hommes furent jetés en cellule, trois ivrognes et trois pour bagarre. Aucun d'eux n'était rouge. Casse-pattes les écouta discuter. Non pas que leur conversation fût particulièrement brillante, mais Palmer avait du mal à le croire : ils ne parlaient pas de Rouges qu'ils auraient tabassés ou dont ils se seraient payé la tête, rien de ce genre. C'était comme si les Rouges avaient pour ainsi dire disparu de la région.

Ma foi, c'était peut-être vrai. Peut-être que les Rouges avaient tous décampé, mais n'était-ce pas ce que souhaitait le gouverneur Harrison ? Les Rouges partis, pourquoi Carthage City ne prospérait-elle pas, peuplée de colons blancs ?

Casse-pattes ne recueillit qu'un seul indice, quand l'un des bagarreurs déclara : « M'est avis que j'suis fauché jusqu'à la collecte des impôts. » Les autres émirent quelques braillements et jurons. « J'dois dire que ça m'est égal de travailler pour le gouvernement, mais c'est vraiment pas un emploi stable. »

Pas bête, il évita de leur demander de quoi ils parlaient. Pas la peine d'attirer l'attention sur lui. Il ne tenait guère à ce qu'on raconte partout qu'il avait l'air d'avoir reçu une correction le soir où on l'avait flanqué en prison. Que le bruit se répande, et bientôt tout le monde allait le croire capable de tabasser les gens ; il se voyait mal repartir à zéro comme bagarreur de rues, à son âge.

Au matin, les soldats vinrent le chercher. Pas les

mêmes que la veille, et ils firent davantage attention, eux, à leurs pieds et à leurs crosses de mousquets. Ils se contentèrent d'escorter Casse-pattes hors de la prison ; finalement il allait le voir, Bill Harrison.

Mais pas dans son bureau. Non, à sa résidence de gouverneur, dans un caveau à patates. Et la façon de s'y rendre fut très étrange. Les soldats — il devait bien y en avoir une douzaine — longeaient au pas l'arrière de la maison, quand tout à coup l'un d'eux s'élança et releva à toute vitesse la porte du caveau, pendant que deux autres faisaient descendre les marches à Casse-pattes en le traînant à moitié. La porte se referma à la volée, presque avant qu'ils aient pu dégager leur tête, et pendant ce temps-là les soldats continuaient de marcher comme si de rien n'était. Casse-pattes n'aimait pas ça du tout. Ça voulait dire que Harrison ne voulait pas être vu en sa compagnie. Et donc que l'entrevue risquait de prendre une sale tournure, puisque Harrison pourrait nier qu'elle ait jamais eu lieu. Oh, les soldats, eux, le savaient, mais ils savaient tous aussi qu'un certain caporal s'était fait démolir le genou la veille au soir ; il ne fallait pas compter sur eux pour témoigner en faveur de Casse-pattes.

Harrison restait égal à lui-même, pourtant ; il sourit, secoua la main du visiteur et lui donna des claques sur l'épaule. « Comment ça va, Casse-pattes ?

— J'ai connu mieux, 'verneur. Comment va vot' femme ? Et vot' petit gars ?

— Elle se porte aussi bien que possible, pour une dame de sa distinction qui vit à la frontière. Et mon petit garçon, c'est un vrai soldat, on lui a même taillé un petit uniforme, faudrait que tu le voies marcher à la parade !

— Quand j'entends ça, je m'dis que j'devrais me prendre une femme un de ces jours.

— Je te le recommande vivement. Oh, tiens, Casse-pattes, à quoi je pense ? Assieds-toi, assieds-toi là. » Casse-pattes s'assit. « Merci, Bill. »

Harrison hocha la tête, satisfait. « Je suis content de te voir, ça fait si longtemps.

— J'voulais vous voir hier », fit Casse-pattes.

Harrison eut un sourire triste. « Eh bien, je suis très pris. Mes hommes ne t'ont pas dit que mon emploi du temps était rempli ?

— Avant, y avait toujours une place pour moi dans votre emploi du temps, Bill.

— Tu sais comment ça se passe, des fois. Je suis débordé, qu'est-ce que je peux y faire ? »

Casse-pattes secoua la tête. « Écoutez, Bill, m'est avis qu'on s'est assez menti comme ça. C'qui m'est arrivé faisait partie d'un plan, et ce plan, c'était pas le mien.

— De quoi tu parles, Casse-pattes ?

— J'dis que ce caporal tenait p't-être pas à s'faire casser la jambe, mais j'ai dans l'idée qu'il avait pour consigne de m'pousser à lui taper d'sus.

— Il avait pour consigne de veiller à ce que personne ne me dérange, en dehors des gens prévus dans mon emploi du temps, Casse-pattes. C'est le seul plan que je connaisse. » Harrison prit un air peiné. « Casse-pattes, je dois te prévenir, c'est une sale affaire. Voies de fait sur un officier de l'armée américaine.

— Un caporal, c'est pas un officier, Bill.

— J'aimerais bien te renvoyer en Suskwahenny

pour que tu y sois jugé, Casse-pattes. Ils ont des avocats là-bas, des jurés et tout ça. Mais le procès doit se tenir *ici*, et les jurés du coin n'apprécient pas beaucoup ceux qui s'amusent à briser les genoux des caporaux.

— Et si vous arrêtiez les menaces et que vous m'disiez vraiment c'que vous voulez ?

— Ce que je veux ? Je ne demande pas de faveurs, Casse-pattes. Je m'inquiète seulement pour un ami qui a des démêlés avec la justice.

— Faut qu'ce soye quelque chose de vraiment écœurant, sinon vous m'graisseriez la patte pour que je l'fasse et vous tenteriez pas de m'forcer la main. Faut qu'ce soye quelque chose qu'à votre avis je voudrais pas faire à moins d'être mort de trouille, et j'essaye d'imaginer ce que vous jugez assez dégoûtant pour que je l'refuse. La liste est pas bien longue, Bill. »

Harrison secoua la tête. « Casse-pattes, tu te trompes sur mon compte. Tu te trompes complètement.

— C'te ville est après mourir, Bill, dit Casse-pattes. Les choses tournent pas comme vous l'aviez prévu. Dans mon idée, c'est par rapport que vous avez fait de vraies grosses bêtises. J'crois que les Rouges s'en sont partis — à moins qu'ils soyent tous morts — et vous avez commis l'erreur idiote de vouloir rattraper les pertes de l'alcool que vous vendiez plus en attirant chez vous la lie de la terre, la pire espèce d'homme blanc, ces rats d'rivière qu'ont passé la nuit en prison avec moi. Vous vous en servez pour percevoir des impôts, pas vrai ? Les fermiers, ils aiment pas ça, les impôts. Et surtout, ils les aiment pas quand c'est une racaille pareille qui les perçoit. »

Harrison se versa trois doigts de whisky dans un verre sans pied et en avala la moitié d'une seule lampée.

« Vous avez donc perdu vos Rouges-à-whisky, vous avez perdu vos fermiers blancs, et tout c'qui vous reste, c'est vos soldats, les rats d'rivière et l'argent qu'vous arrivez à barboter sus c'que l'armée des États-Unis vous alloue pour maintenir la paix dans l'Ouest. »

Harrison but le reste de whisky et rota.

« Tout ça pour dire que vous avez été malchanceux et maladroit, et qu'vous pensez pouvoir m'obliger à vous tirer du pétrin. »

Harrison se versa trois autres doigts de whisky. Mais au lieu de boire, il leva le verre et le jeta à la figure de Casse-pattes. Le whisky éclaboussa les yeux du trafiquant et le verre lui rebondit sur le front ; aveuglé, il se retrouva par terre à se contorsionner dans ses efforts pour se débarrasser de l'alcool qui le brûlait.

Quelques instants plus tard, un linge humide appliqué sur le front, à nouveau sur sa chaise, il se montrait beaucoup plus docile et raisonnable. Mais c'était parce qu'il savait que Harrison avait une quinte flush en main et lui une malheureuse double paire. Sors d'ici vivant et attends de voir la suite, d'accord ?

« Je n'ai pas été maladroit », dit Harrison.

Non, t'es le gouverneur le plus malin qu'y a jamais eu à Carthage, ça m'étonne que tu soyes pas encore roi. C'est ce que Casse-pattes aurait voulu dire. Mais il s'abstint d'ouvrir la bouche.

« C'est ce prophète. Ce Rouge, dans le nord. Construire sa Prophetville juste en face de Vigor Church, de l'autre côté de la Wobbish... tu ne vas pas me dire que c'est une simple coïncidence ? C'est Armure-de-Dieu, voilà ce que c'est, qu'essaye de me retirer l'État de la Wobbish. Il se sert d'un *Rouge* pour faire ça, en plus. Je savais qu'un tas de Rouges s'en allaient vers le nord, tout le monde le savait, mais il me restait toujours les Rouges-à-whisky, ceux qui n'étaient pas morts. Et avec moins de Rouges par ici — surtout après le départ des Shaw-Nees —, eh bien, je me suis dit que j'allais recevoir davantage de colons blancs. Et tu te trompes sur mes collecteurs d'impôts. Ce n'est pas eux qui ont pressuré les colons blancs. C'est Ta-Kumsaw.

— J'croyais que c'était l'Prophète.

— Ne joue pas au plus fin avec moi, Casse-pattes, je n'ai pas beaucoup de patience ces temps-ci. »

Pourquoi tu m'as pas prévenu avant de m'balancer ton verre ? Non, non, dis rien qui pourrait l'mettre en rogne. « Excusez-moi, Bill.

— Il est très malin, Ta-Kumsaw. Il ne tue pas les Blancs. Il s'amène simplement dans leurs fermes avec cinquante Shaw-Nees. Il ne tire sur personne, mais quand tu es fermier et que tu as cinquante guerriers peinturlurés qui encerclent ta maison, tu te dis que ça ne serait pas franchement intelligent de se mettre à les canarder. Alors les fermiers blancs regardent les Shaw-Nees ouvrir toutes les portes, toutes les écuries, étables, poulaillers. Faire sortir toutes les bêtes. Chevaux, vaches, cochons, couvées. Puis s'enfoncer dans les bois, avec les bêtes qui trottent derrière eux, comme Noé quand il a rentré ses animaux dans l'arche. Tout pareil. Ils ne les revoient jamais.

— Me dites pas qu'ils récupèrent jamais au moins une partie d'leur bétail !

— Tout disparaît. On ne retrouve aucune trace. Ni même une plume de poulet. C'est ça qui fait fuir les colons blancs : savoir qu'un beau jour toutes leurs bêtes peuvent disparaître.

— Les Shaw-Nees les mangent, ou quoi ? Y a pas d'poulet assez finaud pour survivre longtemps dans les bois. C'est la Noël pour les renards, voilà tout.

— Est-ce que je sais, moi ? Les fermiers blancs viennent me trouver pour me dire : "Rendez-nous nos bêtes ou tuez les Rouges qui nous les ont volées." Mais ni mes soldats, ni mes éclaireurs, personne n'arrive à dénicher les Rouges de Ta-Kumsaw. Pas le moindre village ! J'ai voulu lancer un raid contre un village caska-skeeaw, en amont de la Little My-Ammy, mais ça n'a abouti qu'à inciter davantage de Rouges à partir, ça n'a même pas ralenti les pillages de Ta-Kumsaw. »

Casse-pattes imaginait sans peine à quoi avait dû ressembler le raid contre le village des Caska-Skeeaws. Vieillards, femmes, enfants, les corps criblés de balles, à demi calcinés... Casse-pattes savait comment Harrison traitait les Rouges.

« Et voilà que le mois dernier s'amène le Prophète. Je savais qu'il arrivait... même les Rouges-à-whisky ne parlaient que de ça. Le Prophète arrive. Faut aller voir le Prophète. Moi, j'ai essayé de découvrir où il venait, où il comptait faire un discours, j'avais même chargé quelques-uns de mes Rouges apprivoisés de le découvrir pour moi, mais pas moyen, Casse-pattes.

Pas un indice. Personne n'était au courant. Seulement, un jour le bruit a couru dans toute la ville : le Prophète est arrivé. Où ça ? Venez donc, le Prophète est arrivé. Personne n'a dit où une seule fois. Je jurerais que ces Rouges peuvent se parler sans parler, si tu vois ce que je veux dire.

— Bill, me racontez pas qu'vous aviez pas d'espions sus les lieux, ou j'vais croire que vous savez plus y faire.

— Des espions ? J'y suis allé moi-même, qu'est-ce que tu penses de ça ? Et tu sais comment ? Ta-Kumsaw m'a envoyé une invitation, c'est vraiment le bouquet. Pas de soldats, pas de fusils, moi tout seul.

— Et vous y êtes allé ? Il aurait pu s'emparer de vous et...

— Il m'avait donné sa parole. Ta-Kumsaw est peut-être un Rouge, mais il tient parole. »

Casse-pattes la trouvait bien bonne. Harrison, l'homme qui se piquait de ne jamais tenir ses promesses aux hommes rouges, voilà qu'il comptait sur Ta-Kumsaw pour tenir la sienne. Bah, il en était revenu vivant, non ? Alors Ta-Kumsaw était à la hauteur de sa parole.

« J'y suis allé. Devait bien y avoir là-bas tous les Rouges de la région de la My-Ammy. Devait bien y en avoir dix mille. Assis sur leurs talons dans un ancien champ de maïs abandonné — ce n'est pas ce qui manque dans le coin, tu peux me croire, grâce à Ta-Kumsaw. Si j'avais eu mes deux canons avec moi et une centaine de soldats, j'aurais complètement résolu le problème des Rouges, séance tenante.

— C'est trop bête, fit Casse-pattes.

— Ta-Kumsaw voulait que je m'asseye tout

devant, mais j'ai refusé. Je suis resté en arrière et j'ai écouté. Le Prophète s'est levé, il est monté sur une vieille souche, et il s'est mis à parler, à parler, à parler.

— Vous avez compris ce qu'il a raconté ? J'veux dire, vous causez pas shaw-nee.

— Il parlait en anglais, Casse-pattes. Y avait trop de tribus différentes, la seule langue qu'ils connaissaient tous, c'était l'anglais. Oh, des fois il parlait dans son baragouin de Rouge, mais c'était beaucoup en anglais. Il a parlé de la destinée de l'homme rouge. Qu'il fallait se garder pur de la contamination de l'homme blanc. Vivre tous ensemble et occuper une partie du territoire, comme ça l'homme blanc aurait son pays et l'homme rouge le sien. Bâtir une cité... une cité de cristal, qu'il a dit ; à l'entendre, ç'avait l'air très beau, sauf que ces Rouges ne sont même pas capables de construire une cabane convenable, alors je n'ose pas imaginer comment ils s'y prendraient pour bâtir une cité en verre ! Mais surtout, il a dit : "Ne buvez pas d'alcool. Pas une goutte. Arrêtez d'en boire, n'y touchez pas. L'alcool, c'est les chaînes de l'homme blanc ; les chaînes et le fouet ; les chaînes, le fouet et le couteau. D'abord il vous attrape, puis il vous fouette, puis il vous tue ; c'est ça, l'alcool ; et quand l'homme blanc vous aura tués avec son whisky, il viendra voler votre terre, il la détruira, il la rendra inhabitable, improductive, comme morte."

— On dirait qu'il vous a fait grosse impression, Bill, dit Casse-pattes. On dirait qu'vous avez appris son discours par cœur.

— Appris ? Il a parlé trois heures de rang. Parlé de visions du passé, de visions de l'avenir. Parlé de... Oh,

Casse-pattes, c'étaient des absurdités, mais ces Rouges, ils buvaient ses paroles comme... comme...

— Du whisky.

— C'est ça, sauf qu'ils les buvaient *à la place* du whisky. Ils sont tous partis avec lui. Du moins, presque tous. Les seuls qui restent, ce sont quelques Rouges-à-whisky qui ne vont pas tarder à mourir. Et bien entendu mes Rouges apprivoisés, mais c'est différent. Et des Rouges sauvages de l'autre côté de l'Hio.

— Ils sont partis avec lui où ça ?

— À Prophetville. C'est ça qui me tue, Casse-pattes. Ils vont tous à Prophetville ou dans les environs, juste en face de Vigor Church, de l'autre côté de la rivière. Et c'est précisément là que montent tous les Blancs ! Enfin, pas tous à Vigor Church, mais dans les régions qu'Armure-de-l'enfer Weaver a mis sur cartes. Ils sont tous de mèche, Casse-pattes, je t'assure. Ta-Kumsaw, Armure-de-Dieu Weaver et le Prophète.

— On dirait.

— Le pire, c'est que j'ai tenu ce Prophète ici, dans mon bureau, au moins un millier de fois ; j'aurais pu tuer ce gars-là et je me serais épargné bien du tracas... Mais comment deviner, hein ?

— Vous l'connaissez, ce Prophète ?

— Comment, tu ne sais pas qui c'est ?

— J'connais pas tant qu'ça de Rouges par leur nom, Bill.

— Et si j'ajoute qu'il est borgne ?

— Me dites pas que c'est Lolla-Wossiky !

— Si fait.

— Cet ivrogne borgne ?

— C'est la vérité de Dieu, Casse-pattes. Il se fait appeler Tenskwa-Tawa maintenant. Ça veut dire "la porte ouverte" ou quelque chose dans le genre. J'aimerais bien la fermer, cette porte. J'aurais dû le tuer quand j'en avais l'occasion. Mais je me suis dit, quand il s'est enfui — il s'est enfui, tu sais, il m'a volé un baril et s'est évanoui dans les bois...

— J'étais icitte, ce soir-là, j'ai aidé aux recherches.

— Eh bien, comme je ne le revoyais pas, je me suis dit qu'il s'était probablement tué en sifflant son baril d'une traite. Mais le voilà qui revient pour raconter aux Rouges qu'il avait besoin de boire tout le temps mais que Dieu lui a envoyé des visions et qu'il n'a jamais touché une goutte depuis.

— Envoyez-moi des visions, et j'arrête de boire de même. »

Harrison avala une autre gorgée de whisky. Au cruchon, cette fois, puisque son verre traînait par terre dans un coin de la pièce. « Tu vois le problème, Casse-pattes.

— J'vois qu'vous en avez des tas, d'problèmes, Bill, et j'sais pas en quoi y m'concernent, sauf que c'était pas des accroires quand vous avez dit à l'intendant qu'il vous fallait que quatre barils.

— Oh, ça te concerne à plus d'un titre, tu peux en être sûr, Casse-pattes. À plus d'un titre. Parce que je ne m'avoue pas vaincu. Le Prophète m'a enlevé tous mes Rouges-à-whisky, et Ta-Kumsaw a flanqué la frousse à mes citoyens blancs, mais je ne lâcherai pas.

— Non, vous êtes pas un lâcheux », fit Casse-pattes. T'es un sale serpent visqueux sournois, mais pas un lâcheux. Ça, il ne le dit pas, évidemment, parce que Harrison l'aurait sûrement mal pris, mais pour

Casse-pattes, c'était un compliment. Un homme selon son cœur.

« C'est Ta-Kumsaw et le Prophète, tout simplement. Faut que je les tue. Non, non, je retire ça. Faut que je les *batte* et que je les tue. Faut que je m'occupe d'eux, que je les rende ridicules, et *ensuite* que je les tue.

— Bonne idée. Je m'charge des paris.

— Je te fais confiance pour ça. Pour rester ici et prendre les enjeux. Bref, je ne peux pas faire monter mes soldats à Vigor Church pour raser Prophetville, parce que j'aurais sans arrêt Armure-de-Dieu sur le râble. Probable qu'il demanderait au détachement militaire de Fort Wayne de le soutenir. Probable qu'il me ferait retirer mon commandement, ou je ne sais quoi. Faut donc que je me débrouille pour que les colons de Vigor Church, tout au long de la Wobbish, ils me supplient tous de venir les débarrasser de ces Rouges. »

Ah, enfin, Casse-pattes comprenait de quoi il retournait. « Vous voulez une provocation.

— Tout juste, Casse-pattes. Tout juste. Je veux que quelques Rouges aillent dans le nord semer de vrais troubles, et qu'ils *racontent* à tout le monde que c'est Ta-Kumsaw et le Prophète qui leur ont dit de faire ça. Tout leur mettre sur le dos. »

Casse-pattes hocha la tête. « Je vois. Faire fuir leurs vaches, ce genre de bricole, ça suffirait pas. Non, pour qu'les gens d'là-haut, ils réclament le sang des Rouges à cor et à cri, faut quèque chose de vraiment horrible. Comme capturer des enfants et les torturer à mort, pis signer l'nom de Ta-Kumsaw sus les cadavres et les laisser là où qu'on les trouvera. Quèque chose dans c 'goût-là.

— Ma foi, je n'irais pas jusqu'à dire à quelqu'un de commettre un acte aussi horrible que ça, Casse-pattes. En fait, je ne pense pas que je donnerais la moindre instruction précise. Je dirais seulement de faire quelque chose qui mettrait les Blancs du Nord en boule et de répandre aussitôt le bruit que c'est Ta-Kumsaw qui l'a ordonné.

— Mais vous seriez pas surpris si ça tournait au viol et à la torture.

— Je ne voudrais pas qu'on touche aux femmes blanches, Casse-pattes. Ça n'est pas correct.

— Oh, ça, c'est vrai, la pure vérité, fit Casse-pattes. Alors, il reste qu'à torturer les enfants. Les *garçons*.

— Je me répète : je ne dirais jamais à quelqu'un de faire une chose pareille. »

Casse-pattes approuva légèrement de la tête, les yeux fermés. Harrison ne dirait peut-être pas à quelqu'un de le faire, mais à lui, il ne disait pas non plus le contraire. « Et comme de juste, ça pourrait pas être des Rouges de par icitte, hein, Bill, par rapport qu'ils ont tous fichu l'camp, et vos Rouges apprivoisés sont les pires canailles qu'ont jamais vécu à la surface de la terre.

— Il y a de ça.

— Alors, il vous faut des Rouges du sud de la rivière. Des Rouges qu'ont pas encore entendu les sermons du Prophète et qui par le fait courent toujours après l'alcool. Des Rouges qu'ont encore assez d'cervelle pour faire d'la bonne ouvrage. Des Rouges qu'ont assez soif de sang pour tuer des enfants en prenant leur temps. Et vous avez b'soin d'ma cargaison pour les acheter.

— M'est avis, Casse-pattes.

— C'est d'accord, Bill. Relevez les charges contre moi et tout mon whisky est à vous, gratuit. Donnez-moi seulement d'quoi payer mes hommes si j'veux pas qu'ils m'flanquent un coup d'couteau sus l'chemin du retour, j'espère que c'est pas trop d'mander.

— Doucement, Casse-pattes, tu sais que je ne veux pas que ça.

— Mais, Bill, j'en ferai pas plus.

— Ça n'est pas à moi d'aller les voir, Casse-pattes. Pas à moi d'aller leur apprendre, aux Cree-Eks et aux Chok-Taws, ce que j'attends d'eux. Faut que ce soit quelqu'un d'autre, quelqu'un dont je pourrai dire, si tout est découvert : je ne lui ai jamais demandé de faire ça, il l'a fait avec son propre whisky, je n'en avais pas la moindre idée.

— Bill, j'vous comprends mais vous aviez vu juste : vous avez vraiment trouvé quèque chose de tellement bas que j'veux pas y participer. »

Harrison lui lança un regard mauvais. « Voies de fait sur un officier, c'est dans ce fort un crime puni de pendaison, Casse-pattes. J'ai été clair, non ?

— Bill, j'ai menti, triché et des fois tué pour m'tailler une place dans l'monde. Mais y a une chose que j'ai jamais faite, c'est d'payer quelqu'un pour voler des drôles à une mère et les torturer à mort. Franchement, j'ai jamais fait ça, et franchement, je l'ferai jamais. »

Harrison étudia le visage de Casse-pattes et reconnut qu'il disait vrai. « Alors ça, c'est la meilleure. Il existe donc un si grand péché que Casse-pattes

Palmer ne veut pas le commettre, même au prix de sa vie.

— Vous m'tuerez pas, Bill.

— Oh, que si, Casse-pattes. Et pour deux raisons. D'abord tu as donné la mauvaise réponse à ma requête Ensuite et surtout, tu l'as entendue, ma requête. Tu es un homme mort, Casse-pattes.

— Ça me va. Mais faites ça avec une corde bien rugueuse. Une bonne potence bien haute et une trappe de vingt pieds. J'veux une pendaison qu'les gens s'rappelleront longtemps.

— Tu auras une branche d'arbre et on te hissera tout doucement, pour que tu t'étrangles au lieu de te briser le cou.

— Comme ça, on s'en souviendra», dit Casse-pattes.

Harrison appela des soldats et les fit remmener le trafiquant en prison. Cette fois, ils lui flanquèrent quelques coups de pieds et de crosses, dont il lui resta une toute nouvelle fournée de contusions, voire une côte cassée.

Il lui restait aussi très peu de temps.

Il s'étendit donc bien calmement sur le sol de la cellule. Les ivrognes étaient partis mais pas les trois bagarreurs, qui occupaient tous les lits de camp ; donc par terre, il n'avait pas d'autre choix. Ça ne gênait pas trop Casse-pattes. Il savait que Harrison lui laisserait une heure ou deux, le temps de réfléchir, puis qu'il le sortirait, lui passerait la corde au cou et le tuerait. Il ferait peut-être semblant de lui donner une dernière chance, bien sûr, mais sans y songer sérieusement, parce que désormais il n'aurait plus confiance. Casse pattes avait dit non, Harrison ne se fierait donc jamais à lui pour mener à bien la mission s'il le laissait partir.

Parfait. Casse-pattes comptait bien employer son temps à bon escient. Il se mit à la tâche très simplement. Il ferma les yeux et laissa un point de chaleur se développer en lui. Une étincelle. Puis il projeta cette étincelle à l'extérieur de lui-même. C'était comme ce que les sourciers prétendaient faire : ils envoyaient leur fluide fouiller sous terre, examiner ce qui s'y passait. Il mit son étincelle en chasse et trouva bientôt ce qu'il cherchait. La résidence du gouverneur Bill. Son étincelle était trop éloignée à présent pour qu'il puisse choisir une cible particulière dans la maison. Et son point de mire ne devait pas être trop précis. Aussi préféra-t-il insuffler toute sa haine et sa rage à l'étincelle, l'attiser encore et encore. Il y mit plus d'énergie qu'il ne l'avait jamais fait de toute sa vie. Et il força, et força, jusqu'à ce qu'il entende la clameur tant attendue :

« Au feu ! Au feu ! » Les cris venaient de dehors, au loin, mais de plus en plus de gorges les reprenaient. Des coups de mousquets éclatèrent... des signaux de détresse.

Les trois bagarreurs les entendirent, eux aussi. Dans leur précipitation, l'un d'eux piétina Casse-pattes allongé par terre. Debout contre la porte, qu'ils étaient, à cogner et hurler au garde : « Laissez-nous sortir ! Partez pas éteindre le feu avant qu'on soye sortis de d'là ! Nous laissez pas crever là-d'dans ! »

Casse-pattes remarqua à peine l'homme qui lui marcha dessus, tant il avait déjà mal. Il resta néanmoins sur place et recourut encore à son étincelle, mais cette fois pour chauffer le métal à l'intérieur de la serrure. Ce coup-ci, la cible était précise, et son étincelle y gagnait en ardeur.

Le garde arriva et introduisit sa clé dans la serrure ; il la tourna et ouvrit la porte. « Allez, dehors, vous autres, lança-t-il. L'sergent l'a dit, on a b'soin d'vous pour donner un coup d'main aux pompiers. »

Casse-pattes se remit péniblement sur ses pieds, mais le garde l'arrêta, bras tendu, et le repoussa dans la cellule. Casse-pattes n'en fut pas étonné. Mais il attisa encore davantage son étincelle, au point que le métal se mit à fondre à l'intérieur de la serrure. Il rougeoya même un peu. Le garde referma la porte en la claquant et voulut donner un tour de clé. Elle était à présent si chaude qu'elle lui brûla la main. Il jura et sortit un pan de sa chemise pour essayer de la saisir, mais Casse-pattes ouvrit la porte d'un coup de talon, envoyant l'autre à la renverse. Il lui marcha lourdement sur la figure et lui lança son pied dans la tête, lui brisant probablement le cou. Pour lui, ce n'était pas un meurtre. Ce n'était que justice, parce que le garde voulait le laisser enfermé dans sa cellule pour qu'il y brûle vif.

Casse-pattes sortit de la prison. Personne ne lui prêta vraiment attention. Il ne voyait pas la résidence d'où il était, mais il voyait monter la fumée. Le ciel était bas et gris. Il allait sans doute pleuvoir avant que le fort se mette à flamber. Casse-pattes espérait bien que non. Il espérait que tout serait réduit en cendres. C'était une chose de vouloir éliminer les Rouges, Harrison et lui étaient du même avis là-dessus. Les tuer avec de l'alcool chaque fois que possible, sinon avec des balles. Mais on ne tue pas des Blancs, on n'engage pas des Rouges pour torturer des petits Blancs. Peut-être que pour Harrison ça faisait partie du jeu. Peut-être qu'il l'assimilait à des soldats blancs mourant à la guerre contre les Rouges ; des soldats juste un peu plus jeunes. Ils mouraient pour une bonne cause, non ? Peut-être que Harrison voyait ainsi les choses, mais pas Casse-pattes. Il était tombé des nues, à vrai dire. Il ressemblait à Andrew Jackson plus qu'il ne le supposait. Il avait une limite qu'il ne franchirait pas. Il ne la plaçait pas au même niveau que le vieil Hickory, mais malgré tout, il avait une limite et il mourrait plutôt que de la franchir.

Évidemment, il n'était pas d'avis de mourir s'il avait moyen de l'éviter. Il ne pouvait pas s'en aller par la porte du fort, parce que la chaîne de seaux y passait et qu'on le verrait. Mais c'était assez facile de grimper par-dessus la palissade. Les soldats n'avaient pas exactement l'œil aux aguets. Il escalada le mur et se laissa tomber à l'extérieur du fort. Personne ne l'aperçut. Il franchit en marchant les dix yards le séparant de la forêt, puis lentement — car ses côtes le faisaient terriblement souffrir et l'étincelle l'avait affaibli, elle lui prenait toujours une part de lui-même — il progressa à travers bois jusqu'à la rivière.

Il sortit du couvert des arbres à l'autre bout de l'espace dégagé autour du débarcadère. Son bateau plat était là, encore chargé de tous les barils. Et ses hommes traînaient auprès, observant les pompiers qui puisaient de l'eau à une trentaine de yards en amont. Casse-pattes ne s'étonna aucunement que ses mariniers ne soient pas allés leur donner un coup de main à remplir les seaux. Faire preuve de civisme, ça n'était pas vraiment leur genre.

Il marcha jusqu'au débarcadère et fit signe à son équipe de venir le rejoindre. Puis il sauta sur le bateau plat ; il chancela légèrement, parce qu'il était faible et qu'il avait mal. Il se retourna pour informer ses hommes de ce qui se passait, pourquoi il fallait qu'ils poussent au large, mais ils ne l'avaient pas suivi. Ils restaient là, sur la berge, et ils le regardaient. Il leur refit signe, mais ils ne manifestèrent aucune intention de bouger.

Bon, eh bien, il partirait sans eux. Il s'avançait déjà vers le filin pour le larguer et se dégager tout seul à la perche, quand il s'aperçut que tous ses gars n'étaient pas à terre. Non, il en manquait un. Et il savait bien où il se trouvait, l'absent. Ici même, sur le bateau, dressé juste derrière lui, les mains tendues...

Mike Fink n'avait pas de goût pour le couteau. Oh, il s'en serait servi en cas de besoin, mais il préférait tuer à mains nues. Il avait une phrase qu'il répétait souvent, quant à ceux qui tuaient au couteau, une comparaison avec des putains et un manche à balai. En tout cas, c'était pour ça que Casse-pattes savait qu'il n'emploierait pas le couteau. Que ça n'irait pas vite. Harrison avait dû prévoir que Casse-pattes risquait de s'enfuir, alors il avait acheté Mike Fink, et maintenant Fink allait sûrement le tuer.

Sûrement mais lentement. Ce qui donnait du temps à Casse-pattes. Du temps pour faire en sorte de ne pas mourir seul.

Aussi, lorsque les doigts se refermèrent autour de sa gorge et se mirent à serrer fort, beaucoup plus fort que Casse-pattes ne l'aurait imaginé, qu'ils lui comprimèrent si violemment le cou qu'il crut sentir sa tête arrachée, il s'efforça de libérer son étincelle, de la diriger vers le baril, à cet endroit précis — il savait exactement où sur le bateau plat —, de chauffer ce baril, le plus chaud possible, de plus en plus chaud...

Et il attendit l'explosion, il attendit, il attendit, mais elle ne vint pas. Il avait l'impression que les doigts de Fink lui avaient enfoncé la gorge jusqu'à l'épine dorsale. Il sentit tous ses muscles s'amollir, il eut conscience qu'il donnait des coups de pieds. Ses poumons se soulevaient pour aspirer l'air qui n'entrait pas, mais il continua d'attiser son étincelle jusqu'à la dernière seconde, dans l'espoir de faire sauter le baril de poudre.

Puis il mourut.

Mike Fink ne le lâcha pas de toute une minute après sa mort, peut être simplement parce qu'il aimait la sensation d'un corps lui pendouillant au bout des mains. Difficile à dire, avec Mike Fink. Certains prétendaient qu'on ne trouvait pas de gars plus charmant quand il était d'humeur. Tout à fait ce que Mike pensait de lui-même. Il *aimait bien* se montrer charmant, avoir des amis, boire, être aimable. Mais quand il fallait tuer, eh ben, il aimait ça aussi.

Mais on ne peut pas rester indéfiniment accroché à un cadavre. C'est vrai, quoi, quelqu'un pourrait se mettre à râler ou même à dégobiller. Alors il poussa le corps de Casse-pattes dans la rivière.

« Ça fume », fit l'un des mariniers, le doigt tendu.

Ma foi, oui, de la fumée s'échappait au milieu du chargement de barils.

« C'est l'baril de poudre ! » s'écria l'un d'eux.

Et toute l'équipe de prendre ses jambes à son cou pour s'éloigner de l'explosion, mais Mike Fink, lui, riait, riait. Il s'approcha des barils et commença de les déplacer, de les hisser sur le débarcadère, de les décharger, jusqu'à ce qu'il arrive, au milieu de la cargaison, à un tonnelet d'où émergeait une mèche. Mais celui-là, il ne le prit pas entre les mains. Il le bascula du talon puis le fit tant bien que mal rouler jusqu'à la partie dégagée sur le pourtour du bateau.

Les hommes étaient maintenant revenus voir de quoi il retournait, puisqu'en fin de compte Mike Fink n'avait pas l'air de vouloir sauter. « Une hachette », héla Mike, et l'un des gars lui lança celle qu'il portait dans une gaine à sa ceinture. Il fallut plusieurs coups bien appliqués, mais le dessus du baril finit par voler en éclats, et tout un nuage de vapeur s'en échappa. L'eau, à l'intérieur, était si chaude qu'elle bouillait encore.

« Alors c'était pas d'la poudre, c'est ça ? » demanda l'un des gars. Pas une lumière, celui-là, mais les mariniers n'étaient guère réputés pour leur cervelle.

« Oh, c'en était, d'la poudre, quand il l'a portée à bord, dit Mike. Là-bas, en Suskwahenny. Mais vous croyez pas qu'Mike Fink allait descendre tout l'Hio sus l'même bateau qu'un baril de poudre avec une mèche plantée dedans, hein ? »

Puis il bondit du bateau pour monter sur le débarcadère et beugla à tue-tête, si fort qu'on l'entendit distinctement dans l'enceinte de la palanque, si fort que la chaîne de seaux s'arrêta le temps de l'écouter :

« J'm'appelle Mike Fink, vous autres, et j'suis l'plus fumier, l'plus dégueulasse fils d'alligator qu'a jamais arraché la tête d'un bison avec les dents ! J'bouffe des oreilles de bonshommes au p'tit déjeuner et des oreilles d'ours au dîner, et quand j'ai soif j'suis capable d'assécher les chutes du Niagara. Quand j'pisse, les genses ils embarquent sus leurs bateaux plats pour se r'trouver cinquante milles plus loin, et quand j'pète, les Français ils mettent l'air en bouteilles pour le vendre comme parfum. J'suis Mike Fink, ça, c'est mon bateau, et si vous autres, mes p'tits salauds, vous arrivez à m'éteindre c'te feu, y aura une pinte de whisky gratis pour tout l'monde ! »

Ensuite Mike Fink emmena ses hommes se joindre à la chaîne de seaux, et ils calmèrent l'incendie jusqu'à ce que la pluie vienne l'éteindre.

Cette nuit-là, si tous les soldats buvaient et chantaient, Mike Fink, lui, se tenait bien droit sur sa chaise, sobre comme un chameau, bien aise de travailler enfin dans le commerce du whisky pour son propre compte. À présent, il ne restait plus auprès de lui qu'un seul des mariniers, le plus jeune, qui lui vouait une espèce d'admiration. Le gars restait assis là, à jouer avec la mèche d'un certain baril de poudre.

« C'te mèche-là, elle a pas été allumée, dit-il.

— Non, m'est avis qu'non, dit Mike Fink.

— Ben alors, comment qu'elle s'est mise à bouillir, l'eau ?

— M'est avis que l'Casse-pattes, l'avait plus d'un tour dans son sac. M'est avis que l'Casse-pattes, l'est pas étranger au feu qu'a pris dans l'fort.

— Tu l'savais, hein ? »

Fink secoua la tête. « Dame non, j'ai d'la chance. J'suis un vrai chanceux. J'sens les choses, c'est comme ça qu'j'ai senti l'baril de poudre, et j'fais ce que j'sens que j'dois faire.

— Comme qui dirait un talent ? »

Pour toute réponse, Fink se leva et baissa son pantalon. Là, sur sa fesse gauche, s'étalait un tatouage hexagonal, peu rassurant. « Ma maman m'a fait marquer ça quand j'avais même pas un mois. Elle disait que ça m'protégerait et que j'vivrais jusqu'au bout d'ma vie naturelle. » Il pivota et montra son autre fesse. « Et çui-là, qu'elle disait, il allait m'aider à faire fortune. J'savais pas comment ça d'vait marcher, et elle est morte avant de me l'apprendre, mais à c'que j'crois, ça m'porte chance. C'est comme si ça m'disait quoi faire. » Il eut un grand sourire. « Me v'là avec un bateau, asteure, et un chargement d'whisky, non ?

— Est-ce que l'gouverneur va vraiment te donner une médaille par rapport que t'as tué Casse-pattes ?

— Ben, pour lui avoir mis la main d'sus, toujours bien, ça m'en a l'air.

— Mais j'crois pas qu'ça dérange le 'verneur que Casse-pattes, il soye mort.

— Dame non, dit Fink. M'est avis qu'non. L'verneur et moi, on est bons amis, asteure. Il dit qu'il a de l'ouvrage que seul un gars comme moi peut faire. »

Le marinier le regarda, de l'adoration dans ses yeux de dix-huit ans. « J'peux t'aider ? J'peux venir avec toi ?

— Tu t'es déjà battu ?

— Des tas de fois !

— T'as déjà arraché une oreille avec tes dents ?

— Non, mais j'ai déjà arraché un œil, un coup.

— Les yeux, c'est facile. Ça vient tout seul.

— Et j'ai donné un coup d'boule dans la tête d'un gars, l'a perdu cinq dents. »

Fink considéra la proposition quelques secondes. Puis il sourit et opina. « Sûr, tu t'en viens avec moi, mon gars. Quand j'en aurai fini, y aura pas d'homme, de femme ou de drôle à cent milles de c'te rivière qui connaîtra pas mon nom. Est-ce que t'en doutes, mon gars ? »

Le gars n'en doutait pas.

Au matin, Mike Fink et son équipage poussèrent au large, vers la rive sud de l'Hio, leur bateau plat chargé d'un chariot, de quelques mules et de huit barils de whisky. Leur but : un brin de commerce avec les Rouges.

Dans l'après-midi, le gouverneur Harrison enterra les restes carbonisés de sa seconde épouse et de leur petit garçon qui avaient eu le malheur de se trouver ensemble dans la nursery ; on habillait l'enfant de son petit uniforme de parade au moment où la pièce était devenue la proie des flammes.

Un feu dans sa maison, qu'aucune main n'avait allumé, qui lui avait enlevé ce qu'il aimait le plus et qu'aucun pouvoir sur terre n'était en mesure de lui ramener.

VII

Les captifs

Alvin Junior ne se sentait jamais petit, sauf quand il se retrouvait à califourchon sur un gros cheval. Il n'était pas mauvais cavalier, pour ça non, les chevaux et lui s'entendaient plutôt bien : eux ne le faisaient jamais tomber, et lui ne les fouettait jamais. C'était seulement que ses jambes faisaient presque le grand écart, et comme il montait avec une selle pour ce voyage, on avait dû percer de nouveaux trous dans le cuir et rehausser considérablement les étriers pour qu'il puisse y mettre les pieds. Al attendait impatiemment le jour où il serait une grande personne. Les autres pouvaient toujours le dire drôlement grand pour son âge, de l'avis d'Alvin ça comptait pour rien. Quand on a dix ans, être grand pour son âge, ça n'a rien à voir avec être grand tout court.

« J'aime pas ça, dit Fidelity Miller. J'aime pas laisser partir mes garçons au beau milieu de tous ces Rouges qui s'agitent. »

Maman se faisait tout le temps du tracas, mais elle avait de bonnes raisons pour ça. Al avait toujours été maladroit, il n'arrêtait pas d'avoir des accidents. Ça finissait par s'arranger, mais il s'en fallait souvent d'un cheveu. Le pire, ç'avait été quelques mois plus tôt, quand la nouvelle meule lui était tombée sur la jambe et l'avait salement cassée. Tous croyaient qu'il allait mourir, lui le premier. Et il aurait pu mourir pour de bon. Oh oui, il aurait pu. Même sachant qu'il avait le pouvoir de se guérir tout seul.

Depuis la fameuse nuit où l'homme-lumière était venu le voir, quand il avait six ans, jamais Al n'avait employé son talent pour se venir lui-même en aide. Tailler la pierre pour son père, ça, il avait le droit, parce que ça servait à tout le monde. Il laissait courir ses doigts sur la roche pour la reconnaître au toucher, pour trouver les lignes invisibles où elle se briserait, ensuite il la faisait se détacher suivant l'ordre de rupture qu'il avait fixé ; et la pierre venait, comme il fallait, comme il l'avait demandé. Mais jamais pour son compte personnel.

Plus tard, en voyant sa jambe cassée et la peau arrachée, tout le monde savait qu'il allait mourir. Et Al n'aurait jamais utilisé son talent à réparer les choses pour se guérir lui-même, il n'aurait jamais essayé s'il n'y avait eu Mot-pour-mot. Mot-pour-mot lui avait demandé : « Pourquoi tu ne répares pas ta jambe tout seul ? » Al lui avait alors parlé de ce qu'il n'avait encore jamais raconté à personne : de l'homme-lumière. Et Mot-pour-mot l'avait cru, il n'avait pas pensé qu'il était fou ou qu'il avait rêvé. Il avait poussé Al à réfléchir, très fort, à retrouver les paroles de l'homme-lumière. Et Al les avait retrouvées, pour s'apercevoir que c'était lui-même qui avait décidé de ne jamais se servir de son talent à son profit. L'homme-lumière avait seulement dit : « Guéris tout. »

Tout guérir. Et alors, ce « tout » n'englobait-il pas sa jambe ? Il l'avait donc réparée, du mieux possible. Ça n'avait pas été aussi simplc quc ça, mais en définitive il s'était servi de son pouvoir, avec l'aide de sa famille, pour se guérir.

Voilà pourquoi il avait survécu.

Durant ces journées il avait regardé la mort en face et n'avait pas eu aussi peur qu'il l'aurait cru. Allongé sur son lit, tandis que la mort s'infiltrait dans son os, il s'était mis à considérer son corps comme une cabane, un abri où il vivait par mauvais temps en attendant que sa maison se construise. Comme les cahutes que s'édifiaient les nouveaux colons jusqu'à ce qu'ils possèdent une vraie maison en rondins, convenablement bâtie. Et s'il mourait, ça ne serait pas du tout affreux. Seulement différent, peut-être même mieux.

Aussi, lorsque m'man se mit à faire des discours sur les Rouges, sur les dangers du voyage — ils pourraient se faire tuer —, il n'y attacha pas d'importance. Non qu'il lui donnait tort, mais parce que ça lui était égal de mourir.

Enfin, non, pas vraiment. Il avait des tas de choses à faire, même s'il ne savait pas encore lesquelles, alors il serait *embêté* s'il mourait. Il n'avait pas l'intention de mourir, dame non. Mais ça ne lui faisait pas peur comme aux autres gens.

Mesure, le grand frère d'Al, essayait de calmer m'man avant qu'elle se mette dans tous ses états. « Ça s'passera bien, maman, disait-il. Les troubles, ils ont tous lieu dans l'Sud, et on voyagera sus de bonnes routes jusqu'au bout.

— Toutes les semaines y a des genses qui disparaissent sus ces bonnes routes-là, répliqua-t-elle. Les Français, là-haut à Détroit, ils achètent les scalps, ils arrêtent pas, c'que font Ta-Kumsaw et ses sauvages, c'est l'cadet d'leurs soucis, suffit d'une flèche pour vous tuer...

— M'man, fit Mesure. Si t'as peur qu'les Rouges ils nous attrapent, ça devrait t'rassurer qu'on s'en aille. J'veux dire par là, y a dix mille Rouges *au moins* qui vivent à Prophetville, sus l'aut' bord d'la rivière. C'est la plus grande ville à l'ouest de Philadelphie asteure, et y a qu'des Rouges dedans. Aller vers l'est, c'est s'éloigner des Rouges...

— Ce Prophète borgne, il m'inquiète pas, dit-elle. Il parle jamais de tuer. J'pensais seulement qu'vous devriez pas...

— C'que tu penses, c'est pas important », dit p'pa.

M'man se retourna vers lui. Il était allé donner à manger la pâtée aux cochons, derrière la maison, et il revenait dire au revoir. « Me raconte pas que c'est pas important c'que j'p...

— C'que j'pense, moi, c'est pas important non plus. C'est pas important c'que tout l'monde pense, et tu l'sais.

— Alors j'vois pas pourquoi l'bon Dieu, il nous a donné une cervelle, par le fait, si c'est comme ça, Alvin Miller !

— Al s'en va dans l'Est, à la rivière Hatrack, pour être apprenti forgeron, dit p'pa. Il me manquera, il te manquera, l'gamin manquera à tout l'monde, sauf p't-être au révérend Thrower, mais les papiers sont signés et Al junior va y aller. Alors, au lieu de rabâcher que tu veux pas qu'ils partent, dis au revoir aux garçons, embrasse-les et fais-leur signe de s'mettre en route. »

Si p'pa avait été du lait, le regard que lui jeta m'man l'aurait fait cailler sur place. « J'embrasserai mes garçons et j'leur f'rai signe de s'mettre en route, dit-elle. J'ai pas b'soin que tu me l'dises. J'ai pas b'soin que tu m'dises quoi qu'ce soit.

— M'est avis qu'non, fit p'pa. Mais j'te l'dirai tout d'même et j'gage que tu me l'revaudras, comme t'as toujours fait. » Il tendit la main pour serrer celle de Mesure, lui dire au revoir à la manière d'un homme. « Tu l'conduis là-bas sain et sauf et tu t'en r'viens aussitôt, lui dit-il.

— Tu sais bien qu'oui, fit Mesure.

— Vot' maman a raison, y a du danger partout sus la route, alors ouvrez l'œil. Tu portes bien ton nom, t'as des yeux perçants, eh bien, sers-t'en.

— Oui, p'pa. »

M'man dit à son tour au revoir à Mesure pendant que p'pa venait trouver Alvin. Il lui donna une bonne claque cuisante sur la jambe et lui serra la main, à lui aussi ; c'était agréable, p'pa le traitait comme un homme, pareil que Mesure. Peut-être que s'il n'avait pas été assis sur un cheval, p'pa lui aurait ébouriffé les cheveux comme à un petit garçon, mais peut-être que non, après tout, alors il se sentait quand même un grand.

« Les Rouges, ils m'font pas peur », dit Alvin. Il parlait tout doucement pour que m'man n'entende pas. « Mais j'aurais bien voulu pas être forcé d'partir.

— Je l'sais, Al, dit p'pa. Mais il le faut. Pour ton bien. »

Puis la figure de p'pa prit cette expression triste et

lointaine qu'Al junior avait déjà vue plus d'une fois sans la comprendre. P'pa était un homme bizarre. Il avait fallu beaucoup de temps pour qu'Al s'en aperçoive, car pendant toute sa petite enfance, p'pa avait été p'pa, et il n'avait pas cherché plus loin.

Maintenant Al était plus vieux, et il commençait à comparer son père aux autres hommes alentour. Armure-de-Dieu Weaver, par exemple, l'homme le plus éminent de la ville, qui parlait sans arrêt de paix avec l'homme rouge, de partager le pays avec lui, d'établir des cartes des terres rouges et des terres blanches... tout le monde l'écoutait avec respect. Personne n'écoutait p'pa comme ça, en accordant beaucoup de sérieux à ses paroles, peut-être en discutant un peu, mais en considérant ses déclarations comme *importantes*. Et le révérend Thrower, avec sa façon de parler instruite et prétentieuse, qui vociférait depuis sa chaire sur la mort, la résurrection, les flammes de l'enfer et les récompenses du paradis, tout le monde l'écoutait, lui aussi. Pas de la même manière qu'ils écoutaient Armure, parce que c'était toujours à propos de religion et que ça n'avait rien à voir avec des choses futiles comme le travail de la ferme, les corvées et la vie des gens. Mais avec *respect*.

Quand p'pa causait, les gens l'écoutaient, pour ça oui, mais des fois ils se moquaient. « Oh là, Alvin Miller, t'en a d'bonnes, toi ! » Al s'en apercevait, et au début ça le mettait en colère. Mais il s'était rendu compte que lorsque les gens se trouvaient dans le tracas et qu'ils avaient besoin d'un coup de main, ils n'allaient pas trouver le révérend Thrower, dame non, et ils n'allaient pas trouver Armure-de-Dieu, parce que ni l'un ni l'autre ne s'y connaissait tant que ça pour résoudre le genre de problèmes qui se posaient régulièrement aux fermiers. Thrower pouvait leur dire comment échapper à l'enfer, mais pour ça fallait attendre de mourir, et Armure pouvait leur dire comment rester en paix avec les Rouges, mais ça, c'était de la politique, sauf en cas de guerre. Quand ils se querellaient pour une limite de terrain ou qu'ils ne savaient pas quoi faire d'un gamin que les raclées n'empêchaient pas de répondre à sa mère, quand les charançons se mettaient dans leur maïs de semence et qu'ils n'avaient rien à planter, c'est Al Miller qu'ils venaient trouver. Et lui leur donnait son point de vue, rarement plus de quelques mots, puis ils repartaient en secouant la tête : « Oh là, Alvin Miller, t'en as d'bonnes, toi ! » Mais ils faisaient ensuite comme il avait dit, ils fixaient la limite du terrain et montaient un muret de pierre ; ils laissaient leur effronté de garçon quitter la maison et se placer comme journalier chez un fermier voisin ; et à la saison des plantations, une demi-douzaine de gens arrivaient chez eux avec des sacs de semences « en surplus », parce qu'Al Miller avait signalé qu'ils pourraient se trouver à court.

Quand Alvin junior comparait son papa aux autres hommes, il savait qu'il était bizarre, il savait qu'il faisait des choses pour des raisons connues de lui seul. Mais il savait aussi qu'on pouvait lui faire confiance. Les gens honoraient de leur respect Armure-de-Dieu et le révérend Philadelphia Thrower, mais ils *faisaient confiance* à Alvin Miller.

Al junior aussi. Il faisait confiance à son papa. Il avait beau ne pas vouloir quitter la maison, il avait beau, ayant frôlé la mort de si près, penser que l'apprentissage et toutes ces balivernes, c'était une perte de temps — est-ce que son métier, ça comptait tellement ? est-ce qu'il y aurait des forgerons au ciel ? — il savait pourtant que si p'pa avait décrété que, pour son bien, il lui fallait partir, alors Al partirait. Comme les gens convaincus que si Miller conseillait : « Fais donc ça, et ça va marcher », alors il n'y avait plus qu'à s'y mettre, et ça marcherait comme il l'avait dit.

Il avait annoncé à p'pa qu'il ne voulait pas partir ; p'pa avait répondu : « Pars tout d'même, c'est pour ton bien. » Alvin junior n'avait pas eu besoin d'en entendre davantage. Il avait hoché la tête et fait ce que souhaitait p'pa, non parce qu'il manquait d'estomac, qu'il avait la trouille de son père comme les autres garçons du voisinage. Mais parce qu'il le connaissait assez pour se fier à son jugement. Pas plus compliqué que ça.

« Tu vas m'manquer, p'pa. » Et alors il fit une chose complètement idiote, un geste qu'il ne se serait jamais permis s'il avait pris le temps d'y réfléchir une seconde. Il baissa la main et ébouriffa les cheveux de son père. Au même instant, il songea : « P'pa va m'flanquer la raclée par rapport que je l'traite comme un gamin ! » P'pa haussa les sourcils, puis il leva le bras et attrapa le poignet d'Al junior. Mais ses yeux se mirent alors à pétiller ; il éclata de rire et dit : « M'est avis que pour c'te fois, ça passe, fils. »

P'pa riait encore quand il recula et laissa la place à m'man pour qu'elle fasse ses adieux. Elle avait les larmes qui lui coulaient sur la figure, mais elle ne lui énuméra pas la liste de dernière minute des « fais ci » et « fais pas ça » à laquelle avait eu droit Mesure. Elle lui embrassa seulement la main et s'y accrocha, avant de le regarder dans les yeux et de lui dire : « Si j'te laisse partir aujourd'hui, j'te verrai jamais plus avec mes yeux terrestres, pour le restant d'mes jours.

— Non, m'man, dis pas ça, lui répondit-il. Il va rien m'arriver d'mal.

— Souviens-toi d'moi, c'est tout, fit-elle. Et garde l'amulette que j't'ai donnée. Porte-la tout l'temps sus toi.

— C'est pour quoi faire ? demanda-t-il en la ressortant de sa poche. J'connais pas ce genre-là.

— T'occupe pas d'ça, tu la gardes tout l'temps sur toi.

— Oui, m'man. »

Mesure poussa son cheval à la hauteur d'Al junior. « On f'rait mieux d'partir, asteure, dit-il. C'est qu'on veut être loin, dans des pays qu'on voit pas tous les jours, quand on ira s'coucher c' soir.

— Surtout pas, dit p'pa, l'air sévère. On a prévu d'vous faire rester chez les Peachee ce soir. En une journée, ça suffit bien d'vous rendre jusque-là. J'tiens pas à c'que vous passiez une nuit dehors quand c'est pas nécessaire.

— Bon, bon, fit Mesure, mais faut au moins qu'on y soye avant l'dîner.

— Alors allez-y, dit m'man. Allez-y, les garçons. »

Ils s'étaient seulement éloignés d'une perche que p'pa les rattrapa en courant et empoigna le cheval de Mesure puis celui d'Al junior par la bride. « Les garçons, n'oubliez pas ! Traversez les rivières par les ponts. Vous m'entendez ? Seulement par les ponts ! Y a des ponts sus toutes les rivières de c'te route entre icitte et la Hatrack.

— J'connais, p'pa, dit Mesure. J'ai donné la main à tous les construire, t'sais.

— Prenez-les ! C'est tout c'que j'dis. Et s'il pleut, vous vous arrêtez, vous trouvez une maison et vous vous arrêtez, vous m'entendez ? J'veux pas qu'vous restiez dehors s'il tombe de l'eau. »

Ils promirent tous les deux très solennellement de ne pas s'approcher de quoi que ce soit de mouillé. « On évitera même de s'tenir en aval des chevaux quand ils lâch'ront les écluses », dit Mesure.

P'pa le menaça du doigt. « Rigole pas avec ça », dit-il.

Ils se mirent enfin en route, sans un regard en arrière parce que ça portait malheur, et conscients que p'pa et m'man s'étaient dépêchés de rentrer dans la maison avant qu'ils soient hors de vue, parce que ça rendait la séparation plus longue de regarder partir les gens, et si on les regardait jusqu'à ce qu'ils disparaissent, alors quelqu'un risquait de mourir avant qu'on les revoie. M'man prenait ça très au sérieux. Rentrer très vite, c'était tout ce qu'elle pouvait encore faire pour contribuer à protéger ses garçons durant le voyage.

*

Al et Mesure firent une halte dans une langue de forêt entre les fermes des Hatch et des Bjornson, là où la dernière tempête avait à moitié abattu un arbre en travers de la route. Ils pouvaient passer sans difficulté, parce qu'ils étaient à cheval, mais on ne laisse pas derrière soi pareil obstacle à la charge des voyageurs suivants. Ce serait peut-être quelqu'un dans un chariot, pressé de rentrer chez lui avant une nuit d'orage, qui passerait par ici et trouverait la route bloquée. Ils firent donc halte et mangèrent le déjeuner que m'man leur avait empaqueté, puis ils se mirent à l'ouvrage avec leurs hachettes pour trancher les quelques torons distendus de bois encore attachés au tronc déchiqueté. Ils regrettèrent de ne pas avoir de scie bien avant d'en avoir terminé, mais on n'emporte pas avec soi ce genre d'outil pour un voyage à cheval de trois cents milles. Des vêtements de rechange, une hachette, un couteau, un mousquet pour la chasse, de la poudre et du plomb, une longueur de corde, quelques babioles diverses et des amulettes afin de conjurer et repousser les dangers. Pour en transporter davantage, il aurait fallu un chariot ou une bête de somme.

Une fois le tronc dégagé, ils y attelèrent les deux chevaux et le tirèrent hors du chemin. Une opération pénible qui les mit en nage, car les chevaux n'avaient pas l'habitude de travailler en équipe et ils se gênaient l'un l'autre. Sans compter l'arbre qui n'arrêtait pas de s'accrocher à eux et qu'ils devaient continuer de faire rouler en même temps qu'ils en coupaient les branches. Évidemment, Al n'ignorait pas qu'il aurait pu utiliser son talent pour modifier le bois de l'arbre, à l'intérieur, pour qu'il se fende où il fallait. Mais ça n'aurait pas été bien, il le savait. L'homme-lumière ne l'aurait pas permis ; ça n'aurait été que pur égoïsme, pure paresse de sa part, ça n'aurait rien apporté à personne. Alors il tailla, tira et transpira aux côtés de Mesure. Et ce n'était pas si terrible. C'était un *bon* travail. Une fois terminé, il ne leur avait pas pris plus d'une heure. Du temps bien employé.

Ils discutèrent un peu tout en travaillant, bien sûr. Une partie de la conversation tourna autour des histoires qui se racontaient sur les massacres des Rouges dans le Sud. Mesure restait plutôt sceptique.

« Oh, j'les ai entendues, ces histoires-là, mais celles qui causent de tueries, c'est que des on-dit de on-dit. Les ceusses qui ont vraiment vécu là-bas et qui s'sont ensauvés, tout ce qu'ils racontent, c'est que Ta-Kumsaw est venu rafler leurs cochons et leurs poules, rien d'autre. Y en a pas un qu'a vu des flèches voler ou du monde se faire tuer. »

Al, à dix ans, avait davantage tendance à croire ces histoires-là, plus il coulait de sang, meilleures elles étaient. « P't-être que quand ils tuent quelqu'un, ils tuent toute la famille, comme ça y a plus personne de reste pour en causer.

— Réfléchis donc, Al. Ç'a pas d'sens. Ta-Kumsaw veut qu'tous les Blancs fichent le camp d'là-bas, pas vrai ? Donc il veut leur flanquer la frousse pour qu'ils fassent leurs paquets et déguerpissent, pas vrai ? Alors, tu crois pas qu'il en laisserait un d'vivant pour tout raconter, s'il faisait des massacres ? Tu crois pas qu'on aurait au moins r'trouvé des cadavres ?

— Ben alors, elles viennent d'où, ces histoires ?

— D'après Armure-de-Dieu, Harrison raconte des inventions pour essayer d'monter tout l'monde contre les Rouges.

— Ben, il a pas pu inventer qu'ils ont mis l'feu à sa maison et à son fort. Les genses, ils ont bien vu que ç'avait brûlé, non ? Et il a pas pu inventer qu'on a tué sa femme et son p'tit garçon, quand même ?

— Ben oui, 'videmment que ç'a brûlé, Al. Mais c'est p't-être pas les flèches enflammées de Ta-Kumsaw qu'ont mis l'feu. T'y as pensé ?

— L'gouverneur Harrison va pas brûler sa maison et tuer sa famille seulement pour monter l'monde contre les Rouges, dit Al. C'est complètement idiot. »

Et ils continuèrent ainsi d'échanger des idées sur les troubles dont on accusait les Rouges dans le sud de la région de la Wobbish ; c'était le principal sujet de conversation du pays, et comme personne n'avait de toute manière d'informations précises sur la question, un avis en valait bien un autre.

Sachant qu'ils ne se trouvaient pas à plus d'un demi-mille de deux fermes différentes, dans une contrée qu'ils visitaient quatre à cinq fois l'an depuis dix ans, il ne leur vint même pas à l'esprit qu'il y avait risque et qu'il fallait ouvrir l'œil. On néglige la prudence si près du but, même lorsqu'on vient d'évoquer des massacres de Rouges et de se raconter des histoires de meurtres et de tortures. N'importe comment, prudents ou non, ils n'auraient pas pu faire grand-chose. Al enroulait les cordes et Mesure sanglait les selles quand soudain ils se virent entourés d'une douzaine de Rouges. L'instant d'avant, il n'y avait rien d'autre que des grillons, des souris et des oiseaux par-ci, par-là, l'instant d'après des Rouges tout peinturlurés.

Il leur fallut pourtant quelques secondes pour éprouver de la peur. Des tas de Rouges vivaient à Prophetville, et qui venaient régulièrement faire du troc au magasin d'Armure-de-Dieu. Aussi Alvin parla-t-il avant même de les regarder. « Salut », fit-il.

Ils ne lui rendirent pas son salut. Ils s'étaient entièrement peint la figure.

« Ça, c'est pas des Rouges qui saluent, souffla Mesure. Ils ont des mousquets. »

Ce qui prouvait qu'il ne s'agissait pas de Rouges de Prophetville. Le Prophète enseignait à ses disciples de ne jamais utiliser les armes de l'homme blanc. Un véritable Rouge pouvait se passer de fusil pour chasser, parce que la terre connaissait son besoin et que le gibier s'approchait assez pour qu'on le tue à l'arc. Pour qu'un Rouge prenne un fusil, disait le Prophète, il fallait qu'il soit un meurtrier, et le meurtre appartenait à l'homme blanc. Voilà ce qu'il disait. À l'évidence, ces Rouges-là ne faisaient pas grand cas du Prophète.

Alvin en fixait un dans les yeux. Sa peur dut transparaître car une lueur passa dans le regard du Rouge qui eut un léger sourire. Le Rouge avança la main.

« Donnes-y la corde, dit Mesure

— L'est à nous, c'te corde », protesta Al. Il n'avait pas refermé la bouche qu'il savait avoir proféré une idiotie. Il tendit les deux cordes.

Le Rouge prit les rouleaux, bien tranquillement. Il en jeta un, par-dessus la tête des jeunes Blancs, à un autre Rouge, puis toute la bande entreprit de les déshabiller, les laissant en sous-vêtements avant de leur attacher les mains dans le dos, si étroitement que ça leur tirait péniblement sur les articulations des épaules.

« Pourquoi ils veulent nos vêtements ? » demanda Al.

En réponse, l'un des Rouges le gifla brutalement en travers de la figure. Il dut aimer le son produit, car il le gifla une seconde fois. La douleur cuisante amena des larmes dans les yeux d'Al, mais il ne pleura pas, d'une part parce qu'il avait été surpris, d'autre part parce qu'il était en rage et ne voulait pas leur donner ce plaisir. L'idée des gifles séduisit les autres Rouges ; Mesure fut giflé à son tour, puis les deux garçons à la fois, à coups redoublés, jusqu'à ce qu'ils soient à moitié étourdis et que leurs joues se mettent à saigner, même à l'intérieur de la bouche.

L'un des Rouges baragouina quelque chose, et on lui donna la chemise d'Al. Il entreprit de la lacérer avec son couteau et de la frotter contre la figure ensanglantée du jeune Blanc. Il ne devait pas encore y avoir assez de son sang sur le vêtement parce que le Rouge reprit son couteau et lui entailla le front d'un mouvement vif. Le sang jaillit ; une seconde plus tard, la douleur frappa Alvin qui, cette fois, éclata en sanglots. Il avait l'impression d'avoir le front ouvert jusqu'à l'os, et le sang lui coulait dans les yeux, l'empêchant de voir. Mesure leur hurla de laisser Al tranquille, mais il ne fallait pas y compter. Tout le monde savait que lorsqu'un Rouge commençait à jouer du couteau, la mort était au bout.

Dès l'instant où ils entendirent les pleurs d'Al et virent couler le sang, les Rouges se mirent à rire et à pousser de petits cris joyeux. Cette bande était en quête d'un mauvais coup, et Al se rappela toutes les histoires qu'il avait entendu raconter. La plus connue probablement se rapportait à Dan Boone, un gars de Pennsylvanie qui avait voulu s'établir quelque temps dans les Colonies de la Couronne. Ça remontait à l'époque où les Cherrikys se battaient contre l'homme blanc. Un beau jour, le petit garçon de Dan Boone fut enlevé. Boone se trouvait à moins d'une demi-heure derrière les Rouges. Ce fut comme s'ils jouaient avec lui. Ils s'arrêtaient et taillaient des morceaux dans la chair de l'enfant, ou ils lui crevaient un œil, quelque chose de douloureux qui le faisait crier. Boone entendait les cris de son fils, et il les suivait, accompagné de ses voisins, tous armés de mousquets et à moitié fous de rage. Ils arrivaient à l'endroit où l'on avait torturé le garçon, mais les Rouges étaient partis, pas l'ombre d'une trace dans les bois, et alors ils entendaient un nouveau cri. Vingt milles ils parcoururent, et finalement, à la tombée de la nuit, ils découvrirent le jeune garçon qui pendait à trois arbres différents. On racontait que Boone n'avait jamais oublié, que par la suite il ne pouvait plus regarder un Rouge dans les yeux sans penser aux vingt milles de ce jour-là.

C'était maintenant au récit de cette même journée qu'Alvin pensait, lui aussi, en entendant rire les Rouges, en éprouvant la douleur, qui n'était qu'un avant-goût des douleurs à venir car, s'il ignorait ce que cherchaient ces Rouges-là, il savait qu'ils allaient commencer par la mort de deux garçons blancs, quitte à faire un peu de bruit en cours de route. Reste calme, se dit-il à lui-même. Reste calme.

Ils frottèrent sa chemise lacérée sur sa figure, ainsi que les vêtements déchiquetés de Mesure. Pendant qu'ils s'y employaient, Al se concentrait sur autre chose. La seule fois qu'il avait essayé de se guérir, c'était pour sa jambe écrasée, mais il l'avait fait allonger, il se reposait, il disposait de beaucoup de temps pour étudier la question, pour trouver son chemin jusqu'aux plus infimes lésions où les veines étaient coupées et les remettre en état, souder les chairs et les os. Mais aujourd'hui il avait peur, on le bousculait de droite et de gauche, il manquait de sérénité, de repos. Il parvint pourtant à trouver les grosses veines et artères, à les refermer. La dernière fois qu'ils lui passèrent une chemise sur la figure, son front ne dégoulinait plus de sang qui lui bouchait la vue. Il saignait encore, mais il ne coulait désormais qu'un filet, et Al releva la tête pour que le sang ruisselle le long de ses tempes et lui permette de rouvrir les yeux.

Ils n'avaient pas encore entaillé Mesure. Lui regardait Al, la mine abattue. Al connaissait assez son frère pour deviner à quoi il pensait : p'pa et m'man avaient confié Alvin à sa garde, et voilà qu'il faillissait à sa mission. C'était stupide de sa part de se sentir fautif. Les Rouges auraient pu surgir de même dans n'importe quelle cabane ou maison de la région, et personne n'aurait eu moyen de les arrêter. Si Al et Mesure n'étaient pas partis pour un long voyage, ils auraient très bien pu malgré tout se trouver sur cette même route, à ce même moment. Mais Al n'était pas en mesure de dire quoi que ce soit de tel à son frère, il ne pouvait que lui sourire.

Sourire et s'activer, de son mieux, à guérir sa blessure au front. Tout remettre dans son état normal. Il persista et trouva la tâche de plus en plus facile, tout en suivant les faits et gestes des Rouges.

Ils ne parlaient pas beaucoup. Ils semblaient parfaitement savoir ce qu'ils faisaient. Ils prirent les vêtements souillés de sang et les attachèrent aux selles. Puis, au couteau, l'un d'eux grava les lettres de « *Ta-Kumsaw* » sur un des sièges de selle et de « *Prophète* » sur l'autre. L'espace d'une seconde, Alvin fut étonné que l'homme sache écrire l'anglais, mais il le vit ensuite vérifier ses lettres, les comparer avec un papier qu'il avait replié dans la ceinture de son pagne. Un papier.

Puis, tandis que deux Rouges tenaient chacun des chevaux par la bride, un troisième leur donna des coups de couteau dans le flanc ; de petites coupures, pas si profondes que ça, mais de quoi les rendre fous de douleur, les faire regimber, ruer, se cabrer. Les chevaux renversèrent les hommes qui les tenaient et s'enfuirent, pour disparaître — comme l'avaient prévu les Rouges — sur la route qui les ramènerait à la maison.

Un message, voilà ce que c'était. Ces Rouges-là voulaient qu'on les poursuive. Ils voulaient que tout un tas de Blancs prennent leurs mousquets, leurs chevaux, et les poursuivent. Comme Daniel Boone dans l'histoire. Qu'ils suivent les cris. Qu'ils deviennent fous en entendant leurs enfants en train de mourir.

Alors Alvin décida sur-le-champ, même s'ils devaient y perdre la vie, que Mesure et lui ne laisseraient pas les Rouges faire endurer à leurs parents l'épreuve de Daniel Boone. Ils n'avaient pas la moindre chance de s'échapper. Même si Al se débrouillait pour que leurs liens se dénouent — rien de plus facile pour lui — il était impossible à deux jeunes Blancs de distancer des Rouges dans la forêt. Non, ces Rouges les tenaient bel et bien. Mais Al savait comment les empêcher de leur faire du mal. Et il en aurait le droit, il pourrait utiliser son talent parce que ça ne serait pas à son seul profit. Ce serait pour son frère et pour sa famille ; et il savait que ce serait aussi, bizarrement, pour les Rouges, parce que si le pire se produisait, si de jeunes Blancs se faisaient vraiment torturer à mort, alors il y aurait une guerre, il y aurait une vraie bagarre à outrance entre Rouges et Blancs, et des tas de gens mourraient des deux côtés. Tant qu'il ne tuerait personne, Al aurait donc le droit de se servir de son talent.

Les chevaux partis, les Rouges attachèrent des longes autour du cou d'Al et de Mesure. Puis ils tirèrent dessus pour faire avancer les prisonniers. Mesure était costaud, plus grand que n'importe lequel de leurs ravisseurs, si bien que pour les suivre il était obligé de se courber en avant. Il avait du mal à courir, et la longe le serrait. Al était tiré derrière lui, il voyait donc à quel traitement était soumis son frère, il l'entendait par moments s'étrangler. Mais ce fut un jeu d'enfant pour lui de pénétrer à l'intérieur de cette longe et de la détendre, de la détendre, de la détendre, jusqu'à la rendre lâche autour du cou de Mesure et assez longue pour qu'il puisse courir à peu près en position verticale. L'opération s'effectua si lentement que les Rouges ne s'en rendirent pas vraiment compte. Mais Al sentait qu'ils s'apercevraient bien assez tôt de son manège.

Tout le monde savait que les Rouges ne laissaient pas d'empreintes de pas. Et quand ils capturaient des colons, en général ils les portaient suspendus par les bras et les jambes comme des cerfs, pour que ces empotés de Blancs ne marquent pas le sol. Ces Rouges-là voulaient donc qu'on les suive, parce qu'ils n'empêchaient pas Al et Mesure de laisser des indices de leur passage à chacune de leurs foulées.

Mais ils ne voulaient pas qu'on les retrouve *trop facilement*. Ce qui parut une éternité plus tard — au moins deux heures —, ils arrivèrent à un ruisseau et marchèrent quelque temps à contre-courant ; puis ils galopèrent un demi-mille ou peut-être le double avant de s'arrêter enfin dans une clairière et d'allumer un feu.

Pas de fermes dans les environs, mais ça ne voulait pas dire grand-chose. En ce moment, les chevaux étaient rentrés avec les vêtements tachés de sang, leurs entailles dans les flancs et les noms gravés sur les selles. En ce moment tous les colons blancs de la région amenaient leurs familles à Vigor Church, où quelques-uns d'entre eux les protégeraient pendant que les autres partiraient à la recherche des garçons disparus. En ce moment m'man était pâle de terreur, p'pa houspillait les hommes pour qu'ils se dépêchent — allez, y a pas une minute à perdre, faut retrouver mes gars, si vous venez pas tout de suite, j'y vais tout seul ! Et les autres de répondre : « Calme-toi, calme-toi, tu pourras rien faire de bon tout seul. On va les attraper, tu penses bien. » Et personne d'admettre ce que tout le monde savait : qu'Al et Mesure, on pouvait les considérer comme morts.

Mais Al n'entendait pas finir dans le rôle du mort. Dame non. Il comptait bien s'arranger pour qu'ils restent tous les deux en vie, Mesure et lui.

Le feu qu'allumèrent les Rouges chauffait comme le diable, ça n'était sûrement pas pour cuisiner. Vu que le soleil brillait déjà avec ardeur, Al et Mesure se mirent à suer abondamment, même dans leurs sous-vêtements courts d'été. Ils suèrent encore davantage lorsque les Rouges leur découpèrent ce qui leur restait sur le dos, faisant sauter les boutons par devant et tailladant le tissu par derrière, jusqu'à ce qu'ils se retrouvent tout nus assis par terre.

C'est à peu près à ce moment-là que l'un des Rouges remarqua le front d'Alvin. Il prit une grosse poignée de sous-vêtements pour lui essuyer la figure et il frotta dur pour enlever le sang séché. Il se mit ensuite à baragouiner quelque chose aux autres. Ils se rassemblèrent tous pour l'observer. Puis ils examinèrent aussi le front de Mesure. Al savait, lui, ce qu'ils cherchaient. Et il savait qu'ils ne trouveraient pas. Parce qu'il s'était guéri le front sans laisser de cicatrice, aucune marque sur son visage. Et, comme de juste, aucune non plus sur celui de Mesure, puisqu'il n'avait pas eu de coupure. Les Rouges se posaient des questions.

Mais il ne fallait pas compter sur le talent d'Al à guérir les blessures pour les sauver, son frère et lui. C'était trop difficile, trop lent; leurs ravisseurs seraient forcément plus rapides à taillader que lui à guérir, c'était comme ça. Il allait beaucoup plus vite quand il utilisait son talent sur la pierre ou le métal, par exemple; à l'intérieur, c'était partout pareil; la chair vivante, elle, c'était compliqué, avec toutes sortes de petits détails qu'il devait se mettre en tête avant d'intervenir et de tout reconstituer.

Aussi, lorsque l'un des Rouges s'assit devant Mesure, le couteau brandi, Al n'attendit pas qu'il blesse son frère. Il se représenta le couteau dans sa tête, l'acier de la lame — un couteau d'homme blanc, d'ailleurs ils portaient aussi des mousquets d'homme blanc. Il en trouva le tranchant, la pointe, et il l'aplatit, l'adoucit, l'arrondit.

Le Rouge posa lc couteau sur la poitrine nue de

Mesure et voulut couper. Mesure se raidit, dans l'attente de la douleur imminente. Mais le couteau ne marqua pas plus Mesure que s'il s'était agi d'une cuillère.

Al faillit éclater de rire en voyant le Rouge relever son couteau pour l'étudier et chercher à comprendre ce qui n'allait pas. Le Rouge le passa sur son doigt pour en éprouver le tranchant; Al pensa le rendre alors aussi affilé qu'un rasoir, mais non, non, la règle c'était d'utiliser son talent pour faire le bien, pas le mal. Les autres s'attroupèrent pour regarder le couteau. Certains se moquèrent de son propriétaire, jugeant probablement qu'il n'en avait pas entretenu le fil. Mais Al en profita pour repérer toutes les autres lames d'acier en possession des homme rouges et les émousser, les épointer. Après le traitement qu'il leur fit subir, ces couteaux-là n'auraient même pas entamé une cosse de pois.

Bien entendu, tous les autres sortirent leurs couteaux pour les essayer; ils les firent glisser d'abord sur Al et Mesure, puis finalement braillèrent, hurlèrent, s'accusèrent entre eux et se disputèrent, sans doute pour déterminer le fautif.

Mais ils avaient un travail à finir, pas vrai? Ils étaient censés torturer ces jeunes Blancs et les faire crier, ou du moins les mutiler assez horriblement pour qu'en trouvant les cadavres leurs parents ne songent plus qu'à se venger.

L'un des Rouges empoigna donc son vieux tommyhawk de pierre et le brandit sous le nez d'Al en faisant des moulinets pour lui donner une bonne frousse. Al exploita ce répit pour ramollir la pierre, affaiblir le bois, détendre les lanières qui maintenaient l'ensemble. Lorsque le Rouge leva le tommy-hawk pour passer aux choses sérieuses, défoncer la tête d'Al par exemple, l'arme s'effrita dans sa main. Le bois était pourri jusqu'au cœur, la pierre tombait en gravier, et même les lanières avaient cédé, tout effilochées. L'homme rouge poussa un cri et fit un bond en arrière, comme mordu par un serpent à sonnettes.

Un autre, qui avait une hachette à lame d'acier, ne perdit pas de temps en vains moulinets ; il étendit la main de Mesure sur un caillou et abattit son arme pour lui trancher les doigts. Mais c'était pour Al un jeu d'enfant. N'avait-il pas taillé des meules entières quand il avait fallu ? La hachette retomba donc et tinta contre la pierre ; Mesure suffoqua à sa vue, certain qu'elle lui avait proprement sectionné les doigts ; mais lorsque le Rouge releva son arme, la main de Mesure était exactement comme avant, sans la moindre marque, tandis que la lame de la hachette s'ornait de creux en forme de doigts, comme si elle avait été faite dans une motte de beurre frais ou un pain de savon détrempé.

Et voilà les Rouges qui se mettent à brailler, à se regarder les uns les autres, la peur dans les yeux... la peur, mais aussi la colère devant les étrangetés qui leur arrivent. Alvin ne pouvait pas savoir, n'étant pas rouge, mais le pire pour eux, c'était de ne pas sentir de charmes, sorts ou talismans de Blancs comme ils en avaient l'habitude. Quand un homme blanc se servait d'un sortilège, ça heurtait leur sens de la terre ; une supplication, c'était une odeur infecte ; une protection, un bourdonnement quand on s'approchait. Mais ce que faisait Alvin ne créait aucune rupture, leur sens de l'organisation de la terre ne remarquait rien que de très normal. C'était comme si toutes les lois naturelles n'avaient plus cours pour eux ; l'acier devenait soudain mou et la chair dure, la pierre friable et le cuir fragile comme l'herbe. Ils ne voyaient pas en Al ou Mesure la cause de ces phénomènes. C'était une quelconque force naturelle la responsable, pour autant qu'ils pouvaient en juger.

Tout ce qu'Alvin voyait, lui, c'étaient leur frayeur, leur colère, leur confusion, ce qui lui faisait bien plaisir. Mais il ne se montait quand même pas la tête. Il était conscient des limites de ses capacités. En particulier avec l'eau ; s'il prenait envie aux Rouges de noyer les deux garçons, Al ne saurait pas comment les en empêcher ni comment sauver sa vie et celle de son frère. Il n'avait que dix ans et, lié par des règles qu'il ne comprenait pas, il n'avait pas saisi toutes les applications de son talent, ni son fonctionnement. Peut-être que son pouvoir était capable d'effets très spectaculaires, si seulement il savait comment opérer, mais voilà, il ne savait pas et n'accomplissait que des choses immédiatement à sa portée.

Un point en sa faveur : ils ne pensèrent pas à la noyade. Mais ils pensèrent au feu. Ils y songeaient vraisemblablement depuis le début — à ce qui se racontait, pendant les guerres rouges, là-bas, en Nouvelle-Angleterre, on avait trouvé des victimes torturées, les pieds tout noirs au milieu des cendres refroidies d'un feu, qui avaient dû regarder se calciner leurs propres orteils jusqu'à ce que la douleur, le sang et la folie les achèvent. Alvin vit leurs ravisseurs alimenter le feu, ajouter des branches sèches pour qu'il flambe bien. Il ignorait comment ôter la chaleur d'un feu, il n'avait jamais essayé. Il réfléchit donc aussi vite qu'il le put, et tandis que les Rouges empoignaient Mesure sous les aisselles pour le traîner vers les flammes, Al entra dans le bois qui brûlait et le disloqua, il le fit tomber en miettes, si bien qu'il se consuma à toute allure, d'un coup, en une flambée si rapide qu'elle produisit un claquement sonore et qu'une bouffée de lumière chaude et éclatante monta en l'air comme une flèche. Elle s'éleva si vite qu'elle déclencha un vent qui souffla de toutes les directions sur le foyer éteint, créant le temps d'une seconde ou deux une trombe dont le tourbillon aspira les cendres pour ensuite les envoyer voltiger en poussière et retomber à terre.

Et voilà, il ne restait plus rien du feu qu'un dépôt de poussière fine comme un voile sur toute la clairière.

Oh, les Rouges se mirent à hurler, sauter, trépigner, ils se frappèrent les épaules et la poitrine. Et pendant qu'ils gigotaient, comme à un enterrement irlandais, Al détendit les cordes qui les entravaient, Mesure et lui, en espérant sans trop y croire pouvoir quand même s'enfuir avant que parents et voisins ne les retrouvent et ne se mettent à tirer, à tuer et à se faire tuer.

Mesure sentit évidemment les cordes qui se relâchaient et lança un bref regard vers Alvin ; ce qu'il avait vu jusqu'à présent l'avait presque autant affolé que les Rouges. Bien entendu, il savait pertinemment qu'Alvin était derrière tout ça, mais ce n'était pas comme si son frère lui avait fait part de ses intentions... Il avait été pris au dépourvu au même titre que les autres. Il regarda donc Alvin et hocha la tête, tout en commençant à se tortiller les bras pour les libérer des cordes. Aucun des Rouges n'avait encore remarqué quoi que ce soit, alors peut-être qu'en s'élançant... peut-être aussi, mais peu probable, que dans leur désarroi les Rouges n'essayeraient même pas de les rattraper.

Mais à cet instant précis les événements prirent un tour nouveau. Un hululement s'éleva dans la forêt, aussitôt répété par trois cents chouettes, à ce qui semblait, en cercle autour de la clairière. L'espace d'un moment, à sa façon de regarder son petit frère, Mesure dut le soupçonner d'y être pour quelque chose ; les Rouges, eux, savaient de quoi il retournait, et ils arrêtèrent tout de suite leurs gesticulations. À la peur qu'il lisait sur leurs figures, Al se dit qu'il devait s'agir d'une bonne nouvelle pour son frère et lui, peut-être même des secours.

De la forêt, tout autour de la clairière, sortirent des dizaines puis des centaines de Rouges. Ceux-là portaient tous des arcs — pas un seul mousquet parmi eux — et d'après leurs vêtements et leurs coiffures, Al reconnut des Shaw-Nees, disciples du Prophète. En vérité, il s'attendait à tout sauf à ça. C'étaient des figures blanches qu'il voulait voir, non plus des rouges.

Un homme se détacha de la masse des nouveaux arrivants, un homme grand et fort, le visage dur et anguleux comme de la pierre, on aurait dit. Il jeta deux ou trois mots gutturaux, et aussitôt leurs ravisseurs se mirent à baragouiner, à bafouiller, à *supplier*. Comme une bande de gamins, songea Al : ils font quelque chose de défendu, ils le savent, puis le papa s'amène et les prend la main dans le sac. Ayant été lui-même quelquefois pris ainsi à mal faire, il éprouvait presque de la sympathie pour ses agresseurs, jusqu'à ce qu'il se rappelle la mort horrible qu'ils réservaient à leurs deux prisonniers. Ce n'est pas parce qu'ils s'en sortaient sans une égratignure, son frère et lui, que ces Rouges n'étaient pas coupables de mauvaise intention.

Puis un mot émergea au milieu de toutes les pleurnicheries... un nom : Ta-Kumsaw. Al regarda Mesure pour voir s'il avait entendu, et Mesure le regardait aussi, sourcils levés, posant la même question. Tous deux prononcèrent silencieusement le nom en même temps. Ta-Kumsaw.

Est-ce que ça voulait dire que c'était Ta-Kumsaw qui avait ordonné l'enlèvement ? Est-ce qu'il était en colère après les ravisseurs parce qu'ils avaient échoué dans leurs tortures, ou parce qu'ils avaient enlevé des jeunes Blancs ? Il ne fallait pas s'attendre à des explications de la part des Rouges, ça, c'était sûr. Al ne pouvait trouver de réponse que dans leurs actes. Les nouveaux Rouges confisquèrent tous les mousquets à ceux qui en portaient, puis emmenèrent la bande dans les bois. Seuls une douzaine de Rouges restèrent avec Al et Mesure. Parmi eux : Ta-Kumsaw.

« Ils disent que tu as des doigts d'acier », fit Ta-Kumsaw.

Mesure tourna les yeux vers Al pour le laisser répondre, mais Al ne trouvait rien à dire. Il n'avait pas du tout envie de raconter à ce Rouge ce qu'il avait fait. Ce fut donc Mesure qui répondit, en fin de compte ; il leva la main et agita les doigts. « Des doigts ben ordinaires, à c'qu'on dirait », fit-il.

Ta-Kumsaw tendit le bras et lui attrapa la main —

il devait avoir une poigne ferme, puissante, parce que Mesure voulut se dégager et ne put y parvenir. « Peau d'acier, fit Ta-Kumsaw. Impossible de couper avec un couteau. Impossible de brûler. Des garçons faits de pierre. »

Il tira Mesure pour le relever et, de sa main libre, lui asséna une claque sur le bras. « Garçon de pierre, renverse-moi par terre !

— J'peux pas m'battre avec vous, dit Mesure. J'veux m'battre avec personne.

— Renverse-moi ! » ordonna Ta-Kumsaw. Il affermit sa prise, avança le pied et attendit que Mesure en fasse autant du sien pour que les deux se touchent. Face à face, d'homme à homme, à la manière des jeux de Rouges. Seulement, ce n'était pas un jeu, pas pour ces garçons qui venaient de voir la mort de près et n'avaient aucune garantie qu'elle ne les attendait pas au détour du chemin.

Al ne savait pas ce qu'il devait faire, mais il avait envie de continuer à utiliser son talent, il était bien parti pour ça. Ce fut donc presque sans penser aux conséquences qu'à l'instant précis où Mesure et Ta-Kumsaw commençaient à se pousser et à se tirer, il rendit le sol tout meuble sous les pieds du Rouge dont la poussée eut pour effet de l'envoyer cul pardessus tête rouler dans la poussière.

Les autres Rouges, qui rigolaient et lançaient des blagues avant que la lutte ne commence, lorsqu'ils virent le chef suprême de toutes les tribus, l'homme dont le nom était connu de Boston à La Nouvelle-Orléans, lorsqu'ils le virent s'écraser par terre comme ça, eh bien, ils s'arrêtèrent de rire. À vrai dire, on n'entendait pas un bruit dans la clairière. Ta-Kumsaw se releva et regarda le sol en le grattant du pied. Il était maintenant bien ferme, évidemment. Mais il se déplaça de quelques pas, jusque sur l'herbe, et tendit à nouveau la main.

Cette fois Mesure avait un peu plus d'assurance et il voulut prendre la main tendue... mais à la dernière seconde, Ta-Kumsaw la retira brusquement. Il s'immobilisa ; il ne regardait pas Mesure, ni Al, ni personne, il regardait dans le vide, le visage dur, figé. Puis il se tourna vers les autres Rouges et lâcha une bordée de mots, crachant tous les *s*, les *k* et les *x* de la langue shaw-nee. Al et les autres enfants de Vigor Church s'amusaient à imiter la façon de parler des Rouges en prononçant par exemple : « Taka boxer skonce ekcité », ce qui les faisait rire à en avoir mal aux côtes. Mais ç'avait l'air moins drôle, le shaw-nee, dans la bouche de Ta-Kumsaw, et lorsqu'il eut fini de parler, Al et Mesure se retrouvèrent à nouveau tirés par leurs longes de cuir. Et quand leurs caleçons lacérés leur tombèrent sur les jambes et commencèrent à les faire trébucher, Ta-Kumsaw revint en arrière et les leur arracha pour mettre le tissu en lambeaux de ses mains nues, la figure tordue de rage. Pas plus Al que Mesure ne se sentit de signaler qu'ils étaient maintenant nus, enfin pas tout à fait puisqu'il leur restait encore la lanière autour du cou ; ce n'était apparemment pas le moment de se plaindre. Où Ta-Kumsaw les emmenait-il ? ils n'en avaient aucune idée, et comme ils n'avaient pas non plus le choix de la destination, il ne servait à rien de demander.

Al et Mesure n'avaient jamais couru si longtemps ni si loin de toute leur vie. Heure après heure, mille après mille, sans jamais forcer l'allure, mais sans jamais s'arrêter non plus. De cette manière, un Rouge arrivait à voyager généralement plus vite à pied qu'un Blanc à cheval, sauf si le Blanc poussait son bidet au galop tout le long du chemin. Ce qui n'était pas très bon pour le bidet. Et les chevaux devaient rester sur des routes dégagées. Tandis que les Rouges... eux, ils n'avaient même pas besoin d'un sentier.

Al se rendit bien vite compte que courir dans les bois, ça n'était pas pareil pour les Rouges que pour Mesure et lui. Le seul bruit qu'il entendait, c'était celui des pieds de son frère et des siens frappant le sol. Al étant vers l'arrière de la troupe, il voyait comment ça se passait pour Mesure. Le Rouge qui tirait son frère repoussait une branche de la poitrine, et la branche se pliait pour lui dégager la voie. Mais l'instant d'après, quand Mesure voulait suivre, elle lui accrochait la peau et se brisait. Les Rouges posaient le pied sur des racines ou des brindilles, et il ne se produisait aucun craquement, rien ne leur griffait les chevilles ; Al le posait au même endroit, et il trébuchait, manquait s'affaler, tandis que la lanière lui pénétrait dans le cou ; ou la brindille se cassait en claquant sous son pied nu, ou l'écorce rugueuse de la racine lui déchirait la peau. Al, parce qu'il n'était qu'un jeune garçon, marchait la plupart du temps pieds nus, et ses plantes s'étaient durcies à la longue. Mais Mesure portait des bottes d'adulte depuis quelques années à présent, et Al constatait qu'au bout de peut-être un demi-mille son frère saignait.

Il se dit qu'il pouvait au moins aider les pieds de son frère à guérir. Il entreprit donc de chercher son chemin dans le corps de Mesure, comme il l'avait cherché dans la pierre, l'acier et le bois. Mais le faire tout en courant... difficile de se concentrer. Et la chair vivante, c'était très compliqué.

Al n'était pas du genre à renoncer. Non, il essaya une autre méthode. Comme c'était de courir qui l'empêchait de se concentrer, il cessa d'y penser. Il ne regarda plus le sol. Il n'essaya plus de poser le pied au même endroit que le Rouge devant lui, il n'y pensa plus du tout. À la façon dont on coupe la mèche d'une lampe à huile, il coupa sa propre mèche, comme on dit ; ses yeux ne regardèrent plus rien, il ne pensa plus à rien, il laissa son corps agir comme on laisse un animal de compagnie décider et se débrouiller tout seul.

Il ne savait pas qu'il employait la même méthode que les sourciers, quand ils laissent leur fluide sortir de leur tête et se déplacer à sa guise. Et pourtant c'était différent, car aucun sourcier n'avait jamais essayé d'opérer en courant, une lanière de cuir autour du cou.

Mais à présent il n'éprouvait plus aucune difficulté à entrer dans le corps de Mesure, à trouver les chairs abîmées, les coupures qui lui ensanglantaient les pieds, la douleur dans ses jambes, le point à son côté. Guérir les pieds, les endurcir, leur donner un cal, c'était assez facile. Pour le reste, Al sentit que l'organisme de Mesure réclamait qu'il respire davantage, plus profondément, plus vite ; il entra donc dans ses poumons, il les désencombra, les dégagea jusque dans les moindres recoins. Maintenant, quand Mesure inspirait, son corps en profitait davantage, comme s'il buvait jusqu'à la dernière bonne goutte de chaque bolée d'air. Al ne comprenait même pas la moitié de ce qu'il faisait, mais il savait que ça marchait parce que la douleur commençait à se calmer dans le corps de Mesure, son frère se fatiguait moins, il ne cherchait plus son souffle.

Lorsqu'il revint à lui-même, Al remarqua que pendant tout le temps qu'il avait aidé Mesure, il n'avait pas posé le pied sur une brindille qui se serait cassée, pas plus qu'il ne s'était fait fouetter par une branche pleine d'épines qui se serait rabattue après le passage du Rouge devant lui. Mais maintenant, plus que jamais il se cognait, trébuchait et se piquait. Il conclut aussitôt que rien n'avait en réalité changé et qu'il n'y avait guère prêté attention parce qu'il ne s'occupait pas vraiment de lui-même. À l'instant où il parvenait à s'en convaincre, où il se mettait à y croire, il s'aperçut aussi que les sons du monde avaient changé. En ce moment, ils se résumaient à des respirations, des pieds pâles martelant le sol ou bruissant sur de vieilles feuilles mortes. Le cri d'un oiseau de temps en temps, une mouche qui bourdonne. Rien de remarquable, sauf qu'Al se souvenait parfaitement bien, pendant qu'il guérissait Mesure, avoir entendu autre chose, une sorte de musique, comme une... musique verte. Ça alors, ça ne voulait rien dire. La musique, elle ne pouvait pas avoir de couleur, c'était complètement idiot. Al chassa donc cette idée de son esprit, il n'y pensa plus. Pourtant, il avait beau ne pas y penser, il avait envie de l'entendre à nouveau. L'entendre, la voir, la sentir, n'importe quoi mais qu'elle revienne.

Un petit détail encore. Jusqu'à ce qu'il fût sorti de lui-même pour aider Mesure, son corps n'était pas non plus très vaillant; il était même au bord de l'épuisement. Mais à présent il se sentait en pleine forme, tout fonctionnait bien, il respirait à pleins poumons, ses bras et ses jambes donnaient l'impression de ne jamais pouvoir se fatiguer, aussi robustes dans leur mouvement que les arbres dans leur immobilité. Peut-être bien qu'en guérissant Mesure il s'était aussi d'une certaine façon guéri lui-même... Mais il n'y croyait pas vraiment, parce qu'il savait toujours ce qu'il faisait et ne faisait pas. Non, dans l'idée d'Alvin junior, son corps allait mieux pour une autre raison. Et cette autre raison, soit elle participait de la musique verte, soit elle la créait, soit les deux découlaient d'autre chose encore. Autant qu'Al pouvait en juger.

À courir comme ça, Mesure et lui n'eurent pas l'occasion de se parler avant la tombée de la nuit, lorsqu'ils arrivèrent dans un village de Rouges, dans la boucle d'une rivière profonde et noire. Ta-Kumsaw les conduisit au beau milieu du village, puis il s'en alla, les laissant seuls. La rivière coulait juste en bas de la pente auprès d'eux... peut-être une centaine de yards de sol herbeux.

« Tu crois qu'on peut atteindre c'te rivière sans qu'ils nous attrapent ? chuchota Mesure.

— Non, répondit Al. Et pis j'sais pas nager, n'importe comment. P'pa m'a jamais laissé m'approcher de l'eau. »

Alors les femmes et les enfants rouges sortirent tous des huttes de branchages et de boue où ils habitaient pour montrer du doigt les deux Blancs tout nus, un homme et un jeune garçon, pour se moquer d'eux et leur jeter des mottes de terre. Au début, Al et Mesure essayèrent de les esquiver, mais les autres n'en rigolaient que davantage, ils leur couraient autour et leur jetaient des paquets de boue sous différents angles, visant la figure ou l'entre-jambes. Finalement, Mesure s'assit dans l'herbe, se cacha la tête dans les genoux, et les laissa bombarder tout leur soûl. Al fit de même. Puis quelqu'un aboya quelques mots, et la projection de mottes cessa. Al releva la tête à temps pour voir s'éloigner Ta-Kumsaw, tandis que deux de ses guerriers venaient pour les surveiller et prévenir tout nouvel incident.

« J'ai jamais couru si longtemps d'ma vie, dit Mesure.

— Moi non plus, fit Al.

— Au début, j'ai bien cru que j'allais y rester, j'en pouvais plus. Et v'là que j'trouve mon second souffle. J'pensais pas y arriver. »

Al ne répondit pas.

« À moins que t'aies eu quèque chose à voir là-dedans ?

— P't-être un peu, fit Al.

— J'connais jamais d'quoi t'es capable, Alvin.

— Moi non plus », dit Al, et c'était la vérité.

« Quand c'te hache est tombée sus mes doigts, j'croyais que j'pourrais plus jamais travailler.

— 'core une chance qu'ils ayent pas essayé d'nous noyer.

— Toi et ton eau, fit Mesure. Enfin, j'suis ben heureux pour c'que t'as fait, Al. J'dirais *quand même* que ç'aurait été mieux si t'avais pas fait glisser l'chef comme ça quand il a voulu lutter au bras d'fer avec moi.

— Pourquoi donc ? fit Al. J'voulais pas qu'y t'fasse du mal...

— Tu pouvais pas connaître, Al, alors c'est pas

grave. Mais ce genre de lutte-là, c'est pas pour faire mal, c'est une sorte d'épreuve. De virilité, de rapidité et tout ça. S'il me bat mais que j'me défends bien, alors j'aurai droit à son respect, et si c'est moi qui l'bats à la loyale, eh ben, là aussi j'aurai son respect. C'est Armure qui m'en a parlé. Ils font ça tout l'temps. »

Alvin réfléchissait. « Alors, quand je l'ai fait tomber, c'était pas bien ?

— J'sais pas. Ça dépend de ce qu'ils pensent, pourquoi ça s'est produit. P't-être qu'ils vont se dire que c'est Dieu qui m'soutient, ou quèque chose.

— Ils croyent en Dieu ?

— Ils ont un Prophète, pas vrai ? Comme dans la Bible. En tout cas, j'espère bien qu'à cause de ça ils vont pas s'figurer que j'suis un lâche et un tricheux. Du coup, ça irait mal pour moi.

— Ben, j'vais leur dire que c'est moi qui l'a fait, dit Al.

— Surtout pas. C'qui nous a sauvés, c'est qu'ils connaissaient pas que c'était toi qu'avait modifié les couteaux, les haches et l'restant. S'ils l'avaient su, Al, ils t'auraient fendu la tête en deux, réduit en bouillie et fait ce qu'ils auraient voulu d'moi. La seule chose qui t'a sauvé, c'est qu'ils connaissaient pas la cause de tout ça. »

Puis ils se mirent à parler de p'pa et m'man qui devaient se faire du mauvais sang, se demandant où s'arrêterait la colère de m'man, à moins qu'elle soit trop inquiète pour s'en prendre à p'pa ; et il devait y avoir des hommes à les rechercher à présent, même si les chevaux n'étaient jamais rentrés à la maison, parce qu'en ne les voyant pas arriver pour dîner, les

Peachee n'auraient pas perdu une minute pour donner l'alerte.

« Ils vont causer d'guerre avec les Rouges, dit Mesure. J'en sais quèque chose... y a plein d'genses à r'monter de Carthage qui détestent déjà Ta-Kumsaw, par rapport qu'cette année il a emporté leurs bêtes.

— Mais c'est Ta-Kumsaw qui nous a sauvés, dit Al.

— C'en a l'air, en tout cas. Mais j'note qu'il nous a pas ramenés à la maison, ni même demandé où qu'elle se trouvait, la maison. Et comment ça s'fait qu'il soye arrivé au bon moment, s'il était pas lui-même dans l'coup ? Non, Al, j'sais pas ce qui s'passe, mais Ta-Kumsaw nous a pas sauvés, ou alors pour des raisons à lui, et j'suis pas sûr qu'il nous veut du bien. Et puis d'abord, j'aime pas beaucoup rester comme ça tout nu au milieu d'un village rouge.

— Moi non plus. Et pis j'ai faim. »

Mais ils n'attendirent pas longtemps avant que Ta-Kumsaw ne sorte de sa hutte avec un pot de bouillie de maïs. C'était presque drôle de voir ce grand Rouge au maintien royal porter ça comme n'importe quelle squaw. Mais passée la première surprise, Al se rendit compte que dans le cas de Ta-Kumsaw, porter un pot avait un air de grande noblesse.

Il déposa le récipient devant Al et Mesure puis prit deux bandes de tissu, du tissage de Rouge, qu'il avait autour du cou. « Couvrez-vous », fit-il, et il leur en tendit chacun une. Ni l'un ni l'autre n'avait la moindre idée sur la façon de nouer un pagne, surtout que Ta-Kumsaw tenait toujours les ceintures en peau de cerf censées les maintenir. Il rit de leur confusion, puis il fit se lever Al. Il l'habilla lui-même ; Mesure vit comment s'y prendre et se couvrit à son tour. Ça n'était pas comme de vrais vêtements, mais c'était autrement mieux que de rester complètement nus.

Ensuite Ta-Kumsaw s'assit dans l'herbe devant les deux Blancs, le pot au milieu, et il leur montra comment manger la bouillie : plonger la main à l'intérieur, en retirer la mixture tiède, gélatineuse, et se l'enfourner dans la bouche ouverte. Le goût douceâtre faillit lever le cœur d'Alvin. Mesure s'en aperçut et ordonna : « Mange. » Alvin mangea donc et, à peine les premières bouchées avalées, il sentit son ventre en réclamer d'autres, malgré la persuasion dont il devait faire preuve auprès de son gosier pour qu'il accepte de les laisser passer.

Quand ils eurent bien nettoyé le pot jusqu'au fond, Ta-Kumsaw le repoussa. Il regarda un moment Mesure. « Comment tu m'as fait tomber, poltron blanc ? » fit-il.

Al ne demandait qu'à parler, mais Mesure répondit plus vite et plus fort. « J'suis pas un poltron, chef Ta-Kumsaw, et si vous voulez encore lutter, ça s'ra à la loyale. »

Ta-Kumsaw eut un sourire menaçant. « Alors tu peux me faire tomber devant toutes ces femmes et tous ces enfants qui regardent ?

— C'était moi », fit Alvin.

Ta-Kumsaw tourna la tête, lentement, la figure toujours fendue de son sourire — quand même moins menaçant, à présent. « Tout petit garçon, dit-il. Enfant insignifiant. Tu peux affaiblir le sol sous mes pieds ?

— C'est que j'ai un talent, dit Alvin. J'connaissais pas qu'vous vouliez pas y faire du mal.

— J'ai vu une hachette, fit Ta-Kumsaw. Des traces de doigts comme ça. »

Il fit monter et descendre son doigt pour expliquer l'empreinte que la main de Mesure avait laissée dans la lame de la hache. « C'est toi ?

— Ça s'fait pas d'couper les doigts aux genses. »

Ta-Kumsaw éclata d'un rire sonore. « Très bien ! » Puis il se pencha tout près. « Les talents des hommes blancs, ils font du bruit, beaucoup de bruit. Mais toi, ce que tu fais est si peu bruyant que personne ne s'en aperçoit. »

Al ne savait pas de quoi il parlait.

Dans le silence, Mesure demanda d'une voix forte et drôlement assurée : « Qu'esse vous allez faire de nous, chef Ta-Kumsaw ?

— Demain nous courons encore, dit-il.

— Alors pourquoi qu'vous nous laisseriez pas courir jusque chez nous autres ? Doit y avoir une centaine de voisins qui nous cherchent, asteure, aussi furieux qu'des frelons. Va y avoir du vilain si vous nous laissez pas rentrer. »

Ta-Kumsaw secoua la tête. « Mon frère vous veut. »

Mesure regarda Alvin, puis à nouveau Ta-Kumsaw. « Vous voulez dire le Prophète ?

— Tenskwa-Tawa », fit Ta-Kumsaw.

Mesure prit un air dégoûté. « Si j'comprends bien, il a construit sa Prophetville pendant quatre ans, personne lui a cherché d'histoires, Blancs et Rouges s'entendaient au mieux, et v'là qu'asteure il s'amuse à enlever des Blancs, à les torturer et... »

Ta-Kumsaw frappa dans ses mains, violemment.

Mesure se tut. « Les Chok-Taws vous ont pris ! Les Chok-Taws ont voulu vous tuer ! Mon peuple ne tue pas sauf pour défendre notre terre et nos familles contre les voleurs et les assassins blancs. Et le peuple de Tenskwa-Tawa, il ne tue pas du tout. »

C'était la première fois qu'Al entendait parler d'une scission entre le peuple de Ta-Kumsaw et celui de Tenskwa-Tawa.

« Alors comment qu'vous avez su où qu'on était ? demanda Mesure. Comment qu'vous avez pu nous trouver ?

— Tenskwa-Tawa vous a vus, dit Ta-Kumsaw. M'a dit de me dépêcher et de vous prendre, vous sauver des Chok-Taws, vous amener au Mizogan. »

Mesure, plus au fait des cartes d'Armure-de-Dieu qu'Alvin, reconnut le nom. « C'est l'grand lac, où y a Fort Chicago.

— Nous n'allons pas à Fort Chicago, dit Ta-Kumsaw. Nous allons au lieu saint.

— Une église ? » demanda Alvin.

Ta-Kumsaw se mit à rire. « Vous, les Blancs, quand vous faites un lieu saint, vous construisez des murs, et rien de la terre ne peut entrer. Votre dieu n'est rien et n'est nulle part, alors vous construisez une église sans rien de vivant à l'intérieur, une église qui pourrait être n'importe où, aucune importance... rien et nulle part.

— Ben alors, qu'esse qui fait qu'un lieu, il est saint ? demanda Alvin.

— C'est là où l'homme rouge parle à la terre et où la terre lui répond. » Ta-Kumsaw eut un grand sourire. « Maintenant dormez. Nous partirons quand il fera encore noir.

— Il va faire drôlement froid, c'te nuit, dit Mesure.

— Les femmes vont apporter des couvertures. Les guerriers n'en ont pas besoin. C'est l'été. » Ta-Kumsaw s'éloigna de quelques pas avant de se retourner vers Alvin. « Weaw-Moxiky courait derrière toi, jeune Blanc. Il a vu ce que tu as fait. N'essaye pas de cacher le secret à Tenskwa-Tawa. Il saura si tu mens. » L'instant d'après, le chef était parti.

« De quoi il parle ? demanda Mesure.

— J'voudrais bien savoir, fit Al. J'vais avoir du mal à dire la vérité si j'connais pas ce qu'elle est, c'te vérité. »

Les couvertures arrivèrent bientôt. Al se blottit contre son grand frère, davantage pour se rassurer que pour se réchauffer. Mesure et lui chuchotèrent un moment, cherchant à comprendre. Si Ta-Kumsaw n'était pas responsable de leur enlèvement, alors pourquoi les Chok-Taws avaient-ils gravé son nom et celui du Prophète sur les selles ? Et même s'il n'avait rien à y voir, le fait qu'il se retrouve aujourd'hui avec les prisonniers et sa décision de les emmener au lac Mizogan au lieu de les laisser rentrer chez eux, ç'allait donner très mauvaise impression. Il allait falloir en raconter de belles pour empêcher cette affaire de tourner à la guerre.

Enfin ils se turent, exténués par leur longue course, sans parler de leurs efforts pour déplacer l'arbre et de la terreur qui les avait pris lorsque les Chok-Taws s'apprêtaient à les torturer. Mesure se mit à ronfler légèrement. Alvin, lui, laissa dériver son esprit. Dans les tout derniers instants de veille, il entendit à nouveau la musique verte, ou bien il la vit, en tout cas il sut qu'elle était là. Mais avant même de pouvoir l'écouter, il sombra. Il sombra et dormit d'un sommeil parfaitement paisible ; la brise nocturne ramenant la fraîcheur de la rivière, la couverture et le corps de Mesure qui lui tenaient chaud, les bruits des bêtes dans le noir, les pleurs d'un bébé affamé quelque part dans une hutte : tout cela participait de la musique verte qui dansait dans sa tête.

VIII

L'ami des Rouges

Ils se rassemblèrent dans la clairière, une trentaine d'hommes en colère, la mine sombre, fatigués d'avoir marché à travers bois. La piste avait été assez facile à suivre, mais il semblait que les branches s'ingéniaient à les agripper et les racines à leur faire des crocs-en-jambe... La forêt n'était jamais prévenante pour l'homme blanc. Ils avaient perdu une heure quand la piste s'était arrêtée près d'un ruisseau, et ils avaient dû remonter puis redescendre le courant pour découvrir où les Rouges en étaient sortis et avaient remis leurs prisonniers sur la terre ferme. Le vieil Alvin Miller avait failli devenir fou en constatant qu'ils avaient entraîné ses gars dans l'eau — il avait fallu dix minutes à son fils Placide pour le calmer avant qu'il puisse se remettre en route. L'homme était tout bonnement malade de peur.

« J'aurais pas dû l'faire partir, j'aurais jamais dû le laisser s'en aller », ne cessait-il de répéter.

Et Placide, de son côté, ne cessait aussi de répéter : « Ç'aurait pu arriver n'importe où, faut pas t'en vouloir, on va bien les r'trouver, ils marchent encore, non ? » Dans tout ce qu'entendait Alvin Miller, c'était surtout la voix de Placide qui l'apaisait, c'était sa façon à lui... son talent, disaient même certains, et sa mère lui avait donné ce nom-là rapport à ce qu'il savait le mieux faire.

Puis ils entrèrent dans la clairière, et les pistes se divisèrent dans cinq ou six directions différentes avant de disparaître brusquement au bout de quelques pas. Ils découvrirent les sous-vêtements déchirés des garçons tout près dans la forêt, en direction du nord-ouest. Personne ne crut utile de les montrer à Alvin Miller, et lorsqu'il arriva sur place — c'est lui qui fermait la marche, Placide à ses côtés —, les caleçons avaient été ramassés, hors de vue.

« On n'arrivera jamais à suivre leur piste d'icitte, déclara Armure-de-Dieu. Les gamins, ils laissent plus d'traces, asteure... c'qui veut rien dire, m'sieur Miller, alors vous tourmentez donc pas. » Armure appelait son beau-père « monsieur Miller » depuis que le meunier l'avait expulsé de chez lui le jour où il était venu prétendre qu'Al junior mourait à cause de la famille qui commettait le péché d'user de charmes et de supplications. Ça semble pas normal d'appeler « p'pa » celui qui vous a éjecté de sa galerie. « P't-être qu'ils ont porté les garçons ou qu'ils sont r'passés par derrière eux pour effacer leurs traces, comme qui dirait. On connaît tous qu'un Rouge, quand il veut pas laisser de traces, eh ben, y en a pas.

— Oui, on les connaît, les Rouges, dit Al Miller. Et aussi c'qu'y font aux jeunes Blancs quand ils...

— Tout ce qu'on connaît pour l'instant, c'est qu'ils veulent nous faire peur, dit Armure.

— Et ça marche, dit l'un des Suédois. Ils nous flanquent une peur bleue, à ma famille et moi.

— Et pis tout l'monde connaît qu'Armure-de-Dieu, c'est l'ami des Rouges. »

Armure regarda autour de lui pour savoir qui avait dit ça. « Si par "ami des Rouges" t'insinues qu'à mon avis les Rouges sont autant des êtres humains qu'les Blancs, alors c'est vrai. Mais si t'insinues que j'aime les Rouges *mieux* qu'les Blancs, alors montre un peu d'courage et sors me l'dire en face, que j't'écrabouille la goule contre l'écorce d'un arbre.

— Il n'y a pas lieu de se disputer », dit le révérend Thrower, le souffle court. L'exercice, ça n'était pas son fort, à Thrower, alors il venait seulement de rattraper les autres. « Notre Seigneur Dieu aime tous ses enfants, même les païens. Armure-de-Dieu est un bon chrétien. Mais nous savons tous que si jamais la guerre se déclare entre chrétiens et païens, Armure-de-Dieu se rangera du côté de la vertu. »

Un murmure d'approbation parcourut la troupe. En fin de compte, ils l'appréciaient tous, Armure ; il leur avait prêté de l'argent, à la plupart d'entre eux, ou fait crédit dans son magasin, et il n'était jamais sur leur dos pour se faire payer... Sans Armure, nombre de fermiers n'auraient pas pu s'en sortir pendant leurs premières années dans la région de la Wobbish. Mais reconnaissants ou non, ils savaient tous qu'il traitait les Rouges quasiment comme s'ils étaient blancs, ce qui paraissait plutôt louche par les temps qui couraient.

« On y est, en guerre, asteure, dit un homme. On a pas b'soin d'suivre leurs traces, à ces Rouges. On a leurs noms sus les selles, gravés dans l'cuir.

— Hé là, pas si vite ! reprit Armure-de-Dieu. Réfléchissez une minute ! Durant tout l'temps que

Prophetville s'est construite, de l'aut' côté d'la Wobbish, en face de Vigor Church, est-ce qu'un Rouge vous a seulement chapardé quèque chose ? Battu un d'vos drôles ? Volé un cochon ? Fait du tort à l'un d'vous autres ?

— Moi, j'dis qu'enlever les gars d'Al Miller, c'est c'qui s'appelle faire du tort ! lança un homme.

— J'vous parle des Rouges de Prophetville ! Vous connaissez qu'ils ont jamais rien fait d'mal, ça vous l'*savez* ! Et vous savez aussi pourquoi. C'est par rapport que l'Prophète leur dit de vivre en paix, d'rester sus leurs terres et de pas faire de mal à l'homme blanc.

— C'est pas c'que dit Ta-Kumsaw !

— Et pis même s'ils avaient *vraiment* voulu commettre un crime horrible contre les Blancs — mais c'est pas c'que j'dis —, est-ce qu'y en a un parmi vous qui croit Ta-Kumsaw ou Tenskwa-Tawa assez bêtes pour signer leur nom ?

— Ils sont fiers de tuer des Blancs !

— Si l'Rouge avait d'la cervelle, il s'rait blanc !

— Vous voyez c'que j'veux dire par "ami des Rouges" ? »

Armure-de-Dieu connaissait ces gens et il savait que la plupart d'entre eux étaient encore de son côté. Même les râleurs n'allaient pas agir à la hâte ; ils ne bougeraient pas jusqu'à ce que le groupe décide de passer à l'action. Qu'ils l'appellent donc l'ami des Rouges, il s'en fichait, quand on avait peur et qu'on était en colère, on disait des mots qu'on regrettait par la suite. Du moment qu'ils attendaient. Du moment qu'ils ne se lançaient pas dans une guerre contre les Rouges.

Car Armure avait des doutes sur toute cette affaire. C'était vraiment trop facile, ce coup des chevaux renvoyés d'où ils venaient avec les noms inscrits sur la selle. Ça n'était pas dans la manière des Rouges, même des mauvais qui vous auraient tué à vue. Armure les connaissait assez pour savoir qu'ils ne torturaient que pour donner à leur prisonnier une chance de prouver sa bravoure, non pour terroriser les gens. (Du moins la plupart des Rouges — il circulait des histoires sur les Irrakwas avant qu'ils ne se civilisent.) Donc, ceux qui avaient agi ainsi ne se comportaient pas comme des Rouges ordinaires. Armure avait la quasi-conviction qu'ils avaient agi sur commande. Les Français, à Détroit, cherchaient depuis des années à déclencher les hostilités entre les Rouges et les colons blancs... c'étaient peut-être eux. Ou peut-être Bill Harrison. Ah oui, ça pouvait bien être lui, cette espèce d'araignée là-bas, dans son fort sur l'Hio. Armure jugeait cette hypothèse la plus vraisemblable. Évidemment, il ne se risquerait pas à le crier sur les toits, parce qu'on penserait qu'il en était jaloux, de Bill Harrison, ce qui était vrai... il était bel et bien jaloux. Mais il savait aussi que Harrison était un être malfaisant, prêt à tout pour parvenir à ses fins. Peut-être même à lancer des sauvages de Rouges du côté de Prophetville pour tuer quelques jeunes Blancs. Après tout, c'était Tenskwa-Tawa qui avait incité la plupart des Rouges de la région dépendant de Harrison à ne plus toucher au whisky et à venir à Prophetville. Et c'était Ta-Kumsaw qui avait fait fuir la moitié des colons blancs de là-bas. Il semblait à Armure que Harrison se cachait derrière tout ça, plus vraisemblablement que les Français.

Mais il ne pouvait rien en dire, faute de preuves. Il lui fallait seulement s'efforcer de calmer les esprits en attendant d'en trouver une, irréfutable.

Ce qui risquait de se produire vite. Ils avaient amené le vieux Tack Sweeper, qui suivait en ahanant les meilleurs d'entre eux — il avait une vigueur remarquable pour un homme dont les poumons rendaient un son de hochet à chaque fois qu'il respirait. Tack Sweeper, il avait un talent, auquel il ne fallait pas trop se fier, il était le premier à le reconnaître. Mais parfois il obtenait de remarquables résultats. Il restait comme ça quelque part, les yeux fermés, et il arrivait à voir ce qui s'y était passé. Des petites visions brèves, quelques visages. Comme la fois où l'on avait craint que Jan de Vries se soit tué volontairement ou qu'il se soit fait assassiner : Tack avait vu qu'il s'agissait d'un accident, que son fusil lui était parti dans la figure ; on avait donc pu enterrer Jan dans le cimetière sans se soucier de pourchasser un meurtrier.

L'espoir, c'était donc que Tack révèle quelque chose sur ce qui s'était produit dans la clairière. Il repoussa tout le monde jusqu'à la lisière du bois pour dégager le terrain au milieu duquel il se mit à se déplacer ici et là, à pas lents, les yeux fermés. « Vous auriez pas dû autant vous énerver icitte, les gars, dit-il au bout d'un moment. Tout c'que j'vois, c'est vos caquetages. » Ils rirent, un peu confus. Ils auraient dû savoir qu'avant l'arrivée de Tack, fallait éviter d'embrouiller les souvenirs d'un lieu.

« Ç'a pas l'air bon. J'arrête pas d'voir des goules de Rouges. Un couteau, toutes sortes de coups de couteaux sus d'la peau. Une hachette qui tombe. »

Al Miller gémit.

« C'est la vraie pagaïe icitte, il s'est passé trop d'choses, dit Tack. J'arrive pas à bien voir. Non. Non, ça y est... un homme. Un Rouge, je l'reconnais, j'l'ai déjà vu... il est là, debout, il bouge pas d'un pouce, je r'connais sa figure.

— Qui c'est ? » fit Armure-de-Dieu. Mais il savait déjà, il sentait l'appréhension lui serrer le cœur, oh oui, il savait.

« Ta-Kumsaw », dit Tack. Il rouvrit les yeux, tout grands, et regarda Armure, l'air de s'excuser. « Moi non plus, j'aurais pas cru ça d'lui, Armure, fit-il. J'ai toujours pensé qu'y avait pas d'homme plus brave que Ta-Kumsaw. Mais il était icitte, et il commandait. Je l'ai vu d'bout, là, et il disait aux autres quoi faire. Il s'trouvait exactement là. Je l'vois bien, par rapport que personne s'est tenu à c'te même place aussi longtemps qu'lui. Et il fumait d'rage. Y a pas d'erreur là-d'sus. »

Armure le crut. Ils le crurent tous ; ils savaient qu'on pouvait se fier à Tack ; s'il disait qu'il en était sûr, c'est qu'il en était sûr. Mais il devait y avoir une explication. « P't-être qu'il est venu sauver les garçons, qu'esse vous en dites ? P't-être qu'il est venu empêcher une bande de Rouges excités de...

— Ami des Rouges ! cria quelqu'un.

— Vous l'connaissez, Ta-Kumsaw ! C'est pas un lâche, et enlever ces gamins, c'est un acte de lâche, vous l'connaissez bien, quand même !

— Un Rouge, on l'connaît jamais.

— Ta-Kumsaw, il a pas pris les garçons ! insista Armure-de-Dieu. Je l'sais ! »

Puis tout le monde se tut, car le vieil Al Miller se frayait un passage pour s'approcher d'Armure-de-

Dieu. Il dévisagea son gendre, oui, et la colère lui donnait une figure infernale. « Tu sais rien du tout, Armure-de-Dieu Weaver. T'es la pire raclure de pot d'chambre qui soye. D'abord, t'as marié ma fille et t'y as défendu de s'adonner aux sortilèges, comme le crétin qu'tu es, d'après que c'était l'œuvre du diable. Pis t'as laissé tous ces Rouges s'installer dans l'pays. Et quand on a pensé construire une palissade, t'as dit : "Non, si on construit une palissade, ça donnera seulement aux Français l'occasion de l'attaquer et d'y foutre le feu, on va être *amis* avec les Rouges, comme ça ils nous laisseront tranquilles, on va *commercer* avec les Rouges." Eh ben, regarde c'que ç'a donné ! Regarde où ç'a nous a menés ! On est drôlement contents de t'avoir écouté, asteure ! J'crois pas qu'tu soyes l'ami des Rouges, Armure-de-Dieu, j'crois que t'es l'abruti le plus coupable qu'a jamais traversé l'Hio pour s'en venir dans l'Ouest, et les seuls qui soyent encore plus bêtes que toi, c'est nous autres si on t'écoute une minute de plusse ! »

Puis Al Miller se retourna face aux hommes qui le regardaient avec du respect sur le visage, comme s'ils venaient de découvrir la majesté pour la première fois de leur vie. « Depuis dix ans on fait comme nous dit Armure. Mais moi, j'en ai assez. J'ai perdu un garçon dans la rivière Hatrack en venant dans c'pays, et c'te ville, elle porte son nom. Asteure, j'en ai perdu deux autres. Il m'reste plus que cinq fils, mais je m'en vais leur coller un fusil dans les pattes, j'vous l'garantis, et les emmener à Prophetville pour expédier les Rouges en enfer, même si on doit tous y passer ! Vous m'entendez ? »

Pour ça, ils l'entendaient, et comment ! Ils l'entendaient et ils lui répondirent par des cris d'approbation. C'étaient les paroles qu'ils attendaient, des paroles de colère, de haine, de vengeance, et personne ne pouvait mieux les leur offrir qu'Alvin Miller, un homme d'ordinaire paisible, qui ne cherchait jamais querelle à qui que ce soit. Qu'il soit le père des garçons capturés ne donnait que plus de poids à son discours.

« C'que j'vois, moi, reprit Al Miller, c'est que Bill Harrison avait bel et bien raison. Y a pas moyen que l'homme rouge et l'homme blanc, ils se partagent cette terre. Et j'm'en vais vous dire aut' chose : c'est pas moi qui partirai de d'là. Y a ben trop d'mon sang d'répandu icitte pour que j'fiche le camp. D'sus c'te terre ou d'sous, moi j'reste. »

Moi pareil, dirent tous les autres. T'es dans l'vrai, Al Miller. On reste.

« Grâce à Armure, là, on n'a pas de palissade, et y a pas d'fort de l'armée américaine plus près que Carthage City. Si on s'bat tout d'suite, on risque d'y perdre tout ce qu'on a, nos familles et nos biens. Alors on va s'tenir à distance des Rouges autant qu'on peut et aller quérir de l'aide. Une douzaine d'hommes vont descendre à Carthage City supplier Bill Harrison d'nous envoyer une armée, et p't-être d'amener ses canons si c'est possible. J'ai plus mes deux garçons, et mille Rouges pour chacun, ça suffira pas pour que j'soye vengé ! »

*

Les douze cavaliers se mirent en route le lendemain matin à la première heure. Ils partirent des champs communaux, qui se remplissaient de chariots à mesure que les familles des fermes isolées venaient en ville se faire héberger chez des parents et des amis proches. Mais Al Miller n'était pas là pour les voir partir. La veille, ses paroles les avaient mis en branle, mais il n'allait pas prendre leur tête pour autant. Il ne voulait pas commander. Il voulait seulement que ses garçons reviennent.

Dans l'église, Armure-de-Dieu était assis sur le banc tout devant, découragé. « On fait une terrible erreur, dit-il au révérend Thrower.

— C'est ce que font les hommes, dit Thrower, quand ils prennent leurs décisions sans l'aide du Seigneur.

— C'était pas Ta-Kumsaw, je l'sais. Ni l'Prophète non plus.

— Il n'est pas prophète, pas de Dieu, en tout cas, fit Thrower.

— C'est pas un meurtrier non plus, poursuivit Armure. P't-être que Tack avait raison, p't-être que Ta-Kumsaw avait à voir là-d'dans. Mais y a une chose que j'connais. Ta-Kumsaw, c'est pas un tueur. Même quand il était jeune, durant la guerre du général Wayne, y avait une bande de Rouges décidés à brûler vifs un groupe de prisonniers, comme ils faisaient en c'temps-là... des Chippy-Was, j'crois bien que c'était. Et v'là qu'arrive Ta-Kumsaw, tout seul, ce Shaw-Nee, là, sans personne avec lui, et il les arrête. "On veut que l'homme blanc nous respecte, qu'il nous traite en nation, qu'il leur dit. L'homme blanc nous respectera pas si on agit comme ça ! Faut qu'on soye civilisés. Pas de prisonniers scalpés, torturés, brûlés, tués." C'est ça qu'il leur a dit. Et il a pas changé depuis. Il tue dans la bataille, oui, mais durant tous ses raids dans l'Sud il a pas tué une seule personne, rendez-vous compte ! Si c'est Ta-Kumsaw qu'a les gars Miller, alors ils sont autant en sécurité que s'ils dormaient chez eux auprès d'leur maman. »

Thrower soupira. « J'imagine que vous connaissez ces Rouges mieux que moi.

— Je les connais mieux qu'personne. » Il eut un rire amer. « Alors on me traite d'ami des Rouges et on n'écoute pas un mot de ce que j'dis. Asteure, ils appellent à la rescousse ce tyran de trafiquant de whisky de Carthage City. Qu'il fasse n'importe quoi, il sera un héros. Et alors, ils l'éliront gouverneur pour de bon. Zut, probable qu'ils l'éliront président, si jamais la Wobbish rejoint les États-Unis.

— Je ne connais pas ce Harrison. Ce ne peut pas être le démon que vous dépeignez. »

Armure éclata de rire. « Des fois, révérend, j'vous trouve aussi naïf qu'un p'tit enfant.

— Et c'est ainsi que le Seigneur nous désire. Armure-de-Dieu, soyez patient. Tout cela finira selon la volonté du Seigneur. »

Armure s'enfouit le visage dans les mains. « C'est bien ce que j'espère, révérend. Oh oui. Mais j'arrête pas d'penser à Mesure, un bon gars comme on aime en trouver, et à ce gamin, Alvin, si mignon, auquel son papa tient tellement, et... »

Le visage de Thrower se fit menaçant. « Alvin junior, murmura-t-il. Qui aurait imaginé que le Seigneur se servirait de païens pour parvenir à ses fins ?

— De quoi vous parlez ? demanda Armure.

— De rien, Armure, de rien. Je dis seulement que

toute cette affaire traduit peut-être exactement, *exactement*, la volonté du Seigneur. »

En haut de la colline, chez les Miller, Al n'avait pas bougé de la table du petit déjeuner. Il n'avait pas touché au dîner de la veille, et lorsqu'il avait voulu manger ce matin, il avait failli vomir sur son repas. Fidelity avait tout débarrassé et, debout maintenant derrière lui, elle lui frictionnait les épaules. Pas une seule fois elle ne lui avait reproché : « Je t'avais bien dit de pas les envoyer. » Mais ils le savaient tous les deux. C'était comme une épée suspendue entre eux, qui leur faisait craindre de tendre la main vers l'autre. Le silence fut brisé par l'arrivée d'Économe, une carabine à l'épaule. Il la déposa près de la porte d'entrée, saisit une chaise à la volée pour s'asseoir à califourchon et regarda ses parents. « Y sont partis, ils vont quérir l'armée. »

À sa grande surprise, son père baissa seulement la tête pour la poser sur ses bras, croisés sur la table.

Maman le regarda, le visage miné par l'inquiétude et le chagrin. « Depuis quand t'as appris à t'servir de ça ?

— Fortuné et moi, on s'est entraînés, dit-il.

— Et tu vas tuer des Rouges avec ? »

Économe fut étonné de son ton dégoûté. « J'y compte bien, fit-il.

— Et quand tous les Rouges seront morts, que tu feras un grand tas de leurs cadavres, esse que Mesure et Alvin sortiront de là-d'sous et me r'viendront à la maison ? »

Économe secoua la tête.

« Hier soir, y a un Rouge qu'a r'trouvé sa famille, tout fiérot d'avoir tué des jeunes Blancs. » Sa voix se brisa, mais elle continua tout de même, car lorsque Fidelity Miller avait quelque chose à dire, elle le disait. « Et p't-être que sa femme ou sa maman lui a donné une petite tape de félicitation, ou lui a fait une bise et lui a préparé à dîner. Mais t'avise jamais de passer c'te porte pour me dire que t'as tué un homme rouge. Par rapport que t'auras pas de dîner, pas plus que d'bise ni de tape sur l'épaule, ni un seul mot, t'auras plus d'chez toi et plus d'maman, tu m'entends ? »

Pour ça, il l'entendit, mais pas de cette oreille. Il se leva, repartit vers la porte et reprit son arme. « Tu penses comme tu veux, maman, dit-il, mais c'est la guerre, alors je m'en vais tuer des Rouges, puis je m'en vais revenir à la maison et je m'en vais m'en vanter bien fort. Et si à cause de ça tu veux plus être ma mère, alors autant que tu cesses de l'être dès à présent, attends pas que j'revienne. » Il ouvrit la porte mais marqua une pause avant de la claquer derrière lui. « Fais pas c'te tête, maman. P't-être que j'vais pas rev'nir du tout. »

Jamais encore il n'avait parlé à sa mère comme ça et il n'était pas certain d'en éprouver de la satisfaction. Mais elle était folle, elle ne comprenait pas qu'on était en guerre désormais, que les Rouges avaient déclaré ouverte la chasse aux Blancs, et donc qu'on n'avait plus le choix.

Ce qui l'embêtait le plus, pourtant, tandis qu'il enfourchait son cheval et s'éloignait vers chez David, c'était qu'il croyait bien, sans certitude, que papa pleurait. Ça, c'était la meilleure. Hier, papa s'emportait contre les Rouges, puis voilà que maman parlait contre la guerre, et papa pleurait sur sa chaise. C'était peut-être de vieillir qui le rendait comme ça. Mais ça n'était pas les affaires d'Économe, pas maintenant. Peut-être que papa et maman ne voulaient pas qu'on tue les Rouges pour avoir pris la vie de leurs fils, mais Économe savait que c'était ce qu'il leur réservait pour avoir pris la vie de ses frères. Le sang de Mesure et d'Alvin, c'était son sang, et ceux qui avaient fait couler son sang allaient eux aussi verser le leur, un gallon pour une goutte.

IX

Le lac Mizogan

De toute sa vie, jamais Alvin n'avait vu si vaste étendue d'eau. Debout au sommet d'une dune de sable, il contemplait le lac. Mesure se tenait auprès de lui, une main posée sur son épaule.

« P'pa m'a r'commandé de pas t'laisser approcher de l'eau, fit Mesure, et regarde-moi où c'est qu'ils t'ont amené. »

Le vent était vif et chaud, il soufflait parfois en rafales et faisait voler le sable comme autant de flèches minuscules. « Ils t'ont amené aussi, dit Al.

— Regarde, y a une grosse tempête qui s'en vient. »

Là-bas, au sud-ouest, les nuages s'assombrissaient, l'air mauvais. Il ne s'agissait pas d'un de ces orages d'été accompagnés d'une averse. Un éclair crépita à l'avant des nuages. Le coup de tonnerre se fit entendre beaucoup plus tard, assourdi par la distance. Tandis qu'il regardait, Alvin eut soudain l'impression que son champ de vision s'élargissait, qu'il voyait bien plus loin que précédemment, comme s'il parvenait à distinguer les tourbillons et les bouillonnements internes des nuées, à en sentir la chaleur et le froid, l'air glacé piquant vers le bas, l'air chaud s'élançant vers le haut, au milieu de circonvolutions qui agitaient un vaste pan circulaire du ciel.

« Une tornade, dit Al. Y a une tornade dans cet orage-là.

— J'en vois pas, fit Mesure.

— Elle arrive. Tiens, on voit l'air qui tourne. Regarde ça.

— J'te crois, Al. Mais c'est pas par icitte qu'on va trouver où s'cacher, m'est avis.

— Regarde-moi tout ce monde, dit Alvin. Si elle nous tombe dessus...

— Où t'as appris à prédire le temps ? demanda Mesure. T'as encore jamais fait ça. »

Al n'avait pas de réponse à donner. Il n'avait jamais, de cette façon-là, senti de tempête en lui. C'était comme la musique verte qu'il avait entendue la veille au soir ; il se passait des tas de choses bizarres depuis que les Rouges l'avaient capturé. Mais il n'allait pas perdre une minute de plus à se demander pourquoi il savait... c'était déjà beau de savoir. « J'ai quelqu'un à prévenir. »

Alvin dévala la dune ; il glissait de telle façon qu'à chaque pas il semblait bondir sur la déclivité, avant d'atterrir sur un pied et de rebondir. Jamais il n'avait descendu de colline aussi vite. Mesure lui courut après en criant : « Ils nous ont dit d'rester là-haut jusqu'à... » Une rafale de vent emporta ses paroles. Au pied de la colline, quand ils y parvinrent, le sable se faisait encore plus agaçant ; le vent en soulevait de grandes nappes des dunes pour les projeter au loin, avant de les laisser retomber. Al dut fermer les yeux, se les protéger de la main et détourner le visage... tout ce qui pouvait empêcher le sable de l'aveugler tandis qu'il se précipitait vers le groupe de Rouges rassemblés au bord de l'eau.

Ta-Kumsaw était facile à repérer, et pas seulement parce qu'il était grand. Les autres Rouges maintenaient un espace autour de lui, et il se dressait au milieu d'eux comme un roi. Al courut le rejoindre. « Y a une tornade qu'arrive ! cria-t-il. Y a une tornade dans ce nuage ! »

Ta-Kumsaw renversa la tête en arrière et éclata de rire ; le vent était si bruyant qu'Al l'entendit à peine. Puis Ta-Kumsaw avança la main par-dessus la tête d'Al pour toucher l'épaule d'un autre Rouge debout auprès de lui. « C'est le jeune garçon ! » hurla-t-il.

Al regarda l'homme à qui il s'adressait. Il n'avait pas du tout le maintien d'un roi... rien à voir avec Ta-Kumsaw. Il était légèrement voûté et il lui manquait un œil, la paupière inutile pendait sur une orbite vide. Sec d'allure, il avait des bras plus noueux que musclés et des jambes franchement maigrelettes. Saisi, les yeux levés vers son visage, Al le reconnut. Non, non, pas d'erreur.

Le vent tomba, l'espace d'une minute.

« L'homme-lumière, dit Alvin.

— L'enfant aux cancrelats, dit Tenskwa-Tawa, Lolla-Wossiky, le Prophète.

— T'es réel », dit Al. Ni un rêve, ni une vision. Un homme réel qui avait surgi au pied de son lit, pour disparaître et réapparaître, le visage aussi éblouissant que le soleil, qu'on ne pouvait regarder sans douleur. Mais c'était le même homme. « Je t'ai pas guéri, reprit Alvin. Je m'excuse.

— Si, tu m'as guéri », fit le Prophète.

Al se rappela soudain pourquoi il avait couru au bas de la dune pour faire irruption au milieu d'une conversation entre les deux plus grands Rouges du monde, ces frères aux noms connus de tous les Blancs, hommes, femmes et enfants, à l'ouest des montagnes d'Appalachie. « Une tornade », lança-t-il.

Comme pour lui répondre, le vent reprit de plus belle ; il hurlait à présent. Al se retourna, ce qu'il avait vu et senti se réalisait. Quatre trombes se formaient, elles pendaient au-dessous de l'orage comme des serpents tombant des arbres, ondulant vers le bas, la tête prête à frapper. Toutes les quatre venaient droit sur eux, mais sans encore toucher le sol.

« Maintenant ! » cria le Prophète.

Ta-Kumsaw tendit à son frère une flèche à pointe de silex. Le Prophète s'assit dans le sable et se plongea le trait dans la plante du pied droit, puis dans celle du gauche. Le sang coula abondamment des blessures. Il fit ensuite subir le même sort à ses paumes, se plantant le silex si profondément dans les chairs que le dos des mains saignait aussi.

Presque sans réfléchir, Alvin poussa un cri et voulut projeter son esprit dans le corps du Prophète pour guérir les plaies.

« Non ! jeta le Prophète. C'est le pouvoir de l'homme rouge : le sang de son corps, le feu de la terre ! »

Puis il fit demi-tour et se dirigea vers le lac Mizogan pour y pénétrer.

Non, pas y pénétrer. Mais marcher *dessus*. Alvin avait peine à le croire : sous les pieds ensanglantés, l'eau devenait lisse, aussi polie que du verre, et soutenait le Prophète. Son sang se répandait à la surface, rouge vif. Quelques pas plus loin, l'eau se gonflait, s'agitait ; des vagues fouettées par le vent s'élançaient vers la tache unie pour finir par s'étaler, se calmer, lisses à leur tour.

Le Prophète poursuivait sa marche, s'éloignait à la surface des eaux, et ses pas sanglants traçaient un chemin poli à travers la tempête.

Al regarda en arrière vers les tornades. Elles étaient tout près maintenant, presque au-dessus de leurs têtes. Il sentit les tourbillons *en lui*, comme s'il faisait corps avec les nuages, qu'ils traduisaient les émotions furieuses qui lui agitaient l'esprit.

Là-bas, sur le lac, le Prophète leva les mains et désigna l'une des trombes. Presque aussitôt, les trois autres remontèrent, ravalées par les nuages, et disparurent. Celle qui demeurait se rapprocha, jusqu'à se trouver directement à la verticale du Prophète, peut-être à une centaine de pieds au-dessus de lui. Mais elle était suffisamment proche pour qu'autour du chemin de verre poli tracé par l'homme rouge le lac se soulève par bonds, comme pour aller se perdre dans les nuées ; l'eau se mit aussi à décrire des cercles, à tourbillonner inlassablement sous la trombe, secouée par le vent.

« Viens ! » cria le Prophète.

Alvin ne l'entendit pas, mais il vit ses yeux — même d'aussi loin —, il vit bouger ses lèvres et sut ce que lui demandait l'homme-lumière. Il n'eut aucune hésitation. Il s'approcha crânement du lac et marcha sur les eaux.

Entre-temps, bien sûr, Mesure l'avait rejoint ; aux premiers pas que fit Al sur le verre chaud et poli du sentier du Prophète, il hurla vers lui, il voulut l'agripper. Mais avant d'avoir pu toucher son jeune frère, il se sentit saisi par les Rouges, tiré en arrière ; il cria à Alvin de revenir, n'y va pas, va pas sur l'eau...

Alvin l'entendit, et Alvin était mort de peur. Mais l'homme-lumière l'attendait sous la gueule de la tornade, debout à la surface du lac. Intérieurement, Al ressentait une envie irrépressible, comme Moïse à la vue du buisson ardent : il faut que je m'arrête pour regarder ça, avait dit Moïse, et c'était ce que se disait Alvin : il faut que j'aille voir ça de près. Car il ne s'agissait pas d'un phénomène connu dans l'univers naturel, vraiment. Il n'avait jamais entendu parler de supplication, de sortilège ou de sorcellerie capable d'invoquer une tornade et de changer en verre un lac en furie. Il ne savait pas à quoi se livrait l'homme rouge, mais c'était la chose la plus importante dont Alvin avait été ou serait probablement jamais témoin au cours de sa vie.

Et le Prophète l'aimait. Alvin n'avait aucun doute là-dessus. L'homme-lumière s'était une fois tenu au pied de son lit et lui avait donné une leçon. Al se souvenait que l'homme-lumière s'était déjà volontairement blessé en cette occasion. Quel que soit son projet, le Prophète se servait de son sang et de sa douleur pour l'accomplir. Il se dégageait une réelle majesté d'une telle conduite. Dans ces conditions, comment blâmer Alvin d'éprouver un sentiment de vénération lorsqu'il s'engagea sur le lac ?

Derrière lui, le chemin ondulait, se liquéfiait, disparaissait. Il sentit les vagues lui lécher les chevilles. Il en était épouvanté, mais tant qu'il allait de l'avant il ne lui arrivait aucun mal. Et enfin Alvin rejoignit le Prophète, qui tendit la main pour lui saisir les siennes. « Reste avec moi, cria-t-il. Reste dans l'œil de la terre et regarde ! »

Alors la tornade plongea rapidement vers le lac ; l'eau bondit en l'air, dressant comme un mur autour d'eux. Ils se trouvaient au centre même de la trombe, aspirés vers le haut...

Jusqu'à ce que le Prophète avance une main sanglante pour toucher la colonne d'eau, qui à son tour devint lisse et dure comme du verre. Non, pas du verre. Elle était aussi claire et pure qu'une goutte de rosée sur une toile d'araignée. Il n'y avait plus de tempête désormais. Uniquement Alvin et l'homme-lumière au milieu d'une tour de cristal, lumineuse et transparente.

Seulement, la tour n'agissait pas comme une fenêtre s'ouvrant sur ce qui se passait à l'extérieur ; Al ne voyait pas plus le lac que la tempête ou le rivage à travers la paroi de cristal. Il voyait autre chose.

Il vit un chariot pris dans une rivière en crue, un arbre descendant le courant tel un bélier, un jeune homme sautant sur le tronc, le faisant rouler sur lui-même pour le détourner du chariot. Ensuite l'homme enchevêtré dans les racines de l'arbre, précipité, écrasé contre un rocher, puis emporté, ballotté par le courant, luttant, luttant encore pour vivre, pour respirer un tout petit peu plus longtemps, continuer de respirer, continuer de respirer...

Il vit une femme enceinte d'un bébé, il vit une petite fille, debout près d'elle, approchant la main pour lui toucher le ventre. Elle cria quelque chose, et l'accoucheuse s'avança, saisit la tête de l'enfant, le tira à l'air libre. La mère se déchira et saigna. La petite fille passa la main par en dessous et décolla quelque chose du visage du bébé ; le bébé pleura. L'homme dans la rivière, d'une manière ou d'unc autre, entendit les pleurs, sut qu'il avait assez longtemps survécu ; alors il mourut.

Al ne savait qu'en penser. Jusqu'à ce que le Prophète lui chuchote à l'oreille : « La première chose qu'on voit ici, c'est le jour de sa naissance. »

Le bébé, c'était lui, Alvin junior ; l'homme qui était mort, son frère Vigor. Qui donc était la fillette qui lui avait retiré la coiffe de la figure ? Al ne l'avait jamais vue de sa vie.

« Je vais te montrer, dit le Prophète. La tour ne reste pas longtemps, et j'ai moi aussi des choses à voir, mais je vais te montrer. » Il prit Alvin par la main, et ensemble ils s'élevèrent dans la colonne de verre.

Ça ne ressemblait pas à l'essor, au vol d'un oiseau ; c'était comme si haut et bas n'existaient plus. Le Prophète le hissait, mais Al ne comprenait pas comment l'homme rouge se hissait, lui. Pas grave. Il y avait tant à voir. Tout au long de son ascension, il pouvait regarder dans toutes les directions et faire de nouvelles découvertes à travers la paroi de cristal. Jusqu'à ce qu'il s'aperçoive que chaque période du temps, chaque vie humaine devaient être visibles depuis cette tour. Comment ne pas se perdre dans tout ça ? Comment retrouver un événement précis dans les centaines, les milliers, les millions d'instants du passé ?

Le Prophète s'arrêta, attira Alvin à sa hauteur pour qu'ils voient tous deux la même chose, joue contre joue, haleines mêlées, les battements de cœur de l'homme rouge emplissant l'oreille de l'enfant blanc.

« Regarde », dit le Prophète.

Une ville, voilà ce que vit Alvin, éclatante sous le soleil. Des tours de glace, on aurait dit, ou de verre transparent, parce que la lumière du soleil ne faiblit même pas lorsque l'astre se coucha derrière la cité, qui d'ailleurs ne projetait pas d'ombres sur les prairies environnantes. Dans la ville, il y avait des gens, comme des silhouettes brillantes qui se déplaçaient en tous sens, qui s'élevaient et descendaient dans les tours, sans ailes ni escaliers. Le plus important, cependant, ce n'était pas le spectacle de cette ville, mais la sensation qu'il produisait en lui. Pas une sensation de paix, non, le calme était absent de ce qu'il éprouvait. De l'excitation, plutôt, son cœur battait à la vitesse d'un cheval au grand galop. Les gens, là-bas, ils n'étaient pas parfaits, ils connaissaient parfois la colère, parfois la tristesse. Mais personne n'avait faim, personne n'était ignorant et personne n'avait l'obligation de faire quelque chose à la volonté d'un autre. « Elle s'trouve où, c'te ville ? souffla Alvin.

— Je ne sais pas, dit le Prophète. Chaque fois que je viens ici, je la vois d'une façon différente. Un jour je vois ces grandes tours étroites, un autre de grosses buttes de cristal, ou bien uniquement des gens qui vivent sur une mer de cristal en feu. Je crois que cette ville a été très souvent déjà construite dans le passé. Je crois qu'elle le sera encore.

— Tu vas la construire ? C'est pour ça, Prophetville ? »

Des larmes perlèrent aux yeux du Prophète, coulant de son œil valide, suintant sous la paupière flasque de l'autre. « L'homme rouge ne peut pas bâtir cette ville tout seul, dit-il. Nous faisons partie de la terre, et cette ville ne relève pas seulement de la terre. La terre, c'est le bien et le mal, la vie et la mort, tout ensemble, le silence vert. »

Alvin pensa à sa perception de la musique verte, mais il se tut car le Prophète disait des choses qu'il voulait entendre, et Al était suffisamment intelligent pour savoir qu'il vaut parfois mieux écouter que parler.

« Mais cette ville, poursuivit le Prophète, la Cité de Cristal, c'est la lumière sans l'obscurité, la propreté sans la saleté, la santé sans la maladie, la force sans la faiblesse, l'abondance sans la faim ni la soif, la vie sans la mort.

— Les genses dans c'te ville, là, ils sont pas tous heureux, dit Alvin. Ils vivent pas éternellement.

— Ah, fit le Prophète. Tu ne vois pas la même chose que moi.

— Ce que j'vois, c'est qu'ils la construisent. » Il fronça les sourcils. « D'un bout, ils la construisent, et de l'autre elle s'écroule.

— Ah, fit le Prophète. La ville que je vois, moi, ne s'écroulera jamais.

— Ça veut dire quoi, alors ? Comment ça s'fait qu'on voit pas pareil ?

— Je ne sais pas, Petit Cancrelat. Je ne l'ai jamais montrée à personne. Maintenant, redescends, attends-moi en bas. J'ai des choses à voir, et le temps va bientôt reprendre ses droits. »

Il suffisait de penser à la descente pour qu'Alvin commence à s'enfoncer ; il atteignit directement le fond et posa le pied sur le sol clair et miroitant. Le sol ? Pour ce qu'il en savait, ç'aurait aussi bien pu être le plafond. Il en sortait de la lumière, comme celle qui brillait à travers les parois, et là aussi, il voyait des images.

Il vit un immense nuage de poussière tourner de plus en plus vite sur lui-même, mais au lieu de cracher la poussière il l'aspirait ; soudain il se mit à rougeoyer, puis il prit feu, et c'était le soleil, aussi vrai que deux et deux font quatre. Alvin avait quelques connaissances sur les planètes, parce que Thrower en parlait, aussi ne fut-il pas surpris de voir ces points de lumière rouges qui bien vite s'affaiblirent. Au bout d'un moment, à la place du mélange de poussière et d'obscurité, il n'y eut plus que des mondes et de l'espace vide. Il vit la Terre, toute petite, mais alors il se rapprocha et comprit comme elle était grande, et sa rotation rapide, une face éclairée par le soleil, l'autre dans l'ombre. Debout dans le ciel, semblait-il, il surplombait la face éclairée, mais il voyait tout ce qui s'y passait. D'abord de la roche nue, vomie par les volcans ; puis, sortant de l'océan, des plantes qui se dispersent, croissent, des fougères et des arbres. Il voit les poissons sauter dans la mer, la vie ramper sur le rivage battu par la marée, puis les insectes et autres bestioles bondir et grignoter les feuilles, s'attraper et se dévorer les uns les autres. Les animaux ne cessent de se développer, de plus en plus gros, si vite qu'Alvin ne peut suivre leur évolution ; la Terre continue de tourner, et il voit de gigantesques, de monstrueuses créatures dont il n'a jamais entendu parler, certaines affublées de longs cous comme des serpents, ou de mâchoires et de dents pour arracher des arbres d'une seule bouchée, on dirait. Et puis ils disparaissent, et voici des éléphants, des antilopes, des tigres et des chevaux, toute la vie terrestre, qui ressemble de plus en plus à l'idée qu'Alvin se fait du monde animal. Mais nulle part il ne voit un seul homme. Il découvre des singes et des êtres poilus qui se tapent dessus avec des cailloux, des êtres qui marchent sur leurs pattes arrière mais qui ont l'air aussi gourdes que des grenouilles. Puis il voit, oui, des gens, bien qu'il n'en soit pas certain au premier abord, parce qu'ils sont noirs et qu'il n'a rencontré qu'un seul Noir dans sa vie, un esclave appartenant à un colporteur des Colonies de la Couronne de passage à Vigor Church, peut-être deux ans plus tôt. Mais ils ont l'air tout à fait humain, noirs ou non, et ils cueillent des fruits dans les arbres et des baies dans les buissons, se partageant la nourriture, une ribambelle de négrillons sur leurs talons. Une bagarre éclate entre deux jeunes, et le plus grand tue le plus petit. Le papa rebrousse alors chemin et flanque un coup de pied au meurtrier pour le chasser du groupe. Puis il ramasse le cadavre et le ramène à la maman ; en larmes, ils couchent l'enfant mort par terre et le recouvrent de pierres. Ils rassemblent ensuite la famille et se remettent en marche ; au bout de quelques pas, ils recommencent à manger, s'arrêtent de pleurer et repartent comme avant, comme si de rien n'était. C'est des gens, c'est sûr, pense Alvin. C'est bien comme ça que font les gens.

La Terre continue sa rotation, et le tour suivant fait apparaître toutes sortes de populations : à la peau sombre dans les pays chauds, à la peau claire dans les pays froids, passant par toutes les nuances entre les deux. Sauf en Amérique, qu'éclaire maintenant le soleil. En Amérique les gens sont à peu près tous pareils, tous rouges, au nord comme au sud, au chaud comme au froid, sous les pluies comme dans les déserts. Et le pays est en paix, comparé à l'autre partie du monde. Alvin trouve ça bizarre : l'autre continent, avec toutes ses races et nations différentes, eh bien, il change à chaque nouvelle rotation de la planète, des régions entières se déplacent, tout se mélange sans arrêt, et ce ne sont que guerres perpétuelles, partout. De l'autre côté, en Amérique, il y a aussi quelques guerres, mais pas aussi violentes, pas aussi dures. Les gens vivent à un rythme différent. La terre y possède un cœur qui bat, elle a sa vie propre.

De temps en temps, d'autres gens arrivent du vieux continent, surtout des pêcheurs. Déviés de leur route, détournés par les tempêtes, fuyant leurs ennemis. Ils arrivent et, pendant un moment, ils vivent en Amérique comme ils vivaient auparavant : ils bâtissent vite, se reproduisent de même et tuent autant qu'ils le peuvent. C'est comme une maladie. Mais ensuite, soit ils se mêlent aux Rouges et on ne les distingue plus, soit ils se font exterminer. Aucun d'eux ne garde ses coutumes de l'ancien monde.

Jusqu'à nos jours, se dit Alvin. Quand nous, on est arrivés, on était trop solides. C'est peut-être comme quand on attrape deux ou trois rhumes, on se dit qu'on ne tombera jamais vraiment malade, puis on attrape une bonne variole et on s'aperçoit qu'on n'avait jamais vraiment connu la maladie.

Alvin sentit une main sur son épaule.

« C'est donc là que tu regardais, dit le Prophète. Qu'est-ce que tu as vu ?

— J'crois que j'ai vu toute la création du monde,

répondit Al. Tout comme dans la Bible. J'crois que j'ai vu...

— Je sais ce que tu as vu. Tout le monde le voit, tous ceux qui viennent ici.

— T'as dit qu'avant moi t'avais encore amené personne, il m'semble.

— Pour venir ici... il existe beaucoup de portes. Certains y parviennent en traversant le feu. D'autres l'eau. D'autres en se faisant ensevelir dans la terre. D'autres en tombant dans un trou d'air. Ils viennent ici et ils voient. Puis ils repartent et racontent ce qu'ils se rappellent, du moins ce qu'ils ont compris ; ils le racontent avec les mots dont ils disposent, et d'autres écoutent et se rappellent, du moins ce qu'ils peuvent comprendre. C'est ici qu'on reçoit la vision.

— J'veux pas m'en aller, dit Alvin.

— Non, et l'autre non plus.

— Qui ça ? Y a quelqu'un d'autre icitte ? »

Le Prophète secoua la tête. « Pas physiquement. Mais je le sens en moi, qui regarde par mon œil. » Il se tapota la pommette sous son œil valide. « Pas celui-ci, l'autre.

— Tu peux pas dire qui c'est ?

— Blanc, fit-il. Ça n'a pas d'importance. Qui que ce soit, il n'a pas fait de mal. Je crois même que, peut-être... il fera une chose bonne. Maintenant, on s'en va.

— Mais j'veux connaître toutes les histoires qu'on voit icitte ! »

Le Prophète éclata de rire.« Même en vivant éternellement, tu ne pourrais pas. Ces histoires-là changent plus vite qu'on ne peut les voir.

— Comment j'ferai pour revenir ? J'veux tout voir, tout !

— Je ne te ramènerai jamais, dit le Prophète.

— Pourquoi ? J'ai fait quèque chose de mal ?

— Chut, Petit Cancrelat. Je ne te ramènerai jamais parce que je ne reviendrai jamais ici moi-même. C'est la dernière fois. J'ai vu la fin de tous mes rêves. »

Alvin s'aperçut alors combien le Prophète avait l'air triste. Le chagrin lui défaisait le visage.

« Je t'ai vu, ici. J'ai vu que je devais t'amener. Je t'ai vu aux mains des Chok-Taws. J'ai envoyé mon frère te chercher, pour qu'il te ramène.

— C'est par rapport que tu m'a conduit icitte que tu pourras jamais plus revenir ?

— Non. C'est la terre qui a choisi. La fin est proche. » Il sourit, mais d'un sourire affreux à voir. « Votre pasteur, le révérend Thrower, un jour il m'a dit : si ton pied est malade, coupe-le. C'est ça ?

— Je m'rappelle pas.

— Moi si, dit le Prophète. Cette partie de la terre, elle est déjà malade. Faut la couper, ainsi le reste de la terre vivra.

— Qu'esse tu veux dire ? » Des images se formèrent dans l'esprit d'Alvin, de morceaux de terre se détachant pour s'abîmer dans la mer.

« L'homme rouge ira à l'ouest du Mizzipy. L'homme blanc restera à l'est. La partie blanche de la terre sera tout à fait morte, amputée. Pleine de métal et de fumée, de fusils et de mort. Les hommes rouges qui resteront dans l'Est deviendront blancs. Et les hommes blancs n'iront pas à l'ouest du Mizzipy.

— Y a déjà des Blancs à l'ouest du Mizzipy. Des

trappeurs et des marchands, surtout, mais aussi un peu d'fermiers avec leurs familles.

— Je sais, dit le Prophète. Mais ce que j'ai vu aujourd'hui... Je sais comment obliger l'homme blanc à ne jamais retourner dans l'Ouest, et l'homme rouge à ne jamais rester dans l'Est.

— Comment tu vas faire ça ? demanda Alvin.

— Si je le dis, répondit le Prophète, ça ne se réalisera pas. Il y a des choses ici, on ne peut pas en parler, sinon elles changent et elles disparaissent.

— C'est la Ville de Cristal ? voulut savoir Alvin.

— Non, dit le Prophète. C'est la rivière de sang. C'est la forêt de métal.

— Montre-moi ! Fais-moi voir c'que t'as vu !

— Non, dit le Prophète. Tu ne garderais pas le secret.

— Pourquoi je l'garderais pas ? Si j'donne ma parole, j'la tiendrai !

— Tu pourrais la donner autant que tu veux, Petit Cancrelat, mais la vision te ferait crier de peur et de douleur. Et tu le dirais à ton frère. Tu le dirais à ta famille.

— Esse qu'il va leur arriver quèque chose ?

— Personne ne mourra dans ta famille, dit le Prophète. Ils seront tous sains et saufs quand ce sera fini.

— Montre-moi !

— Non, répéta le Prophète. Je vais maintenant faire disparaître la tour, et tu te rappelleras ce que nous avons fait ici et ce que nous nous sommes dit. Mais la seule façon pour toi de revenir un jour, c'est de trouver la Ville de Cristal. »

Le Prophète s'agenouilla là où le mur touchait le sol. Il enfonça ses doigts ensanglantés dans la paroi et souleva. Elle remonta, se dissolut, ce ne fut plus que du vent. Ils étaient à présent entourés par le décor qu'ils avaient quitté tant d'heures plus tôt, semblait-il. L'eau, la tempête, la trombe refluant vers les nuages au-dessus de leurs têtes. Des éclairs fulguraient tout autour d'eux, et la pluie se mit à tomber, si drue qu'elle masqua le rivage. Les gouttes, en atteignant le cristal, y restaient un instant avant de se muer en cristal elles aussi, et de se fondre dans la plaque sous leurs pieds.

Le Prophète en gagna le bord le plus proche du rivage et s'avança sur l'eau en furie. Elle se solidifia sous son pied, mais continua d'onduler légèrement... elle n'était pas aussi solide que la plate-forme. Le Prophète tendit la main derrière lui et saisit celle d'Alvin pour le tirer sur le nouveau chemin qu'il créait à la surface du lac. Un chemin qui n'était pas aussi lisse qu'avant, et plus ils progressaient, plus l'eau s'agitait, plus elle s'enflait, plus elle était glissante ; il devenait difficile de gravir et de passer les vagues.

« Nous sommes restés trop longtemps ! » cria le Prophète.

Alvin sentait l'eau sombre, sous la mince couche de verre, qui roulait sa haine. Le néant, surgi d'un cauchemar ancestral, cherchait à éventrer le cristal pour s'emparer d'Alvin, l'entraîner dans ses profondeurs, le noyer, le réduire en petits, tout petits morceaux, et l'abandonner dans les ténèbres.

« C'était pas moi ! » hurla Alvin.

Le Prophète se retourna, le souleva et le hissa sur ses épaules. La pluie harcelait Alvin, le vent essayait de l'arracher des épaules du Rouge. Il s'accrocha fermement aux cheveux de Tenskwa-Tawa. Il devinait qu'à présent les pieds du Prophète s'enfonçaient à chaque pas de plus en plus dans l'eau. Derrière eux, il n'y avait plus trace du chemin, tout avait disparu, et les vagues montaient de plus en plus haut.

Le Prophète trébucha, tomba ; Alvin chuta, lui aussi, vers l'avant, certain qu'il allait se noyer...

Et il se retrouva étendu sur le sable humide du rivage ; l'eau léchait la grève autour de lui, aspirait le sable par en dessous dans ses efforts pour le ramener dans le lac. Ensuite, des mains robustes sous ses bras, qui l'éloignent, lui font remonter la plage vers les dunes.

« L'est resté là-bas, l'Prophète ! » cria Alvin. Ou crut-il crier... sa voix n'était qu'un murmure, il produisit à peine un son. Ça n'avait pas d'importance, le vent faisait tellement de bruit. Il ouvrit les yeux, aussitôt fouettés par le sable et la pluie.

Puis les lèvres de Mesure furent contre son oreille, qui lui criaient : « L'Prophète va bien ! Ta-Kumsaw l'a sorti du lac ! J't'ai cru mort, pour sûr, quand c'te trombe t'a aspiré ! Tu vas bien ?

— J'ai tout vu ! » cria Alvin. Mais il était si faible maintenant qu'il ne pouvait plus articuler le moindre mot, et il n'insista pas, il laissa son corps s'amollir puis, à bout de forces, sombra dans le sommeil.

X

Le gatlopp

Mesure était rarement avec Alvin — trop rarement. Après l'aventure de la tornade sur le lac, il aurait cru que son petit frère allait se rendre compte du danger qu'il courait et qu'il serait impatient de partir. Au lieu de quoi, il semblait ne pas vouloir lâcher le Prophète d'une semelle, il gobait ses histoires et la sagesse poétique mais perverse que le Rouge dispensait.

En une occasion où Alvin lui tint compagnie assez longtemps pour s'asseoir et parler, Mesure lui demanda pourquoi il se donnait autant de peine. «Même quand ils causent anglais, les Rouges, j'les comprends pas. Ils causent d'la terre comme si c'était une personne, ils disent qu'il faut prendre seulement la vie qui s'offre, que la terre meurt à l'est du Mizzipy... Icitte elle meurt pas, Al, n'importe quel imbécile peut l'constater. Et même si elle a la p'tite vérole, la peste noire et dix mille envies aux ongles, y a pas un médecin qui connaît comment la soigner.

— Tenskwa-Tawa, lui, il connaît, dit Alvin.

— Eh ben, il a qu'à l'faire, et nous on rentre.

— Un aut' jour, Mesure.

— M'man et p'pa doivent être malades d'inquiétude, ils vont croire qu'on est morts !

— Tenskwa-Tawa, il dit que la terre, elle connaît ce qu'elle doit faire.

— V'là que tu remets ça ! La terre, c'est la terre, et elle a rien à voir avec p'pa qu'a réuni une troupe de genses qui fouillent les bois pour nous r'trouver !

— Pars sans moi, alors. »

Mais Mesure n'était pas encore prêt à ça. Il n'avait pas particulièrement envie d'affronter m'man s'il revenait à la maison sans Alvin. « Oh, il allait bien quand je l'ai laissé. Il s'amusait avec des tornades et il marchait sus l'eau avec un Rouge borgne. Il voulait pas rentrer tout d'suite, tu connais comme ils sont, les drôles, à dix ans. » Non, Mesure n'était pas chaud pour retourner chez lui maintenant, à moins d'avoir Alvin en remorque. Et il n'était pas certain de pouvoir le ramener contre son gré. Le gamin ne voudrait même pas entendre parler de s'échapper.

Le pire, c'était que si tous les Rouges aimaient bien Alvin et lui baragouinaient en anglais et en shaw-nee, aucun ne se donnait la peine de s'adresser à Mesure, en dehors de Ta-Kumsaw, et aussi du Prophète qui causait à tout bout de champ, même quand il n'y avait personne à l'écouter. Il commençait à se sentir seul, à déambuler à longueur de journée. Mais jamais loin. Personne ne lui parlait, non, mais dès qu'il s'éloignait des dunes pour se diriger vers les bois, quelqu'un lui décochait une flèche. Elle se fichait avec un bruit sourd dans le sable, tout près. Ils avaient drôlement plus confiance en leur adresse que lui. Mesure n'arrêtait pas d'imaginer des flèches qui dévieraient légèrement à gauche ou à droite et le transperceraient.

S'échapper, c'est une idée stupide, se dit-il après mûre réflexion. Les Rouges le dépisteraient en un rien de temps. Mais ce qu'il ne comprenait pas, c'était pourquoi on ne voulait pas le laisser partir. Les Rouges ne faisaient rien de lui. Il leur était totalement inutile. Et ils juraient qu'ils n'avaient pas l'intention de le tuer, ni même de l'esquinter un petit peu.

Mais quatre jours dans les dunes, ça finissait par bien faire. Il alla trouver Ta-Kumsaw et *exigea* carrément qu'on le laisse partir. Ta-Kumsaw parut ennuyé, mais c'était plutôt normal en ce qui le concernait. Cette fois-ci, pourtant, Mesure ne lâcha pas pied.

« Vous connaissez pas que c'est complètement idiot d'nous garder icitte ? C'est pas comme si on avait disparu sans laisser d'traces, vous savez. On a dû r'trouver nos chevaux, asteure, avec vot' nom d'écrit d'sus. »

Mesure s'aperçut pour la première fois que Ta-Kumsaw n'était pas au courant pour les chevaux. « Mon nom n'est pas écrit sur des chevaux.

— Sus les selles, chef. Vous l'savez donc pas ? Les Chok-Taws qui nous ont pris — puisque c'étaient pas vos hommes, qui m'plaisent pas trop non plus, j'tiens à vous l'dire —, eh ben, ils ont inscrit vot' nom sus ma selle, puis ils ont piqué l'cheval avec un couteau pour qu'il s'en aille au galop. Ils ont inscrit l'nom du Prophète sus la selle d'Alvin. Les bêtes ont dû filer tout droit à la maison. »

La figure de Ta-Kumsaw parut s'assombrir, ses yeux lançaient des éclairs. Si tu veux voir un dieu du ciel, songea Mesure, voilà à quoi ça ressemble. « Tous les Blancs, dit Ta-Kumsaw. Ils pensent que je vous ai enlevés.

— Vous étiez pas au courant ? demanda Mesure. Alors ça, c'est la meilleure ! À vous voir, j'croyais qu'vous autres, vous connaissiez tout ça. J'ai même voulu l'dire à quelques-uns de vos gars, mais ils m'ont tourné l'dos. Et durant tout ce temps-là personne le savait.

— *Moi*, je ne savais pas, dit Ta-Kumsaw. Mais quelqu'un savait. » Il s'éloigna à grands pas, malgré quelque difficulté à marcher dans du sable fuyant sous les pieds ; puis il se retourna. « Viens, j'ai besoin de toi ! »

Mesure le suivit donc jusqu'au wigwam recouvert d'écorce où le Prophète tenait ses classes de Bible, ou d'autre chose, à longueur de temps. Ta-Kumsaw ne se gênait pas pour montrer sa colère. Il ne prononça pas un mot ; il fit le tour du wigwam, dégageant à coups de pied les cailloux qui le maintenaient dans le sable. Puis il le prit par une extrémité et commença à lever. « Faut deux hommes pour ça », dit-il.

Mesure s'accroupit auprès de lui, assura sa prise et compta jusqu'à trois. Ensuite il souleva. Sans Ta-Kumsaw, et le wigwam ne se décolla que de cinq ou six pouces avant de retomber. « Pourquoi vous avez pas soulevé ?

— Tu n'as compté que jusqu'à trois, dit Ta-Kumsaw.

— C'est comme ça qu'on fait, chef. Un, deux, trois.

— Vous, les Blancs, vous êtes stupides. Tout le monde sait que quatre, c'est le chiffre fort. »

Ta-Kumsaw compta jusqu'à quatre. Cette fois ils produisirent leur effort ensemble, ils soulevèrent complètement le wigwam et le firent proprement basculer. Bien entendu, les occupants savaient maintenant ce qui leur arrivait, mais personne ne poussa de cris ni ne réagit autrement. Et une fois le wigwam renversé sur le dos comme une tortue échouée, Mesure découvrit le Prophète, Alvin et quelques Rouges, assis jambes croisées sur des couvertures étendues à même le sable ; et le Rouge borgne continuait de discourir comme si de rien n'était.

Ta-Kumsaw se mit à beugler en shaw-nee, et le Prophète lui répondit, d'abord doucement, puis progressivement de plus en plus fort. C'était une véritable prise de bec, le genre d'explication qui finit toujours par des coups, Mesure le savait d'expérience. Mais pas avec ces deux Rouges-là. Ils se bornèrent à hurler pendant une demi-heure puis ils restèrent tels quels, face à face, le souffle court, sans plus rien dire du tout. Le silence ne dura que quelques minutes, mais il parut plus long que la séance de hurlements.

« T'y comprends quèque chose ? demanda Mesure.

— J'connais seulement ce que l'Prophète a dit : Ta-Kumsaw allait venir aujourd'hui, et il serait très en colère.

— Ben alors, s'il était au courant, pourquoi il a rien fait pour l'empêcher ?

— Oh, il fait très attention avec ça. Il s'arrange pour que tout aille comme il faut, pour que la terre soye bien partagée entre les Blancs et les Rouges. S'il s'amuse à changer quèque chose, par rapport qu'il connaît c'qui va arriver, il risque de tout faire rater, de tout saboter. Alors il sait ce qui va arriver, mais il le dit à personne qui pourrait l'chambouler.

— Ben, à quoi ça sert de connaître l'avenir, si tu fais rien ?

— Oh, lui, il fait des choses, dit Alvin. Seulement, il dit pas forcément au monde ce que c'est. C'est pour ça qu'il a fait la tour de cristal quand la tempête est arrivée. Pour être sûr que la vision était correcte, pour être sûr que tout suivait bien le chemin prévu.

— Mais là, qu'esse qui s'passe ? Pourquoi ils se bagarrent ?

— C'est à toi de l'dire, Mesure. C'est toi qu'a aidé à retourner le wigwam.

— Ça m'dépasse. J'lui ai juste causé de leurs noms, à lui et au Prophète, inscrits sus nos selles.

— Il était au courant, dit Alvin.

— Eh ben, à l'voir, on aurait dit qu'il en avait jamais entendu parler.

— Je l'ai dit moi-même au Prophète, le soir après qu'il m'a emmené dans la tour.

— T'as jamais pensé qu'il en avait p't-être pas causé à Ta-Kumsaw ?

— Pourquoi donc ? demanda Alvin. Pourquoi il y en aurait pas causé ? »

Mesure, sentencieusement, hocha la tête. « J'ai idée que c'est exactement la question que Ta-Kumsaw est après poser à son frère.

— C'est idiot d'avoir rien dit, fit Al. J'croyais que Ta-Kumsaw avait déjà envoyé quelqu'un prévenir la famille qu'on allait bien.

— Tu connais c'que j'pense, Al ? J'pense que ton Prophète nous a tous pris pour des gourdes. J'vois pas du tout pourquoi, mais j'pense qu'il suit un plan, et le coup d'nous empêcher de retourner chez nous autres, ça fait partie du plan. Et comme not' famille, les voisins, tout l'monde, y vont forcément prendre les armes, c'est pas dur à comprendre ce qu'il cherche. Le Prophète veut qu'y ait par icitte une bonne petite guerre bien saignante.

— Non ! fit Alvin. Le Prophète dit qu'aucun homme a l'droit d'en tuer un autre qui veut pas mourir ; et c'est aussi mal de tuer un homme blanc qu'un loup ou un ours que tu veux pas manger.

— P't-être qu'il veut nous manger. Mais il va l'avoir, sa guerre, si on rentre pas à la maison dire aux parents qu'on est sains et saufs. »

Ce fut à cet instant que Ta-Kumsaw et le Prophète se turent. Et ce fut Mesure qui rompit le silence. « Vous croyez pas, vous autres, qu'il serait temps de nous renvoyer chez nous ? » demanda-t-il.

Le Prophète se laissa aussitôt descendre en position assise, jambes croisées, sur une couverture en face des deux Blancs.

« Rentre chez toi, Mesure, dit-il.

— Pas sans Alvin.

— Si, sans Alvin, fit le Prophète. S'il reste dans cette région, il mourra.

— Qu'esse vous m'chantez là ?

— Ce que j'ai vu de mes yeux ! dit le Prophète. Les choses à venir. Si Alvin rentre chez lui maintenant, il sera mort dans trois jours. Mais toi, tu pars, Mesure. Aujourd'hui, dans l'après-midi, c'est un très bon moment pour partir.

— Qu'esse vous allez faire d'Alvin ? Vous croyez qu'il sera plus en sécurité avec vous ?

— Pas avec *moi*, dit le Prophète. Avec mon frère.

— C'est une idée stupide ! s'écria Ta-Kumsaw.

— Mon frère va faire beaucoup de visites : les

Français à Détroit, les Irrakwas, la nation d'Appalachie, les Chok-Taws et les Cree-Eks, toutes les sortes d'hommes rouges, toutes les sortes de Blancs qui peuvent empêcher une très mauvaise guerre de se déclarer.

— Si je parle aux Rouges, Tenskwa-Tawa, je leur dirai de venir se battre avec moi et de rejeter les hommes blancs de l'autre côté des montagnes, jusqu'à leurs bateaux, jusque dans la mer !

— Dis-leur ce que tu veux, répondit Tenskwa-Tawa. Mais pars cet après-midi même et emmène le garçon blanc qui marche comme un homme rouge.

— Non », fit Ta-Kumsaw.

Une expression de douleur passa sur le visage du Prophète, et il eut un bref gémissement. « Alors toute la terre mourra, pas seulement une partie. Si tu ne fais pas ce que je dis aujourd'hui, alors l'homme blanc tuera toute la terre, d'un océan à l'autre, du nord au sud... toute la terre morte ! Et les hommes rouges mourront, sauf quelques-uns qui subsisteront sur d'horribles petites parcelles de déserts, comme dans des prisons, toute leur vie, parce que tu n'auras pas obéi à ce que j'ai vu dans ma vision !

— Ta-Kumsaw n'obéit pas à ces visions de fou ! Ta-Kumsaw est le visage de la terre, la voix de la terre ! L'oiseau rouge me l'a dit, et tu le sais, Lolla-Wossiky ! »

Le Prophète murmura : « Lolla-Wossiky est mort.

— La voix de la terre n'obéit pas à un Rouge-à-whisky borgne. »

Le Prophète était frappé au cœur, mais il garda le visage impassible. « Tu es la voix de la colère de la terre. Tu livreras bataille contre une armée puissante de Blancs. Je te le dis, cela se produira avant la première chute de neige. Si l'enfant blanc Alvin n'est pas avec toi, alors tu mourras dans la défaite.

— Et s'il est avec moi ?

— Tu vivras, dit le Prophète.

— J'suis content de partir avec Ta-Kumsaw», dit Alvin. Lorsque Mesure voulut protester, il lui toucha le bras. «T'as qu'à dire à p'pa et m'man que j'vais bien. Mais je *veux* y aller. Le Prophète me l'a dit, j'peux apprendre beaucoup plusse avec Ta-Kumsaw qu'avec n'importe qui au monde.

— Alors moi aussi, j'vais avec toi, dit Mesure. J'ai donné ma parole à p'pa et à m'man.»

Le Prophète posa sur Mesure un regard froid. «Tu retourneras chez les tiens.

— Alors Alvin, il s'en vient avec moi.

— Ce n'est pas toi qui décides, répliqua le Prophète.

— Et c'est vous ? Pourquoi donc ? Parce que c'est vos gars qu'ont les flèches ?»

Ta-Kumsaw tendit le bras, toucha Mesure à l'épaule. «Tu n'es pas bête, Mesure. Quelqu'un doit retourner dire à ton peuple qu'Alvin et toi n'êtes pas morts.

— Si j'pars sans lui, comment j'vais l'savoir, qu'il est pas mort, vous pouvez l'dire ?

— Tu le sauras, dit Ta-Kumsaw, parce que je te le dis : tant que je vivrai, aucun homme rouge ne fera du mal à ce garçon.

— Et tant qu'il est avec vous, personne peut vous faire du mal à vous non plus, c'est ça ? Mon p'tit frère est un otage, c'est tout...»

Mesure voyait bien que Ta-Kumsaw et Tenskwa-

Tawa avaient tous deux atteint la dernière limite de la rage avant qu'ils ne le tuent, et il se savait lui-même si furieux qu'il était prêt à écraser son poing sur la première figure venue. Et c'est ce qui aurait pu se produire si Alvin ne s'était levé pour prendre la situation en main, du haut de ses dix ans et de ses soixante pouces.

« Mesure, tu connais mieux qu'personne que j'peux faire attention tout seul. T'as qu'à dire à p'pa et m'man c'que j'ai fait aux Chok-Taws, et ils verront bien que j'suis capable. Ils voulaient que je m'en aille, n'importe comment, pas vrai ? Pour être apprenti forgeron. Eh ben, j'vais servir un p'tit moment d'apprenti à Ta-Kumsaw, c'est tout. Et l'monde connaît qu'en dehors p't-être de Tom Jefferson, Ta-Kumsaw est le plus grand homme d'Amérique. Si j'peux faire que Ta-Kumsaw reste en vie, alors c'est ça, mon devoir. Et si tu peux empêcher qu'y ait une guerre en rentrant chez nous autres, alors c'est ça, ton devoir, à toi. Tu comprends ? »

Oui, Mesure comprenait, parfaitement, et il était même d'accord. Mais il savait aussi qu'il allait devoir affronter ses parents. « Y a une histoire dans la Bible, à propos d'Joseph, le fils à Jacob. C'était l'fils préféré de son père, mais ses frères le détestaient et ils l'ont vendu comme esclave ; puis ils ont pris quèques-uns d'ses vêtements, ils les ont trempés dans du sang de chèvre, ils les ont mis en lambeaux et sont revenus dire à leur père : "Regarde, il s'est fait manger par des lions." Et le père, il a déchiré ses habits et il a pas arrêté d'avoir du chagrin, pour toujours.

— Mais *justement*, tu vas leur dire que j'suis pas mort.

— Je m'en vais leur dire que je t'ai vu ramollir une tête de hache comme du beurre, marcher sus l'eau, t'envoler dans une tornade... ça va les rassurer et leur faire chaud au cœur de savoir que tu mènes une vie tellement ordinaire avec ces Rouges-là. »

Ta-Kumsaw intervint. « Tu es un lâche, dit-il. Tu as peur de dire la vérité à ton père et ta mère.

— J'leur ai fait un serment, répliqua Mesure.

— Tu es un lâche. Tu ne prends pas de risque. Tu fuis le danger. Tu veux Alvin avec toi pour ta propre sécurité ! »

C'en était vraiment trop pour Mesure. Il balança le bras droit, visant le sourire de Ta-Kumsaw. Il ne s'étonna pas que Ta-Kumsaw bloque le coup, mais fut ahuri de voir avec quelle facilité il lui saisit le poignet et le tordit. Mesure, encore plus enragé, frappa de son autre poing vers l'estomac et cette fois toucha son but. Mais le chef avait le ventre aussi dur qu'une souche d'arbre et il lui attrapa cette main-là aussi ; il les tenait maintenant toutes les deux.

Mesure fit donc ce que sait faire tout bon lutteur. Il envoya son genou entre les jambes de Ta-Kumsaw.

Il n'avait jusqu'alors utilisé ce coup-là qu'en deux occasions, et chaque fois son adversaire s'était écroulé par terre, pour gigoter comme un ver à moitié écrabouillé. Ta-Kumsaw, lui, ne broncha pas, inflexible, comme s'il absorbait la douleur, de plus en plus furieux. Comme le Rouge lui tenait toujours les bras, Mesure crut sa dernière heure arrivée, proprement fendu en deux par le milieu... c'est dire à quel point Ta-Kumsaw avait l'air furibond.

Puis il le relâcha.

Mesure ramena ses bras, se frotta les poignets où

les doigts du chef avaient laissé des marques blanches et douloureuses. Ta-Kumsaw avait l'air en colère, c'est vrai, mais après Alvin. Il se retourna et baissa le regard sur le gamin comme s'il allait le peler avant de le manger tout cru.

« Tu as fait tes sales tours d'homme blanc sur moi, dit-il.

— J'voulais pas qu'vous vous fassiez du mal, tous les deux, dit Alvin.

— Tu crois que je suis un lâche comme ton frère ? Tu crois que je crains la douleur ?

— Mesure, c'est pas un lâche !

— Il m'a fait tomber avec des tours d'homme blanc. »

Mesure ne supporta pas d'entendre cette même accusation. « Tu connais que j'y ai pas demandé d'faire ça ! J'te prends tout d'suite, si tu veux ! À la loyale !

— En donnant un coup de genou ? fit Ta-Kumsaw. Tu ne sais pas te battre comme un homme.

— Je t'affronte à la manière que tu veux », dit Mesure.

Ta-Kumsaw sourit. « Le gatlopp, alors. »

Un bon nombre de Rouges s'étaient à présent attroupés ; quand ils entendirent le mot "gatlopp", ils laissèrent échapper des cris de joie et des rires.

Tous les Blancs d'Amérique connaissaient des histoires sur Daniel Boone, qui avait couru le gatlopp et qui avait continué de courir, la première fois qu'il avait échappé aux Rouges ; mais il en existait d'autres, des histoires, sur des Blancs qui s'étaient fait battre à mort. Mot-pour-mot en avait vaguement parlé durant son séjour l'année dernière. C'est comme un procès, il avait dit ; les Rouges te frappent, fort ou non, ça dépend s'ils jugent que tu mérites de mourir. S'ils t'estiment brave, ils cognent dur pour t'éprouver par la douleur. Mais s'ils te tiennent pour un lâche, ils te brisent les os, et tu ne sortiras jamais du gatlopp vivant. Le chef n'a pas autorité pour dire aux hommes avec quelle force il faut taper, ni où. C'est le système de justice le plus démocratique et le plus vicieux qui soit.

« Je vois que tu as peur du gatlopp, dit Ta-Kumsaw.

— 'videmment, tiens, répondit Mesure. Faudrait être idiot pour pas avoir peur, surtout avec tes gars qui ont déjà décidé que j'suis un lâche.

— Je passerai par le gatlopp avant toi, dit Ta-Kumsaw. Je leur dirai de me frapper aussi dur qu'ils te frappent.

— Ils le f'ront pas.

— Ils le feront si je leur demande », dit Ta-Kumsaw. Il dut remarquer la mine sceptique de Mesure car il ajouta : « Et s'ils ne le font pas, je recommencerai le gatlopp.

— Et s'ils me tuent, tu mourras ? »

Ta-Kumsaw parcourut du regard le corps de Mesure, de haut en bas. Mesure savait qu'il était maigre et costaud, à force d'abattre des arbres, de couper du bois, de porter des seaux, de ramasser les foins et de hisser des sacs de grain dans le moulin. Mais il n'était pas *coriace*. Il avait la peau horriblement cuite d'être resté quasiment nu en plein soleil, ici dans les dunes, malgré la couverture dont il avait essayé de se couvrir. Fort mais délicat, voilà quelle conclusion tira Ta-Kumsaw après avoir jaugé le corps de Mesure.

« Le coup qui te tuerait, dit-il, à moi, il me ferait un bleu.

— Alors, t'admets que c'est pas juste.

— C'est juste quand deux hommes affrontent la même douleur. Le courage, c'est quand deux hommes affrontent la même douleur. Tu ne veux pas que ce soit juste, tu veux que ce soit facile. Tu veux la sécurité. Tu es un lâche. Je savais que tu reculerais.

— Non, j'vais l'passer, ton gatlopp, dit Mesure.

— Et toi ! s'écria Ta-Kumsaw, le doigt pointé sur Alvin, tu ne touches à rien, tu ne guéris rien, tu ne soignes rien, tu n'enlèves pas la douleur ! »

Alvin ne répondit pas, il se contenta de le regarder. Mesure connaissait ce regard. Il prenait cet air-là quand il n'avait pas du tout l'intention de faire ce qu'on lui demandait.

« Al, fit Mesure. Vaudrait mieux m'promettre de pas t'en mêler. »

Al se borna à pincer les lèvres sans rien dire.

« Vaudrait mieux m'promettre de pas t'en mêler, Alvin junior, sinon j'rentre pas à la maison. »

Alvin promit. Ta-Kumsaw hocha la tête et s'éloigna pour parler en shaw-nee à ses hommes. Mesure se sentait malade de peur.

« Pourquoi as-tu peur, homme blanc ? demanda le Prophète.

— J'suis pas idiot, tiens, dit Mesure. Y a qu'un idiot pour pas avoir peur de courir le gatlopp. »

Le Prophète éclata de rire et s'en alla plus loin.

Alvin s'était rassis sur le sable ; il écrivait, ou dessinait, on ne savait trop, avec son doigt.

« T'es pas fâché contre moi, hein, Alvin ? Parce que, j'vais te dire, si t'es fâché contre moi, moi je l'suis deux fois plus contre toi. Tu leur dois rien, à ces Rouges, alors que des devoirs, t'en as envers ton papa et ta maman. Les choses étant ce qu'elles sont, j'peux pas te forcer, mais j'peux te dire que ça m'fait honte de te voir de leur bord contre ta famille et moi. »

Al leva les yeux, et des larmes en coulaient. « P't-être que j'suis quand même du bord de ma famille, t'y as pensé ?

— Ben alors, t'as une drôle de façon d'faire, surtout quand on connaît que tu vas laisser p'pa et m'man s'manger les sangs pendant des mois, sûrement.

— Tu vois donc pas plus grand que not' famille à nous autres ? Tu t'es pas dit que l'Prophète, il suivait p't-être un plan pour sauver des milliers de Rouges et de Blancs ?

— C'est là qu'on n'est pas d'accord, fit Mesure. Moi, j'crois qu'y a *rien* au-dessus de not' famille. »

Alvin écrivait toujours quand il s'éloigna. Il ne vint même pas à l'idée de Mesure que son frère écrivait dans le sable. Il avait vu, mais il n'avait pas *regardé*, il n'avait pas lu. Pourtant, à présent, les mots lui revenaient à l'esprit. SAUVE-TOI VITE, voilà ce qu'avait écrit Al. Un message à son intention ? Pourquoi il ne l'avait pas dit tout haut, alors ? Rien n'avait de sens. Les mots ne lui étaient probablement pas destinés. Et il n'allait sûrement pas s'enfuir pour que Ta-Kumsaw et tous les Rouges se figurent pour de bon qu'il était un lâche. Et qu'est-ce que ça changerait s'il se mettait à courir maintenant ? Les Rouges l'attraperaient en un rien de temps, là-bas dans les bois, et ils le feraient quand même passer par le gatlopp ; seulement, ce serait encore pire pour lui.

Les guerriers formèrent deux rangs dans le sable. Ils portaient de lourdes branches ramassées par terre ou coupées sur les arbres. Mesure regarda un vieil homme ôter les colliers du cou de Ta-Kumsaw puis le débarrasser de son pagne. Le chef se tourna vers Mesure et sourit. « L'homme blanc est tout nu quand il n'a pas de vêtement. L'homme rouge n'est jamais nu sur sa terre. Le vent, c'est mon vêtement, et aussi le feu du soleil, la poussière de la terre, l'eau de la pluie. Tous, ils m'habillent. Je suis la voix et le visage de la terre !

— On y va, dit Mesure.

— Je connais quelqu'un qui dit qu'un homme comme toi n'a pas de poésie dans l'âme, dit Ta-Kumsaw.

— Et moi, j'connais plein d'monde qui dit qu'un homme comme toi n'a pas d'âme du tout. »

Ta-Kumsaw lui lança un regard mauvais, aboya quelques mots à ses hommes, puis s'avança entre les deux rangées.

Il marchait sans hâte, le menton relevé, arrogant. Le premier Rouge le frappa en travers des cuisses avec le petit bout d'une branche. Ta-Kumsaw la lui arracha des mains, la retourna dans l'autre sens et la lui rendit pour qu'il le frappe à nouveau, cette fois dans la poitrine ; le coup expulsa l'air de ses poumons. De sa place, Mesure l'entendit grogner.

Les deux rangées se poursuivaient jusqu'en haut d'une dune, et l'ascension de la colline était lente. Ta-Kumsaw ne s'arrêta jamais sous les coups. Ses hommes gardaient une mine sombre, consciencieuse.

Ils lui permettaient de montrer son courage, alors ils lui faisaient mal, mais sans porter de coups irrémédiables. Les cuisses, le ventre et les épaules étaient particulièrement visés. Rien aux jambes, rien au visage. Mais n'allez pas croire qu'il avait la partie belle. Mesure voyait ses épaules, en sang à cause de l'écorce rugueuse des branches. Il s'imaginait recevoir les coups qui pleuvaient et savait qu'on le frapperait plus fort. Je suis le roi des imbéciles, se dit-il. Me voici à mesurer mon courage avec le plus grand homme d'Amérique, de l'avis de tout le monde.

Ta-Kumsaw parvint au bout et se retourna pour faire face à Mesure depuis le haut de la dune. Il avait le corps qui dégoulinait de sang et il souriait. « Viens me rejoindre, brave homme blanc », lança-t-il.

Mesure n'hésita pas. Il s'avança vers le gatlopp. Ce fut une voix derrière lui qui l'arrêta. Le Prophète, qui criait en shaw-nee. Les Rouges le regardèrent. Quand il eut fini, Ta-Kumsaw cracha. Mesure, ignorant de ce qu'il avait dit, repartit en avant. Quand il parvint au premier Rouge, il s'attendit au même genre de coup qu'avait reçu Ta-Kumsaw. Mais il ne se passa rien. Il fit un autre pas. Rien. Peut-être que pour montrer leur mépris ils voulaient le frapper dans le dos, mais il grimpa de plus en plus haut sur la dune sans qu'il y ait le moindre coup, le moindre geste.

Il aurait dû se sentir soulagé, il le savait, mais au lieu de ça il était en colère. Ils avaient permis à Ta-Kumsaw de montrer son courage, et voilà que du passage de Mesure dans le gatlopp ils faisaient un parcours de honte et non d'honneur. Il se retourna brusquement pour s'adresser au Prophète qui se tenait au pied de la dune, un bras sur les épaules d'Alvin.

« Qu'esse que vous leur avez dit ?

— Je leur ai dit que s'ils te tuaient, tout le monde croirait que Ta-Kumsaw et le Prophète ont enlevé les jeunes garçons pour les assassiner. Je leur ai dit que s'ils te faisaient la moindre marque, quand tu rentrerais chez toi tout le monde croirait que nous t'avons torturé.

— Et moi, j'dis que j'veux ma chance de montrer que j'suis pas un lâche !

— Le gatlopp est une idée stupide, bonne pour ceux qui oublient leur devoir. »

Mesure baissa la main et arracha un gourdin de celle d'un homme rouge. Il s'en frappa les cuisses, frappa et frappa encore, cherchant à faire couler le sang. C'était douloureux, mais pas trop, parce que, volontairement ou non, ses bras hésitaient à infliger des coups au corps dont ils dépendaient. Alors il rendit brutalement le gourdin au guerrier et lui demanda : « Tape-moi !

— Plus un homme est grand, plus il sert d'autres hommes, dit le Prophète. Un homme petit ne sert que lui-même. Plus grand, il sert sa famille. Encore plus grand, sa tribu. Puis son peuple. Il est le plus grand quand il sert tous les hommes et toutes les terres. Pour toi-même, tu montres du courage. Pour ta famille, ta tribu, ton peuple, mon peuple, pour la terre et tous ceux qui y vivent, tu passes par le gatlopp sans avoir de marques sur toi. »

Lentement, Mesure lui tourna le dos, gravit la colline jusqu'à Ta-Kumsaw sans qu'on le touche.

Ta-Kumsaw recracha par terre, cette fois aux pieds de Mesure.

« J'suis pas un lâche », dit Mesure.

Ta-Kumsaw s'en alla. Il descendit la colline, tantôt en marchant, tantôt en trébuchant, tantôt en glissant. Les guerriers du gatlopp s'en allèrent eux aussi. Mesure resta au sommet de la colline ; il enrageait, il se sentait humilié, abusé.

« Pars ! hurla le Prophète. Marche vers le sud ! »

Il tendit un petit sac à Alvin qui grimpa la colline à quatre pattes et le remit à son frère. Mesure l'ouvrit. Il contenait du pemmican et du maïs séché qu'il sucerait en route.

« Tu t'en viens avec moi ? demanda Mesure.

— J'vais avec Ta-Kumsaw, répondit Alvin.

— J'aurais pu y passer, par leur gatlopp, dit Mesure.

— Je sais, dit Alvin.

— S'il voulait pas que j'y passe, comment ça s'fait que l'Prophète a permis qu'on l'prépare ?

— Il l'a pas dit. Mais y a quèque chose de terrible qui va arriver. Et ça, il *veut* qu'ça arrive. Si t'étais parti avant, quand je t'ai dit de t'ensauver...

— Ils m'auraient rattrapé, Al.

— Ça valait l'coup d'essayer. Asteure, en t'en allant, tu fais exactement ce qu'il veut.

— Il a en tête que j'me fasse tuer, ou quoi ?

— Il m'a promis que tu t'en sortirais vivant, Mesure. Et toute la famille. Ta-Kumsaw et lui aussi.

— Alors, qu'esse qui va s'passer de si terrible ?

— J'sais pas. Et ça m'fait peur. J'crois qu'il m'envoie avec Ta-Kumsaw pour m'sauver la vie. »

Une fois encore. Mesure tenta sa chance :

« Alvin, si tu m'aimes, viens-t'en avec moi. »

Alvin se mit à pleurer. « Mesure, je t'aime, mais j'peux pas. » Sans cesser de pleurer, il dévala la dune. Ne voulant pas assister à son départ, Mesure se mit en marche. Presque plein sud, légèrement à l'est. Il n'aurait pas de difficulté à trouver son chemin. Mais il était malade de peur, et de honte pour les avoir laissés lui dire de partir sans son frère. J'ai tout raté. Je suis quasiment bon à rien.

Il marcha le reste de la journée et passa la nuit sur un tas de feuilles, dans un creux de terrain. Le lendemain, il marcha jusqu'en fin d'après-midi, lorsqu'il parvint à une rivière coulant vers le sud. Elle devait se jeter dans la Tippy-Canoe ou la Wobbish, l'une ou l'autre. Elle était trop profonde pour qu'il se déplace dans son lit et la berge trop envahie de végétation pour qu'il puisse la longer. Il garda donc le cours d'eau à portée d'oreille et progressa à travers bois. Il n'était pas un Rouge, aucun doute là-dessus. Il s'écorchait aux buissons et aux branches, les insectes le piquaient ; ça ne lui faisait aucun bien sur ses coups de soleil. Et il n'arrêtait pas de foncer tête baissée dans des fourrés dont il ne pouvait ressortir qu'en faisant demi-tour. Comme si la terre était son ennemie, qu'elle le ralentissait. Il rêvait d'un cheval et d'une bonne route.

Pourtant, ç'avait beau être dur de traverser la forêt, il se sentait de taille à le faire. En partie parce qu'Alvin lui avait durci les pieds. En partie parce qu'il respirait plus profondément qu'avant. Mais il y avait plus. On avait insufflé dans ses muscles une force qu'il n'avait jamais ressentie jusqu'alors. Il n'avait jamais été aussi vivant que maintenant. Et il songea :

« Si j'avais un cheval en ce moment, j'crois bien que j'aimerais faire le chemin à pied. »

Ce fut à l'approche du soir du second jour qu'il entendit un bruit de pataugeage du côté de la rivière. Pas d'erreur : on menait des chevaux au pas dans son lit. Ça voulait dire des Blancs, peut-être même des gens de Vigor Church qui les recherchaient toujours, Alvin et lui.

Il se fraya tant bien que mal un chemin jusqu'au cours d'eau, en s'égratignant affreusement au passage. Ils se dirigeaient vers l'aval, loin de lui, quatre hommes à cheval. Ce ne fut qu'une fois dans la rivière, braillant à tue-tête, qu'il remarqua leur uniforme vert de l'armée des États-Unis. Il n'avait jamais entendu dire qu'ils remontaient jusque dans ces régions. C'était un pays où les Blancs ne s'aventuraient guère, pour ne pas provoquer les Français de Fort Chicago.

Ils l'entendirent tout de suite et firent pivoter leurs montures afin de le repérer. À peine l'eurent-ils aperçu que trois d'entre eux apprêtèrent leur mousquet.

« Tirez pas ! » s'écria Mesure.

Les soldats vinrent vers lui, progressant avec lenteur à cause des chevaux qui peinaient à remonter le courant.

« Tirez pas, pour l'amour du Ciel, dit Mesure. Regardez, j'suis pas armé, j'ai même pas d'couteau.

— Il cause drôlement bien anglais, hein ? fit un soldat à son voisin.

— 'videmment, tiens ! J'suis un Blanc.

— Elle est bonne, celle-là, fit un autre soldat. C'est la première fois que j'en entends un qui s'dit blanc. »

Mesure baissa les yeux sur sa peau. Elle était écarlate à cause des coups de soleil, mais beaucoup plus claire que chez n'importe quel vrai Rouge. Il portait un pagne, il était sale et avait l'air d'un sauvage. Mais sa barbe avait un peu poussé, non ? Pour une fois, il aurait voulu être velu, exhiber une grosse barbe épaisse et une toison sur la poitrine. Là, il n'y aurait pas eu d'erreur, car les Rouges n'étaient guère poilus. Dans la circonstance, les soldats ne remarqueraient pas le duvet clair de sa moustache ou les rares poils de son menton avant de s'être approchés tout près.

Et ils ne prenaient pas de risques non plus. Un seul s'avança vers lui. Les autres restèrent en arrière, le mousquet à la main, prêts à ouvrir le feu au cas où Mesure aurait des comparses postés en embuscade sur la berge. Il comprit que l'homme qui chevauchait vers lui crevait de trouille, à sa façon de regarder d'un côté puis de l'autre, comme s'il s'attendait à voir un Rouge lui décocher une flèche. Quel crétin, se dit Mesure ; il y avait peu de chance de surprendre un Rouge dans les bois avant d'avoir déjà sa flèche dans le corps.

Le soldat ne vint pas directement à lui. Il lui tourna autour pour se placer à côté. Puis il fit une boucle à une corde et la jeta dans sa direction. « Tu t'attaches ça autour de la poitrine, sous les bras, dit le soldat.

— Pour quoi donc faire ?

— Comme ça, j'pourrai t'emmener.

— Des clous, fit Mesure. Si j'avais su qu'vous alliez m'traîner au bout d'une corde au milieu d'la rivière, je s'rais resté sus la berge pour rentrer tout seul à pied.

— Et si tu t'passes pas c'te corde autour dans les cinq secondes, les collègues vont t'faire sauter la tête.

— Qu'esse que c'est, cette histoire? demanda Mesure. J'suis Mesure Miller. J'ai été capturé avec mon p'tit frère Alvin y a presque une semaine et je m'en r'tourne chez moi à Vigor Church.

— Eh ben, c'est-y pas beau, ça?» fit le soldat. Il ramena la corde à lui, toute trempée, et la jeta à nouveau. Cette fois, Mesure la reçut dans la figure. Il l'attrapa et la retint dans sa main. Le soldat tira son épée. «Tenez-vous prêts à tirer, les gars! cria-t-il. C'est l'renégat, c'est lui!

— Renégat? Je...»

Mesure finit par se dire que quelque chose ne tournait pas rond. Ils savaient qui il était et ils voulaient quand même le faire prisonnier. Avec trois mousquets et l'épée qu'on lui pointait sous le nez, ils avaient une bonne chance de le tuer à la moindre tentative de fuite. C'était l'armée des États-Unis, non? Une fois qu'ils l'auraient amené auprès d'un officier, il pourrait s'expliquer et tout s'arrangerait. Il se passa donc la corde par-dessus la tête et tira la boucle autour de sa poitrine.

Ce ne fut pas trop pénible tant qu'ils restèrent dans l'eau; parfois il se laissait flotter. Mais bientôt les soldats sortirent du lit de la rivière et l'obligèrent alors à marcher à leur suite tandis qu'ils avançaient avec précaution à travers bois. Ils décrivaient un arc de cercle par l'est, ils contournaient Vigor Church par-derrière.

Mesure essaya de parler, mais ils lui ordonnèrent de la fermer. «J'te préviens, on nous a dit qu'on pouvait ramener les renégats de ton espèce morts ou vifs.

Un Blanc accoutré comme un Rouge... on connaît c'que tu vaux. »

De leur conversation, il parvint à glaner quelques renseignements. Ils étaient en reconnaissance pour le compte du général Harrison. Ça le rendait malade, Mesure, de penser qu'on en était arrivé à inviter cette fripouille de trafiquant d'alcool à monter dans le Nord. Et il avait rappliqué drôlement vite, en plus.

Ils campèrent pour la nuit dans une clairière. Ils faisaient un bruit épouvantable, et Mesure se dit que ce serait miracle s'ils n'avaient pas tous les Rouges du pays à fouiner dans le coin avant l'aube.

Le lendemain, il refusa tout net qu'on le traîne au bout d'une corde. « J'suis presque nu, j'ai pas d'armes, alors vous m'tuez ou vous m'laissez monter à cheval. » Ils avaient beau dire qu'ils pouvaient le ramener mort ou vif, Mesure savait que c'étaient des accroires. Malgré leur rudesse, ces hommes n'avaient pas très envie de tuer des Blancs de sang-froid. Il se retrouva donc en croupe derrière un soldat qu'il tenait par la taille. Ils gagnèrent bientôt une région sillonnée de routes et de pistes et progressèrent plus vite.

Juste après midi, ils atteignirent un camp militaire. Pas très nombreux, les militaires : peut-être une centaine en uniformes, plus deux cents autres marchant au pas et faisant l'exercice sur une pâture transformée en terrain de manœuvres. Mesure ne se souvenait pas du nom de la famille qui vivait ici. Il s'agissait de nouveaux venus, frais débarqués de la région de Carthage. De toute manière, leur identité n'avait plus d'importance. Harrison avait établi son quartier général dans leur maison, et les éclaireurs y conduisirent tout droit Mesure.

« Ah, fit Harrison. L'un des renégats.

— J'suis pas un renégat, dit Mesure. On m'a malmené comme un prisonnier tout le long du chemin. Les Rouges m'ont mieux traité que vos soldats blancs, moi j'vous l'dis.

— Ça ne m'étonne pas, fit Harrison. Ils t'ont très bien traité, j'en suis sûr. Il est où, l'autre renégat ?

— L'autre renégat ? Vous voulez dire mon frère Alvin ? Vous connaissez qui j'suis et vous m'laissez pas m'en retourner chez moi ?

— Tu réponds à mes questions, je verrai ensuite si je réponds aux tiennes.

— Mon frère Alvin, il est pas icitte et il va pas venir ; et vu c'que j'vois, j'suis bien content qu'il soye pas venu.

— Alvin ? Ah oui, on m'a dit que tu prétendais être Mesure Miller. Eh bien, nous savons que Mesure Miller a été assassiné par Ta-Kumsaw et le Prophète. »

Mesure cracha par terre. « Vous l'*savez* ? À cause de quèques vêtements déchirés avec du sang dessus ? On m'la fait pas aussi facilement. Vous croyez que j'vois pas c'que vous mijotez ?

— Mettez-le en cellule, dit Harrison. Et qu'on le soigne bien.

— Vous tenez pas du tout à c'que l'monde connaisse que j'suis vivant, par rapport qu'il se dirait qu'on a pas besoin d'vous dans le Nord ! cria Mesure. Je serais pas étonné d'apprendre que c'est vous qu'avez envoyé ces Chok-Taws nous capturer !

— Si c'est vrai, fit Harrison, à ta place je ferais

attention à mes façons de parler et à ce que je raconte. Je me soucierais surtout de rentrer chez moi vivant, si *possible*. Regarde-toi donc, mon gars. La peau rouge comme un cardinal, un pagne, l'air d'un sauvage, un vrai cauchemar. Non, je crois que s'il arrivait qu'on t'abatte par erreur, personne ne nous le reprocherait, absolument personne.

— Mon père le saurait, répliqua Mesure. Ce genre d'invention, ça prend pas avec lui, Harrison. Et Armure-de-Dieu, il...

— Armure-de-Dieu ? Cette pitoyable mauviette ? Celui qui raconte partout que Ta-Kumsaw et le Prophète sont innocents et qu'on ne devrait pas se préparer à leur régler leur compte ? Plus personne ne l'écoute, Mesure.

— On l'écoutera. Alvin est vivant, et lui, vous l'attraperez jamais.

— Pourquoi ça ?

— Il est avec Ta-Kumsaw.

— Ah, et où donc ?

— Pas par icitte, vous pouvez en être sûr.

— Tu l'as vu ? Et le Prophète ? »

La lueur d'intérêt dans les yeux de Harrison fit reculer Mesure et l'incita à tenir sa langue. « J'ai vu c'que j'ai vu, répondit-il. Et je dis c'que j'dis.

— Dis plutôt ce que je te demande, sinon tu es déjà mort, le menaça Harrison.

— Tuez-moi, et j'dirai rien du tout. Mais j'vais vous raconter quèque chose. J'ai vu l'Prophète appeler une tornade dans une tempête. Je l'ai vu marcher sus l'eau. Je l'ai vu prophétiser, et ses prophéties se sont toutes réalisées. Il connaît tout c'que vous manigancez. Vous croyez faire à votre volonté, mais en fin de compte vous servirez ses plans à lui, attendez et vous verrez.

— Quelle idée ! fit Harrison en gloussant. Si je comprends bien, mon gars, ça sert ses plans que tu sois en mon pouvoir, hein ? » Il adressa des deux mains un signe aux soldats qui entraînèrent Mesure dehors et le firent descendre dans le caveau à légumes. Ils le soignèrent comme il faut en cours de route : ils l'envoyèrent à terre à coups de pieds, à coups de poings, et s'en donnèrent à cœur joie avant de le balancer dans l'escalier et de barricader la porte derrière lui.

Comme les fermiers venaient de la région de Carthage, la porte du caveau avait une serrure en plus d'une barre. Au milieu des carottes, des patates et des araignées, Mesure étudia les battants du mieux qu'il put. Son corps n'était que douleurs. Toutes les écorchures et tous les coups de soleil n'étaient rien auprès des chairs à vif à l'intérieur de ses cuisses, pour avoir chevauché en croupe les jambes nues. Et ça, ce n'était rien comparé à ce qu'il endurait après la rossée qu'on lui avait administrée entre la maison et son cachot.

Mesure ne perdit pas davantage de temps. Il en savait assez pour comprendre que Harrison ne pouvait pas le laisser repartir vivant. Il avait lancé ses éclaireurs à leur recherche, à Alvin et lui. S'ils restaient en vie, ça ruinerait tous ses plans, et ce serait vraiment dommage car les événements tournaient à son avantage. Après tant d'années, voilà qu'il s'installait à Vigor Church, qu'il transformait les hommes du cru en soldats et que plus personne n'écoutait Armure-de-Dieu.

Mesure n'aimait pas beaucoup le Prophète, mais à côté de Harrison le Prophète était un saint.

Un saint, vraiment ? Le Prophète lui avait fait attendre le gatlopp... pourquoi ? Pour qu'il parte dans l'après-midi de l'avant-veille et non pas dans la matinée. Pour qu'il arrive à la Tippy-Canoe au moment où les soldats la descendaient. Il aurait sinon gagné Prophetville et traversé la rivière pour revenir à Vigor Church sans avoir croisé le moindre soldat. Ils ne l'auraient jamais trouvé s'il ne les avait pas entendus et appelés lui-même. Est-ce que tout ça faisait partie du plan du Prophète ?

Bah, et puis après ? Peut-être que c'était une bonne chose, le plan du Prophète, et peut-être que non... Pour l'instant, Mesure n'en pensait guère de bien. Mais il n'allait sûrement pas attendre de voir quelle tournure il prendrait, sagement assis dans un caveau à légumes.

Il se fraya un passage à travers les pommes de terre jusqu'au fond du cellier. Il y avait à son goût trop de toiles d'araignée qui lui collaient à la figure et se prenaient dans ses cheveux, mais l'heure n'était pas à se soucier de la propreté des lieux. Il se dégagea bientôt un espace dans le fond et repoussa le plus gros des pommes de terre vers l'avant. Quand ils ouvriraient les battants, ils ne verraient qu'un tas de patates. Rien ne révélerait son déblayage.

Le caveau était bâti sur le modèle courant. On avait fait un trou, on l'avait boisé pour recevoir un toit, puis on avait recouvert le toit de toute la terre retirée du trou. Il pourrait creuser dans la paroi du fond et remonter derrière son cachot sans que ça se remarque de la maison. Il lui faudrait creuser avec les mains, mais c'était du bon terreau de la Wobbish. Une fois sorti, il ressemblerait davantage à un Noir qu'à un Rouge, mais il s'en fichait pas mal.

L'ennui, c'est que la paroi du fond, ce n'était pas de la terre mais du bois. Ils avaient muré le caveau, du haut en bas. Des gens consciencieux. Le sol était en terre, bon. Mais ça voulait dire creuser un tunnel par en dessous de la paroi avant de remonter. Pour ce travail, la nuit ne suffirait plus, il lui faudrait des jours. Et à n'importe quel moment on pourrait le prendre sur le fait. Ou tout bonnement le traîner dehors et l'abattre. Ou même ramener les Chok-Taws pour qu'ils achèvent ce qu'ils avaient commencé... qu'ils lui donnent l'air d'une victime torturée par Ta-Kumsaw et le Prophète. Tout était possible.

Il n'était pas à plus de dix milles de chez lui. Ça, ça le rendait carrément fou. Si près des siens, et eux ne s'en doutaient même pas, ils ne savaient pas qu'il avait besoin de leur aide. Il se souvint de la fillette de la Hatrack, des années plus tôt, cette torche qui les avait vus bloqués dans la rivière et qui leur avait envoyé du secours. C'est ce qui me faudrait en ce moment, j'ai besoin d'une torche, quelqu'un qui me découvrirait et m'enverrait du secours.

Mais il y avait peu de chances que ça arrive. Pas à lui, Mesure. Ah, s'il s'agissait d'Alvin, il se produirait au moins huit miracles, tout le nécessaire pour le sortir de là vivant. Mais Mesure, lui, ne pouvait compter que sur lui-même.

Il creusait depuis dix minutes quand il s'arracha la moitié d'un ongle. Ça faisait très mal, et il savait qu'il saignait. Si on le sortait maintenant, on saurait qu'il perçait un tunnel. Mais c'était sa seule chance. Il continua donc de creuser, malgré la douleur, s'arrêtant de temps en temps pour rejeter une pomme de terre qui avait roulé dans le trou.

Il ne tarda pas à retirer son pagne pour se faciliter la tâche. Il grattait la terre avec les mains, puis il l'entassait sur le tissu qu'il hissait hors de l'excavation. C'était moins efficace qu'avec une pelle, mais beaucoup mieux que d'enlever le déblai poignée par poignée. Il disposait de combien de temps ? Des jours ? Des heures ?

XI

L'enfant rouge

Mesure était parti depuis moins d'une heure. Ta-Kumsaw se tenait au sommet d'une dune, l'enfant blanc Alvin à son côté. Et devant lui : Tenskwa-Tawa. Lolla-Wossiky. Son frère, le jeune garçon qui avait jadis pleuré la mort des abeilles. Un prophète, soi-disant. Dont les paroles exprimaient la volonté de la terre, soi-disant. Des paroles de lâcheté, de reddition, de défaite, d'anéantissement.

« C'est le serment de la terre en paix, disait le Prophète. Ne prendre aucune arme de l'homme blanc, aucun outil de l'homme blanc, aucun vêtement de l'homme blanc, aucune nourriture de l'homme blanc, aucune boisson de l'homme blanc et aucune promesse de l'homme blanc. Surtout, ne jamais prendre une vie qui ne s'offre pas d'elle-même à la mort. »

Les Rouges qui l'entendaient savaient déjà tout cela, comme Ta-Kumsaw. La plupart de ceux qui les avaient suivis au lac Mizogan avaient déjà refusé le pacte du Prophète, bon pour les faibles. Ils avaient prêté un autre serment, le serment de la terre en colère, le serment que leur avait proposé Ta-Kumsaw. Tous les hommes blancs vivront sous la loi de l'homme rouge, sinon ils devront leur abandonner la terre ou bien mourir. Le Rouge pourra se servir des armes de l'homme blanc, mais seulement pour se défendre contre le meurtre et le vol. Aucun homme rouge ne torturera ni ne tuera un prisonnier, homme, femme ou enfant. Et surtout, aucune mort de Rouge ne restera impunie.

Ta-Kumsaw savait que si tous les Rouges d'Amérique prêtaient son serment, ils auraient encore espoir de vaincre l'homme blanc. Les Blancs ne s'étaient autant propagés que parce que les Rouges n'avaient jamais pu s'unir derrière un seul chef. Les Blancs parvenaient toujours à conclure une alliance avec une ou deux tribus qui les guidaient dans la forêt impénétrable et les aidaient à trouver l'ennemi. Si certains Rouges n'avaient pas choisi de devenir renégats — comme les innommables Irrakwas, les Cherrikys métis —, alors les hommes blancs n'auraient pas survécu sur la terre de ce pays. Ils se seraient fait engloutir, ils auraient disparu, comme avaient disparu tous les autres groupes venus de l'ancien monde.

Lorsque le Prophète eut terminé son appel, ils ne furent qu'une poignée à lui prêter serment, à vouloir l'accompagner. Il avait l'air triste, songea Ta-Kumsaw. Accablé. Il tourna le dos à ceux qui restaient, les guerriers, ceux qui allaient combattre l'homme blanc. « Ces hommes sont à toi, dit le Prophète. J'aurais aimé qu'il y en ait moins.

— Ils sont à moi, oui, mais j'aurais aimé qu'il y en ait plus.

— Oh, tu trouveras assez d'alliés. Chok-Taws, Cree-Eks, Chicky-Saws, les cruels Semmy-Nolls de l'Oky-Fenoky. Assez pour réunir la plus grande armée de Rouges jamais vue sur cette terre, tous assoiffés du sang de l'homme blanc.

— Reste à mes côtés pour cette bataille, dit Ta-Kumsaw.

— En tuant, tu perdras ta cause, dit le Prophète. Moi, je gagnerai la mienne.

— En mourant.

— Si la terre me demande de mourir, je répondrai.

— Et tout ton peuple avec toi. »

Le Prophète secoua la tête. « J'ai vu ce que j'ai vu. Ceux qui me suivent font partie de la terre comme l'ours ou le bison, l'écureuil ou le castor, le dindon, le faisan ou le tétras. Tous ces animaux n'ont pas bougé pour recevoir ta flèche, n'est-ce pas ? Ou ils ont tendu le cou à ton couteau. Offert la tête à ton tommy-hawk.

— Ce sont des animaux, destinés à donner leur viande.

— Ils sont vivants, destinés à vivre jusqu'à leur mort, et quand ils meurent, c'est pour que d'autres vivent.

— Pas moi. Pas mon peuple. Nous ne tendrons pas le cou au couteau de l'homme blanc. »

Le Prophète prit Ta-Kumsaw par les épaules, le visage baigné de larmes. Il pressa la joue contre celle de son frère, la mouillant de ses pleurs.

« Viens me retrouver de l'autre côté du Mizzipy, quand tout sera terminé, dit le Prophète.

— Je ne laisserai jamais diviser la terre, dit Ta-Kumsaw. L'Est n'appartient pas à l'homme blanc.

— L'Est mourra, dit le Prophète. Suis-moi dans l'Ouest, là où l'homme blanc n'ira jamais. »

Ta-Kumsaw ne répondit rien.

L'enfant blanc Alvin toucha la main du Prophète. « Tenskwa-Tawa, ça veut dire que j'irai jamais dans l'Ouest ? »

Le Prophète se mit à rire. « Pourquoi t'enverrais-je avec mon frère, à ton avis ? Si quelqu'un peut faire un garçon rouge d'un blanc, c'est bien Ta-Kumsaw.

— Je ne veux pas de lui, dit Ta-Kumsaw.

— Prends-le ou meurs », dit le Prophète.

Puis il descendit le versant de la dune vers la douzaine d'hommes qui l'attendaient, les paumes dégouttantes de sang pour sceller le pacte. Ils suivirent la rive du lac afin de rejoindre leurs familles, un peu plus loin. Demain ils seraient de retour à Prophetville. Mûrs pour l'abattoir.

Ta-Kumsaw attendit que le Prophète ait disparu derrière une dune. Puis il cria aux centaines d'hommes restés avec lui : « Quand l'homme blanc connaîtra-t-il la paix ?

— Quand il partira ! hurlèrent-ils. Quand il mourra ! »

Ta-Kumsaw éclata de rire et tendit les bras. Il sentait leur amour et leur confiance comme la chaleur du soleil par un jour d'hiver. Des hommes moins valeureux avaient déjà éprouvé cette chaleur, mais elle les avait oppressés, parce qu'ils n'étaient pas dignes de la confiance qu'on leur accordait. Elle n'oppressait pas Ta-Kumsaw. Il avait pris sa propre mesure et savait qu'il n'y avait pas de tâche à venir qu'il ne pouvait accomplir. Seule la traîtrise le priverait de la victoire. Et Ta-Kumsaw était très doué pour deviner le cœur d'un homme. Discerner la loyauté. Discerner le mensonge. N'avait-il pas tout de suite deviné le gouverneur Harrison ? Un homme pareil ne pouvait pas se cacher de lui.

Ils ne partirent que plusieurs minutes plus tard. Quelques dizaines d'hommes conduisaient les femmes et les enfants vers le nouvel emplacement où ils allaient installer leur village nomade. Ils ne restaient pas plus de trois jours au même endroit ; un village permanent comme Prophetville était une invitation au massacre. Le Prophète ne devait son salut qu'au nombre des habitants de sa cité. Dix mille Rouges y vivaient désormais ; on n'en avait jamais connu autant rassemblés dans une même communauté. Et c'était réellement une cité miraculeuse, Ta-Kumsaw le savait. Le maïs y donnait cinq épis par pied, les plus gros et les plus juteux qu'on avait jamais vus. Le bison et le cerf y entraient d'un pas paisible, venant de cent milles à la ronde, s'approchaient des feux et s'allongeaient dans l'attente du couteau. Quand un vol d'oies passait dans le ciel, quelques-unes descendaient se poser sur la Wobbish et la Tippy-Canoe, dans l'attente de la flèche. Le poisson remontait l'Hio pour sauter dans les filets de Prophetville.

Tout cela ne vaudrait plus rien si l'homme blanc amenait ses canons pour tirer de la mitraille et des shrapnels sur les fragiles loges et wigwams de la cité rouge. Le métal brûlant traverserait les parois délicates ; cette grêle de mort ne se laisserait pas arrêter par de la boue et des morceaux de bois. Ce jour-là, chaque homme rouge de Prophetville regretterait son serment.

Ta-Kumsaw les entraîna dans la forêt. Le garçon blanc courait sur ses talons. Ta-Kumsaw avait délibérément imposé un train d'enfer, deux fois plus rapide que lorsqu'ils avaient amené l'enfant et son frère au lac Mizogan. Il y avait deux cents milles jusqu'à Fort Détroit, et Ta-Kumsaw était décidé à couvrir la distance en une seule journée. Aucun homme blanc n'en était capable... aucun cheval d'homme blanc non plus, d'ailleurs. Un mille toutes les cinq minutes, sans relâche. Le vent se ruait dans sa houppe de cheveux. Courir si vite une demi-heure durant aurait tué n'importe qui, mais l'homme rouge en appelait à la force de la terre pour l'aider. Le sol lui repoussait les pieds, accroissant sa détente. Les buissons s'écartaient et lui ouvraient des passages ; des espaces se créaient là où il n'en existait pas ; Ta-Kumsaw traversait si vite les ruisseaux et les rivières que ses pieds n'en touchaient pas le lit, ils s'enfonçaient juste assez pour trouver un appui sur l'eau proprement dite. Son désir d'arriver à Fort Détroit était si impérieux que la terre lui répondait en le nourrissant, en le gratifiant de sa force. Et non seulement Ta-Kumsaw, mais aussi tous les autres à sa suite ; chaque homme rouge sentant la terre au fond de soi trouvait la même force que son chef, passait sur la même piste, foulée après foulée, comme une seule grande âme parcourant une longue route déliée à travers bois.

Je vais devoir porter le jeune Blanc, songeait Ta-Kumsaw. Mais la course derrière lui — car les Blancs faisaient du bruit quand ils couraient — ne faiblissait pas, elle tombait parfaitement en rythme avec la sienne.

Ça, c'était évidemment impossible. Les jambes du garçon étaient trop courtes, il devait faire davantage d'enjambées pour couvrir le même terrain. Pourtant chaque foulée de Ta-Kumsaw recevait un écho si immédiat que le bruit des pieds du jeune Blanc semblait provenir des siens.

Minute après minute, mille après mille, heure après heure, l'enfant tint bon.

Le soleil se coucha dans leur dos, par-dessus l'épaule gauche. Les étoiles apparurent, mais non la lune, et la nuit était noire sous les arbres. Ils ne ralentirent pas leur course pour autant, ils trouvaient facilement leur chemin dans la forêt, parce que ce n'était pas leurs yeux ni leur esprit qui les guidait, c'était la terre elle-même qui les orientait sur la bonne voie dans l'obscurité. Plusieurs fois au cours de la nuit, Ta-Kumsaw remarqua que le jeune garçon ne faisait plus de bruit. Il appela en shaw-nee l'homme qui courait derrière le petit Alvin, pour s'informer, et invariablement l'homme répondit : « Il court. »

La lune se leva, jetant des taches de lumière pâle sur le sol de la forêt. Ils rattrapèrent une tempête... le sol devint humide sous leurs pieds, puis trempé ; ils coururent sous des averses, une pluie battante, à nouveau des averses, puis la terre sécha. Ils ne ralentirent jamais leur allure. À l'est le ciel vira au gris, puis au rose, puis au bleu, et le soleil bondit en l'air. La journée se réchauffait et l'astre avait déjà monté de trois mains au-dessus de l'horizon quand ils aperçurent des fumées de cheminées, puis le drapeau fleurdelisé pendouillant à son mât, et enfin la croix de la cathédrale. Alors seulement ils réduisirent le train. Alors seulement ils rompirent le parfait unisson de leur foulée, relâchèrent l'emprise de la terre sur leur esprit et firent halte dans une prairie si proche de la ville qu'ils entendaient l'orgue jouer dans la cathédrale.

Ta-Kumsaw s'arrêta, et le jeune garçon s'arrêta derrière lui. Comment Alvin, un jeune Blanc, s'était-il déplacé comme un Rouge en pleine nuit ? Ta-Kumsaw s'agenouilla devant l'enfant. Alvin avait les yeux ouverts, mais il semblait ne rien voir. « Alvin », fit Ta-Kumsaw en anglais. Le gamin ne répondit pas. « Alvin, tu dors ? »

Plusieurs guerriers s'attroupèrent. Ils étaient tous silencieux et fatigués par le voyage. Fatigués mais pas épuisés, car la terre leur avait redonné de l'énergie en cours de route. Et c'était surtout l'émoi respectueux d'avoir entretenu une relation étroite avec la terre qui les rendait silencieux ; on connaissait le caractère sacré d'un tel voyage, c'était un don de la terre à ses enfants les plus nobles. Bien des Rouges avaient entrepris semblable parcours et la terre n'avait pas voulu les aider ; ils avaient été contraints de faire halte, de dormir, de se reposer et de manger, ils avaient été arrêtés par l'obscurité ou le mauvais temps, parce que leur besoin de voyage n'était pas assez grand ou que le voyage était contraire à ce dont la terre elle-même avait besoin. Ta-Kumsaw, lui, n'avait jamais essuyé de refus ; tout le monde le savait. C'était la principale raison pour laquelle on le tenait en haute estime, à l'égal de son frère. Le Prophète accomplissait des miracles, mais personne ne voyait ses visions ; il pouvait seulement en parler. Ce que faisait Ta-Kumsaw, ses guerriers le faisaient aussi, ils connaissaient les mêmes sensations.

À présent, pourtant, ils étaient aussi intrigués que leur chef par le jeune Blanc. Ta-Kumsaw lui avait-il fait profiter de son pouvoir ? Ou, chose incroyable, la terre avait-elle pour son bien tendu la main et soutenu un enfant blanc ?

« Est-il blanc comme sa peau ou rouge dans son cœur ? » demanda l'un d'eux. Il avait parlé en shawnee et sans précipitation, plutôt à la façon lente et solennelle des chamans.

À la surprise de Ta-Kumsaw, Alvin répondit en regardant l'homme qui venait de l'interroger au lieu de regarder fixement droit devant lui. « Blanc », murmura-t-il. Il s'était exprimé en anglais.

« Il parle notre langue ? » demanda un homme.

La question parut décontenancer Alvin. « Ta-Kumsaw », dit-il. Il leva les yeux pour situer la hauteur du soleil. « On est l'matin. J'dormais ?

— Tu ne dormais pas », fit Ta-Kumsaw en shawnee. Maintenant, le jeune garçon semblait ne rien comprendre du tout. « Tu ne dormais pas, reprit Ta-Kumsaw en anglais.

— J'ai l'impression que j'dormais. Pourtant j'suis debout.

— Tu ne te sens pas fatigué ? Tu ne veux pas te reposer ?

— Fatigué ? Pourquoi donc je s'rais fatigué ? »

Ta-Kumsaw ne tenait pas à lui expliquer. Si le jeune garçon ne savait pas ce qu'il avait fait, alors c'était un don de la terre. Ou peut-être y avait-il du vrai dans ce que le Prophète avait dit à son sujet. Que Ta-Kumsaw devait lui apprendre à devenir rouge. S'il pouvait suivre la foulée de Shaw-Nees adultes dans une course pareille, peut-être cet enfant blanc-là pouvait-il apprendre à sentir la terre.

Ta-Kumsaw se releva et s'adressa à la ronde. « Je

vais me rendre dans la ville, avec seulement quatre hommes.

— Et le garçon», ajouta l'un d'eux. Les autres reprirent ses paroles. Ils connaissaient tous la promesse du Prophète à Ta-Kumsaw : tant que l'enfant serait avec lui, il ne mourrait pas. Même si leur chef était tenté de le laisser en arrière, ils l'en empêcheraient.

«Et le garçon», concéda Ta-Kumsaw.

Détroit ne ressemblait pas aux pathétiques palanques de bois des Américains. C'était un fort bâti en pierre, comme la cathédrale; un énorme canon pointait vers l'extérieur, en direction de la rivière qui reliait les lacs Huron et Saint-Clair au lac Canada, et un plus petit couvrait les terres, prêt à repousser les attaques de l'intérieur.

Mais ce fut la ville, non le fort, qui les impressionna. Une douzaine d'artères bordées de maisons en bois, de magasins et d'entrepôts, avec au beau milieu une cathédrale si massive qu'elle faisait paraître ridicule l'église du révérend Thrower. Des prêtres en soutane noire vaquaient à leurs affaires comme des corneilles dans les rues. Les Français basanés ne montraient pas cette hostilité que manifestaient souvent les Américains envers les Rouges. Cela tenait, selon Ta-Kumsaw, à ce que les Français de Détroit n'avaient pas l'intention de s'y établir. Ils ne voyaient pas dans les Rouges des rivaux pour la possession de la terre. Ils y attendaient tous le moment de rentrer en Europe, ou pour le moins de retourner au Québec et dans l'Ontario, colonies de Blancs de l'autre côté du fleuve; sauf les trappeurs, bien entendu, et pour eux non plus les Rouges n'étaient pas des ennemis. Les Rouges leur en imposaient ; les trappeurs cherchaient à comprendre comment ils trouvaient aussi facilement du gibier, quand eux avaient un mal de chien à savoir où poser leurs collets. Ils croyaient, comme toujours chez leurs semblables, qu'il s'agissait d'une sorte d'astuce et qu'il suffirait d'étudier les hommes rouges assez longtemps pour l'apprendre. Ils n'apprendraient jamais. Comment la terre pourrait-elle accepter une espèce d'homme qui, uniquement pour les peaux, exterminait tous les castors d'un étang sans en épargner un seul pour porter des petits et laissait la viande pourrir sur place ? Pas étonnant que les ours tuent ces trappeurs à la moindre occasion. La terre les rejetait.

Lorsque j'aurai repoussé les Américains des territoires à l'ouest des montagnes, songeait Ta-Kumsaw, alors je chasserai les Yankees de Nouvelle-Angleterre et les Cavaliers des Colonies de la Couronne. Et quand ils seront tous partis, je m'occuperai des Espagnols de Floride et des Français du Canada. Aujourd'hui je vous utilise parce que j'ai besoin de vous, mais demain je vous chasserai aussi. Les seules faces blanches qui resteront seront celles des morts. Et ce jour-là, les castors ne mourront que lorsque la terre leur dira le moment venu et le lieu choisi.

Le commandant français de Détroit était officiellement Maurepas, mais Ta-Kumsaw l'évitait autant que possible. Il valait mieux ne s'adresser qu'à son second, Napoléon Bonaparte.

« J'ai appris que vous étiez au lac Mizogan », dit Bonaparte. Il parlait en français, bien entendu, mais Ta-Kumsaw avait appris cette langue en même temps que l'anglais, et auprès de la même personne. « Venez vous asseoir. » Bonaparte posa un regard vaguement intéressé sur Alvin mais ne lui dit rien.

« J'y étais, fit Ta-Kumsaw. Mon frère aussi.

— Ah. Mais y avait-il une armée ?

— Le germe d'une armée, dit Ta-Kumsaw. J'ai renoncé à discuter avec Tenskwa-Tawa. Je rassemblerai une armée avec d'autres tribus.

— Quand ça ? demanda Bonaparte. Vous venez ici deux ou trois fois l'an, vous m'assurez que vous allez réunir une armée. Savez-vous depuis combien de temps j'attends ? Quatre années, quatre abominables années d'exil.

— Je le sais, dit Ta-Kumsaw. Vous aurez votre bataille.

— Avant que me poussent des cheveux gris ? Dites-le moi ! Faudra-t-il que je meure de vieillesse avant que vous appeliez au soulèvement général des Rouges ? Vous n'ignorez pas combien ma marge de manœuvre est réduite. La Fayette et Maurepas ne me laisseront pas m'éloigner de plus de cinquante milles, ils ne me donneront pas de troupes du tout. Il faut d'abord qu'il existe une armée, paraît-il. Il faut que les Américains possèdent une force militaire que nous puissions combattre. Alors, la seule chose qui poussera ces petits salauds indépendants à s'unir, c'est vous.

— Je sais, fit Ta-Kumsaw.

— Vous m'avez promis une armée de dix mille Rouges, Ta-Kumsaw. En fait, je n'entends parler que d'une ville de dix mille *quakers* !

— Pas de quakers.

— S'ils renoncent à la guerre, c'est du pareil au même. » Bonaparte prit soudain une voix douce, tendre, persuasive. « Ta-Kumsaw, j'ai besoin de vous, je dépends de vous, ne me faites pas défaut. »

Ta-Kumsaw se mit à rire. Bonaparte savait depuis longtemps que ses artifices faisaient effet sur les Blancs, un effet nettement moindre sur les Rouges, et nul sur Ta-Kumsaw. « Vous ne vous souciez pas du tout de moi, et je ne me soucie pas du tout de vous, dit le Shaw-Nee. Vous voulez une bataille et une victoire pour retourner en héros à Paris. Moi, je veux une bataille et une victoire pour semer la terreur dans le cœur des hommes blancs et réunir sous mon commandement une armée encore plus grande qui balayera la terre au sud de ce pays et rejettera les Anglais de l'autre côté des montagnes. Une bataille, une victoire... c'est pour ça que nous travaillons ensemble, et quand tout sera terminé je vous oublierai comme vous m'oublierez. »

Bonaparte était furieux mais il rit à son tour. «À demi vrai, dit-il. Je ne me soucierai plus de vous, mais je ne vous oublierai pas. J'ai beaucoup appris à votre contact, Ta-Kumsaw. Que les hommes se battent mieux pour l'amour d'un chef que pour l'amour du pays, mieux pour l'amour du pays que pour l'espoir de la gloire, mieux pour l'espoir de la gloire que pour le pillage, et mieux pour le pillage que pour la solde. Mais le mieux encore, c'est de se battre pour une cause. Pour un grand et noble rêve. J'ai toujours connu l'amour de mes hommes. Ils mourraient pour moi. Mais pour une cause, ils laisseraient mourir femmes et enfants en se disant que c'est le prix à payer.

— Comment avez-vous appris ça à mon contact ?

demanda Ta-Kumsaw. C'est ce que dit mon frère, pas moi.

— Votre frère ? Je croyais qu'à son point de vue aucune chose ne valait qu'on meure pour elle.

— Non. La mort ne le gêne pas. Mais il ne veut pas tuer. »

Bonaparte éclata de rire, et Ta-Kumsaw lui fit écho. « Vous avez raison, vous savez. Nous ne sommes pas amis. Mais moi, je vous aime bien. Un point m'intrigue... quand vous aurez gagné et que tous les Blancs seront partis, vous avez vraiment l'intention de vous retirer et de laisser toutes les tribus redevenir comme avant : divisées, querelleuses, faibles ?

— Heureuses. Voilà comme elles étaient avant. Beaucoup de tribus, beaucoup de langues, mais une seule terre vivante.

— Faibles, insista Napoléon. S'il m'arrivait un jour de regrouper tous ceux de ma terre sous mon drapeau, Ta-Kumsaw, je les maintiendrais si longtemps et si étroitement ensemble qu'ils ne formeraient plus qu'un seul peuple, grand et fort. Auquel cas, soyez sûr d'une chose : nous reviendrions et nous vous reprendrions votre terre, comme toutes les autres terres de la planète. Comptez-y.

— C'est parce que vous êtes le mal, général Bonaparte. Vous voulez tout plier à votre loi, choses et gens.

— Je ne suis pas le mal, abruti de sauvage. Sous mon gouvernement, les gens seraient heureux, en sécurité, en paix et, pour la première fois de leur histoire, libres.

— En sécurité, sauf s'ils s'opposent à vous. Heureux, sauf s'ils vous haïssent. Libres, sauf s'ils désirent quelque chose contraire à votre volonté.

— Voyez-vous ça, un Rouge philosophe. Est-ce que ces paysans de squatters, plus au sud, savent que vous avez lu Newton, Voltaire, Rousseau et Adam Smith ?

— Je ne pense pas qu'ils me croient capable de lire leurs langues. »

Bonaparte se pencha par-dessus son bureau. « Nous les anéantirons, Ta-Kumsaw, vous et moi, ensemble. Mais il faut m'amener une armée.

— Mon frère a prophétisé que nous aurons une armée avant la fin de l'année.

— Une prophétie ?

— Toutes ses prophéties se réalisent.

— A-t-il dit que nous allions gagner ? »

Ta-Kumsaw se mit à rire.

« Il a dit que vous serez connu comme le plus grand général européen de tous les temps. Et moi comme le plus grand des Rouges. »

Bonaparte se passa les doigts dans les cheveux et sourit, presque enfantin à présent ; il pouvait en quelques instants se montrer tour à tour menaçant, amical puis adorable. « C'est ce qu'on appelle éluder la question. Les morts aussi peuvent être qualifiés de grands hommes.

— Mais ceux qui perdent les batailles ne le sont jamais, n'est-ce pas ? Qualifiés de nobles, peut-être, ou même d'héroïques. Mais pas de grands.

— Juste, Ta-Kumsaw, juste. Mais votre frère est laconique. Sibyllin, ésotérique.

— Je ne connais pas ces mots-là.

— Bien sûr que non. Vous êtes un sauvage. »

Bonaparte se versa du vin. « Je manque à mes devoirs. Du vin ? »

Ta-Kumsaw refusa de la tête.

« Je suppose que le jeune garçon n'en prend pas.

— Il n'a que dix ans, dit Ta-Kumsaw.

— En France, ça veut dire que nous coupons le vin pour moitié d'eau. Que faites-vous avec un jeune Blanc, Ta-Kumsaw ? Vous capturez des enfants maintenant ?

— Ce garçon blanc est plus qu'il n'a l'air.

— En pagne il n'a pas grande allure. Il comprend le français ?

— Pas un mot, dit Ta-Kumsaw. Je suis venu vous demander... pouvez-vous nous donner des fusils ?

— Non, fit Napoléon.

— Nos flèches ne peuvent pas lutter contre des balles.

— La Fayette nous refuse l'autorisation de vous fournir le moindre fusil. Paris le soutient. Ils ne vous font pas confiance. Ils ont peur que ces fusils se retournent un jour contre nous.

— Alors, que vais-je gagner à lever une armée ? »

Napoléon sourit, sirota son vin. « J'ai parlé à quelques marchands irrakwas.

— Les Irrakwas sont de l'urine de chien malade, dit Ta-Kumsaw. Ils étaient déjà des bêtes féroces et malfaisantes avant l'arrivée de l'homme blanc et ils sont pires maintenant.

— Bizarre. Les Anglais semblaient avoir trouvé en eux l'âme sœur. Et La Fayette les adore. Mais tout ce qui importe aujourd'hui, c'est qu'ils fabriquent des fusils, en grandes quantités et à bas prix. Ce ne sont pas des armes de très bonne qualité, mais elles utilisent exactement le même calibre de munitions Je veux dire qu'ils sont capables de faire des balles qui s'ajustent plus étroitement au canon, le tir est plus précis. Et pourtant ils les vendent moins cher.

— Vous allez les acheter pour nous ?

— Non. Vous les achèterez vous-mêmes.

— Nous n'avons pas d'argent.

— Des peaux, dit Bonaparte. Des peaux de castor. De vison. De cerf et de bison. »

Ta-Kumsaw secoua la tête. « Nous ne pouvons pas demander à ces animaux de mourir pour des fusils.

— Dommage, fit Bonaparte. Vous, les Rouges, vous avez un talent pour la chasse, à ce qu'on m'a dit.

— Les vrais Rouges, oui. Les Irrakwas, non. Ils se servent des machines de l'homme blanc depuis si longtemps maintenant qu'ils sont morts à la terre, comme les hommes blancs. Sinon ils iraient eux-mêmes chercher toutes les peaux qu'ils veulent.

— Ils veulent aussi autre chose. En dehors des peaux, dit Bonaparte.

— Nous n'avons rien pour eux.

— Du fer, dit Napoléon.

— Nous n'avons pas de fer.

— Non. Mais eux savent où en trouver. Dans les terrains du cours supérieur du Mizzipy et le long du Mizota. Au nord, près de la rive occidentale du lac Hautes-Eaux. Tout ce qu'ils veulent, c'est votre promesse que vous ne toucherez pas à leurs bateaux qui ramèneront le minerai en Irrakwa, ni aux mineurs qui vont l'extraire du sol.

— Une paix pour l'avenir en échange de fusils pour tout de suite ?

— Oui, fit Bonaparte.

— Ils n'ont pas peur que je retourne les fusils contre eux ?

— Ils demandent que vous en fassiez la promesse. »

Ta-Kumsaw réfléchit. « Dites-leur ceci : je promets que s'ils nous donnent des fusils, aucun ne servira jamais contre un seul Irrakwa. Tous mes hommes en feront le serment. Et jamais nous n'attaquerons un seul de leurs bateaux sur l'eau, ni les mineurs qui creuseront le sol.

— Vous le pensez sérieusement ? demanda Bonaparte.

— Si je l'ai dit, je le pense sérieusement, dit Ta-Kumsaw.

— Même si vous les haïssez ?

— Je les hais parce que la terre les hait. Quand l'homme blanc sera parti et que la terre aura recouvré sa force, qu'elle ne sera plus malade, alors elle tremblera pour engloutir les mineurs et soufflera des tempêtes pour couler leurs bateaux ; et les Irrakwas redeviendront de vrais hommes rouges ou bien mourront. Une fois que l'homme blanc sera parti, la terre sera dure avec ses enfants qui resteront. »

L'entrevue prit fin peu après. Ta-Kumsaw se leva et serra la main du général. Alvin les surprit tous deux en s'avançant à son tour pour offrir sa main.

Bonaparte la lui serra, amusé.

« Dites au jeune garçon qu'il fréquente une dangereuse compagnie », fit-il.

Ta-Kumsaw traduisit. Alvin le regarda avec de grands yeux. « C'est de toi qu'il parle ?

— Je crois, dit Ta-Kumsaw.

— Mais c'est *lui*, l'plus dangereux du monde », fit Alvin.

Ce qui fit rire Bonaparte quand Ta-Kumsaw traduisit. « Comment pourrais-je être dangereux ? Un petit bonhomme qu'on a relégué au diable vauvert, ici en plein désert, quand le centre du monde c'est l'Europe, qu'on y livre de grandes guerres et que je n'y participe pas ! »

Ta-Kumsaw n'eut pas besoin de traduire : le gamin comprit au ton et à l'expression du général. « Il est très dangereux parce qu'il s'fait aimer des genses et qu'il le mérite pas ! »

Ta-Kumsaw sentit la vérité dans les paroles de l'enfant. C'était ce que Bonaparte faisait aux hommes blancs, et c'était bel et bien dangereux ; dangereux, malfaisant et mauvais. Est-ce l'homme sur lequel je compte pour m'aider ? Pour être mon allié ? Oui, parce que je n'ai pas le choix. Ta-Kumsaw ne traduisit pas ce que venait de dire Alvin, malgré les instances de Bonaparte. Le général français n'avait pas encore tenté d'exercer son charme sur l'enfant. S'il apprenait ses paroles, il risquait de s'y essayer et de le séduire. Ta-Kumsaw en venait à apprécier le gamin. Peut-être Alvin était-il trop fort pour subir le charme. Ou peut-être deviendrait-il un esclave adorateur comme Maurepas. Mieux valait ne pas le découvrir. Mieux valait éloigner l'enfant.

Alvin insista pour voir la cathédrale. Un prêtre parut horrifié à la vue d'hommes en pagne qui pénétraient dans le lieu consacré, mais un autre le réprimanda et les invita dans le sanctuaire. Les statues des saints amusaient toujours Ta-Kumsaw. On les représentait aussi souvent que possible soumis aux tortures les plus horribles. Les Blancs pouvaient bien parler des pratiques barbares des Rouges qui torturaient leurs prisonniers pour leur permettre de montrer leur courage. Devant quelles statues s'agenouillaient-ils pour prier ? Devant celles des gens, justement, qui témoignaient de leur courage sous la torture. Il n'y avait rien à comprendre chez les Blancs.

Alvin et lui en discutèrent en sortant de la ville ; ils ne se pressaient plus maintenant. Ta-Kumsaw expliqua *grosso modo* au jeune garçon comment les Rouges arrivaient à courir si longtemps et si vite. Et ce qu'avait de remarquable un jeune Blanc qui suivait leur allure.

Alvin parut comprendre comment les hommes rouges vivaient en communion avec la terre ; du moins il essaya. « J'crois que je l'ai senti. Durant que j'courais. Comme si j'étais plus dans mon corps. Mes pensées, elles partaient dans toutes les directions. Comme si j'rêvais. Et pendant c'temps-là, y a quèque chose d'autre qui dit à mon corps ce qu'il faut faire. Qui l'soutient, qui s'en sert, qui l'emmène partout où il veut aller. C'est pareil pour toi ? »

Ta-Kumsaw ne vivait pas du tout la même expérience. Quand la terre entrait en lui, il se sentait plus vivant que jamais ; non pas absent de son corps, mais plus intensément présent qu'à tout autre moment. Mais il n'en parla pas à Alvin. Il préféra lui répondre par une autre question. « Tu as dit que c'était comme si tu rêvais. Quel rêve as-tu fait la nuit dernière ?

— J'ai encore rêvé de beaucoup d'visions que j'ai eues quand j'étais dans la tour de cristal avec l'homme-lu... avec le Prophète.

— L'homme-lumière. Je sais que tu l'appelles ainsi... il m'a dit pourquoi.

— J'ai encore rêvé d'ça. Seulement, c'était différent. J'ai vu des choses plus nettement qu'avant, et pis d'autres que j'ai oubliées.

— As-tu rêvé de choses que tu n'avais *pas vues* avant ?

— C'te ville, là. Les statues dans la cathédrale. Et ce bonhomme qu'on est allés voir, le général. Et autre chose encore plus bizarre. Une grande colline, presque ronde... non, avec huit côtés. Ça, je m'en souviens, c'était vraiment net. Une colline avec huit côtés bien droits et en pente. Dedans, y avait toute une ville, des tas de p'tites pièces, comme une fourmilière mais à la taille des genses. En tout cas plus grande que pour des fourmis. Et j'étais tout en haut, je m'promenais parmi de drôles d'arbres — ils avaient des feuilles argentées, pas vertes — et j'cherchais mon frère. Mesure. »

Ta-Kumsaw ne dit rien pendant un long moment. Mais ses pensées se bousculaient. Aucun homme blanc n'avait jamais vu cette ville, la terre était encore assez forte pour les empêcher de la trouver. Pourtant, cet enfant en avait rêvé. Et un rêve de la Butte-aux-huit-faces n'arrivait jamais par hasard. Ça voulait toujours dire quelque chose. Ça voulait toujours dire la même chose.

« Il faut nous y rendre, fit Ta-Kumsaw.

— Où donc ?

— À la colline de ton rêve.

— Elle existe donc pour de vrai ?

— Aucun homme blanc ne l'a jamais vue. Un homme blanc là-bas, ce serait... dégoûtant. » Alvin ne répondit pas. Que dire à cela ? Ta-Kumsaw déglutit avec peine. « Mais si tu en as rêvé, tu dois y aller.

— C'est quoi ? »

Ta-Kumsaw secoua la tête. « Ce dont tu as rêvé. C'est tout. Si tu veux en savoir plus, rêve encore. »

Il faisait presque nuit quand ils regagnèrent le camp ; les wigwams avaient été dressés, car il fallait encore s'attendre à de la pluie dans la soirée. Les Rouges poussèrent leur chef à partager une hutte avec Alvin, par mesure de sécurité. Mais Ta-Kumsaw refusa. L'enfant l'effrayait. La terre entretenait avec lui des activités dont Ta-Kumsaw était exclu.

Mais lorsqu'on se voyait soi-même en rêve à la Butte-aux-huit-faces, on n'avait d'autre choix que de s'y rendre. Et comme Alvin n'en trouverait jamais le chemin tout seul, Ta-Kumsaw devait l'y conduire.

Jamais il ne pourrait le justifier auprès de ses frères, et même s'il le pouvait, il ne le ferait pas. Le bruit se répandrait que Ta-Kumsaw avait conduit un Blanc à l'antique lieu sacré, et beaucoup de Rouges refuseraient alors de l'écouter plus longtemps.

Aussi, annonça-t-il à ses hommes au matin qu'il emmenait le jeune garçon pour lui donner son enseignement, comme le Prophète le lui avait demandé. « Retrouvez-moi dans cinq jours, là où le Pickawee se jette dans l'Hio, leur dit-il. Nous descendrons ensuite dans le Sud parler aux Chok-Taws et aux Chicky-Saws. »

Emmène-nous, dirent-ils. Tu ne seras pas en sécurité tout seul. Mais il ne leur répondit pas, et bientôt ils se résignèrent. Il partit au pas de course, et cette fois encore Alvin le suivit dans sa foulée, exactement à sa cadence. Le voyage était presque aussi long que du lac Mizogan à Détroit. À la tombée de la nuit ils atteindraient la Terre-aux-silex. Ta-Kumsaw comptait y dormir et y faire ses propres rêves, avant d'oser conduire un jeune Blanc à la Butte-aux-huit-faces.

XII

Les canons

Mesure les entendit venir quelques secondes avant que la porte ne s'ouvre en grand et que la lumière n'inonde le caveau à légumes. Elles lui suffirent pour retirer le déblai de son pagne, le passer dans sa ceinture en peau de cerf, puis grimper par-dessus les patates. La bande-culotte était si sale qu'il avait l'impression de porter de la boue, mais ce n'était pas le moment de faire le dégoûté.

Ils ne perdirent pas de temps à inspecter sa prison, ils ne remarquèrent donc pas le trou, à présent de deux bons pieds, sous la paroi du fond. Ils se contentèrent de plonger les mains à l'intérieur du réduit et de le tirer dehors par les aisselles, en claquant à la volée les portes derrière lui. La lumière fut si soudaine qu'elle l'aveugla, et il ne put déterminer qui le tenait ni combien ils étaient. Ça n'avait pas grande importance. N'importe quel habitant de la région l'aurait tout de suite reconnu, il devait donc s'agir des hommes de Harrison, et une fois qu'il eut compris ça, il sut qu'il ne devait rien en attendre de bon.

« Un vrai cochon, fit Harrison. Répugnant. Tu as l'air d'un Rouge.

— Vous m'avez mis dans un trou, à même le sol, dit Mesure. J'allais pas en r'sortir propre et frais.

— Je t'ai donné toute une nuit pour réfléchir, mon gars, reprit Harrison. Maintenant, faut que tu te décides. Tu peux m'être utile de deux façons. L'une, c'est vivant : tu racontes partout comment ils ont torturé ton frère à mort, qu'il n'arrêtait pas de hurler. Tu nous arranges une bonne histoire et tu précises bien que Ta-Kumsaw et le Prophète étaient là, qu'ils trempaient même leurs mains dans le sang du gamin. Tu racontes une histoire dans ce goût-là, et ça vaut la peine qu'on t'épargne.

— Ta-Kumsaw m'a sauvé la vie, il m'a sauvé de vos Rouges Chok-Taws, dit Mesure. C'est la seule histoire que je m'en vais raconter. Sauf que j'préciserai qu'vous teniez beaucoup à c'que j'en raconte une autre.

— C'est ce que je pensais, fit Harrison. De fait, même si tu m'avais menti et promis de raconter ma version, m'est avis que je ne t'aurais pas cru. Nous sommes donc tous les deux d'accord : c'est l'autre solution. »

Mesure comprenait : Harrison voulait exhiber son cadavre couvert de marques de torture. Mort, il ne dénoncerait à personne le responsable des blessures et des brûlures. Très bien, songea-t-il, tu vas voir que je meurs aussi bravement qu'un autre.

Mais parce qu'il n'était pas du genre à accueillir la mort les bras ouverts, il se dit qu'il allait essayer encore un peu de discuter. « Laissez-moi m'en aller, empêchez c'te guerre, Harrison, et j'tiendrai ma langue. Vous m'laissez tranquillement m'en retourner, vous r'connaissez que c'était une terrible erreur, vous rappelez vos gars, vous fichez la paix à Prophetville, et j'dirai rien contre. C'te menterie-là, j'la raconterai avec plaisir. »

Harrison hésita un court instant, et Mesure se permit d'espérer qu'il avait peut-être gardé en lui un reste de piété qui le détournerait du péché de meurtre avant qu'il ne soit irrémédiablement commis. Puis le gouverneur sourit, secoua la tête et fit signe de la main à un grand et affreux batelier debout contre le mur.

« Mike Fink, voici un Blanc renégat qui a participé à tous les méfaits de Ta-Kumsaw avec sa bande de tueurs d'enfants et de violeurs de femmes. Je compte sur toi pour lui casser quelques os. »

Mike Fink, songeur, ne bougea pas. « M'est avis qu'il va nous faire un boucan de tous les diables, 'verneur.

— Alors, colle-lui un bâillon. » Harrison sortit un mouchoir de sa poche d'habit. « Tiens, fourre-lui ça dans la bouche et noue-le. »

Fink s'exécuta. Mesure s'efforçait de ne pas le regarder, de réprimer la terreur qui lui durcissait le ventre et gonflait la vessie. Le mouchoir lui emplissait tellement la bouche qu'il étouffait. Il parvint à se maîtriser en respirant lentement et régulièrement par le nez. Fink lui attacha son écharpe rouge si serrée autour de la tête qu'elle enfonça le mouchoir encore plus loin dans la gorge ; il dut à nouveau faire appel à toute sa concentration pour respirer sans à-coups et refouler ses haut-le-cœur et ses envies de rendre. Si ça se produisait, sûr qu'il aspirerait le mouchoir dans ses poumons ; du coup il mourrait bel et bien.

Une réflexion idiote, vu que Harrison voulait son

cadavre coûte que coûte. L'étouffement par un mouchoir était peut-être préférable à la souffrance que lui réservait Fink. Mais Mesure avait en lui une étincelle de vie trop tenace pour choisir de mourir comme ça. Souffrance ou pas, il passerait parce qu'il manquerait d'air, il ne s'étoufferait pas lui-même pour faciliter son départ.

« Casser les os, c'est pas c'que font les Rouges. » Fink lui venait en aide. « D'habitude, ils jouent du couteau et ils brûlent.

— Eh bien, on manque de temps pour jouer du couteau, et tu pourras toujours brûler le corps quand il sera mort. Ce qui compte, c'est d'avoir un cadavre pittoresque, Mike, pas de faire souffrir ce garçon. On n'est pas des sauvages, du moins certains d'entre nous. »

Mike gloussa, puis il tendit la main, empoigna Mesure par l'épaule et d'un balayage du pied lui faucha les jambes. Jamais Mesure n'avait éprouvé un tel sentiment d'impuissance qu'à ce moment-là, quand il chuta. Fink ne le dépassait pas d'un pouce, en taille comme en allonge, et Mesure connaissait quelques attrapes de lutte, mais l'autre n'avait même pas cherché le corps-à-corps. Rien qu'un mouvement de main, un autre du pied, et Mesure se retrouvait par terre.

« Tu n'as pas besoin de l'attacher d'abord ? » demanda Harrison.

Pour toute réponse, Fink saisit et leva la jambe gauche de Mesure, si vite et si haut que celui ci glissa sur le sol et que ses fesses décollèrent carrément en l'air. Aucune chance de prendre un appui, aucune chance de lancer une ruade. Puis Fink abaissa brusquement et brutalement la jambe de Mesure en travers de sa propre cuisse. Les os de la jambe se brisèrent net comme du petit bois sec. Mesure hurla dans son bâillon, puis faillit avaler le mouchoir en cherchant sa respiration. Il n'avait jamais connu pareille douleur de toute sa vie. Dans un moment d'égarement il songea : c'est ce qu'a dû ressentir Alvin quand la meule lui est tombée dessus.

« Pas ici, dit Harrison. Remmène-le. Fais ça dans le caveau à patates.

— Combien d'os vous voulez que j'y casse ? demanda Fink.

— Tous. »

Il releva Mesure par un bras et une jambe et le balança pour ainsi dire sur ses épaules. Malgré la douleur, Mesure tenta de décocher un ou deux coups de poing, mais Fink lui tira sèchement le bras vers le bas et le brisa au niveau du coude.

Mesure fut à peine conscient du trajet. Il entendit quelqu'un demander de loin : « Qui donc c'est, çui-là ? »

Fink lui cria en réponse : « On a mis l'grappin sus un espion rouge qui fouinait dans l'coin ! »

La voix au loin semblait familière à Mesure, mais il ne put se concentrer assez pour retrouver à qui elle appartenait. « Démolis-le ! » brailla-t-elle.

Fink ne répondit pas. Il ne se déchargea pas de Mesure pour ouvrir les portes du caveau à légumes, pourtant elles étaient basses et inclinées, et il fallait tendre le bras vers le sol avant de les relever. Fink se contenta de coincer le bout de sa botte sous le battant et de le décoller d'une secousse. Le battant s'ouvrit si vite qu'il heurta le sol et rebondit comme pour se refermer, mais Fink entrait déjà dans le caveau ; la porte lui frappa la cuisse et repartit dans l'autre sens. Mesure le sut quand elle claqua et qu'il fut un peu bousculé, ce qui accrut la douleur dans sa jambe et son coude. Pourquoi je ne me suis pas encore évanoui ? se demanda-t-il. Ce serait pourtant le moment.

Mais il ne perdit jamais connaissance. Il eut les deux jambes brisées au-dessus et au-dessous du genou, les doigts retournés et disloqués, les mains broyées, les bras fracturés de part et d'autre du coude... tout le temps il resta conscient. À la longue pourtant, la douleur lui paraissait lointaine... un souvenir de la douleur plutôt que la douleur elle-même. Quand on entend un coup de cymbales, c'est bruyant ; deux ou trois coups simultanés, c'est encore plus bruyant. Mais vers le vingtième, ça ne l'est pas davantage, on devient tout bonnement sourd et on ne les entend quasiment plus. Voilà ce qui se passait pour Mesure.

Il y eut des acclamations éloignées.

Quelqu'un surgit en courant. « Le gouverneur veut qu'tu termines vite, il a b'soin de toi tout d'suite.

— Dans une minute j'ai fini, dit Fink. À part les brûlures.

— Tu verras ça plus tard, dit l'homme. Grouille-toi ! »

Fink laissa tomber Mesure puis lui défonça la poitrine à coups de talon jusqu'à ce que les côtes cassées pointent en désordre, au dedans comme au dehors. Il le redressa ensuite par le bras et les cheveux et lui arracha l'oreille avec les dents. Mesure la sentit se déchirer, pris d'une ultime bouffée de colère éperdue. Fink lui tordit alors sèchement la tête. Mesure entendit le craquement de son cou qui se brisait net. Fink jeta le corps sur les pommes de terre. Mesure roula de l'autre côté du tas, jusque dans le trou qu'il avait creusé. Ce ne fut que lorsqu'il eut la figure dans la terre que cessa la douleur et vint l'obscurité.

Fink referma les portes du pied, comme il les avait ouvertes, glissa la barre en place et reprit le chemin de la maison. Les acclamations, côté façade, étaient plus fortes. Harrison le rencontra en sortant de son bureau. « Laisse tomber, dit-il. On n'a plus besoin de cadavre pour chauffer les esprits. Les canons viennent tout juste d'arriver, et nous attaquerons demain matin. »

Harrison se précipita sur la galerie de façade, et Mike Fink le suivit. Des canons ? Quel rapport entre des canons et ce cadavre dont il prétendait avoir besoin ? Pour qui prenait-il Mike ? Pour un assassin ? Tuer Casse-pattes, c'était une chose, et tuer un adversaire en combat loyal encore une autre. Mais tuer un jeune gars bâillonné, ça n'était plus du tout pareil. Quand il avait arraché l'oreille avec les dents, ça ne lui avait pas paru correct. Ça n'était pas le trophée d'un combat loyal. D'un coup, il n'avait plus eu de cœur à l'ouvrage. Il ne s'était même pas donné la peine d'arracher l'autre.

Mike restait là, auprès de Harrison, à regarder les chevaux tracter les quatre canons, fallait voir avec quelle vigueur. Il savait comment Harrison allait s'en servir, de ses pièces d'artillerie, il l'avait entendu exposer son plan. Deux ici, deux là, pour balayer l'ensemble de la cité rouge des deux côtés. Mitraille et boîte à mitraille, pour déchirer, déchiqueter les corps des Rouges, femmes et enfants à la même enseigne que les hommes.

J'appelle pas ça se battre, se dit Mike. Comme avec

ce gars, là-bas derrière. C'est sans risque, pareil que piétiner de jeunes grenouilles. On le fait et on n'y pense plus. Mais on ne ramasse pas les grenouilles mortes pour les empailler et les accrocher au mur, ça ne se fait pas.

J'appelle pas ça se battre.

XIII

La Butte-aux-huit-faces

La sensation de la terre autour de la rivière Licking était différente. Alvin ne s'en rendit pas compte tout de suite, surtout parce qu'il courait pour ainsi dire dans un état second. Il ne se rendait pas compte de grand-chose. Il courait comme dans un long rêve. Mais lorsque Ta-Kumsaw l'entraîna sur la Terre-aux-silex, il y eut un changement dans le rêve. Tout autour de lui, indépendamment de ce qu'il voyait en songe, crépitaient de petites étincelles de feu d'un noir profond. Pas comme le néant qui se tapissait toujours aux limites de sa vision. Pas comme le noir profond qui aspirait la lumière et ne la restituait jamais. Non, ce noir-là brillait, il produisait des étincelles.

Et lorsqu'ils s'arrêtèrent de courir et qu'Alvin revint à lui, ces feux noirs avaient peut-être légèrement faibli mais ils étaient toujours là. Sans même réfléchir, Alvin s'avança vers l'un d'eux, luisance sombre dans un océan de vert, puis il se pencha et le ramassa. Un silex. Un bien gros.

« Un silex pour vingt flèches, dit Ta-Kumsaw.

— C'est noir quand il brille et froid quand il brûle », dit Alvin.

Ta-Kumsaw hocha la tête. « Tu veux devenir un jeune Rouge ? Alors fais des pointes de flèches avec moi. »

Alvin comprit vite. Il avait déjà travaillé la pierre. Quand il taillait une meule, il voulait des surfaces unies et lisses. Avec le silex, c'était le bord, pas le plat, qui comptait. Ses deux premières pointes furent maladroites, mais il put ensuite pénétrer à tâtons dans la pierre ; il en trouva les plis et replis naturels et les fractura. Sa quatrième pointe, il ne la tailla pas du tout par éclats. Il se servit seulement de ses doigts et la dégagea délicatement du silex.

Le visage de Ta-Kumsaw resta impassible. La plupart des Blancs l'imaginaient toujours indifférent. Ils croyaient que les hommes rouges, et surtout Ta-Kumsaw, n'éprouvaient pas de sentiments parce qu'ils ne les extériorisaient jamais devant personne. Alvin l'avait vu rire, pourtant, et crier, exprimer sur son visage toutes les émotions qu'un homme connaît. Alors il savait que lorsque Ta-Kumsaw ne laissait rien paraître sur sa figure, ça voulait dire qu'il ressentait beaucoup de choses.

« J'ai déjà souventes fois travaillé sus d'la pierre. » Il avait l'impression de plus ou moins s'excuser.

« Le silex n'est pas de la pierre, dit Ta-Kumsaw. Les galets dans une rivière, les rochers, c'est de la pierre. Ça, c'est de la roche vivante, de la roche avec du feu à l'intérieur, la partie dure du sol que la terre nous donne à volonté. Pas arrachée de force et torturée comme le font les hommes blancs avec le fer. » Il leva la quatrième pointe de flèche d'Alvin, celle que ses doigts persuasifs avaient détachée du silex. « L'acier n'aura jamais un tranchant aussi affilé.

— Des tranchants parfaits comme ça, j'en ai jamais vu, dit Al.

— Pas de traces d'éclats, fit Ta-Kumsaw. Ni de moulage. Un homme rouge qui verrait ce silex dirait : "C'est la terre qui l'a créé ainsi."

— Mais toi, tu connais, dit Al. Tu connais que c'est seulement par rapport que j'ai un talent.

— Un *talent* déforme la terre, dit Ta-Kumsaw. Comme un chicot dans une rivière fait bouillonner l'eau à la surface. C'est la même chose avec la terre quand un Blanc se sert de son talent. Ce n'est pas ton cas. »

Alvin médita là-dessus une minute. « Tu veux dire que tu les vois quand ils font l'sourcier ou qu'ils lancent leurs supplications, leurs sortilèges et leurs charmes ?

— Comme on sent la mauvaise odeur quand un malade relâche ses intestins, dit Ta-Kumsaw. Mais toi... ce que tu fais est propre. Comme si ça venait de la terre. Je croyais que j'allais t'apprendre à devenir un Rouge. Et c'est la terre qui te donne des pointes de flèches en cadeau. »

Une fois encore, Alvin eut l'impression de s'excuser. Qu'il soit capable de tels prodiges semblait mettre Ta-Kumsaw en colère. « J'ai rien d'mandé à personne, moi, dit-il. J'étais le septième fils d'un septième fils, et le treizième enfant.

— Ces nombres — sept, treize —, vous les Blancs, vous y attachez de l'importance, mais ils ne sont rien sur la terre. La terre a de vrais nombres. Un, deux, trois, quatre, cinq, six — ces nombres, tu les vois quand tu regardes autour de toi dans la forêt. Où est le sept ? Où est le treize ?

— C'est p't-être pour ça qu'ils sont si forts, dit Alvin. Par rapport qu'ils sont pas naturels.

— Alors pourquoi la terre apprécie-t-elle ce que tu fais ? Ça n'est pourtant pas naturel ?

— J'sais pas, Ta-Kumsaw. J'ai qu'dix ans, moi, bientôt onze. »

Ta-Kumsaw se mit à rire. « Dix ? Onze ? Des nombres très faibles. »

Ils passèrent la nuit sur place, en bordure de la Terre-aux-silex. Ta-Kumsaw raconta à Alvin l'histoire du lieu, le meilleur site à silex existant. Les Rouges avaient beau venir en prendre autant qu'ils voulaient, il en sortait toujours davantage de la terre, qui attendaient qu'on les ramasse. Dans le temps, il arrivait régulièrement qu'une tribu essaye de s'emparer du site. Elle amenait ses guerriers et tuait tous ceux qui venaient chercher des silex. De cette façon, elle s'imaginait qu'elle seule disposerait de flèches. Mais ça ne se passait jamais comme ça. Dès que la tribu remportait ses batailles et occupait le terrain, les silex disparaissaient complètement. Plus un seul. On avait beau chercher, chercher, on ne trouvait plus rien. La tribu s'en allait donc, une autre arrivait, et les silex étaient revenus, autant que par le passé.

« Il appartient à tout le monde, cet endroit. Tous les Rouges sont en paix, ici. Ni tueries, ni guerres, ni disputes, sinon la tribu ne retrouve plus de silex.

— J'voudrais que l'monde entier, il soye comme ça, dit Alvin.

— Écoute assez longtemps mon frère, petit Blanc, et tu te le figureras. Non, non, ne m'explique pas. Ne le défends pas. Il suit sa route, moi la mienne. Je pense que son choix tuera plus de gens, rouges ou blancs, que le mien. »

Au cours de la nuit, Alvin rêva. Il se vit marcher tout autour de la Butte-aux-huits-faces, jusqu'à ce qu'il eût découvert un raidillon qui semblait mener en haut de la colline. Il le gravit donc et parvint au sommet. Les arbres aux feuilles argentées s'agitaient sous la brise et l'aveuglaient en renvoyant les rayons du soleil. Il s'approcha de l'un d'eux ; il abritait un nid de cardinaux. Pareil dans tous les arbres : un seul nid d'oiseaux rouges.

Sauf un. Il différait des autres. Il était plus vieux, noueux, et ses branches s'étalaient au lieu de se dresser en l'air. Comme un arbre fruitier. Et les feuilles étaient dorées, non pas argentées, si bien qu'elles ne brillaient pas aussi fort, mais d'un éclat doux et profond. Dans l'arbre, il aperçut un fruit rond et blanc ; il savait qu'il était mûr. Mais quand il tendit la main pour attraper le fruit et le manger, il entendit des rires et des moqueries. Il regarda alentour et vit tous les gens qu'il avait connus dans sa vie qui se fichaient de lui. Sauf une personne : Mot-pour-mot. Mot-pour-mot était là et lui dit : « Mange ! » Alvin avança la main et cueillit un seul fruit dans l'arbre ; il le porta à sa bouche et mordit. Il était ferme et juteux avec un goût à la fois doux et amer, salé et acide, si prononcé qu'il en eut des picotements partout, mais c'était un goût délicieux, il aurait voulu le garder en lui pour toujours.

Il allait mordre une seconde fois dans le fruit quand il découvrit qu'il avait disparu de sa main, et qu'aucun autre ne pendait dans l'arbre. « Une bouchée te suffit pour l'instant, dit Mot-pour-mot. Rappelle-toi son goût.

— J'oublierai jamais », dit Alvin.

Tout le monde continuait de rire, de plus en plus fort ; mais Alvin n'y faisait pas attention. Il avait pris une bouchée du fruit, et tout ce qu'il voulait maintenant, c'était conduire sa famille au même arbre pour les faire manger ; conduire tous ceux qu'il connaissait, et même les étrangers aussi, pour qu'ils y goûtent. Suffirait qu'ils y goûtent, se disait Alvin, et ils sauraient.

« Ils sauraient quoi ? » demanda Mot-pour-mot.

Al ne voyait pas. « Ils sauraient, voilà, dit-il. Sauraient tout. Tout c'qui est bien.

— C'est juste, dit Mot-pour-mot. À la première bouchée, on *sait.*

— Et à la deuxième, alors ?

— À la deuxième bouchée, on vit éternellement, dit Mot-pour-mot. Et il vaut mieux que tu n'y songes pas, mon garçon. Ne va pas t'imaginer que tu peux vivre éternellement. »

Alvin se réveilla au matin avec le goût du fruit toujours dans la bouche. Il dût se forcer pour se persuader qu'il ne s'agissait que d'un rêve. Ta-Kumsaw était déjà debout. Il avait allumé un feu de braises et fait sortir deux poissons de la Licking. Ils étaient à présent embrochés par la gueule sur des bâtons. Il en tendit un à Alvin.

Mais Alvin ne voulait pas manger. S'il mangeait, le goût du fruit disparaîtrait de sa bouche. Ce serait le début de l'oubli, et il tenait à se souvenir. Oh, il savait qu'il lui faudrait s'alimenter à un moment ou à un autre — on peut devenir drôlement maigrichon en sautant tout le temps ses repas. Mais aujourd'hui, pour l'instant, il ne voulait pas manger.

Il avait pourtant pris la broche et regardait grésiller la truite. Ta-Kumsaw parlait, il lui disait qu'il fallait appeler le poisson et les autres animaux quand on avait besoin de se nourrir. Leur demander de venir. Si la terre désire qu'on mange, alors l'animal vient, peut-être un autre, aucune importance, on mange ce que donne la terre. Alvin pensa au poisson qu'il faisait cuire. Est-ce que la terre ignorait qu'il n'allait pas manger ce matin ? Ou avait-elle envoyé ce poisson pour lui faire savoir qu'il fallait manger, après tout ?

Ni l'un, ni l'autre. Car juste au moment où le poisson était prêt, ils entendirent le fracas et le martèlement sourd qui annonçaient l'approche d'un homme blanc.

Ta-Kumsaw resta assis, parfaitement calme ; il ne se donna même pas la peine de sortir son couteau. « Si la terre conduit un homme blanc *ici*, alors il n'est pas mon ennemi », dit-il.

Au bout d'un bref instant, l'homme pénétra dans la clairière. Il avait des cheveux blancs, là où il n'était pas chauve. Il tenait son chapeau à la main. Il portait un sac à l'air avachi en bandoulière, et aucune arme. Alvin savait déjà ce que renfermait le sac. Des vêtements de rechange, quelques rations de nourriture et un livre. Un tiers du livre contenait des phrases isolées : des gens y avaient écrit la chose la plus importante qu'ils avaient jamais vue de leurs yeux. Mais les deux derniers tiers étaient clos par une courroie de cuir. C'était là que Mot-pour-mot écrivait ses propres histoires, celles qu'il jugeait importantes.

Car c'était bien de lui qu'il s'agissait, Mot-pour-mot, qu'Alvin croyait ne jamais revoir de sa vie. Et soudain, en reconnaissant son vieil ami, Alvin sut pourquoi deux poissons étaient venus à l'appel de Ta-Kumsaw. « Mot-pour-mot, dit-il. J'espère que t'as faim, par rapport que j'ai là un poisson que j'ai grillé pour toi. »

Mot-pour-mot sourit. « Je suis rudement content de te voir, Alvin, et rudement content de voir ce poisson. »

Alvin lui tendit la broche. Mot-pour-mot s'assit dans l'herbe, en face de lui et de Ta-Kumsaw, de l'autre côté du feu. « Merci bien, Alvin », dit-il. Il sortit son couteau et se mit à détacher adroitement des filets du poisson. Ils grésillaient encore et lui brûlèrent les lèvres, mais il se lécha d'un coup de langue et fit un sort rapide à la truite. Ta-Kumsaw mangeait aussi la sienne, et Alvin les observait tous les deux. Ta-Kumsaw ne quittait pas Mot-pour-mot des yeux.

« Ça, c'est Mot-pour-mot, dit Alvin. Çui qui m'a appris à guérir.

— Je ne t'ai pas appris, dit Mot-pour-mot. Je t'ai uniquement donné l'idée pour que tu apprennes tout seul. Et persuadé que tu devais essayer. » Il adressa la phrase suivante à Ta-Kumsaw. « Il était décidé à se laisser mourir plutôt que d'utiliser son talent pour se guérir, vous vous rendez compte ?

— Et ça, c'est Ta-Kumsaw, dit Alvin.

— Oh, je vous ai reconnu à la minute où je vous ai vu. Savez-vous que vous êtes une légende parmi les Blancs ? Vous êtes comme Saladin pendant la croisade, ils vous admirent plus qu'ils n'admirent leurs propres dirigeants, et pourtant ils n'ignorent pas que vous avez juré de combattre jusqu'à ce que vous ayez refoulé le dernier homme blanc d'Amérique. »

Ta-Kumsaw ne répondit rien.

« J'ai bien dû rencontrer deux douzaines d'enfants qui portaient votre nom, principalement des garçons, tous blancs. Et j'en ai entendu, des histoires sur votre compte : vous sauviez des prisonniers blancs qui allaient être brûlés vifs, vous apportiez à manger aux gens que vous aviez chassés de chez eux pour qu'ils ne meurent pas de faim. Je crois même à certaines de ces histoires. »

Ta-Kumsaw termina son poisson et posa la broche dans le feu.

« J'en ai aussi entendu certaine autre en venant par ici : vous auriez capturé deux Blancs de Vigor Church et envoyé leurs vêtements déchirés et couverts de sang à leurs parents. Vous les auriez torturés à mort pour affirmer votre volonté d'éliminer tous les Blancs, hommes, femmes et enfants. Vous auriez dit que le temps des mœurs civilisées appartenait au passé, et que vous alliez maintenant user de la terreur pure pour chasser l'homme blanc d'Amérique. »

Pour la première fois depuis l'arrivée de Mot-pour-mot, Ta-Kumsaw prit la parole. « Tu l'as crue, cette histoire-là ?

— Ma foi, non, répondit Mot-pour-mot. Mais c'est parce que je connaissais déjà la vérité. Vous voyez, j'ai reçu un message d'une fillette que j'ai connue — une demoiselle, à présent. C'était une lettre. » Il sortit une lettre pliée de son habit, trois feuilles de papier couvertes d'écriture. Il la tendit à Ta-Kumsaw.

Sans y jeter un regard, Ta-Kumsaw tendit la lettre à Alvin. « Lis-la moi, dit-il.

— Mais t'arrives à lire l'anglais, dit Alvin.

— Pas ici », fit Ta-Kumsaw.

Alvin regarda la lettre, chacune des trois pages, et à sa grande surprise il n'y parvint pas davantage. Les caractères lui semblaient tous familiers. Quand il les examinait, il pouvait même les nommer. L - E - F - A - I - S - E - U - R - A - B - E - S - O - I - N - D - E - V - O - U - S, elle commençait comme ça, mais il n'y trouvait aucun sens, il ne pouvait même pas dire avec certitude de quelle langue il s'agissait. « J'arrive pas à la lire, moi non plus. » Et il la rendit à Mot-pour-mot.

Mot-pour-mot l'étudia une minute, puis il rit et la remit dans sa poche d'habit. « Eh bien, voilà une histoire pour mon livre. Un endroit où l'on ne peut pas lire. »

Alvin, étonné, vit sourire Ta-Kumsaw. « Même toi ?

— Je sais ce qu'elle dit parce que je l'ai déjà lue, dit le vieil homme. Mais aujourd'hui, je n'arrive pas à en déchiffrer un traître mot. Et pourtant je sais ce que le mot est censé dire. Quelle est cette région ?

— On est sur la Terre-aux-silex, dit Alvin.

— Nous sommes dans l'ombre de la Butte-aux-huit-faces, dit Ta-Kumsaw.

— Je croyais qu'un Blanc ne pouvait pas s'y rendre, dit Mot-pour-mot.

— Moi aussi, fit Ta-Kumsaw. Mais je vois ici un garçon blanc, et je vois là un homme blanc.

— J'ai rêvé de toi c'te nuit, dit Alvin. J'ai rêvé que j'étais en haut de la Butte-aux-huit-faces ; t'étais avec moi et tu m'expliquais des choses.

— Ne t'y fie pas, dit Mot-pour-mot. Je doute qu'il

existe quoique ce soit sur la Butte-aux-huit-faces que je puisse expliquer à quelqu'un.

— Comment es-tu arrivé ici, demanda Ta-Kumsaw, si tu ne savais pas que tu venais sur la Terre-aux-silex ?

— Elle m'a dit de remonter le Musky-Ingum et, quand je verrais un rocher blanc, de prendre l'embranchement de gauche. Elle a dit que je trouverais Alvin Miller junior assis avec Ta-Kumsaw devant un feu, en train de cuire du poisson.

— Qui c'est qui t'a dit tout ça ? demanda Alvin.

— Une femme, répondit Mot-pour-mot. Une torche. Elle m'a dit que tu l'as vue dans une vision, Alvin, à l'intérieur d'une tour de cristal, il n'y a pas plus d'une semaine de ça. C'est elle qui t'a retiré la coiffe de la figure quand tu es né. Elle te suit depuis ce temps-là, à la façon des torches. Elle est allée dans cette tour avec toi, elle a vu par tes yeux.

— Il l'avait bien dit, l'Prophète, qu'y avait quelqu'un avec nous autres, dit Alvin.

— Elle a regardé par son œil aussi, dit Mot-pour-mot, et elle a vu tous ses avenirs. Le Prophète mourra. Demain matin. Tué par le fusil de ton père, Alvin.

— Non ! s'écria Alvin.

— À moins... fit Mot-pour-mot, à moins que Mesure arrive à temps pour prouver à ton père qu'il est vivant, que Ta-Kumsaw et le Prophète ne lui ont jamais fait de mal, pas plus qu'à toi.

— Mais y a des jours qu'il s'en est parti, Mesure !

— C'est vrai, Alvin. Mais les hommes du gouverneur Harrison l'ont capturé. Harrison le tient, et aujourd'hui, peut-être même en ce moment, un de ses soudards est en train de le tuer. De lui briser les os, de lui briser le cou. Demain, Harrison attaquera Prophetville avec ses canons et il tuera tout le monde. Tous les habitants. Il coulera tant de sang que l'eau de la Tippy-Canoe sera écarlate et celle de la Wobbish rouge jusqu'à l'Hio. »

Ta-Kumsaw bondit sur ses pieds. « Je dois y retourner. Je dois...

— Vous savez à quelle distance vous vous trouvez, dit Mot-pour-mot. Vous savez où sont vos guerriers. Même en courant toute la nuit et toute la journée à la vitesse dont vous, les Rouges, vous êtes capables...

— Demain midi, fit Ta-Kumsaw.

— Il sera déjà mort », dit Mot-pour-mot.

Ta-Kumsaw hurla de douleur, si fort que plusieurs oiseaux s'envolèrent de la prairie en piaillant.

« Holà, doucement, attendez une minute. S'il n'y avait rien à faire, elle ne m'aurait sans doute pas mis en chasse, pas vrai ? Vous ne voyez pas que nous participons à une vaste opération qui nous dépasse ? Comment se fait-il que les Chok-Taws soudoyés par Harrison aient enlevé précisément Alvin et Mesure ? Comment se fait-il que vous vous trouviez ici, et moi de même, précisément le jour où l'on a le plus besoin de nous ?

— On a besoin de nous *là-bas*, dit Ta-Kumsaw.

— Je ne le crois pas, dit Mot-pour-mot. Je crois que si on avait besoin de nous là-bas, nous ne serions pas ici. On a besoin de nous *ici*.

— Tu es comme mon frère quand il veut me rallier à ses projets !

— J'aimerais être comme votre frère. Il reçoit des visions et il voit ce qui se passe, tandis que moi, tout ce que j'ai, c'est la lettre d'une torche. Mais me voici, vous voici, et si notre présence n'était pas prévue, nous ne serions pas là, que ça vous plaise ou non. »

Alvin tiquait à l'idée que tout était prévu. Qui prévoyait ? Qu'est-ce qu'il voulait dire, Mot-pour-mot ? Qu'ils étaient tous des marionnettes au bout d'un bâton ? Est-ce que quelqu'un les manipulait dans un sens ou un autre, suivant son opinion de ce qui devait arriver ?

« Si y a réellement quelqu'un qui s'occupe de tout, dit Alvin, il a pas fait d'la bonne ouvrage, par rapport au pétrin où qu'il nous a mis. »

Mot-pour-mot eut un grand sourire. « Tu n'as vraiment pas de goût pour la religion, hein, mon garçon ?

— J'crois pas qu'y a quelqu'un qui nous fait faire ce qu'il veut, voilà.

— Je n'ai jamais dit ça, répliqua Mot-pour-mot. Je dis seulement que les choses ne vont jamais si mal qu'on ne puisse rien tenter pour y remédier.

— Eh ben, je s'rais content qu'on m'donne des idées. Qu'esse que c'te dame, la torche, elle a dit que j'devais faire ? demanda Alvin.

— Elle a dit que tu es censé grimper sur la montagne et guérir Mesure. Ne m'en demande pas plus, c'est tout ce qu'elle a dit. Il n'y a pas de montagne digne de ce nom dans la région, et Mesure se trouve dans le caveau à légumes derrière la maison de Vinaigre Riley...

— J'connais, dit Alvin. J'y suis été. Mais j'peux pas... j'veux dire, j'ai jamais essayé de guérir quelqu'un qu'était pas là, devant moi.

— Assez parlé, fit Ta-Kumsaw. La Butte-aux-huit-faces t'a appelé en rêve, jeune Blanc. Cet homme est venu te dire d'aller en haut de la montagne. Tout commencera quand tu grimperas sur la Butte. Si tu le peux.

— Certaines choses finissent sur la Butte-aux-huit-faces, dit Mot-pour-mot.

— Qu'est-ce qu'un homme blanc connaît de la Butte ? demanda Ta-Kumsaw.

— Rien, répondit Mot-pour-mot. Mais je me suis agenouillé au chevet d'une femme irrakwa mourante, il y a bien des années, et elle m'a dit la chose la plus importante de sa vie : elle était la dernière Irrakwa qui ait pénétré à l'intérieur de la Butte-aux-huit-faces.

— Les Irrakwas sont tous devenus blancs dans leur cœur, dit Ta-Kumsaw. La Butte-aux-huit-faces ne les laisserait plus entrer maintenant.

— Mais j'suis blanc, moi, fit Alvin.

— Grande question, dit Ta-Kumsaw. La Butte te donnera la réponse. La réponse, c'est peut-être que tu ne montes pas et que tout le monde meure. Venez. »

Il les conduisit par le chemin que la terre frayait devant eux, jusqu'à ce qu'ils atteignent une colline abrupte, envahie d'arbres et de ronces. Il n'y avait pas de sentier. « C'est la Face de l'Homme Rouge, dit Ta-Kumsaw. C'est ici que montent les hommes rouges. Le sentier a disparu. Tu ne peux pas monter ici.

— Où, alors ? demanda Alvin.

— Comment savoir ? Les récits disent qu'en montant par une autre face, on trouve une autre butte. Les récits disent qu'en montant par la Face des Bâtisseurs, on découvre leur ancienne cité, qui existe toujours sur la Butte. Quand on monte par la Face des Bêtes, on trouve une terre où un bison géant est roi, un étrange animal avec des cornes qui lui sortent de la gueule et un nez comme un horrible serpent ; et des couguars gigantesques aux dents longues comme des lances s'inclinent devant lui et le vénèrent. Qui peut dire si ces récits sont vrais ? Personne ne monte plus par ces faces-là.

— Y a-t-il une Face de l'Homme Blanc ? demanda Alvin.

— Homme Rouge, Médecine, Bâtisseur, Bête. Les quatres autres faces, nous ne savons pas leurs noms, dit Ta-Kumsaw. Peut-être que l'une d'elles est la Face de l'Homme Blanc. Venez. »

Il les entraîna autour de la colline. La Butte s'élevait à leur gauche. Aucun sentier ne la gravissait. Alvin reconnaissait tout ce qu'ils voyaient. Son rêve de la nuit se vérifiait, du moins jusqu'ici : il était avec Mot-pour-mot et faisait le tour de la colline avant de l'escalader.

Ils arrivèrent à la dernière des faces inconnues. Aucun sentier. Alvin continua comme pour passer au versant suivant.

« Inutile, dit Ta-Kumsaw. Nous avons vu les huit faces, aucune ne nous conduira en haut. La prochaine, c'est à nouveau la Face de l'Homme Rouge.

— J'connais, fit Alvin. Mais le v'là, l'sentier. »

Il était bien là, aussi rectiligne qu'une flèche. Sur la bordure commune à la Face de l'Homme Rouge et à sa voisine inconnue.

« Tu es à moitié rouge, dit Ta-Kumsaw.

— Vas-y, monte, fit Mot-pour-mot.

— Dans mon rêve, t'étais avec moi là-haut, dit Alvin.

— Peut-être bien, dit Mot-pour-mot. Mais c'est que moi, je ne vois pas ce sentier dont vous parlez tous les deux. Aucune différence avec les autres versants. J'ai donc l'impression que je ne suis pas invité.

— Va, dit Ta-Kumsaw. Vite.

— Alors toi, viens-t'en avec moi, dit Alvin. Tu l'vois l'sentier, hein ?

— Je n'ai pas rêvé de la Butte, dit Ta-Kumsaw. Et ce que tu verras là-haut, ce sera moitié ce que voit un homme rouge, et moitié un nouveau lieu que je ne dois jamais voir. Va, maintenant, ne perds plus de temps. Mon frère et le tien mourront si tu n'accomplis pas ce que la terre a voulu en t'amenant ici.

— J'ai soif, dit Al.

— Tu boiras là-haut, fit Ta-Kumsaw, si la Butte t'offre de l'eau. Mange si la Butte t'offre de la nourriture. »

Al s'engagea sur le sentier et se mit à gravir tant bien que mal la colline. La pente était abrupte, mais il y avait des racines où s'accrocher, beaucoup de prises pour les pieds. Bientôt le raidillon franchit la crête, devint de niveau, et les broussailles disparurent.

Il avait cru que la Butte n'était qu'une seule colline à huit versants. Mais maintenant il s'apercevait que les versants constituaient autant de buttes distinctes disposées de façon à former une profonde cuvette au milieu. La vallée paraissait bien trop large, les buttes opposées bien trop éloignées. Alvin avait pourtant fait tout le tour de la colline à pied ce matin, avec Ta-Kumsaw et Mot-pour-mot, non ? La Butte-aux-huit-faces avait l'air beaucoup plus importante au-dedans qu'au-dehors.

Il descendit prudemment la pente herbeuse. Elle était inégale, parsemée de touffes de végétation; l'herbe était fraîche, le sol humide et ferme. La descente lui parut nettement plus longue que l'ascension. Quand enfin il atteignit le fond de la vallée, il se trouva en bordure d'une prairie plantée d'arbres aux feuilles d'argent, tout comme dans son rêve. Son rêve n'avait donc pas menti, il lui avait montré un paysage réel qu'il n'avait pas pu imaginer.

Mais de quelle façon était-il censé trouver Mesure et le guérir ? Qu'est-ce que la Butte avait à voir là-dedans ? C'était l'après-midi maintenant, ils avaient mis du temps à faire le tour de la colline ; Mesure était peut-être déjà en train de mourir, et Alvin ne voyait pas du tout comment il allait s'y prendre pour l'aider.

Il se dit qu'il ne lui restait qu'à marcher. Il avait dans l'idée de traverser la vallée pour gagner l'une des autres buttes, mais il remarqua quelque chose de très bizarre. Il avait beau avancer, il avait beau passer des arbres aux feuilles d'argent, la butte vers laquelle il se dirigeait restait toujours aussi lointaine. Il eut peur — était-il pris au piège pour toujours ? — et il se dépêcha de retourner d'où il venait. En quelques minutes, pas davantage, il retrouva les traces de ses pas descendant de la colline. Il était sûr d'avoir marché plus longtemps dans l'autre sens. Deux autres tentatives le convainquirent que la vallée s'allongeait indéfiniment dans toutes les directions, sauf celle d'où il venait. Dans cette direction-là, c'était comme s'il se trouvait toujours au centre de la Butte, quelle que soit la distance parcourue pour y arriver.

Alvin chercha des yeux l'arbre à feuilles d'or et au fruit tout blanc, mais il ne put le découvrir et n'en fut pas surpris. Il gardait toujours en bouche le goût du fruit, depuis son rêve de la nuit passée. Il n'aurait pas d'autre occasion d'y goûter, en rêve ou non, parce que la deuxième bouchée le ferait vivre éternellement. Il s'en moquait, de ne pas l'obtenir, cette bouchée. La mort ne tourmente guère un garçon de son âge.

Il entendit de l'eau. Un ruisseau, limpide et frais, courait sur des cailloux. C'était impossible, évidemment. La vallée de la Butte-aux-huit-faces était complètement fermée. Si l'eau coulait si vite ici, pourquoi la vallée ne se remplissait-elle pas pour former un lac ? Pourquoi n'y avait-il pas le moindre cours d'eau à jaillir de la colline, à l'extérieur ? Et puis il viendrait d'où, ce cours d'eau ? La butte était l'œuvre de l'homme, comme bien d'autres buttes éparpillées à travers le pays, mais aucune n'était aussi ancienne. Les sources, ça ne jaillit pas des collines édifiées par l'homme. Cette eau lui devenait suspecte, tellement c'était impossible. Mais en y réfléchissant, il avait connu un certain nombre de choses impossibles dans sa vie, et celle-ci était loin d'être la plus étrange.

Ta-Kumsaw avait dit de boire si la Butte lui offrait de l'eau, alors il s'agenouilla et but en plongeant franchement la tête dans le ruisseau et en aspirant directement dans la bouche. Il n'en perdit pas le goût du fruit. Peut-être même en était-il renforcé.

Il resta à genoux au bord du ruisseau, à étudier la berge d'en face. L'eau s'y écoulait différemment. En fait, elle clapotait sur le rivage comme les vagues de l'océan ; et lorsque Alvin eut fait ce rapprochement, il constata que le *tracé* de la rive opposée coïncidait avec la carte de la côte Est qu'Armure-de-Dieu lui avait montrée. La mémoire lui revint, claire et précise. Ici, où le littoral s'arrondissait, c'était la Caroline, dans les Colonies de la Couronne. Cette baie profonde, c'était le Chase-a-pick, et là l'embouchure du Potty-Mack, qui constituait la frontière entre les États-Unis et les Colonies de la Couronne.

Alvin se releva et enjamba le cours d'eau.

Ce n'était que de l'herbe. Il ne voyait ni rivières, ni villes, ni bornes de terrains, ni routes. Mais depuis le littoral, il arrivait assez bien à situer la région de l'Hio, et même l'emplacement de la butte qu'il venait de gravir. Il fit deux pas et là, d'un seul coup, il aperçut Ta-Kumsaw et Mot-pour-mot, assis par terre devant lui, qui le regardaient avec des yeux ronds.

« T'as fini par monter, dit Alvin.

— Pas du tout, répondit Mot-pour-mot. Nous n'avons pas bougé d'ici depuis que tu es parti.

— Pourquoi es-tu redescendu ? demanda Ta-Kumsaw.

— Mais j'ai pas du tout redescendu, dit Alvin. J'suis dans l'bas de la vallée d'la Butte.

— La vallée ? fit Ta-Kumsaw.

— Nous sommes ici au pied de la colline », ajouta Mot-pour-mot.

Alors Alvin comprit. Pas au point de l'expliquer par des mots, mais suffisamment pour en tirer parti, se servir de ce que la Butte lui avait donné. Il pouvait se déplacer à la surface de la terre, comme ça, cent milles à chaque pas, et rencontrer les gens qu'il voulait voir. Les gens qu'il connaissait. Mesure. Alvin se toucha le front en manière de salut aux deux hommes qui l'attendaient, puis fit un petit pas. Ils disparurent.

Il retrouva facilement la ville de Vigor Church. La première personne qu'il vit fut Armure-de-Dieu, qui priait à genoux. Alvin ne lui dit rien, de peur que son beau-frère le prenne pour une apparition surgie du royaume des morts. Mais il priait où, Armure ? Chez lui ? Dans ce cas, la maison de Vinaigre Riley devait se situer de ce côté-là de la ville, en repartant vers l'est. Il se retourna.

Il vit son père, assis auprès de sa mère. P'pa ébarbait des balles de mousquet qu'il avait coulées. Et m'man lui chuchotait quelque chose, elle insistait. Elle était en colère, et p'pa aussi. « Des femmes et des enfants, voilà ce qu'y a dans c'te ville. Même si Ta-Kumsaw et l'Prophète, ils ont tué nos garçons, ces femmes et ces enfants y sont pour rien. Tu vaudras pas mieux si tu lèves la main contre eux autres. Que j'te voye pas revenir dans cette maison, j'veux plus jamais t'voir si t'en tues un seul. Je l'jure, Alvin Miller. »

P'pa continuait de polir ; il ne s'interrompit qu'une fois et lâcha : « Ils ont tué mes garçons. »

Alvin voulut lui répondre et ouvrit la bouche pour dire : « Mais j'suis pas mort, p'pa ! »

Ça ne marcha pas. Il ne put sortir un mot. On ne l'avait pas non plus amené ici pour donner une vision à ses parents. C'est Mesure qu'il devait trouver, sinon la balle du mousquet de p'pa tuerait l'homme-lumière.

Ce n'était guère loin, à peine un pas. Alvin déplaça

légèrement les pieds, m'man et p'pa disparurent. Il entr'aperçut Placide et David qui tiraient au fusil, probablement sur des cibles. Et aussi Économe et Fortuné qui bourraient quelque chose... qui bourraient la charge dans le fût d'un canon. Impressions fugitives d'autres personnes... mais comme elles lui étaient inconnues et qu'elles ne l'intéressaient pas, il les distinguait mal. Enfin il vit Mesure.

Il devait être mort. Il avait le cou brisé, à en juger par l'angle de sa tête, et ses bras et jambes étaient tous cassés aussi. Alvin n'osait pas bouger, il risquait de se retrouver un mille plus loin en un rien de temps, et Mesure disparaîtrait comme les autres. Il resta donc debout à la même place et se projeta dans le corps de son frère couché par terre devant lui.

Alvin n'avait jamais éprouvé pareille souffrance de toute sa vie. Ce n'était pas la souffrance de Mesure, mais la sienne. Son sens de l'organisation naturelle des choses, de leur forme normale ; à l'intérieur du corps de Mesure, rien n'était normal. Certaines parties se mouraient, le sang s'était accumulé dans le ventre et étouffait ce qui subsistait de vie, le cerveau n'était plus relié à l'ensemble du corps ; jamais Alvin n'avait vu gâchis aussi effroyable, tout allait de travers, au point qu'il éprouva de la douleur en le découvrant, une douleur si violente qu'il poussa un cri. Mais Mesure ne l'entendit pas. Mesure n'était plus capable d'entendre. S'il n'était pas mort, il ne valait guère mieux, aucun doute là-dessus.

Alvin s'intéressa d'abord à son cœur. Il battait toujours, mais il ne restait plus beaucoup de sang à pomper dans les veines ; le flux s'était perdu dans la poitrine et le ventre de Mesure. C'était la première chose qu'Alvin devait remettre en état : reconstituer les vaisseaux et rétablir la circulation normale du sang.

Du temps, tout ça demandait du temps. Les côtes cassées, les organes déchirés. Les os, qu'il lui fallait assembler sans même se servir des mains pour les remettre en place — certains étaient tellement désalignés qu'il n'y pouvait rien. Il devrait attendre que Mesure se réveille suffisamment et lui vienne en aide.

Alvin entra donc dans le cerveau de son frère, suivit les nerfs qui couraient le long de la colonne vertébrale et guérit l'ensemble, lui redonnant son ordre naturel.

Mesure se réveilla dans un long, un horrible cri d'agonie. Il était vivant, et la douleur lui revenait, plus présente et plus violente que jamais. Je te demande pardon, Mesure. Je ne peux pas te guérir sans que la douleur revienne. Et je dois te guérir, sinon trop d'innocents vont mourir.

Alvin ne remarqua même pas que la nuit tombait déjà, et il n'avait fait que la moitié du travail.

XIV

La Tippy-Canoe

Dans Prophetville, seuls les enfants dormaient cette nuit-là. Les adultes sentaient tous l'encerclement de l'armée des Blancs ; le sens de la terre des Rouges percevait les charmes dissimulateurs et autres sortilèges jetés par les troupes blanches comme autant de trompettes et d'étendards.

Ils ne se découvrirent pas tous le courage de tenir leur serment, maintenant que la mort par le fer et le feu n'était plus éloignée que de quelques heures. Mais ceux-là firent de leur mieux : ils rassemblèrent leurs familles et se glissèrent hors de Prophetville, en passant silencieusement entre les compagnies de soldats blancs qui ne s'aperçurent de rien. Certains qu'ils ne sauraient pas mourir sans se défendre, ils s'en allaient afin qu'aucun Rouge ne brise la non-violence unanime que voulait le Prophète.

Tenskwa-Tawa n'était pas surpris d'en voir quelques-uns partir ; il l'était d'en voir autant rester. Presque tous. Tant de gens qui croyaient en lui, tant de gens qui allaient affirmer cette foi dans le sang. Il attendait l'aube avec appréhension ; la douleur qu'il avait éprouvée à la suite d'un seul meurtre commis sous ses yeux lui faisait endurer le bruit noir depuis des années. Bien sûr, c'était son père qu'on avait tué, la douleur n'en était que plus grande ; mais aimait-il moins les gens de Prophetville qu'il n'avait aimé son père ?

Il devait pourtant repousser le bruit noir, garder toute sa présence d'esprit, sinon ils mourraient en vain. Si leur mort n'apportait rien, autant la leur éviter. Il avait si souvent cherché la Tour de Cristal, dans sa quête d'un moyen pour affronter ce jour, d'une voie menant à une issue heureuse. Il n'avait rien trouvé de mieux que de diviser la terre : les Rouges à l'ouest du Mizzipy, les Blancs à l'est. Mais même pour parvenir à cela, il fallait emprunter des chemins extrêmement étroits. Tant de choses dépendaient des deux jeunes Blancs, tant d'autres de Tenskwa-Tawa, tant d'autres encore de l'assassin-blanc Harrison lui-même. Car sur tous les chemins où Harrison usait de miséricorde, l'affrontement de la Tippy-Canoe n'empêchait aucunement la destruction des Rouges et, avec eux, de la terre. Sur tous ces chemins, les hommes rouges dépérissaient, cantonnés sur d'étroites réserves désolées, jusqu'à ce que toute la terre soit blanche, et donc asservie de force, dépouillée, amputée, violée, condamnée à fournir de grandes quantités d'une nourriture à l'imitation de la véritable moisson, née d'une tricherie alchimique empoisonnée. Même l'homme blanc en souffrait dans ces visions du futur, mais il faudrait de nombreuses générations avant qu'il ne comprenne sa faute. Ici pourtant — à Prophetville —, il y avait une journée — demain — où le futur pouvait prendre un chemin improbable mais meilleur. Un chemin qui mènerait malgré tout à une terre vivante, même si elle était tronquée ; un chemin qui mènerait un jour à une cité de cristal qui capterait la lumière du soleil et la convertirait en visions de vérité pour tous ses habitants.

C'était l'espoir de Tenskwa-Tawa : s'accrocher à sa vision éclatante toute la journée du lendemain, et faire ainsi de la souffrance, du sang, du bruit noir de meurtre un événement qui changerait le monde.

Avant même que les premiers rayons perceptibles du soleil ne s'élèvent au-dessus de l'horizon, Tenskwa-Tawa sentit poindre l'aube. Il le sentait en partie par la vie qui s'animait à l'est — il sentait cela de plus loin que n'importe quel autre Rouge — mais aussi par les mouvements chez les Blancs, qui se préparaient à allumer les mèches de leurs canons. Quatre flammes, dissimulées et donc révélées par les sortilèges et la sorcellerie. Quatre canons, en position pour balayer toute la cité, d'un bout à l'autre.

Tenskwa-Tawa marchait à travers la ville en fredonnant doucement. Les habitants l'entendirent et réveillèrent les enfants. Les hommes blancs s'apprêtaient à les tuer dans leur sommeil, anonymes à l'intérieur de leurs loges et leurs wigwams. Mais eux préférèrent sortir dans l'obscurité pour gagner d'un pied sûr la vaste prairie, leur lieu de rassemblement habituel. Il n'y avait même pas assez de place pour qu'ils puissent s'asseoir. Ils restèrent debout, par familles, père, mère et enfants groupés dans une seule étreinte, et attendirent que l'homme blanc verse leur sang.

« Notre sang ne disparaîtra pas dans la poussière, leur avait promis Tenskwa-Tawa. Il s'écoulera dans la rivière, et je le retiendrai là ; il sera fort de toutes vos vies, de toutes vos morts, et je m'en servirai pour garder la terre vivante et fixer l'homme blanc dans les régions qu'il a déjà conquises et commencé à tuer. »

Aussi Tenskwa-Tawa se dirigeait-il à présent vers la rive de la Tippy-Canoe, en regardant la prairie s'emplir de ses gens dont un grand nombre allaient mourir devant lui parce qu'ils croyaient à ses paroles.

*

« Restez auprès de moi, monsieur Miller, dit le général Harrison. C'est le sang des vôtres que nous allons venger aujourd'hui. Je veux vous laisser l'honneur de tirer la première balle de cette guerre. »

Mike Fink observait le meunier à l'œil halluciné qui tassait la bourre et le projectile dans le canon de son mousquet. Mike reconnaissait dans son regard la soif de meurtre. Quand ce genre de folie frappait un homme, elle le rendait dangereux, capable de commettre des actes dont il n'avait pas idée d'ordinaire. Mike était bien content que le meunier ignore où et comment son fils était mort. Oh, le gouverneur Harrison ne lui avait jamais clairement dit le nom de ce jeune homme, mais Mike Fink n'était pas un gamin en culottes courtes, il le savait parfaitement. Si Harrison jouait un jeu compliqué, une chose était sûre cependant : il ferait tout pour atteindre ses hautes visées et placer le plus de terres et de gens sous sa domination. Et Fink savait que Harrison se débarrasserait de lui dès qu'il ne serait plus utile.

Le plus drôle, voyez-vous, c'est que Mike Fink ne se considérait pas comme un meurtrier. Pour lui, la vie était une lutte, et mourir le lot des vaincus, mais ça n'avait rien à voir avec un meurtre, le combat était loyal. Comme la fois où il avait tué Casse-pattes... Casse-pattes n'avait qu'à ne pas se montrer si négligent. Il aurait remarqué que Mike ne se trouvait pas sur la berge avec les autres bateliers, il se serait méfié, il aurait fait attention, et du coup, eh bien, c'est peut-être Mike Fink qui serait mort. Casse-pattes avait donc perdu la vie parce qu'il avait perdu la partie, celle dans laquelle Mike et lui s'affrontaient.

Mais ce jeune gars, hier, ce n'était pas un joueur. Il n'avait pas engagé de partie. Il voulait seulement rentrer chez lui. Mike n'avait jamais lutté contre un homme qui n'avait pas envie de se battre et jamais tué d'adversaire qui n'espérait pas le tuer d'abord si l'occasion se présentait. Hier, pour la première fois, il avait tué parce qu'on lui avait dit de le faire, et il n'aimait pas ça, il n'aimait pas ça du tout. Il se rendait compte à présent que le gouverneur Bill croyait qu'il avait tué Casse-pattes de la même manière, uniquement parce qu'on le lui avait demandé. Mais c'était faux. Et aujourd'hui, Mike Fink regardait le père du jeune homme, le père aux yeux fous de rage, et il lui dit, mais silencieusement pour que personne n'entende : « J'suis avec toi, j'suis d'accord avec toi, l'homme qu'a tué ton fils doit mourir. »

L'ennui, c'est que l'homme en question, c'était lui, Mike Fink. Et il avait grand honte.

Même chose avec ces Rouges de Prophetville. À quoi ça ressemblait, une bataille pareille ? On les réveillait à coups de mitraille qui sifflait dans leurs maisons, mettant le feu, labourant leurs corps, des corps d'enfants, de femmes et de vieillards ?

J'appelle pas ça se battre, songea Mike Fink.

La première lueur de l'aube apparut dans le ciel. De Prophetville, on ne distinguait encore que des ombres, mais c'était l'heure. Alvin Miller pointa son mousquet sur le gros des maisons, puis il tira.

Quelques secondes plus tard, les canons tonnèrent à leur tour. Peut-être quelques secondes encore, et les premières flammes s'élevèrent dans la ville.

Les canons grondèrent à nouveau. Mais personne ne sortit en hurlant des wigwams. Même pas de ceux qui flambaient.

Il était donc le seul à l'avoir remarqué ? On n'avait pas compris que les Rouges avaient tous quitté Prophetville ? Et s'ils étaient partis, ça voulait dire qu'ils s'attendaient à l'assaut de ce matin. Et s'ils s'y attendaient, ça voulait dire qu'ils se tenaient peut-être prêts, postés en embuscade. À moins qu'ils se soient tous enfuis, ou qu'ils...

L'amulette porte-bonheur de Mike Fink le brûlait presque, tellement il avait chaud. Il savait ce que ça signifiait. Le moment de prendre le large. Quelque chose de très fâcheux allait lui arriver s'il restait.

Il s'éclipsa donc et longea la ligne de soldats, ou de prétendus soldats, car certains de ces fermiers inexpérimentés n'avaient pas suivi plus d'un jour ou deux d'instruction. Aucun ne prêta la moindre attention à Mike Fink. Ils étaient trop occupés à regarder flamber les wigwams. Quelques-uns avaient fini par s'apercevoir qu'il n'y avait apparemment personne dans la ville des Rouges et ils en discutaient, l'air inquiet. Mike ne leur dit rien, il continua de longer la ligne et descendit vers la rivière.

Les canons se trouvaient tous sur les hauteurs ; leur grondement s'éloignait. Mike émergea des arbres sur le terrain à découvert qui menait à la rivière. Là, il s'arrêta net, les yeux écarquillés.

L'aube n'était encore qu'une bande grise à l'horizon, mais il ne pouvait pas se tromper sur ce qu'il voyait. Des milliers et des milliers de Rouges, debout côte à côte dans la prairie. Certains pleuraient doucement... De la mitraille et des balles de mousquet étaient sûrement venues se perdre jusque parmi eux, car deux canons avaient pris position juste en face, de l'autre côté de la ville, et tiraient dans leur direction. Mais ils ne faisaient pas un geste pour se défendre. Il n'y avait pas de traquenard. Ils n'avaient pas d'armes. Ces Rouges s'étaient tous mis en rang pour mourir.

Il y avait peut-être une douzaine de canoës sur la berge de la rivière, en amont et en aval. Mike Fink en poussa un dans le courant et se hissa à bord en roulant sur lui-même. Vers l'aval, c'est par là qu'il irait, descendrait toute la Wobbish jusqu'à l'Hio. L'opération d'aujourd'hui, ce n'était pas de la guerre mais du massacre, et Mike Fink n'appelait vraiment pas ça se battre. Des fois, il y a des choses tellement basses qu'on refuse de les faire, c'est pour presque tout le monde pareil.

*

Dans l'obscurité du caveau à légumes, Mesure n'arrivait pas à voir si Alvin était vraiment ou non près de lui. Pourtant il entendait sa voix, douce mais pressante, qui lui parvenait par-dessus les vagues de douleur. « J'essaye de t'réparer, Mesure, mais faut qu'tu m'aides. »

Mesure ne put lui répondre. Pour l'instant, la

parole n'était pas une fonction qu'il maîtrisait vraiment.

« Je t'ai arrangé l'cou, des côtes, et pis les intestins qu'étaient esquintés, dit Alvin. Et les os de ton bras gauche étaient pas trop mal alignés, alors eux, ça va, tu l'sens ? »

C'était vrai, le bras gauche de Mesure ne lui faisait plus mal. Il le bougea. Le reste du corps en fut bousculé, mais le bras parvint à se déplacer, il avait une certaine force en lui.

« Tes côtes, dit Alvin. Elles ressortent. Faut qu'tu les renfonces à leur place. »

Mesure en repoussa une et manqua s'évanouir de douleur. « J'peux pas.

— Y faut.

— Empêche-moi d'avoir mal.

— Mesure, j'connais pas comment faire. C'est pas possible sans t'empêcher d'*bouger*. Faut qu'tu y arrives. Tout c'que tu remettras en place, j'pourrai l'arranger et t'auras plus mal, mais d'abord faut que tu m'redresses ça, y faut.

— Fais-le, toi.

— J'peux pas.

— T'as juste à tendre la main, Alvin, t'es grand pour tes dix ans, t'en es capable.

— J'peux pas.

— Une fois je t'ai scié un os pour te sauver la vie, je l'ai fait, moi.

— Mesure, j'peux pas parce que *j'suis pas là*. »

Ça n'avait pas de sens pour Mesure. Il fut donc convaincu qu'il rêvait. Si c'était ça, pourquoi est-ce qu'il ne faisait pas de rêve où il aurait eu moins mal ?

« Pousse sus ton os, Mesure. »

Alvin ne voulait pas partir. Alors Mesure poussa et il eut mal. Mais Alvin tint parole. Peu après, la douleur disparut là où il avait redressé l'os.

L'opération fut longue. Il était dans un tel état qu'il croyait ne jamais voir le bout de sa souffrance. Mais tandis que son frère guérissait les chairs autour des os ressoudés, il en profita pour expliquer ce qui lui était arrivé ; puis Alvin raconta ce que lui savait, et Mesure eut tôt fait de comprendre qu'il y avait davantage en jeu que la vie d'un jeune homme dans un caveau à légumes.

Enfin, enfin, ce fut terminé. Mesure avait peine à le croire. Il avait tant enduré, pendant tant d'heures, que ça lui faisait tout drôle de ne plus avoir mal nulle part.

Il entendit des coups sourds, des coups de canons. « T'entends ça, Alvin ? » demanda-t-il.

Alvin n'entendait pas.

« Le tir a commencé. Le canon.

— Alors cours-y, Mesure. Aussi vite que tu peux.

— Alvin, j'suis dans un caveau à patates. Ils ont barré la porte. »

Alvin poussa deux ou trois jurons que Mesure ne le soupçonnait pas de connaître.

« Alvin, j'ai là dans l'fond un trou qu'est à moitié creusé. T'as un talent qui marche bien avec la pierre, alors je m'demande si tu pourrais pas m'ramollir tout ça pour que je l'finisse vite. »

Et c'est ce qui se passa. Mesure se glissa dans le trou, ferma les yeux et gratta la terre au-dessus de sa tête. Ça n'avait rien à voir avec le labeur de la veille, quand il s'usait les doigts jusqu'au sang. Ça tombait tout seul, ça s'écartait de lui. Quand il tendait les bras pour creuser plus loin, la terre lui glissait sous les épaules, et seulement là, elle se raffermissait aussitôt, si bien qu'il n'avait même pas besoin de s'embêter à la dégager du trou, elle le rebouchait derrière lui. Il donnait alors des coups de pied, gigotait des jambes pour se dégager les pieds, et tout son corps montait de cette manière.

Je nage dans le sol, voilà ce que je fais, songea-t-il, et il se mit à rire ; c'était si facile et si bizarre.

Son rire prit fin à l'air libre. Il se trouvait à la surface, juste derrière le caveau à légumes. Le ciel s'éclaircissait, le soleil allait se lever sous peu. Le grondement des canons s'était tu. Ça voulait dire que c'était fini ? Trop tard ? Mais peut-être laissait-on seulement refroidir l'artillerie. Ou la déplaçait-on ailleurs. Peut-être même les Rouges avaient-ils réussi à s'en emparer...

Mais serait-ce une bonne nouvelle pour autant ? À tort ou à raison, son père et ses frères se trouvaient du côté des canons, et si les Rouges gagnaient la bataille, certains de ses parents risquaient de mourir. C'était une chose de savoir que les Rouges étaient dans leur droit et les Blancs dans l'erreur ; c'en était une autre de souhaiter la défaite de sa famille, la défaite et peut-être la mort. Il devait arrêter la bataille, alors il courut comme il n'avait encore jamais couru. La voix d'Alvin était partie à présent, mais Mesure n'avait pas besoin d'encouragements. Il volait littéralement sur la route.

Il rencontra deux personnes en chemin. L'une était madame Hatch qui conduisait son chariot rempli de vivres. Quand elle le vit, elle poussa un hurlement — il portait un pagne, il était dégoûtant, il n'allait pas lui reprocher de le prendre pour un Rouge prêt à la scalper. Elle sauta de son chariot et s'enfuit à toutes jambes avant même qu'il ait pu l'appeler par son nom. Ma foi, ça l'arrangeait plutôt. Il manqua arracher le cheval du chariot, tellement il était pressé ; il l'enfourcha à cru et le lança au galop, espérant que l'animal éviterait de trébucher et de le désarçonner.

La seconde personne qu'il rencontra fut Armure-de-Dieu. Armure était agenouillé au milieu du pré communal, devant son magasin, et priait de tout son cœur pendant que les canons grondaient et que les mousquets crépitaient sur l'autre bord de la rivière. Mesure l'interpella, et Armure leva les yeux, l'air d'avoir vu Jésus ressuscité. « Mesure ! s'écria-t-il. Arrête, arrête ! »

Mesure voulait continuer, lui dire qu'il n'avait pas le temps, mais voilà qu'Armure se mit au milieu du chemin et que le cheval eut peur de le contourner ; il dut alors s'arrêter. « Mesure, t'es un ange ou t'es vivant ?

— Vivant, et pas grâce à Harrison. L'a essayé de m'assassiner, figure-toi J'suis vivant et Alvin aussi. Toute cette histoire, c'est l'fait de Harrison, et faut que j'y mette le holà.

— Oui, mais tu vas pas y aller comme t'es là, dit Armure. Attends, j'te dis ! Tu vas pas arriver en pagne et tout crotté comme ça, on va te confondre avec un Rouge et t'abattre aussitôt !

— Alors saute en croupe, et tu vas m'passer tes vêtements en cours de route ! »

Mesure hissa donc Armure-de-Dieu sur son cheval, derrière lui, et ils filèrent vers le bac.

La femme de Peter Ferryman s'y trouvait pour

actionner le treuil. Un regard à Mesure lui suffit pour apprendre tout ce qu'elle avait besoin de savoir. « Dépêche-toi, dit-elle. Ça va mal, la rivière devient toute rouge. »

Sur le bac, Armure retira ses vêtements pendant que Mesure se trempait dans l'eau, malgré le sang, pour se nettoyer un brin. Il n'en ressortit pas complètement propre, mais au moins il ressemblait davantage à un Blanc. Encore mouillé, il enfila la chemise et les pantalons d'Armure, puis son gilet. Ils ne lui allaient pas très bien, Armure était plus petit, mais il endossa tout de même la veste en se contorsionnant. Ce faisant, il lui dit : « Pardon de t'laisser que ton caleçon.

— J'accepterais de rester nu la moitié de la journée devant toutes les dames à l'église si ça pouvait arrêter ce massacre », dit Armure. Il ajouta peut-être autre chose, mais Mesure ne l'entendit pas car il était déjà parti.

*

Rien ne se passait comme Alvin Miller senior l'avait imaginé. Il avait pensé tirer au mousquet sur les mêmes sauvages hurlants qui avaient mutilé et tué ses fils. Mais la ville était déserte, et l'on avait trouvé tous les Rouges rassemblés dans le Pré de la Parole, comme s'ils attendaient un sermon du Prophète. Miller ne s'était jamais douté que tant de Rouges vivaient à Prophetville, parce qu'il ne les avait jamais tous vus réunis en un même lieu comme à présent. Mais ils étaient rouges, pas vrai ? Alors il fit quand même le coup de feu, comme les autres, tirant et rechargeant, sans se donner la peine de vérifier s'il touchait sa cible. Comment ne pas faire mouche, avec tous ces Rouges debout, serrés les uns contre les autres ? Il avait en ce moment soif de sang, la rage et le pouvoir de tuer le rendaient fou. Il ne remarqua pas que certains de ses compagnons se calmaient. Tiraient moins souvent. Lui chargeait et tirait, chargeait et tirait, s'avançant d'un pas ou deux à chaque fois, sortant du couvert de la forêt, en terrain dégagé ; il ne cessa de tirer que lorsqu'on amena les canons, qu'il leur céda la place, qu'il les regarda faucher de grands andains dans la masse des Rouges.

Pour la première fois il se rendit vraiment compte de ce qui arrivait aux Rouges, de ce qu'ils faisaient, de ce qu'ils *ne faisaient pas*. Ils ne criaient pas. Ils ne se défendaient pas. Ils étaient là, hommes, femmes et enfants, à regarder les hommes blancs qui les tuaient. Pas un seul ne tournait même le dos à la grêle d'obus à balles. Pas un parent ne cherchait de son corps à protéger son enfant des explosions. Ils restaient debout, ils attendaient, ils mouraient.

La mitraille creusait des trouées dans la multitude ; pour arrêter les giclées de métal il n'y avait que les corps humains. Miller les voyait tomber. Ceux qui le pouvaient se relevaient, ou du moins s'agenouillaient, ou bien levaient la tête au-dessus de la masse de cadavres pour que l'explosion suivante les atteigne et les tue.

Eh quoi, ils veulent donc mourir ?

Miller regarda autour de lui. Son groupe pataugeait dans une mer de cadavres — ils avaient déjà avancé jusqu'où s'étaient tenus les premiers rangs de la foule des Rouges. Là, à ses pieds, le corps d'un gosse pas plus âgé qu'Alvin gisait recroquevillé, l'œil arraché par une balle de mousquet. Peut-être une balle que j'ai tirée, se dit Miller. Peut-être j'ai tué ce gamin.

Pendant les accalmies entre les salves des canons, Miller entendit des hommes pleurer. Non pas les Rouges, les survivants, repliés en une masse de plus en plus réduite du côté de la rivière. Non, les hommes qui pleuraient, c'étaient ses voisins. Des hommes blancs près de lui ou derrière la ligne. Certains parlaient, imploraient. Arrêtez ça, disaient-ils. S'il vous plaît, arrêtez ça.

S'il vous plaît, arrêtez. Est-ce qu'ils s'adressaient aux canons ? Ou bien aux hommes et femmes rouges qui persistaient à rester là, sans chercher à s'enfuir, sans crier de peur ? Ou même aux enfants, qui affrontaient les obus avec autant de bravoure que leurs parents ? Ou s'adressaient-ils à l'atroce douleur qui leur rongeait le cœur en voyant ce qu'ils avaient fait, ce qu'ils faisaient, ce qu'ils feraient encore ?

Miller remarqua que le sang ne s'infiltrait pas dans l'herbe de la prairie. Il s'échappait des blessures des derniers touchés pour former de petits ruisseaux, puis de plus gros, et enfin de grandes nappes qui s'écoulaient le long de la pente jusqu'à la Tippy-Canoe. Le soleil du matin, en ce jour clair et lumineux, avait des reflets rouge vif au-dessus de la rivière.

Alors qu'il la regardait, la Tippy-Canoe devint tout à coup lisse comme du verre. Les rayons du soleil ne dansaient plus à sa surface, ils s'y réfléchissaient comme dans un miroir, et Miller en fut presque aveuglé. Mais il parvint tout de même à distinguer un homme rouge isolé qui marchait sur l'eau, tout comme Jésus dans la Bible, debout sur l'eau au mitan de la rivière.

Ce ne furent plus seulement des gémissements derrière lui. Ce fut un cri, poussé par des hommes, en nombre de plus en plus grand. Arrêtez de tirer ! Arrêtez ! Déposez vos armes ! Puis d'autres voix, qui parlaient de l'homme debout sur l'eau.

Un clairon retentit. Les hommes se turent. « C'est le moment de les finir, les gars ! » brailla Harrison. Monté sur un fringant étalon, en haut de la prairie, il descendait à la tête de ses troupes la colline luisante de sang. Aucun des fermiers ne l'accompagnait, mais ses soldats en uniforme le suivaient en ligne, baïonnette au canon. Là où dix mille Rouges s'étaient rassemblés, il n'y avait plus qu'un champ de cadavres ; il restait peut-être un millier de survivants en piteux état, regroupés près de l'eau, au pied de la colline.

À cet instant un grand jeune homme blanc surgit en courant de la forêt tout en bas, ficelé dans un habit trop étroit, veste et gilet déboutonnés, pieds nus, les cheveux trempés, ébouriffés, la figure mouillée et barbouillée. Mais Miller le reconnut, il le reconnut avant d'entendre sa voix.

« Mesure ! s'écria-t-il. C'est mon gars, Mesure ! »

Il jeta son mousquet et s'élança dans le champ de cadavres pour dévaler la colline vers son fils.

« Mon gars, Mesure ! L'est vivant ! T'es vivant ! »

Il glissa alors dans le sang ou trébucha contre un corps ; en tout cas il s'affala, ses mains plongèrent dans une rivière poisseuse et lui éclaboussèrent la poitrine et le visage.

La voix de Mesure lui parvint, à moins de dix pas, qui criait à tous ceux qui pouvaient l'entendre : « Les

Rouges qui m'ont enlevé étaient aux ordres de Harrison. Ta-Kumsaw et Tenskwa-Tawa m'ont sauvé. Quand je m'en suis retourné à la maison, avant-hier, les soldats de Harrison m'ont fait prisonnier et m'ont empêché d'vous dire la vérité. Harrison a même essayé d'me tuer. » Mesure parlait lentement et clairement, chacun de ses mots portait, la moindre parole était comprise. « Il a tout l'temps su ce qu'il faisait. Tout ça, c'est l'plan d'Harrison. Les Rouges sont innocents. Vous tuez des innocents. »

Miller se releva du champ sanglant et brandit loin au-dessus de sa tête des mains rouges dégouttantes d'un sang épais. Un cri s'échappa de sa gorge nouée, un cri irrépressible de déchirement, de désespoir. « Qu'esse que j'ai fait ! Qu'esse que j'ai fait ! » Le cri fut repris par dix, cent, trois cents voix.

Et le général Harrison était là, sur son fringant coursier, devant tout le monde. Même ses propres soldats avaient maintenant jeté leurs fusils.

« C'est un mensonge ! hurla Harrison. Je ne connais pas ce gars-là ! On m'a joué un horrible tour !

— C'est pas un tour ! s'écria Mesure. V'là son mouchoir... ils me l'ont fourré dans la bouche pour me bâillonner pendant qu'ils me cassaient les os ! »

Miller voyait distinctement le mouchoir dans la main de son fils. Il portait dans un coin les initiales W. H. H. brodées en grosses lettres bien lisibles. Toute l'armée connaissait les mouchoirs du général.

Et voilà que des soldats prenaient la parole. « C'est vrai ! On a ramené ce jeune gars à Harrison y a deux jours de ça.

— On savait pas qu'il était l'un de ceux qu'les Rouges avaient tués, à ce qu'on disait ! »

Un cri strident, comme un hurlement, flotta au-dessus de la prairie. Ils regardèrent tous vers le Prophète borgne, en bas, debout à la surface écarlate et solide de la Tippy-Canoe.

« Venez à moi, gens de mon peuple ! » dit-il.

Les Rouges survivants marchèrent lentement, d'un pas ferme, vers l'eau. Ils passèrent dessus et se regroupèrent de l'autre côté.

« Tous ceux de mon peuple, venez ! »

Les cadavres frémirent, bougèrent. Les Blancs qui se tenaient au milieu d'eux poussèrent des cris de terreur. Mais les morts ne se levaient pas pour marcher, seuls les blessés qui respiraient encore se remirent sur leurs jambes chancelantes. Certains voulurent porter des enfants, des bébés : ils n'en avaient pas la force.

Miller vit et sentit le sang sur ses mains. Il se devait de faire quelque chose, non ? Il avança donc les bras vers une femme en difficulté, sur qui s'appuyait le mari en quête de soutien ; il voulait la décharger de son bébé et le porter à sa place. Mais lorsqu'il fut tout près, elle le regarda en face, et il vit dans ses yeux son propre reflet : un visage hagard, blanc, éclaboussé de rouge, des mains dégoulinantes de sang. Malgré la petitesse, il distinguait ce reflet aussi parfaitement que s'il s'était agi d'un miroir tendu sous son nez. Il ne pouvait pas toucher son bébé, pas avec des mains pareilles.

D'autres Blancs sur la colline essayèrent aussi d'apporter leur aide, mais ils durent voir ce qu'avait vu Miller car ils reculèrent comme sous l'effet d'une brûlure.

Peut-être un millier de blessés se relevèrent et tentèrent d'atteindre la rivière. Beaucoup d'entre eux s'écroulèrent et moururent avant de toucher au but. Ceux qui parvinrent au bord de l'eau marchèrent, titubèrent, rampèrent jusqu'à la rive d'en face, où les autres Rouges vinrent à leur secours.

Miller nota une chose étrange. Tous les Rouges blessés, tous les Rouges indemnes, ils avaient marché sur la prairie, ils avaient traversé la rivière rouge de sang, et pourtant il n'en restait pas la moindre trace sur leurs mains ni sur leurs pieds.

« Tous ceux de mon peuple, tous ceux qui sont morts... venez chez moi, dit la terre ! »

Tout autour d'eux, la prairie était jonchée de corps — de loin la majorité des familles qui s'étaient tenues là, bien vivantes, seulement une heure plus tôt. Et voici qu'aux mots du Prophète, ces corps avaient l'air de frissonner, de se désagréger ; ils s'affaissèrent et disparurent dans l'herbe du pré. Cela prit peut-être une minute, puis il n'y eut plus personne, rien que l'herbe qui se dressait verte et drue. Ce qu'il restait de sang courut le long de la pente comme des perles d'eau sur une plaque à grâler brûlante et rejoignit la rivière rouge vif.

« Viens à moi, Mesure, mon ami. » Le Prophète parlait tranquillement et tendait la main.

Mesure tourna le dos à son père et descendit la pente herbeuse pour s'arrêter au bord de l'eau.

« Viens jusqu'à moi, dit le Prophète.

— J'peux pas marcher sus l'sang de ton peuple, dit-il.

— Il a donné son sang pour te rendre meilleur, dit le Prophète. Viens à moi, ou subis la malédiction qui va s'abattre sur tous les hommes blancs de cette prairie.

— Alors m'est avis que j'vais rester icitte, dit Mesure. J'aurais été à leur place, j'crois pas que j'aurais agi autrement qu'eux autres. S'ils sont coupables, eh ben, moi aussi. »

Le Prophète hocha la tête.

Chaque homme blanc présent sentit quelque chose de chaud, humide et gluant sur ses mains. Certains poussèrent des cris en voyant ce qui leur arrivait. Des coudes jusqu'au bout des doigts ils ruisselaient de sang. Quelques-uns tentèrent de s'essuyer sur leur chemise. D'autres se cherchèrent des blessures qui auraient saigné, mais de blessures ils n'avaient point. Seulement du sang sur les mains.

« Voulez-vous que vos mains redeviennent nettes du sang de mon peuple ? » demanda le Prophète. Il ne criait plus, mais tous l'entendaient, chacun de ses mots. Et oui, oui, ils voulaient que leurs mains soient nettes.

« Alors rentrez chez vous et racontez cette histoire à vos femmes et enfants, à vos voisins, à vos amis. Racontez-leur toute l'histoire. Sans rien oublier. Ne dites pas qu'on vous a trompés, vous saviez tous quand vous avez tiré sur des gens désarmés que vous vous rendiez coupables de meurtre. Même si vous pensiez que certains d'entre nous avaient commis un crime. Quand vous tiriez sur des bébés dans les bras de leurs mères, sur des petits enfants, sur des vieillards, vous nous assassiniez parce que nous étions rouges. Alors racontez l'histoire telle qu'elle s'est passée, et si vous racontez la vérité, vos mains seront nettes. »

Pas un homme sur la prairie qui ne pleurât, ne tremblât, ne défaillît de honte. Rapporter les faits de cette journée à leurs femmes et enfants, à leurs parents, à leurs frères et sœurs leur paraissait intolérable. Mais s'ils ne le faisaient pas, leurs mains ensanglantées les rapporteraient pour eux. Cette pensée, c'était plus qu'ils ne pouvaient supporter.

Mais le Prophète n'en avait pas terminé. « Si un étranger vient à passer et que vous ne lui dites pas toute l'histoire avant d'aller vous coucher, alors le sang reviendra sur vos mains et il restera jusqu'à ce que vous ayez parlé. Ce sera ainsi pour le restant de votre vie : tout homme et toute femme que vous rencontrerez devra entendre la vérité de vos lèvres, ou vos mains seront à nouveau souillées. Et si jamais, pour une raison ou pour une autre, vous tuez encore un être humain, alors vos mains et votre visage seront couverts de sang pour toujours, même dans la tombe. »

Ils hochèrent la tête, ils étaient d'accord. C'était justice, simple justice. Ils ne pouvaient pas redonner vie à ceux qu'ils avaient tués, mais ils pouvaient s'assurer qu'on ne raconterait pas de mensonges sur leur mort. Personne ne pourrait jamais prétendre que Tippy-Canoe était une victoire, ou même une bataille. C'était un massacre, des hommes blancs l'avaient commis, et pas un Rouge n'avait levé la main pour attaquer ou se défendre. Pas d'excuse, pas de circonstances atténuantes ; on le ferait savoir.

Ne restait plus qu'une chose : le crime du cavalier sur le fringant étalon.

« L'assassin-blanc Harrison ! appela le Prophète. Viens à moi ! »

Harrison fit non de la tête, voulut faire volter sa monture ; les rênes échappèrent à ses mains pleines de sang, et l'animal descendit la colline d'un bon pas. Tous les hommes blancs le suivaient des yeux en silence ; ils haïssaient celui qui leur avait menti, les avait excités, avait trouvé et réveillé le meurtre dans leurs cœurs. Son cheval l'amena au bord de l'eau. Harrison baissa les yeux sur le Rouge borgne qui s'asseyait autrefois sous sa table et lui mendiait des gouttes de whisky de son gobelet.

« Ta malédiction sera la même, dit le Prophète, mais ton histoire est beaucoup plus longue et plus horrible à raconter. Et tu n'attendras pas que passent des étrangers pour parler ; chaque jour de ta vie tu devras trouver quelqu'un qui n'ait encore jamais entendu l'histoire de ta bouche et tu la lui diras — tous les jours ! — sinon tes mains resteront pleines de sang. Et si tu décides de te cacher et de vivre avec des mains souillées plutôt que de trouver un nouvel auditoire, tu connaîtras la souffrance des blessures de mon peuple, une nouvelle blessure chaque jour, jusqu'à ce que tu te remettes à raconter l'histoire, autant de fois que tu auras manqué de jours. N'essaye pas non plus de te tuer, tu ne le pourras pas. Tu erreras d'un bout à l'autre de cette terre d'hommes blancs. Les gens te verront venir et se cacheront, ils redouteront le son de ta voix ; tu les supplieras de s'arrêter et de t'écouter. Ils oublieront même ton ancien nom et t'appelleront par celui que tu as acquis aujourd'hui : Tippy-Canoe. C'est ton nom désormais, assassin-blanc Harrison. Ton vrai nom, jusqu'à ce que tu meures — très, très vieux — de ta mort naturelle. »

Harrison se courba sur la crinière de son cheval et pleura dans ses mains ensanglantées. Mais c'étaient des larmes de colère, non de chagrin ni de honte. Des larmes de rage à la pensée de tous ses plans qui s'écroulaient. Il aurait tué le Prophète tout de suite s'il avait pu. Il allait chercher partout une sorcière ou un sorcier qui lui lèverait cette malédiction. Il ne tolérait pas de se laisser battre par ce misérable Rouge borgne.

Mesure s'adressa au Prophète depuis la rive. « Et vous autres, vous irez où asteure, Tenskwa-Tawa ?

— À l'ouest, répondit Tenskwa-Tawa. Mon peuple, tous ceux qui croient encore en moi, s'en iront à l'ouest du Mizzipy. Quand vous raconterez votre histoire, dites aux hommes blancs ceci : à l'ouest du Mizzipy, c'est la terre de l'homme rouge. N'y venez pas. La terre ne supporte pas de sentir le pied de l'homme blanc. Votre souffle est la mort ; votre toucher est poison ; vos paroles sont mensonges ; la terre vivante ne veut pas de vous. »

Il tourna le dos, marcha vers les Rouges qui l'attendaient sur l'autre rive et aida un enfant blessé à monter la pente d'en face jusque sous les arbres. Derrière lui, les eaux de la Tippy-Canoe se remirent à couler.

Miller descendit le pré pour rejoindre son fils sur la berge de la rivière. « Mesure, dit-il. Mesure, Mesure. »

Mesure se retourna vers son père et tendit les bras pour l'étreindre. « Alvin est vivant, père, loin d'icitte, à l'est. Il est avec Ta-Kumsaw et il... »

Mais Miller le fit taire, lui saisit les mains pour les regarder. Elles ruisselaient de sang, tout comme les siennes. Il secoua la tête. « C'est d'ma faute, dit-il. Tout d'ma faute.

— Pas tout, père, dit Mesure. Y a assez d'faute pour que chacun la partage.

— Mais pas toi, fils. C'est ma faute que t'as sus les mains.

— Ben alors, p't-être que tu la sentiras moins si on est deux à la porter. »

Mesure s'approcha et prit son père par les épaules, serré contre lui. « On a vu l'pire de c'que les hommes peuvent faire, p'pa, et on a été l'pire de c'que les hommes peuvent être. Mais ça veut pas dire qu'un jour on verra pas aussi l'meilleur. On n'arrivera sûrement jamais à être parfaits après ça, mais bah, on sera p't-être pas trop mal tout d'même, s'pas ? »

Possible, songea Miller. Mais il en doutait. Ou peut-être doutait-il seulement qu'il y croirait un jour, même si c'était vrai. Il ne pourrait plus jamais regarder dans son cœur et aimer ce qu'il y trouverait.

Là, au bord de la rivière, ils attendirent les autres fils Miller. Ils arrivèrent, les mains couvertes de sang : David, Placide, Économe, Fortuné. David tint ses mains devant lui et pleura. « J'voudrais être mort avec Vigor dans la rivière Hatrack !

— Dis pas ça, fit Placide.

— J'serais mort, mais j'serais propre. »

Les jumeaux ne disaient rien, mais ils se tenaient l'un l'autre leurs mains froides et gluantes.

« Faut qu'on s'en retourne à la maison, dit Mesure.

— Non, fit Miller.

— Ils vont s'inquiéter, dit Mesure. M'man, les filles, Cally. »

Miller se rappela comment ils s'étaient séparés, Fidelity et lui.

« Elle a dit que si je... si ce...

— J'connais ce qu'elle a dit, m'man, mais j'connais

aussi qu'tes enfants ont b'soin de leur p'pa et qu'elle te laissera pas dehors.

— Va falloir que j'y dise. Ce qu'on a fait.

— Oui, et aussi aux filles et à Cally. On doit tous leur dire, autant qu'on est, et Placide et David vont l'dire à leurs femmes. Vaut mieux l'faire tout d'suite, avoir les mains nettes et vivre nos vies. Tous d'un coup, tous ensemble. Et j'ai quelque chose à t'raconter, à toi aussi, au sujet d'Alvin et d'moi-même. Quand on en aura fini avec cette histoire-là, j'te dirai la mienne, ça te va ? Tu resteras pour l'entendre ? »

Ils retrouvèrent Armure au bord de la Wobbish. Le bac était déjà de l'autre côté, il débarquait encore ses passagers, et d'autres hommes avaient pris toutes les barques dont ils s'étaient servis pour traverser durant la nuit. Alors ils restèrent debout à attendre.

Mesure se dépouilla de sa veste et de ses pantalons tachés de sang, mais Armure ne tenait pas à les remettre. Armure ne portait pas d'accusations, mais les autres évitaient de regarder leur beau-frère. Mesure le prit à part et lui parla de la malédiction pendant qu'on faisait lentement retraverser la rivière au bac. Armure écouta puis s'approcha de Miller qui lui tournait le dos et regardait la rive opposée.

« Père, dit Armure-de-Dieu.

— T'avais raison, Armure », dit Miller, toujours sans le regarder. Il tendit les mains. « La v'là, la preuve quc t'avais raison.

— Mesure m'a dit que je dois entendre l'histoire une fois de vous tous, dit Armure en tournant sur lui même pour mieux s'adresser au groupe. Mais après, vous m'entendrez plus jamais en parler. J'suis toujours votre fils et votre frère, si vous voulez d'moi ;

ma femme est votre fille et votre sœur, et vous êtes la seule parenté que j'ai par icitte.

— À ta grande honte, murmura David.

— Me punissez pas parce que j'ai les mains nettes », dit Armure.

Placide offrit une main rouge de sang. Armure la prit sans hésiter, la serra fermement, puis la relâcha.

« T'as vu ça ? fit Placide. Tu nous touches, et ça déteint sur toi. »

Pour toute réponse, Armure offrit cette même main souillée à Miller. Après un instant, Miller la saisit. La poignée de main se prolongea jusqu'à l'arrivée du bac. Puis ce fut le retour à la maison.

XV

L'homme aux deux âmes

Mot-pour-mot se réveilla à l'aube, aussitôt conscient que quelque chose n'allait pas. Ta-Kumsaw, assis dans l'herbe, le visage tourné vers l'occident, se balançait d'avant en arrière et respirait avec difficulté, comme s'il endurait une douleur sourde et intense. Était-il malade ?

Non. Alvin avait échoué. La tuerie avait commencé. La souffrance de Ta-Kumsaw ne venait pas de son propre corps. Son peuple était en train de mourir, quelque part très loin, et ce qu'il ressentait, ce n'était ni chagrin ni pitié mais la souffrance de leurs morts. Même pour un homme rouge aussi averti que Ta-Kumsaw, ressentir la mort de si loin signifiait que beaucoup, beaucoup d'âmes s'étaient envolées.

Comme tant de fois déjà, Mot-pour-mot adressa quelques pensées à Dieu, pensées qui se réduisaient toujours à la même question : « Pourquoi nous imposes-tu tant d'épreuves, pour finalement n'aboutir à rien ? » Tant d'efforts en pure perte, Mot-pour-mot ne l'admettait pas. Alvin et Ta-Kumsaw avaient traversé le pays en courant à la manière des Rouges, Mot-pour-mot avait fait aussi vite que possible pour un Blanc, Alvin avait escaladé la Butte-aux-huit-faces, tout ça pour quoi ? Une seule vie en sera-t-elle épargnée ? Tant de gens meurent en ce moment tout là-bas, près de la Wobbish, que Ta-Kumsaw le ressent jusqu'ici.

Et, comme d'habitude, Dieu n'avait pas grand-chose à répondre à Mot-pour-mot une fois les questions posées.

Le vieil homme n'avait pas envie d'interrompre Ta-Kumsaw. Ou plutôt, il se disait que Ta-Kumsaw n'avait pas particulièrement envie d'entamer une discussion avec un homme blanc en un pareil moment. Il sentait pourtant une vision naître en lui. Pas une vision comme celles que la rumeur attribuait aux prophètes, qu'il aurait contemplée en lui-même. Les visions lui venaient sous forme de mots, et il ignorait en quoi elles consistaient tant que ses propres mots ne le lui avaient pas appris. Même alors, il savait qu'il n'était pas un prophète ; ses visions n'étaient jamais de celles qui changent le monde, seulement de celles qui l'enregistrent, qui le *comprennent*. Mais l'heure n'était pas aux considérations sur les mérites ou les faiblesses de ses visions. Il en sentait une poindre et il devait la consigner. Seulement, comme on lui avait retiré la faculté d'écrire en ce lieu, il ne pouvait prendre note des mots. Que lui restait-il, alors, sinon les dire à haute voix ?

Mot-pour-mot se mit donc à parler, il groupa les mots en distiques à mesure qu'ils lui venaient, parce que c'était ainsi que devaient s'exprimer les visions, par la poésie. Le récit débutait de façon confuse, et Mot-pour-mot ne put déterminer si c'était Dieu ou Satan qui produisait cette terrible lumière qui l'aveuglait pendant que les phrases se bousculaient sur ses lèvres. Il savait uniquement que celui des deux, quel qu'il soit, à l'origine d'un tel carnage, méritait amplement sa colère ; il n'avait donc aucun scrupule à le fustiger par des paroles cinglantes.

Il en résulta ces vers qui jaillirent en un flot si puissant que Mot-pour-mot trouvait à peine le temps de respirer, qu'il ne marquait aucune rupture sensible dans le rythme de son poème déclamé d'une voix de plus en plus forte à mesure que le texte lui sortait de la gorge pour se précipiter contre le mur d'air environnant, comme s'il défiait Dieu de l'entendre et de s'offenser de son ressentiment.

Lorsque j'eus lancé mon défi,
Le soleil dans le ciel frémit.
La lune qui, loin en dessous, jetait sa lueur,
Prit teinte de lèpre et de neige la blancheur.
Et sur Terre toute âme humaine
Ressentit maladie, disette, détresse et peine.
Dieu flamboya sur mon chemin et le Soleil fut embrasé
Des arcs de mon esprit et des flèches de la pensée.
La corde de mon arc vibre d'une furieuse ardeur,
Mes flèches rougeoient dans leurs faisceaux d'or.
Mes frères et mon père marchent devant,
Les cieux, de l'homme suintent le sang...

« Arrête ! »

C'était Ta-Kumsaw. Mot-pour-mot retint, bouche bée, les autres vers, les autres souffrances qui attendaient de franchir ses lèvres. On ne désobéissait pas à Ta-Kumsaw.

« C'est fini, dit Ta-Kumsaw.

— Tous tués ? murmura Mot-pour-mot.

— Je ne sens pas la vie, de si loin, dit Ta-Kumsaw. Je sens la mort... le monde est déchiré comme un vieux tissu, on ne pourra jamais le recoudre. » Le désespoir fit aussitôt place à la haine froide. « Mais on pourra le nettoyer.

— Si j'avais pu l'empêcher, Ta-Kumsaw...

— Oui, tu es un homme bon, Mot-pour-mot. Il y en a d'autres encore, parmi ceux de ta race. Armure-de-Dieu Weaver en fait partie. Et si tous les hommes blancs venaient, comme toi, pour apprendre cette terre, il n'y aurait pas de guerre entre nous.

— Il n'y en a pas, de guerre entre toi et moi, Ta-Kumsaw.

— Est-ce que tu peux changer la couleur de ta peau ? Est-ce que je peux changer la mienne ?

— Ce n'est pas notre peau, mais nos cœurs...

— Quand nous aurons tous les hommes rouges d'un côté du champ de bataille et tous les hommes blancs de l'autre, où te tiendras-tu ?

— Au milieu, et j'implorerai les deux côtés de...

— Tu te tiendras auprès de ton peuple, et moi auprès du mien. »

Comment discuter avec Ta-Kumsaw ? Peut-être Mot-pour-mot trouverait-il le courage de refuser un tel choix. Peut-être non. « Prions Dieu qu'on n'en vienne jamais là.

— C'est déjà fait, Mot-pour-mot. » Ta-Kumsaw hocha la tête. « Après les événements d'aujourd'hui, je n'aurai aucune difficulté à rassembler enfin mon armée. »

La réplique jaillit de la bouche de Mot-pour-mot avant qu'il ne puisse la retenir : « Alors c'est une horrible affaire que tu fais là, si tu la dois à la mort de tant de braves gens ! »

Ta-Kumsaw répondit par un rugissement ; il bondit aussitôt sur Mot-pour-mot et d'un coup l'envoya s'étaler en arrière sur l'herbe du pré. Sa main droite lui empoigna les cheveux ; la gauche lui enserra la gorge. « Tous les hommes blancs mourront, tous ceux qui ne s'échapperont pas sur la mer ! »

Ta-Kumsaw n'avait cependant pas l'intention de commettre un meurtre. Même dans sa fureur, il ne serra pas son étreinte au point d'étrangler Mot-pour-mot. Au bout d'un moment, l'homme rouge se repoussa et roula de côté avant de s'enfouir le visage dans l'herbe, bras et jambes écartés pour donner à son corps la plus grande surface de contact avec la terre.

« Pardon, chuchota Mot-pour-mot. J'avais tort de dire ça.

— Lolla-Wossiky ! s'écria Ta-Kumsaw. Je ne voulais pas avoir raison, mon frère !

— Il est vivant ? demanda Mot-pour-mot.

— Je ne sais pas », dit Ta-Kumsaw. Il tourna la tête pour presser sa joue contre l'herbe ; mais ses yeux transperçaient Mot-pour-mot comme s'il voulait le tuer d'un regard. « Mot-pour-mot, ce que tu disais, quel en était le sens ? Qu'est-ce que tu as vu ?

— Je n'ai rien vu », dit Mot-pour-mot. Et alors la vérité lui apparut en même temps que lui venaient les phrases, et il poursuivit : « C'était la vision d'Alvin que je traduisais. C'est ce qu'il a vu, lui. *Mes frères et mon père marchent devant. Les cieux, de l'homme suintent le sang*... Sa vision, mon poème.

— Et où est le jeune garçon ? demanda Ta-Kumsaw. Toute la nuit sur cette Butte... où est-il maintenant ? » Ta-Kumsaw sauta sur ses pieds, s'orienta vers la Butte-aux-huit-faces, vers son centre. « Personne n'y passe une nuit entière ; voici le soleil qui se lève, et il n'est pas revenu. » Il se tourna brusquement pour s'adresser à Mot-pour-mot. « Il ne peut pas redescendre.

— Qu'est-ce que tu veux dire ?

— Il a besoin de moi, dit Ta-Kumsaw. Je le sens. Une terrible blessure est en lui. Toute sa force saigne dans le sol.

— Qu'y a-t-il, sur cette colline ? Qu'est-ce qui l'a blessé ?

— Qui peut savoir ce qu'un jeune Blanc peut y trouver ? » dit Ta-Kumsaw. Puis il pivota à nouveau vers la Butte, comme s'il avait senti un autre appel. « Oui », fit-il, puis il se dirigea rapidement vers elle.

Mot-pour-mot le suivit, sans relever la contradiction : Ta-Kumsaw jurait de faire la guerre jusqu'à la mort de tous les Blancs ou leur départ de cette terre, et pourtant il s'empressait de retourner à la Butte-aux-huit-faces pour sauver un enfant de leur race.

Ils s'arrêtèrent ensemble à l'endroit où Alvin avait gravi le raidillon.

« Tu vois quelque chose ? demanda Mot-pour-mot.

— Il n'y a pas de sentier, dit Ta-Kumsaw.

— Mais tu l'as vu, hier.

— Hier, il y en avait un.

— Alors essayons un autre chemin, proposa Mot-pour-mot. Le chemin que toi, tu prends pour monter sur la Butte.

— Un autre chemin ne m'emmènerait pas au même endroit.

— Allons, Ta-Kumsaw, la Butte est grande, mais de là à ne pas y trouver quelqu'un en une heure de recherche... »

Ta-Kumsaw le toisa d'un œil dédaigneux.

Confus, Mot-pour-mot poursuivit avec moins d'assurance.

« Alors il faut prendre le même sentier pour arriver au même endroit ?

— Comment savoir ? Je n'ai jamais entendu parler de quelqu'un monté sur la Butte en suivant le même sentier qu'un autre.

— Vous n'y allez jamais par deux ou par trois ?

— C'est le lieu où la terre parle à toutes les créatures qui vivent ici. L'herbe et les arbres sont le langage de la terre ; les bêtes et les oiseaux sont ses atours. »

Mot-pour-mot nota que lorsqu'il le voulait, Ta-Kumsaw parlait aussi bien l'anglais que n'importe quel homme blanc. Non : comme un homme blanc cultivé. Atours. Où avait-il appris ce genre de vocable dans la région de l'Hio ? « Alors, nous ne pouvons pas y entrer ? »

Le visage de Ta-Kumsaw était de marbre.

« Moi, je dis : montons quand même. Nous savons quelle route il a prise... prenons-la, visible ou non. »

Ta-Kumsaw ne disait rien.

« Tu veux rester ici et le laisser mourir là-haut ? »

En guise de réponse, Ta-Kumsaw fit un seul pas qui l'amena face à face — non, poitrine contre poitrine — avec Mot-pour-mot. Il lui saisit la main, l'entoura de son autre bras et le tint serré. Leurs jambes s'emmêlaient ; Mot-pour-mot imagina un instant le tableau qu'ils devaient offrir — s'il y avait eu quelqu'un pour les voir —, on n'aurait su dire quelles jambes appartenaient à l'un et à l'autre, tellement ils étaient enlacés. Il sentait battre le cœur de l'homme rouge, dont le rythme dominait dans son corps la chamade inconsciente de son propre pouls. « Nous ne sommes plus deux hommes, murmura Ta-Kumsaw. Plus de Rouge ni de Blanc, plus de sang qui nous sépare. Nous sommes un homme avec deux âmes, une âme rouge et une âme blanche, un seul homme.

— Très bien, dit Mot-pour-mot. Comme tu veux. »

Le tenant toujours étroitement embrassé, Ta-Kumsaw pivota sur lui-même ; ils étaient tête contre tête, et leurs oreilles collaient si fort l'une à l'autre que Mot-pour-mot n'entendait plus que le pouls de Ta-Kumsaw, comme le martèlement des vagues de l'océan. Mais à présent que leurs corps étaient si soudés qu'un seul cœur semblait y battre, Mot-pour-mot voyait un sentier qui gravissait la face de la Butte.

« Tu le... commença Ta-Kumsaw.

— Je le vois, fit Mot-pour-mot.

— Reste ainsi près de moi, dit Ta-Kumsaw. Maintenant, nous voici comme Alvin : une âme rouge et une âme blanche dans un seul corps. »

Vouloir ainsi gravir la Butte avait un côté disgracieux, voire ridicule. Mais lorsque durant la montée ils s'écartaient un tant soit peu l'un de l'autre, le sentier leur paraissait plus ardu à suivre, caché derrière une pousse égarée de plante grimpante, derrière un buisson, derrière une branche ballante. Mot-pour-mot se cramponnait donc aussi fermement à Ta-Kumsaw que le Rouge se cramponnait à lui, et ensemble ils effectuèrent leur difficile ascension de la colline.

Au sommet, Mot-pour-mot fut étonné de voir qu'il ne s'agissait pas d'une simple butte, mais de huit, distinctes et en cercle, qui enfermaient une vallée octogonale. Plus important : Ta-Kumsaw était surpris, lui aussi. Il semblait indécis ; sa prise sur Mot-pour-mot s'était faite moins ferme ; il ne maîtrisait plus la situation.

« De quel côté irait un homme blanc, maintenant ? demanda-t-il.

— Il descendrait, tiens, répondit Mot-pour-mot. Quand un homme blanc trouve une vallée, il descend y voir.

— C'est toujours comme ça pour vous ? demanda Ta-Kumsaw. Vous ne savez pas où vous êtes, vous ne situez pas les choses ? »

Mot-pour-mot comprit alors que sur cette butte Ta-Kumsaw perdait son sens de la terre. Il y était aussi aveugle qu'un homme blanc.

« Descendons, fit Mot-pour-mot. Et regarde... nous ne sommes pas obligés de nous tenir aussi serrés. C'est une colline avec de l'herbe, nous n'avons pas besoin de sentier. »

Ils franchirent un cours d'eau et trouvèrent Alvin étendu dans une prairie ; une brume au ras du sol les entourait. Alvin n'était pas blessé, mais il tremblait — comme s'il avait la fièvre, bien que son front ne brûle pas — et il avait la respiration faible et haletante. Ta-Kumsaw l'avait bien dit : il se mourait.

Mot-pour-mot toucha le jeune garçon, le caressa puis le secoua pour le réveiller. Alvin ne donna aucun signe qu'il se rendait compte de leur présence. Ta-Kumsaw n'était d'aucun secours. Assis auprès du gamin, il lui tenait la main et gémissait, si faiblement que Mot-pour-mot se demandait s'il avait conscience de produire un son.

Mais Mot-pour-mot n'était pas homme à se laisser aller au désespoir, contrairement à Ta-Kumsaw, semblait-il. Il regarda autour de lui. Tout près il y avait un arbre à l'air printanier, aux feuilles si jaune-vert que dans la lumière de l'aube on les aurait crues faites d'or finement travaillé. Dans l'arbre pendait un fruit de couleur claire. Non, un fruit *blanc*. Et soudain, dès qu'il le vit, Mot-pour-mot en sentit l'odeur, à la fois âcre et douce, au point de presque en avoir le goût dans la bouche.

Il passa à l'acte ; il ne réfléchit pas à ce qu'il allait faire, il le fit. Il s'approcha de l'arbre, cueillit le fruit et le ramena vers Alvin allongé sur le sol, l'air d'un tout petit enfant. Il le lui promena sous le nez ; l'odeur agirait peut-être comme des sels et le ranimerait. Brusquement, Alvin haleta à grands coups, par des inspirations profondes. Ses yeux s'ouvrirent, ses lèvres s'écartèrent, et d'entre ses dents serrées s'échappa un gémissement, presque identique à la lamentation de Ta-Kumsaw ; presque identique à la plainte d'un chien qui vient de recevoir un coup de pied.

« Prends-en une bouchée », dit Mot-pour-mot.

Ta-Kumsaw s'approcha, saisit le menton d'Alvin d'une main, la mâchoire supérieure de l'autre, introduisit ses doigts entre les dents du jeune garçon et, au prix d'un grand effort, les fit s'écarter. Mot-pour-mot poussa le fruit entre les dents ; Ta-Kumsaw força les mâchoires à se refermer. Le fruit s'ouvrit en deux ; un liquide clair se répandit dans la bouche d'Alvin et ruissela le long de sa joue pour goutter dans l'herbe.

Lentement, péniblement, Alvin se mit à mâcher. Des larmes lui coulaient des yeux. Il déglutit. Soudain, il tendit les bras, attrapa Mot-pour-mot par le cou et Ta-Kumsaw par les cheveux, puis se hissa en position assise. Il s'accrocha aux deux hommes, attirant leurs têtes si près de la sienne qu'ils respiraient tous l'haleine de chacun, et il pleura jusqu'à ce que les trois visages soient mouillés, mais comme Ta-Kumsaw et Mot-pour-mot pleuraient eux aussi, nul n'aurait su dire lequel avait versé les pleurs qui faisaient briller la peau de leurs joues.

Alvin leur dit peu de choses, mais c'était suffisant. Il leur raconta ce qui était arrivé près de la Tippy-Canoe ce jour-là : le sang dans la rivière, les mille survivants qui avaient traversé sur l'eau solide et lisse, les mains souillées des Blancs et celles d'un homme en particulier.

« Pas assez », dit Ta-Kumsaw.

Mot-pour-mot ne discuta pas. Ce n'était pas à un homme blanc de dire à Ta-Kumsaw que les assassins de son peuple avaient reçu une punition exactement proportionnée à leur faute. D'ailleurs, Mot-pour-mot n'était pas sûr de le croire lui-même.

Alvin leur dit comment il avait passé la soirée et la nuit précédentes à ramener Mesure du seuil de la mort, et comment il avait passé la matinée à éliminer l'infinie souffrance que neuf mille morts innocents hurlaient dans la tête du Prophète — neuf mille fois le cri noir qui, des années plus tôt, l'avait rendu fou. Quel était le plus dur ? guérir Mesure ou guérir Lolla-Wossiky ? « C'était comme t'as dit, chuchota Alvin à Mot-pour-mot. J'peux pas monter l'mur de briques plus vite qu'il s'écroule. » Puis, épuisé mais apaisé désormais, Alvin s'endormit.

Mot-pour-mot et Ta-Kumsaw se faisaient face ; Alvin blotti entre eux deux respirait lentement, calmement.

« Je vois sa blessure maintenant, dit Ta-Kumsaw. Il a du chagrin pour son peuple aux mains pleines de sang.

— Il avait du chagrin pour les morts et aussi pour les vivants, dit Mot-pour-mot. Si je connais bien Alvin, sa blessure la plus profonde, c'est l'idée d'avoir échoué, l'idée qu'en faisant un petit effort il aurait pu libérer Mesure à temps pour intervenir avant le premier coup de feu.

— Les hommes blancs ont du chagrin pour les hommes blancs, dit Ta-Kumsaw.

— Tu peux te mentir à toi-même si ça te chante, dit Mot-pour-mot, mais avec moi ça ne prend pas.

— Les hommes rouges, eux, n'ont pas de chagrin, dit Ta-Kumsaw. Les hommes rouges arroseront le pays du sang des hommes blancs pour celui qu'ils ont versé aujourd'hui.

— Je croyais que tu servais la terre, dit Mot-pour-mot. Tu ne comprends pas ce qui s'est passé aujourd'hui ? Tu ne te rappelles pas qui nous sommes ? Tu as vu une partie de la Butte-aux-huit-faces dont tu ignorais complètement l'existence, et pourquoi ? Parce que la terre nous as laissés entrer ici ensemble, parce que... »

Ta-Kumsaw leva une main. « Pour sauver ce garçon.

— Parce que Rouges et Blancs peuvent partager cette terre si nous... »

Ta-Kumsaw avança le bras et posa les doigts sur les lèvres de Mot-pour-mot.

« Je ne suis pas un fermier curieux des récits de pays lointains, dit-il. Va raconter tes histoires à ceux qui ont envie de les entendre. »

Mot-pour-mot chassa d'une tape la main de Ta-Kumsaw. Il voulait simplement lui repousser le bras, mais il frappa avec trop de force et fit perdre l'équilibre à l'homme rouge qui bascula. Ta-Kumsaw bondit aussitôt sur ses pieds ; Mot-pour-mot fit de même.

« C'est ici qu'on commence ! » s'écria Ta-Kumsaw.

Entre eux, à leurs pieds, Alvin bougea.

« Un homme rouge t'a mis en colère, et tu le frappes, comme un homme blanc, pas de patience...

— Tu m'as dit de me taire, tu as dit que mes histoires étaient...

— J'ai parlé, c'est tout, j'ai parlé et je t'ai légèrement touché ; tu m'as répondu en me frappant. » Ta-Kumsaw sourit. C'était un sourire terrifiant, comme les dents d'un tigre luisant dans l'ombre de la jungle ; ses yeux flamboyaient, le feu courait sur sa peau.

« Pardon, je ne voulais pas...

— L'homme blanc ne veut jamais rien, il ne peut pas se retenir, c'est toujours une *erreur*. C'est ce que tu penses, n'est-ce pas, menteur blanc ? Le peuple d'Alvin a tué mon peuple à cause d'une *erreur*, parce qu'il croyait morts deux jeunes Blancs. Pour deux jeunes Blancs, ils ont cédé à la violence, comme toi et ils ont tué neuf mille des miens, des bébés et des mères, des vieillards et des jeunes garçons, leurs canons...

— J'ai entendu les paroles d'Alvin.

— Tu ne l'aimes pas, cette histoire, la mienne ? Tu ne veux pas l'entendre ? Tu es blanc, Mot-pour-mot. Tu es comme tous les hommes blancs, prompt à demander le pardon, lent à le donner ; tu cxiges la patience chez les autres mais tu t'enflammes comme une étincelle quand le vent se lève... Tu mets le feu à la forêt parce que tu as trébuché sur une racine ! » Ta-Kumsaw fit demi tour et partit d'un pas vif par le chemin qui les avait amenés.

« Comment vas-tu sortir sans moi ? lui cria Mot-pour-mot. Nous devons sortir d'ici ensemble ! »

Ta-Kumsaw s'arrêta, se retourna et rejeta la tête en arrière pour éclater d'un rire sans joie. « Je n'ai pas besoin d'un sentier pour *descendre*, menteur blanc ! » Puis il repartit en courant.

Alvin était réveillé, évidemment.

« Pardon, Alvin, dit Mot-pour-mot, je n'avais pas l'intention...

— Non, fit Alvin. Laisse-moi deviner ce qu'il a fait. Il t'a touché comme ça. » Alvin toucha les lèvres de Mot-pour-mot, comme Ta-Kumsaw l'avait fait.

« Oui.

— C'est c'que fait une maman shaw-nee pour forcer à s'taire un p'tit drôle qu'est trop turbulent. Mais j'gage que si un homme rouge le faisait à un autre... Il te provoquait.

— Je n'aurais pas dû le frapper.

— Il aurait cherché aut' chose jusqu'à ce que tu l'fasses. »

Mot-pour-mot ne trouva rien à répondre. Le gamin avait probablement raison. Certainement raison. La seule chose que Ta-Kumsaw ne pouvait supporter aujourd'hui, c'était la compagnie pacifique d'un homme blanc.

Alvin se rendormit. Mot-pour-mot explora les environs mais ne découvrit rien de surprenant. Le calme régnait. Il ne fut même pas capable de reconnaître l'arbre d'où venait le fruit. Ils lui paraissaient tous vert argenté à présent, et quelle que soit la distance qu'il parcourait dans un sens ou un autre, il ne s'éloignait jamais à plus de quelques minutes de marche d'Alvin. Un site étrange, un site impossible à se représenter en esprit, un site incompréhensible. Ici, la terre donnait ce qu'elle voulait bien donner, pas davantage.

Le soleil était près de se coucher lorsque Alvin se réveilla de nouveau, et Mot-pour-mot l'aida à se remettre sur ses jambes.

« J'marche comme un poulain qui vient d'naître, dit Alvin. J'me sens tout faible.

— Tu n'as accompli que la moitié des travaux d'Hercule au cours des dernières vingt-quatre heures, dit Mot-pour-mot.

— D'her... quoi ?

— D'Hercule. Un Grec.

— Faut que j'retrouve Ta-Kumsaw, dit Alvin. J'aurais pas dû l'laisser partir, mais j'étais tellement fatigué.

— Tu es blanc, toi aussi, dit Mot-pour-mot. Tu crois qu'il veut de toi ?

— Tenskwa-Tawa, il a fait une prophétie, dit Alvin. Tant que j'resterai avec lui Ta-Kumsaw mourra pas. »

Mot-pour-mot soutint Alvin et ils prirent la seule direction qui les autorisait à faire du chemin ; ils gravirent la pente douce et herbeuse entre les buttes et parvinrent au sommet de la colline. Ils s'arrêtèrent et regardèrent vers le bas. Mot-pour-mot ne voyait pas de sentier, rien que des arbrisseaux épineux, des plantes grimpantes et rampantes, des buissons, des ronces. « Je ne pourrai pas descendre à travers ça. »

Alvin leva les yeux sur lui, stupéfait. « Y a un sentier, il crève les yeux.

— À toi, peut-être, dit Mot-pour-mot. Pas à moi

— T'es bien venu, dit Alvin

— Avec Ta-Kumsaw.

— Il est sorti, lui.

— Je ne suis pas rouge.

— J'vais passer d'vant. »

Alvin fit quelques pas, d'un pied assuré, aussi insouciant que s'il s'agissait d'une promenade dominicale sur les terrains communaux. Mais Mot-pour-mot, lui, avait l'impression que les fourrés s'ouvraient tout grand devant le jeune garçon pour se refermer hermétiquement aussitôt derrière. « Alvin ! appela-t-il. Reste avec moi ! »

Alvin revint et le prit par la main. « T'as qu'à m'suivre tout près », dit-il.

Mot-pour-mot essaya, mais les ronces revenaient sèchement en place et lui déchiraient la figure, l'entaillaient cruellement. Grâce à Alvin qui ouvrait la marche, il parvenait à avancer, mais il lui semblait qu'on le fouettait par derrière. Même la peau de daim n'arrivait pas à le protéger contre des épines comme des dagues, contre des branches au retour cinglant comme un fouet de maître d'équipage. Il sentait le sang lui couler le long des bras, du dos, des jambes. « Je ne peux pas aller plus loin, Alvin ! dit-il.

— Je l'vois, dit Alvin.

— Qui ça ?

— Ta-Kumsaw. Attends-moi là. »

Il lâcha la main de Mot-pour-mot ; il disparut un instant, et Mot-pour-mot se retrouva seul au milieu des ronces. Il n'essaya pas de bouger, mais le seul fait de respirer semblait lui valoir davantage de piqûres et de coups de poignard.

Alvin réapparut. Il lui saisit la main. « Suis-moi de près. T'as qu'un pas à faire. »

Mot-pour-mot s'arma de courage et fit ce pas.

« Baisse-toi », dit Alvin.

Mot-pour-mot céda à la traction du gamin et s'agenouilla, malgré sa crainte de ne plus jamais pouvoir se relever à travers les arbrisseaux qui s'étaient refermés au-dessus de sa tête.

Puis Alvin guida sa main jusqu'à ce qu'elle en rencontre une autre, et soudain les ronces s'éclaircirent un peu ; Mot-pour-mot vit, couché là, Ta-Kumsaw dont le sang sourdait des centaines de blessures qui couvraient son corps presque nu. « L'est venu jusqu'icitte tout seul », dit Alvin.

Ta-Kumsaw ouvrit les yeux, bouillant de rage. « Laisse-moi où je suis », murmura-t-il.

Pour toute réponse, Mot-pour-mot souleva la tête de Ta-Kumsaw au creux de son autre bras. Maintenant que leurs corps se touchaient davantage, les arbrisseaux semblaient s'incliner et s'affaisser ; Mot-pour-mot voyait une sorte de sentier là où il n'en existait pas auparavant.

« Non, fit Ta-Kumsaw.

— Nous ne pouvons pas descendre sans nous aider l'un l'autre, dit Mot-pour-mot. Que ça te plaise ou non, si tu veux assouvir ta vengeance sur l'homme blanc, il te faut l'aide d'un homme blanc.

— Alors laisse-moi ici, souffla Ta-Kumsaw. Sauve ton peuple en me laissant mourir.

— Je ne peux pas descendre sans toi, dit Mot-pour-mot.

— Tant mieux », dit Ta-Kumsaw.

Mot-pour-mot remarqua que les blessures de Ta-Kumsaw paraissaient moins nombreuses. Et celles qui restaient étaient cicatrisées, presque guéries. Puis il s'aperçut que ses propres coupures ne lui faisaient plus mal. Il regarda autour de lui. Alvin était assis tout près, adossé contre un tronc d'arbre, les yeux fermés, la mine défaite, à bout de forces, comme s'il venait de recevoir une correction.

« Regarde ce qu'il lui en coûte de nous guérir », dit Mot-pour-mot.

Pour une fois, le visage de Ta-Kumsaw exprima la surprise ; la surprise, puis la colère. « Je ne t'ai pas demandé de me guérir ! » hurla-t-il. Il s'arracha à l'étreinte de Mot-pour-mot et voulut avancer la main vers Alvin. Mais brusquement des ronces vinrent s'enrouler autour de son bras, et il poussa un cri, non pas de douleur mais de rage. « On ne me forcera pas ! tonna-t-il.

— Pourquoi serais-tu le seul qu'on ne force pas ? lui fit Mot-pour-mot.

— Je ferai ce que j'ai décidé de faire, et rien d'autre, je me fiche de ce que veut la terre !

— Les paroles du forgeron dans sa forge. Le fermier qui abat les arbres, ce sont les mots qu'il prononce.

— Je te défends de me comparer à un homme blanc ! »

Mais les ronces ligotaient toujours Ta-Kumsaw, jusqu'à ce que Mot-pour-mot se rapproche péniblement pour le serrer contre lui. Le vieil homme sentit une fois de plus ses blessures guérir, il vit celles de Ta-Kumsaw s'effacer aussi vite que les lianes s'étaient détendues avant de disparaître. Alvin regardait les deux hommes d'un air implorant, comme pour demander : « Combien de forces encore allez-vous me prendre, avant de faire ce que vous savez devoir faire ? »

Sur un dernier cri déchirant, Ta-Kumsaw se tourna et enlaça Mot-pour-mot aussi étroitement que lors de l'ascension. Ensemble, ils descendirent un large sentier jusqu'au pied de la Butte. Alvin clopinait derrière eux.

Cette nuit-là, ils dormirent au même endroit que la veille, mais d'un sommeil agité. Au matin, Mot-pour-mot rassembla ses quelques affaires, y compris le livre dont les lettres ne voulaient rien dire. Puis il embrassa Alvin sur le front et s'en alla. Il ne s'adressa pas une seule fois à Ta-Kumsaw qui ne lui parla pas davantage. Tous deux savaient ce qu'avait dit la terre, tous deux savaient que, pour la première fois de sa vie, Ta-Kumsaw allait contre l'intérêt de cette terre afin de satisfaire un besoin différent. Mot-pour-mot n'essayait même plus d'argumenter. Il n'ignorait pas que le Rouge suivrait son chemin coûte que coûte, dût-il finir en sang, couvert d'un millier de blessures. Il espérait seulement qu'Alvin aurait la force de rester avec lui jusqu'au bout et de le garder en vie quand tout espoir serait perdu.

Vers midi, après avoir marché presque plein ouest toute la matinée, Mot-pour-mot fit une halte et sortit son livre de son ballot. À son grand soulagement, il pouvait à nouveau lire les phrases. Il défit l'attache des deux derniers tiers du livre, les pages qu'il avait personnellement écrites, et passa le reste de l'après-midi à consigner tout ce qui lui était arrivé, tout ce qu'Alvin lui avait dit, tout ce qu'il craignait pour l'avenir. Il nota également les mots du poème qui lui était venu la veille au matin, les vers sortis de sa bouche mais qu'avait inspirés la vision d'Alvin. Le poème sonnait toujours juste, mais lorsqu'il lut les mots dans son livre, ils perdirent de leur force. Jamais il n'avait autant approché l'état de prophète ; mais le don l'avait à présent quitté. Il ne l'avait jamais possédé, n'importe comment. De même que Ta-Kumsaw et lui avaient marché dans la prairie sans rien y voir d'extraordinaire, sans jamais soupçonner qu'Alvin y avait reconnu la carte de tout le continent, de même Mot-pour-mot lisait désormais les mots du poème écrits dans son livre et ne ressentait plus la puissance qu'ils renfermaient.

Il ne savait pas voyager comme un homme rouge, la nuit durant, en dormant sur ses jambes. Il lui fallait donc plusieurs jours pour effectuer son trajet jusqu'à la ville de Vigor Church, dans l'ouest, où il savait trouver des tas de gens désireux de lui raconter une longue et cruelle histoire. S'il y avait des gens à rechercher un auditeur comme Mot-pour-mot pour leur histoire, c'étaient bien eux. Pourtant, s'il y avait une histoire qu'il répugnait à écouter, c'était bien la leur. Il n'éprouvait cependant aucune appréhension à leur rendre visite. Il s'en remettrait. Il y aurait beaucoup d'autres histoires douloureuses à raconter avant que Ta-Kumsaw n'en ait terminé ; autant commencer tout de suite pour ne pas prendre du retard.

XVI

La Fayette

Gilbert de La Fayette, assis à sa grande table, contemplait le grain du bois. Plusieurs lettres étaient posées devant lui. L'une était de Maurepas, à l'intention du roi Charles. Manifestement, Bonaparte avait converti Frédéric. La lettre ne tarissait pas d'éloges pour le petit général et sa brillante stratégie.

Nous allons très bientôt remporter la victoire décisive, votre Majesté, et glorifier votre nom. Le général Bonaparte souhaite rompre avec les contraintes de la tradition militaire européenne. Il instruit nos troupes à combattre à la façon des Rouges, tout en persuadant les soi-disant Américains de combattre en terrain découvert, comme les Européens. Pendant qu'Andrew Jackson lève son armée d'Américains, nous levons aussi la nôtre d'hommes qui ont davantage droit à cette appellation. Les dix mille guerriers de Ta-Kumsaw nous soutiendront lorsque nous anéantirons les dix mille soldats du vieil Hickory. Nous les anéantirons et nous assujettirons le pays qui s'étend de l'Hio au lac Huron; Ta-Kumsaw vengera ainsi le sang des siens massacrés près de la Tippy-Canoe. Dans toute cette entreprise, nous rendons loyalement gloire à votre Majesté, car c'est votre clairvoyance qui a détaché ici le général Bonaparte et donc rendu possible cette grande conquête. Et si vous nous envoyez d'ores et déjà deux mille Français de plus pour renforcer nos lignes et conduire les Américains à de nouvelles imprudences, votre geste sera, aux yeux de tous, décisif dans notre lutte.

Pour un simple comte — et mal en cour — c'était une lettre scandaleuse à écrire à son roi. Gilbert savait pourtant comment elle serait reçue. Car le roi Charles subissait lui aussi le charme de Bonaparte, et il lirait l'éloge du petit Corse avec plaisir, sans y trouver à redire.

Si seulement Napoléon n'était qu'un vain poseur doté d'un talent pour s'attirer la loyauté de ses supérieurs... La Fayette le regarderait alors courir inévitablement à sa perte sans se souiller les mains. Bonaparte et Maurepas mèneraient l'armée française au désastre, un désastre capable de renverser un gouvernement, d'entraîner un affaiblissement de l'autorité royale, voire le rejet de la monarchie, comme l'avaient si sagement fait les Anglais un siècle et demi plus tôt.

Mais Bonaparte était exactement ce que sa séduction avait fait croire à Charles et Frédéric : un brillant général. Gilbert savait que son plan réussirait. Les Américains marcheraient vers le nord, persuadés de n'avoir affaire qu'aux Rouges. Au dernier moment, ils se découvriraient confrontés aux troupes françaises, disciplinées, bien armées et fanatiquement loyales à leur général. Les Américains seraient forcés de se déployer comme une armée européenne. Devant leur assaut, les Français battraient lentement, prudemment en retraite. Une fois que la discipline américaine se serait désagrégée au fil de la poursuite, alors les Rouges, en nombre écrasant, passeraient à l'attaque et encercleraient complètement l'ennemi. Aucun Américain n'en sortirait vivant, et les Français n'essuieraient presque aucune perte.

C'était audacieux. C'était dangereux. Le plan impliquait d'exposer les troupes françaises au risque sérieux de se faire anéantir par des Américains largement supérieurs numériquement. Il requérait une confiance sans réserve dans les Rouges. Mais Gilbert savait que la confiance de Napoléon dans Ta-Kumsaw était justifiée.

Ta-Kumsaw aurait sa revanche. Maurepas obtiendrait son départ de Détroit. Même La Fayette pourrait revendiquer assez de mérite d'une telle victoire pour rentrer chez lui et vivre dans le confort et la dignité sur ses terres ancestrales. Surtout, Bonaparte deviendrait la personnalité militaire la plus aimée et la plus écoutée. Le roi Charles lui accorderait certainement un titre assorti de terres, avant de l'envoyer faire des conquêtes en Europe ; grâce à lui Charles s'enrichirait, gagnerait en puissance, et le peuple se résignerait davantage à supporter sa tyrannie.

Aussi La Fayette déchira-t-il soigneusement la lettre de Maurepas en tout petits morceaux.

La deuxième lettre était de Bonaparte lui même, adressée à Gilbert. Il se montrait franc, voire brutal, dans son appréciation de la situation. Napoléon avait fini par se rendre compte que, bien qu'immunisé contre son charme grisant, La Fayette était un admirateur sincère et, en fait, un ami. Je suis bien votre ami, Napoléon. Mais je suis davantage un ami de la France que de quiconque. Et la route que je veux vous faire suivre est bien plus glorieuse que le rôle banal de flatteur d'un roi imbécile.

Gilbert relut le paragraphe essentiel de la lettre du général.

Maurepas se borne à répéter mes paroles, une manie réconfortante mais ennuyeuse. Je frémis à la pensée de ce qui arriverait s'il prenait un jour le commandement. Sa conception d'une alliance avec les Rouges revient à les accoutrer d'uniformes et à les aligner en rangs comme des quilles. Quelle bêtise ! Comment le roi Charles ne se rend-il pas compte qu'il faut être un simple d'esprit pour me forcer à servir sous les ordres d'un niais comme Frédéric ? Mais aux yeux de Charles, Frédéric passe sans doute pour l'intelligence même — après tout, il sait apprécier un ballet. En Espagne, j'ai remporté pour Charles une victoire qu'il ne méritait pas, mais il est si mou qu'il s'est laissé manœuvrer par des courtisans jaloux et m'a envoyé au Canada, où je trouve des sauvages pour alliés et des crétins pour officiers. Charles ne mérite pas la victoire que je vais lui remporter. C'est que, Gilbert, mon ami, le sang royal s'est appauvri et affaibli au fil des ans depuis Louis XIV. Je vous conseille de brûler cette lettre ; cela dit, le roi m'aime tant qu'il pourrait à mon avis la lire mot à mot et ne pas en prendre ombrage ! Et quand bien même en prendrait-il ombrage, comment oserait-il me punir ? Quel serait son statut en Europe si je n'avais pas donné la dysenterie au vieux Tête-de-bois pour gagner la guerre en Espagne, au lieu de la perdre, ce qui se serait sûrement produit sans moi ?

La vanité de Napoléon était insupportable, mais surtout parce que parfaitement justifiée. Chaque mot de la lettre, bien qu'inconsidéré, reflétait la vérité ; mais Gilbert avait soigneusement cultivé cette franchise chez le général. Bonaparte cherchait manifestement quelqu'un pour l'admirer sincèrement, dont l'affection ne devrait rien à ses artifices. Il l'avait trouvé — vraiment — chez Gilbert, le seul et véritable ami qu'il était en droit d'espérer. Et pourtant. Et pourtant.

La Fayette plia consciencieusement la lettre du général et la joignit à la sienne, une simple note qui disait :

Votre Majesté, je vous demande de ne pas montrer trop de sévérité envers ce jeune homme talentueux. Il a l'arrogance de la jeunesse ; il n'y a pas de trahison dans son cœur, je le sais. Néanmoins, je me laisserai guider par vous, comme toujours, car toujours vous saurez trouver le parfait équilibre entre justice et indulgence. Votre humble serviteur, Gilbert de La Fayette.

Le roi serait furieux, bien entendu. Même si Napoléon avait raison et que Charles penchait pour l'indulgence, les courtisans ne laisseraient jamais passer une telle occasion. Il s'élèverait un tel tollé pour réclamer la tête de Bonaparte que même le roi Charles ne pourrait s'opposer à la dégradation du jeune général.

Une autre lettre, la plus pénible, restait encore

dans la main de Gilbert, cette fois-ci adressée à Frédéric, comte de Maurepas. La Fayette l'avait écrite il y avait longtemps, presque dès l'arrivée de Bonaparte au Canada. Le moment serait bientôt venu de l'envoyer.

À la veille des événements importants que nous allons vivre, mon cher Frédéric, je pense que vous devriez porter cette amulette. Elle m'a été remise par un saint homme pour prévenir les mensonges et les tromperies de Satan. Gardez-la sur vous en toutes circonstances, mon ami, car je crois que vous en avez beaucoup plus besoin que moi.

Inutile pour Frédéric de savoir que le « saint homme » était Robespierre — Maurepas refuserait de porter l'amulette. Gilbert la sortit de sous sa chemise, où elle pendait à une chaîne d'or. Que fera Maurepas lorsque Napoléon n'exercera plus aucun pouvoir sur lui ? Bah, il redeviendra lui-même, voilà.

Depuis une demi-heure Gilbert n'avait pas bougé de sa table ; il savait que l'instant de la décision était venu. Il n'enverrait pas encore l'amulette... C'est seulement lorsque les événements atteindraient leur apogée que Bonaparte perdrait brusquement son influence sur Frédéric. Mais la lettre au roi devait partir tout de suite s'il voulait qu'elle arrive à Versailles à temps pour que l'inévitable réponse revienne au Canada avant la bataille de printemps contre les Américains.

Suis-je un traître, pour travailler ainsi à la défaite de mon roi et de mon pays ? Non, sûrement pas. Car si je croyais que ma France bien-aimée allait en retirer ne serait-ce qu'une once de bienfait, j'aiderais Napoléon à remporter sa victoire sur les Américains, même si cela signifiait aussi mutiler la cause de la liberté dans ce pays neuf. Car j'ai beau être un Feuillant, un démocrate, même un Jacobin au plus profond de mon cœur, et j'ai beau éprouver pour l'Amérique un amour plus grand que n'importe qui, en dehors peut-être de Franklin ou de Washington, qui sont morts, ou de Jefferson parmi les vivants, malgré tout je reste d'abord un Français, et que m'importe la liberté dans telle contrée du monde de Dieu, si la France en reste privée ?

Non, j'agis ainsi parce que ce dont la France a besoin, c'est justement d'une défaite lourde et humiliante au Canada, surtout si l'on apprend qu'elle est due à l'intervention directe du roi Charles. Une intervention directe telle que le retrait de son commandement au brillant et populaire général Bonaparte la veille de la bataille, et son remplacement par un âne bâté comme Maurepas... pour la seule satisfaction du royal orgueil.

Car il restait une dernière missive, codée celle-là, apparemment anodine par son bavardage sur la chasse et la vie fastidieuse à Niagara. Mais elle recelait le texte complet des lettres de Bonaparte et de Frédéric, dont la publication, dès l'arrivée à Paris de la nouvelle de la défaite française, aurait un effet dévastateur. Presque en même temps que la lettre originale de Napoléon parviendrait au roi, Robespierre aurait entre les mains cette dépêche chiffrée.

Et mon serment au roi ? Quelle sorte de conspiration est-ce là ? J'étais destiné à devenir général, à mener des armées à la bataille ; ou gouverneur, à faire tourner les rouages de l'État pour le bien du peuple. Au lieu de quoi, me voici réduit à comploter, à frapper dans le dos, à tromper, à trahir. Je suis un Brutus, je trahis par fidélité au peuple. Et pourtant... je prie pour que l'histoire me juge avec clémence, et pour qu'on sache que sans moi le roi Charles aurait pris le nom de Charlemagne II et se serait servi de Bonaparte pour assujettir l'Europe dans un nouvel Empire français. Grâce à moi et avec l'aide de Dieu, la France donnera l'exemple de la paix et de la liberté au reste du monde.

Il alluma sa bougie de cire, la fit couler pour cacheter la lettre destinée au roi et l'autre destinée à son ami, puis apposa son sceau aux deux. Il appela son aide de camp, qui les mit dans la sacoche du courrier et sortit les porter au bateau — le dernier assuré de descendre le fleuve et de gagner la France avant l'hiver.

Ne restait plus que la lettre à Maurepas ; et aussi l'amulette. Que je regrette de te posséder ! dit-il à l'amulette. Que n'ai-je, moi aussi, été abusé par Napoléon, je me réjouirais de le voir tracer son chemin inexorable dans l'histoire. Au contraire, je contrecarre ses projets, car comment un général, fût-il aussi brillant que César, pourrait-il réussir dans la démocratie que Robespierre et moi allons instaurer en France ?

Toutes les graines sont semées, tous les pièges tendus.

Pendant une heure encore, Gilbert de La Fayette resta tremblant dans son fauteuil. Puis il se mit debout, vêtu de ses plus beaux habits, et passa la soirée à regarder une farce insipide jouée par une troupe de deuxième ordre, la meilleure que la pauvre Niagara avait pu obtenir de la mère patrie. À la fin du spectacle, il se leva pour applaudir, ce qui, parce qu'il était gouverneur, garantissait à la troupe un succès financier au Canada ; il applaudit longtemps et vigoureusement, comme le reste du public, forcé de suivre son exemple ; il battit des mains jusqu'à ce que les bras lui fassent mal, que son amulette baigne dans la sueur de sa poitrine, que la chaleur de l'effort lui irradie dans les épaules et le dos, jusqu'à ce qu'il n'en puisse plus.

XVII

Le métier de Becca

Il semblait à Alvin que l'hiver durait depuis la moitié de sa vie. Autrefois il aimait quand venait la neige ; il mettait l'œil à sa fenêtre, entre les craquelures du gel, et contemplait l'aveuglante réverbération du soleil sur l'océan blanc, lisse et ininterrompu. Mais dans ce temps-là, il avait toujours le loisir de rentrer au chaud à la maison, de manger la cuisine de m'man, de dormir dans un lit douillet. Non pas qu'il souffrît tellement à présent ; avec ce qu'il avait appris des coutumes des Rouges, il n'était pas à plaindre.

Tout de même, ça durait depuis trop longtemps. Presque un an depuis ce matin de printemps où il s'était mis en route avec Mesure pour gagner la rivière Hatrack. Ç'avait paru un si long voyage alors ; aujourd'hui, pour Alvin, ça ne représentait guère plus qu'une promenade d'une journée, comparé aux déplacements qu'il avait effectués. Ta-Kumsaw et lui étaient descendus si loin dans le Sud que les Rouges s'y servaient plus souvent de l'espagnol que de l'anglais quand ils voulaient parler la langue de l'homme blanc. Ils étaient allés vers l'ouest jusqu'aux régions embrumées qui bordent le Mizzipy. Ils avaient parlé aux Cree-Eks, aux Chok-Taws, aux Cherrikys « non civilisés » du pays des bayous. Et dans le Nord jusqu'aux confins du Mizzipy, où les lacs étaient si nombreux, si bien reliés les uns aux autres qu'on pouvait se rendre partout en canoë.

C'était le même discours dans tous les villages visités. « Nous te connaissons, Ta-Kumsaw, tu es venu parler de guerre. Nous ne voulons pas la guerre. Mais... si l'homme blanc s'approche par ici, nous nous battrons. »

Ensuite Ta-Kumsaw expliquait : lorsque l'homme blanc arriverait dans leur village, ce serait trop tard, ils seraient tout seuls ; les Blancs s'abattraient sur eux comme la grêle et les piétineraient dans la poussière. « Nous devons nous rassembler en une seule grande armée. Nous pouvons encore être les plus forts si nous nous décidons. »

Ça ne suffisait pas. Quelques jeunes hommes approuvaient de la tête, ils auraient aimé dire oui, mais les vieux ne voulaient pas la guerre, ils ne voulaient pas la gloire, ils voulaient la paix et la tranquillité, et l'homme blanc se trouvait encore loin, n'était encore qu'une rumeur.

Ta-Kumsaw se tournait alors vers Alvin et disait : « Raconte-leur ce qui est arrivé près de la Tippy-Canoe. »

Dès la troisième fois, Alvin savait déjà ce qui se passerait à la dixième, à la centième, à toutes les fois qu'il raconterait. Il le savait dès que les Rouges s'asseyaient autour du feu et se tournaient vers lui, la mine dégoûtée parce qu'il était blanc, mais intéressés parce qu'il était celui qui voyageait avec Ta-Kumsaw. Il avait beau raconter son histoire simplement, il avait beau mentionner le fait que les Blancs du territoire de la Wobbish croyaient Ta-Kumsaw coupable de les avoir enlevés et torturés, Mesure et lui, les Rouges écoutaient quand même avec déchirement, bouillants d'une rage de mauvais augure. À la fin du récit, les vieux saisissaient des poignées de terre, grattaient le sol comme pour libérer une terrible bête enfouie ; et les jeunes se passaient le tranchant de leurs couteaux de silex sur les cuisses, traçant de fines lignes de sang, comme pour apprendre la soif à leurs armes, comme pour apprendre la recherche et l'amour de la douleur à leur corps.

« Quand la neige aura quitté les rives de l'Hio, disait Ta-Kumsaw.

— Nous serons là », assuraient les jeunes hommes, et les vieux donnaient leur consentement d'un signe de tête. La scène se répétait dans tous les villages, dans toutes les tribus. Oh, des fois quelques-uns évoquaient le Prophète et conseillaient la paix ; on les traitait de « vieilles femmes » ; pourtant, à ce que voyait Alvin, la haine des vieilles femmes semblait la plus féroce de toutes.

Alvin ne reprochait cependant jamais à Ta-Kumsaw de se servir de lui pour attiser la colère contre sa propre race. Après tout, l'histoire qu'il devait raconter était véridique, non ? Il ne pouvait pas refuser de la dire, à personne, sous aucun prétexte, pas plus que sa famille ne pouvait refuser de parler, frappée par la malédiction du Prophète. Évidemment, les mains d'Alvin n'allaient pas se couvrir de sang s'il décidait de se taire. Mais il avait le sentiment de porter le même fardeau que tous les Blancs témoins du massacre de la Tippy-Canoe. C'était une histoire vraie, et si tous les Rouges qui l'entendaient en concevaient de la haine, réclamaient vengeance et désiraient la mort de chaque homme blanc qui ne reprendrait pas le bateau pour l'Europe, eh bien, était-ce une raison pour les laisser dans l'ignorance ? N'était-ce pas plutôt leur droit naturel de connaître la vérité afin qu'elle les guide vers le bien ou le mal, selon leur choix ?

Non pas qu'il fût donné à Alvin de parler ouvertement sur un sujet tel que les droits naturels. Il n'avait pas beaucoup l'occasion de discuter. Bien sûr, il restait toujours auprès de Ta-Kumsaw, à moins d'une longueur de bras de distance ; mais Ta-Kumsaw ne lui parlait presque jamais, sinon pour lui ordonner : « Attrape un poisson », ou : « Viens avec moi tout de suite ». Ta-Kumsaw montrait clairement qu'il n'éprouvait aucune amitié pour Alvin et qu'il admettait mal en réalité de se faire accompagner par un Blanc. Ta-Kumsaw marchait vite, à la façon des Rouges, et ne regardait jamais derrière lui pour vérifier si son jeune compagnon suivait ou non. Le seul moment où il semblait se préoccuper de sa présence, c'était quand il se tournait vers lui pour dire : « Raconte ce qui est arrivé près de la Tippy-Canoe. »

Une fois, après avoir quitté un village de Rouges tellement excités contre les Blancs qu'ils lorgnaient déjà sur son scalp, Alvin, par bravade, avait demandé : « Pourquoi tu m'dis jamais de leur raconter comment Mot-pour-mot, toi et moi, on est tous entrés dans la Butte-aux-huit-faces ? » Pour toute réponse, Ta-Kumsaw se mit à marcher si vite qu'Alvin dut courir la journée durant pour ne pas se laisser distancer.

Voyager avec Ta-Kumsaw, pour ce qui était de la compagnie, revenait à voyager seul. Alvin ne se souvenait pas avoir connu pareille solitude de toute sa vie. Alors, pourquoi je ne m'en vais pas ? s'interrogeait-il. Pourquoi je le suis ? Ça n'a rien d'amusant, je l'aide à préparer une guerre contre les miens, il fait de plus en plus froid, comme si le soleil s'arrêtait de briller et que d'un bout à l'autre du monde il n'y avait plus que des arbres nus et gris et de la neige éblouissante, et il ne veut même pas de moi auprès de lui.

Pourquoi continuait-il ? En partie à cause de la prophétie de Tenskwa-Tawa : Ta-Kumsaw ne mourrait pas tant qu'il resterait à ses côtés. Alvin n'aimait peut-être pas la compagnie de Ta-Kumsaw, mais il le savait un homme grand et valeureux ; s'il pouvait d'une manière ou d'une autre aider à le garder en vie, alors c'était son devoir de s'y employer du mieux possible.

Mais il y avait davantage, davantage que le devoir qu'il se sentait envers le Prophète de prendre soin de son frère ; davantage que le besoin qu'il éprouvait de partager le terrible châtiment de sa famille en répandant l'histoire de la Tippy-Canoe dans tout le pays de l'homme rouge. Alvin ne pouvait pas vraiment l'exprimer par des mots dans sa tête, tandis qu'il courait à travers bois, perdu dans un demi-rêve, que le vert de la forêt guidait ses pas et emplissait son crâne de la musique de la terre. Non, l'heure n'était pas aux mots. Mais il n'en avait pas besoin pour comprendre, pour sentir la justesse de ce qu'il accomplissait ; il avait l'impression d'être l'huile sur l'essieu de roue d'un chariot porteur de grands événements. Je pourrais m'user, me consumer sous la chaleur de la roue frottant sur l'axe, mais le monde change, et d'une façon ou d'une autre je participe à ce qui le fait avancer. Ta-Kumsaw bâtit quelque chose, il rassemble les hommes rouges pour ça.

Pour la première fois, Alvin comprenait qu'on pouvait bâtir à partir des gens, que lorsque Ta-Kumsaw disait aux Rouges de sentir avec un seul cœur et d'agir avec un seul esprit, ils devenaient plus grands qu'en restant de simples individus ; et bâtir ainsi, c'était s'opposer au Défaiseur, pas vrai ? Tout comme sa manie de fabriquer des petits paniers en tressant des brins d'herbe. Toute seule, l'herbe n'était rien que de l'herbe, mais une fois tressée elle devenait bien davantage.

Ta-Kumsaw fabrique quelque chose de nouveau là où il n'y avait rien, et ça ne pourra pas se faire sans moi.

À l'idée de participer à une création qu'il ne comprenait pas, la peur l'envahissait, mais aussi l'impatience de voir l'avenir. Il persévérait donc, allait de l'avant, ne ménageait pas ses efforts, parlait à des Rouges d'abord méfiants et pour finir pleins de haine, et contemplait la majeure partie de la journée le dos de Ta-Kumsaw qui courait devant lui, de plus en plus loin dans la forêt. Le vert des bois vira à l'or et au rouge, puis au noir lorsque les pluies d'automne s'abattirent sur les arbres dénudés, enfin au gris, au blanc, au silence. Et toute son inquiétude, tout son découragement, tout son désarroi, toute sa peine devant les atrocités qu'il voyait venir et celles qu'il avait vues dans le passé, tout se mua en une lassitude, un dégoût de l'hiver, une impatience que la saison change, que la neige fonde, que le printemps vienne, puis enfin l'été.

L'été, lorsqu'il regarderait en arrière et considérerait tout ce qu'il vivait aujourd'hui comme du passé. L'été, lorsqu'il connaîtrait à peu près le tour, bon ou mauvais, pris par les événements, et qu'il n'affronterait plus dans un recoin de son esprit cette terreur écœurante d'un blanc neigeux qui masquait tous les autres sentiments, comme la neige masquait le sol sous son manteau.

Jusqu'au jour où Alvin nota que l'air était plus doux, la neige plus molle sur l'herbe comme sur le sol, et tout bonnement absente des branches des arbres, qu'il surprit l'éclair rouge d'un oiseau s'apprêtant à trouver une épouse et à faire son nid pour la couvaison. Et ce même jour, Ta-Kumsaw bifurqua vers l'est, franchit une chaîne de collines et s'arrêta au sommet d'un rocher dominant une vallée de fermes de colons dans la partie septentrionale de l'État blanc d'Appalachie.

C'était un spectacle qu'Alvin n'avait encore jamais vu. Rien de commun avec la ville française de Détroit, où les gens vivaient entassés, ni avec les habitations éparses de la région de la Wobbish, où chaque ferme creusait comme un trou dans le vert de la forêt. Ici les arbres étaient disciplinés, alignés en rangs pour délimiter les champs de chaque fermier. Il fallait remonter sur les collines bordant la vallée pour les retrouver à l'état quelque peu sauvage. Et comme ce jour-là le sol s'était ramolli, on voyait des fermiers l'inciser de leurs charrues, tracer de minces sillons superficiels à sa surface, comme les guerriers rouges l'avaient fait sur leurs cuisses avec leurs couteaux de silex ; les Rouges avaient appris la soif à leurs armes, eux apprenaient à produire à la terre pour que, tel le sang qui avait jailli sur la peau des guerriers, le blé, le maïs, le seigle ou l'avoine jaillissent à leur tour, forment une mince pellicule de vie sur l'écorce terrestre, et cette plaie resterait ouverte tout l'été, jusqu'à ce que les faux de la moisson entrent en action. Puis à nouveau la neige formerait comme une croûte, pour guérir le sol jusqu'à la blessure de l'année suivante. Toute la vallée présentait le même aspect, éreintée comme un vieux cheval.

Je ne devrais pas penser ainsi, se dit Alvin. Je devrais être content de revoir des terres de Blancs. Des volutes de fumée s'échappaient d'une centaine de cheminées d'un bout à l'autre de la vallée. Beaucoup de gens vivaient là, les enfants sortaient pour jouer après être restés enfermés tout l'hiver, les hommes transpiraient dans l'air frais du début de printemps en accomplissant leur ouvrage, les bêtes travaillaient dur dans la vapeur qui montait de leurs naseaux et de leurs flancs chauds et palpitants. Comme à la maison, non ? C'était ce qu'Armure, p'pa et tous les autres Blancs voulaient faire de la région de la Wobbish, pas vrai ? C'était la civilisation, les familles se mêlaient des affaires des voisins, tout le monde jouait des coudes, la terre était divisée en parcelles pour qu'on sache bien à qui appartenait jusqu'au dernier pouce carré, qui avait le droit de l'exploiter et qui y pénétrait sans permission et ferait bien de déguerpir.

Mais après une année passée presque tout le temps avec des Rouges, sans véritablement côtoyer d'homme blanc en dehors de Mesure, pendant une brève période, et de Mot-pour-mot pendant un jour ou deux, eh bien, Alvin ne voyait plus cette vallée avec les mêmes yeux qu'avant. Il la voyait à la manière d'un homme rouge, et elle lui apparaissait comme la fin du monde.

« Qu'esse qu'on fait icitte ? » demanda-t-il à Ta-Kumsaw.

En guise de réponse, Ta-Kumsaw descendit tout de go de la colline et pénétra dans la vallée, comme s'il en avait le droit. Alvin n'y comprenait rien, mais il lui emboîta le pas.

À sa surprise, alors qu'ils traversaient un champ à demi-labouré, le fermier ne leur cria même pas de faire attention aux sillons ; il leva simplement la tête, leur jeta un coup d'œil puis leur adressa un geste. « Salut, Ike ! » lança-t-il.

Ike ?

Ta-Kumsaw leva la main pour lui rendre son salut et continua son chemin.

Alvin faillit éclater de rire. Ta-Kumsaw... connu de fermiers civilisés dans un endroit pareil, si bien connu même qu'un homme blanc avait pu l'identifier de très loin ! Ta-Kumsaw... le plus féroce ennemi des Blancs dans toutes les forêts, qu'on interpellait sous un nom d'homme blanc ?

Mais Alvin se garda bien de demander une explication. Il se contenta de suivre jusqu'à ce que Ta-Kumsaw soit arrivé à sa destination.

C'était une maison qui ressemblait à toutes les autres, peut-être un peu plus vieille. Grande, en tout cas, ou plutôt agrandie en dépit du bon sens. Cet angle, là, c'était peut-être la cabane d'origine, avec ses fondations en pierre, à laquelle on avait ajouté une aile, plus importante que la cabane en rondins, sûrement devenue la cuisine, puis une autre aile pardevant, à un étage celle-ci, pourvue d'un grenier, puis encore une extension à l'arrière qui prenait sur le toit de la cabane, conservant néanmoins la forme du pignon qu'elle charpentait avec des madriers équarris, autrefois soigneusement badigeonnés à la chaux mais dont aujourd'hui la peinture s'écaillait pour laisser transparaître le gris du bois. Toute l'histoire de la vallée dans cette maison : d'abord un bout de cabane construite à la hâte pour se garder de la pluie pendant qu'on lutte contre la forêt, puis une période de répit qui permet d'ajouter une pièce ou deux pour le confort, puis un peu de prospérité, d'autres enfants, et le besoin de l'extérioriser par une façade à deux niveaux, enfin trois générations sous le même toit, et l'on ne bâtit plus par fierté mais pour des raisons de place, pour disposer des pièces nécessaires où loger les habitants.

C'était ce genre de maison, une maison qui présentait dans sa configuration toute l'histoire de la guerre victorieuse de l'homme blanc contre la terre.

Et voilà que Ta-Kumsaw s'approche d'une misérable petite porte à l'arrière ; il ne se donne même pas la peine de frapper, ouvre et entre.

Ce que voyant, eh bien, pour la première fois Alvin ne sut quelle attitude adopter. Par habitude, il avait envie de suivre Ta-Kumsaw dans la maison, comme il l'avait suivi dans une centaine de huttes rouges en torchis. Mais une autre habitude, plus ancienne, lui disait qu'on ne s'introduit pas comme ça chez les gens, quand il y a une vraie porte d'entrée et tout ce qui s'ensuit. On passe par devant, on frappe poliment et on attend que les habitants vous invitent à l'intérieur.

Alvin resta donc à la porte de derrière, que Ta-Kumsaw ne se soucia évidemment pas de refermer, et regarda les premières mouches de printemps s'égarer dans le couloir. Il entendait presque sa mère crier sur ceux qui laissaient les portes ouvertes pour que les mouches pénètrent et rendent tout le monde fou durant la nuit avec leurs bourdonnements qui empêchaient de dormir. À cette pensée, Alvin fit donc ce que m'man leur avait toujours recommandé : il passa le seuil et referma la porte derrière lui.

Mais il n'osait pas aller plus loin dans la maison que ce couloir de derrière, où de lourds manteaux pendaient à des patères et des bottes crottées s'entassaient pêle-mêle près de la porte. Se mouvoir lui donnait une impression bizarre. La chanson verte de la forêt l'avait assourdi pendant tant de mois qu'il ne restait plus que le silence quand elle s'en allait, presque entièrement étouffée par la cacophonie parasite d'une ferme d'homme blanc en pleine activité de printemps.

« Isaac », fit une voix de femme.

L'un des bruits de Blancs s'arrêta. Alors seulement, Alvin se rendit compte qu'il s'était agi d'un bruit réel, qu'on entend avec ses oreilles, non d'un bruit de la vie qu'on perçoit avec ses sens de Rouge Il essaya de retrouver ce que c'était. Un rythme, un choc, un rythme régulier comme... comme un métier à tisser. C'était un métier à tisser qu'il avait entendu. Ta-Kumsaw avait dû entrer directement dans la pièce où tissait une femme. Mais il n'était pas un étranger ici, elle le connaissait sous le même nom que le fermier de tout à l'heure, dans les champs. Isaac.

« Isaac, répéta l'inconnue.

— Becca », dit Ta-Kumsaw.

Un simple nom, aucune raison pour que le cœur d'Alvin se mette à cogner. Mais la *façon* de le dire de Ta-Kumsaw, sa façon de parler... c'était un timbre de voix à faire cogner les cœurs. Mieux encore : Ta-Kumsaw le prononça, non pas avec les voyelles étrangement déformées des Rouges qui parlent anglais, mais avec un accent aussi pur que s'il venait d'Angleterre. Dame oui, ça ressemblait plus au révérend Thrower qu'Alvin ne l'aurait cru possible.

Non, non, ce n'était pas du tout Ta-Kumsaw, c'était un autre homme, un Blanc, qui se trouvait dans la même pièce que la femme blanche, voilà. Et Alvin s'avança doucement dans le couloir pour découvrir d'où sortaient les voix, pour voir l'homme blanc dont la présence expliquerait tout.

Mais il s'arrêta devant une porte ouverte et regarda dans une pièce où Ta-Kumsaw tenait une femme blanche par les épaules, les yeux baissés vers son visage, ceux de la femme levés vers le sien. Ils ne disaient rien, ils se regardaient. Pas un seul homme blanc dans la pièce.

« Mon peuple se rassemble près de l'Hio, dit Ta-Kumsaw de son étrange voix à l'accent anglais.

— Je sais, fit la femme. C'est déjà dans le tissu. » Puis elle se retourna pour considérer Alvin dans l'encadrement de la porte. « Et tu n'es pas venu seul. »

Alvin n'avait jusqu'ici jamais rencontré de regard comme le sien. Il était encore trop jeune pour rêver de femmes comme, il s'en souvenait, l'avaient fait les précoces Économe et Fortuné dès leurs quatorze ans. Ce ne fut donc nullement le sentiment d'un homme désirant une femme qu'il éprouva en regardant ses yeux. Il y plongea comme il lui arrivait parfois de plonger dans le feu, pour suivre la danse des flammes, sans leur demander d'avoir du sens, seulement pour suivre leurs ondoiements dictés par le pur hasard. C'est à quoi ressemblaient ses yeux, comme s'ils avaient assisté à des milliers d'événements qui tourbillonnaient encore dans leurs prunelles, et que personne ne s'était jamais soucié ou n'avait trouvé le moyen d'extraire ces visions pour en faire des histoires riches d'enseignement.

Et Alvin eut très peur qu'elle possède un pouvoir de sorcière dont elle se serait servi pour transformer Ta-Kumsaw en homme blanc.

« Je m'appelle Becca, dit la femme.

— Lui s'appelle Alvin », dit Ta-Kumsaw ; ou plutôt Isaac, car ce n'était plus du tout la voix de Ta-Kumsaw. « C'est le fils d'un fermier de la région de la Wobbish.

— C'est lui, le fil que j'ai vu courir dans le tissu, celui qui n'est pas resté à sa place. » Elle sourit à Alvin. « Approche-toi, dit-elle. Je veux voir le légen daire Petit Renégat.

— C'est qui ? demanda Alvin. Le petit gars René...

— Renégat. Des histoires circulent dans toute l'Appalachie, tu ne le sais pas ? Sur Ta-Kumsaw, qui un jour apparaît du côté de l'Osh-Kontsy, le lendemain sur les rives de la Yazoo, et qui incite les Rouges à massacrer et à torturer. Toujours accompagné d'un petit Blanc qui pousse les Rouges à encore plus de brutalité, qui leur apprend les méthodes secrètes de torture que l'Inquisition papiste employait en Espagne et en Italie.

— C'est pas vrai», dit Alvin.

Elle sourit. Les flammes de ses yeux dansèrent.

«Les genses, ils doivent me détester, dit Alvin. J'connais même pas c'que c'est l'Enky-zisson.

— L'Inquisition», rectifia Isaac.

Une peur affreuse serra le cœur d'Alvin. Si les gens racontaient des histoires pareilles sur son compte, alors ils devaient le prendre pour un criminel, un monstre pour ainsi dire. «J'fais rien que suivre...

— Je sais ce que tu fais et pourquoi, le coupa Becca. Par ici, tout le monde connaît assez Isaac pour ne pas croire de tels mensonges sur lui et sur vous deux.»

Mais Alvin se fichait du «par ici». Ce qui l'intéressait, c'était ce qu'on pensait chez lui, dans le pays de la Wobbish.

«Ne t'inquiète pas, dit Becca. Personne ne sait qui est ce légendaire garçon blanc. Certainement pas l'un des deux innocents hachés menu dans la forêt par Ta-Kumsaw. Certainement pas Alvin, ni Mesure. Lequel es-tu, au fait ?

— Alvin, dit Isaac.

— Ah oui, reprit Becca. Tu me l'as déjà dit. J'ai beaucoup de mal à retenir le nom des gens dans ma tête.

— Ta-Kumsaw, il a haché menu personne.

— Tu penses bien, Alvin, que par ici on n'a pas cru cette histoire-là non plus.

— Oh.» Alvin ne savait plus que dire, et comme il vivait depuis longtemps à la façon des Rouges, il adopta leur attitude dans le même genre de situation, une attitude à laquelle les Blancs songeaient rarement. Il s'abstint autant que possible d'ouvrir la bouche.

« Du pain et du fromage ? demanda Becca.

— Trop aimable. Merci », fit Isaac.

Ça, c'était la meilleure. Ta-Kumsaw qui disait merci comme un vrai gentleman. Chez les siens, évidemment, c'était un aristocrate plein de courtoisie. Mais il semblait toujours si froid dans la langue de l'homme blanc, il parlait si sèchement. Jusqu'à ce jour. Sorcellerie.

Becca agita une clochette.

« C'est un repas tout à fait simple, mais nous vivons simplement, dans cette maison. Particulièrement dans cette pièce. Et c'est très bien... elle est si simple. »

Alvin regarda autour de lui. Elle avait raison. Il s'apercevait seulement maintenant qu'il se trouvait dans la cabane en rondins d'origine, dont il restait une fenêtre plein sud qui laissait pénétrer la lumière du jour. Les murs étaient encore tous en bon vieux bois brut ; il ne l'avait pas remarqué à cause de tout le tissu tendu ici et là, suspendu à des crochets, empilé sur les meubles, mis en rouleaux. Un drôle de tissu, très coloré, mais dont les couleurs ne formaient pas de motifs, n'avaient pas de sens apparent ; elles allaient d'un côté puis de l'autre, changeant de nuances et de teintes, une grande bande de bleu, quelques étroites raies vertes, s'entremêlant les unes aux autres avant de se séparer plus loin.

Quelqu'un entra dans la pièce en réponse à la clochette de Becca, un vieil homme, d'après la voix ; elle l'envoya chercher à manger, mais Alvin ne vit même pas à quoi il ressemblait, il ne pouvait détacher les yeux du tissu. Pourquoi y en avait-il tant ? Pourquoi marier pareil assortiment de couleurs sans queue ni tête, aussi criard et aussi moche ?

Et où cela s'arrêtait-il ?

Il s'approcha d'un angle où peut-être une douzaine de rouleaux d'étoffe posés debout s'appuyaient les uns contre les autres, et il s'aperçut que chacun d'eux naissait du précédent. On avait pris l'extrémité de l'un pour l'enrouler sur elle-même et en commencer un nouveau ; l'étoffe sortait donc d'un rouleau, sautait au cœur de son voisin, et ainsi de suite, formant une longue pièce de tissu. Ce n'étaient pas plusieurs pièces bout à bout, mais une seule, enroulée sur elle-même jusqu'à ce qu'elle devienne trop lourde à déplacer et qu'un nouveau rouleau prenne le relais, sans l'intervention de ciseaux. Alvin se mit à aller et venir dans le local, faisant glisser ses doigts sur le « motif » du tissage, le suivant par-dessus les patères fixées au mur, redescendant vers les rouleaux entassés par terre. Il le suivit, il le suivit, jusqu'à ce qu'enfin, au moment même où le vieil homme revenait avec le pain et le fromage, il arrive au bout de l'étoffe. Elle sortait du métier à tisser de Becca.

Pendant tout ce temps, Ta-Kumsaw parlait à la femme avec sa voix d'Isaac, et elle lui répondait dans son registre profond et mélodieux qui laissait transparaître une très légère pointe d'accent étranger, comme certains Hollandais du côté de Vigor Church, qui avaient passé toute leur vie en Amérique mais gardaient une trace de leur pays d'origine dans leur prononciation. La nourriture attendait maintenant sur une table basse entourée de trois chaises ; resté près du métier, Alvin prêta alors attention à ce qu'ils disaient, surtout parce qu'il voulait absolument demander à Becca *à quoi servait* tout ce tissu. Elle avait dû passer plus d'une année à le tisser, pour qu'il y en ait une telle longueur, sans jamais prélever de coupons pour en faire quoi que ce soit. M'man traitait ça de honteux gaspille, posséder une chose et ne pas s'en servir, comme la jolie voix de Dally Framer qui chantait à longueur de journée chez elle mais ne participait jamais aux hymnes à l'église.

« Mange », dit Ta-Kumsaw. Quand il s'adressait aussi brutalement à Alvin, sa voix perdait sa délicatesse anglaise ; il redevenait le vrai Ta-Kumsaw. Alvin se sentit soulagé, il comprit qu'il n'y avait pas de sorcellerie là-dessous, que Ta-Kumsaw avait simplement deux manières différentes de parler ; mais évidemment, d'autres questions se posaient : comment le Rouge avait-il appris à s'exprimer ainsi ? Alvin n'avait jamais entendu la moindre rumeur comme quoi Ta-Kumsaw avait des amis blancs en Appalachie, et vous pensez bien qu'une histoire pareille, ça se saurait. Bien sûr, il n'était pas difficile de deviner pourquoi il aurait évité que le bruit s'en répande. Qu'est-ce que tous ces Rouges excités penseraient s'ils le voyaient ici, en ce moment ? Elle tournerait comment, sa guerre ?

Et au fait, comment Ta-Kumsaw pouvait-il provoquer cette guerre s'il avait de vrais amis blancs comme les gens de cette vallée ? La terre était sûrement morte ici, du moins de l'avis des Rouges. Comment Ta-Kumsaw parvenait-il à le supporter ? Alvin restait tellement sur sa faim qu'il avait beau s'empiffrer de pain et de fromage à s'en faire péter la panse, il ressentait toujours au fond de lui un tiraillement, un besoin de retrouver les bois et d'entendre le chant de la terre dans sa tête.

Le repas s'accompagna du caquetage charmant de Becca sur la vie quotidienne dans la vallée ; elle citait des noms qui ne disaient rien à Alvin, à ceci près qu'ils auraient tous pu désigner des habitants de Vigor Church... Il y avait même des gens qui s'appelaient Miller, ce qui n'avait rien d'étonnant car une vallée de cette importance devait sûrement donner du grain à moudre à plus d'un meunier.

Le vieil homme réapparut pour débarrasser la table.

« Tu es venu voir mon tissu ? » demanda Becca.

Ta-Kumsaw hocha la tête. « Je suis venu en partie pour ça. »

Becca sourit et le conduisit au métier. Elle s'installa sur son tabouret et réunit la dernière longueur de tissu sur ses genoux. Elle commença à environ trois pieds du bord de sa machine. « Là, dit-elle. Le rassemblement de ton peuple à Prophetville. »

Alvin la vit passer la main sur tout un paquet de fils qui semblaient sortir de leur propre chaîne pour migrer en travers du tissu et se regrouper vers la lisière.

« Des Rouges de toutes les tribus, dit-elle. Les plus forts de ton peuple. »

Les fibres tiraient sur le vert, mais elles étaient en fait plus grosses que la plupart des autres fils, solides et tendues. Becca ramena davantage de tissu sur ses genoux. Le regroupement prit plus de corps, devint plus net, et les fils brillèrent d'un vert plus éclatant. Comment des fils pouvaient-ils changer ainsi de couleur ? Et comment, malgré le mécanisme du métier, la chaîne arrivait-elle à se déplacer de cette façon ?

« Et maintenant, les Blancs qui se sont rassemblés contre eux », dit-elle.

Ma foi oui, il y avait un autre groupe de fils, plus compact à l'origine, mais qui grossissait en faisant quelques nœuds. Aux yeux d'Alvin, l'étoffe avait l'air d'une vraie loque, avec ses fils tout emmêlés et comprimés — qui porterait une chemise taillée dans un tissu pareil ? — et les couleurs ne rimaient à rien, elles se brouillaient sans chercher à former de motif ni à reproduire un ordre régulier.

Ta-Kumsaw tendit la main et tira l'étoffe à lui. Il tira jusqu'à ce qu'il découvre un endroit où tous ces fils d'un vert pur se relâchaient, puis s'arrêtaient pour la plupart. La chaîne du tissu y était fine et clairsemée, peut-être un fil sur les dix qu'elle comptait plus tôt ; comme une pièce élimée qui s'effiloche au coude d'une vieille chemise : quand on plie le bras, il ne reste plus qu'une dizaine de fils qui tracent des lignes sur la peau dans un sens, rien du tout dans l'autre.

Si les fils verts représentaient Prophetville, il ne pouvait y avoir d'erreur sur son sort. « Tippy-Canoe », murmura Alvin. Il comprenait à présent la signification du tissage.

Becca se pencha sur l'étoffe, et ses larmes coulèrent dessus.

Les yeux secs, Ta-Kumsaw tira encore sur le tissu, sans faiblesse. Alvin vit alors ce qu'il restait des fils verts, les rares rescapés du massacre de la Tippy-Canoe, émigrer jusqu'à la lisière et s'arrêter. Le tissu se faisait plus étroit d'autant de fils de chaîne disparus. Mais maintenant on distinguait un autre rassemblement, et les fils n'étaient pas verts. Essentiellement noirs.

« Le noir de la haine, dit Becca. Tu rassembles ton peuple par la haine.

— Crois-tu que ce soit l'amour qui conduise une guerre ? demanda Ta-Kumsaw.

— Voilà une raison pour refuser de faire aucune guerre, dit-elle avec douceur.

— Ne parle pas comme une femme blanche, dit Ta-Kumsaw.

— Mais c'en est une », fit Alvin, qui la trouvait pleine de bon sens.

Ils le regardèrent l'un et l'autre, Ta-Kumsaw impassible, Becca avec... amusement ? pitié ? Puis ils retournèrent au tissu.

Très vite ils arrivèrent là où le tissage passait pardessus la poitrinière, puis sortait du métier lui-même. En cours de route, les fils noirs de l'armée de Ta-Kumsaw s'étaient resserrés, noués, entrelacés. Et d'autres fils, des bleus, des jaunes, des noirs, s'étaient regroupés ailleurs ; le tissage ressemblait à une horrible pelote. Il était plus épais, mais il ne paraissait pas plus solide à Alvin. Plutôt plus fragile, même. Moins bonne étoffe. Moins sûre.

« Ce tissu-là, ıl vaudra pas grand-chose si ça continue », dit-il.

Becca eut un sourire triste. « On n'a jamais rien dit d'aussi juste, mon garçon.

— Si c'te longueur, ça représente l'histoire d'une année, reprit Alvin, doit bien y avoir deux cents ans d'racontés icitte. »

Becca leva la tête. « Davantage encore, dit-elle.

— Comment vous découvrez tout c'qui s'passe pour le mettre dans l'tissage ?

— Oh, Alvin, il y a des choses que les gens font sans savoir comment, dit-elle.

— Et si vous changez les fils de place, vous pouvez pas changer l'histoire ? » Alvin pensait à un judicieux réarrangement, en répartissant les fils de façon plus régulière et en écartant les noirs les uns des autres.

« Ça ne marche pas comme ça, dit-elle. Ce que je fais ici ne change rien aux choses. Les choses qui arrivent me changent, moi. Ne t'inquiète pas pour ça, Alvin.

— Mais y a plus de deux cents ans, les Blancs étaient même pas arrivés dans c'te région de l'Amérique. Comment c'tissu, il peut r'monter si loin ? »

Elle soupira. « Isaac, pourquoi m'as-tu amené ce garçon qui me harcèle de questions ? »

Ta-Kumsaw lui sourit.

« Petit, tu ne le diras à personne ? demanda-t-elle. Tu garderas le secret sur qui je suis et ce que je fais ?

— Je l'promets.

— Je tisse, Alvin. C'est tout. Dans ma famille, d'encore plus loin que nous nous souvenons, nous avons tous été tisserands.

— C'est Weaver vot' nom, alors ? Becca Weaver, la tisserande ? Mon beau-frère, Armure-de-Dieu, son p'pa, c'est un Weaver, et...

— Personne ne nous appelle des tisserands, dit Becca. S'il y avait un nom pour nous, on nous appellerait... non. »

Elle ne voulait pas le lui dire.

« Non, Alvin, je ne peux pas te charger d'un tel fardeau. Parce que tu voudrais revenir. Tu voudrais revenir pour voir...

— Voir quoi ? demanda Alvin.

— Comme Isaac, là. Je n'aurais jamais dû le lui dire non plus.

— Mais il a gardé l'secret. Il en a jamais parlé.

— Pourtant, il n'a pas gardé le secret envers lui-même. Il est venu pour voir.

— Voir quoi ? redemanda Alvin.

— Voir la longueur des fils qui passent dans mon métier. »

Alors seulement, Alvin remarqua la partie arrière du métier à tisser, où les fils de chaîne étaient maintenus en place par un cadre de fines lisses en acier Les fils n'avaient pas de couleur. Ils étaient d'un blanc écru. Du coton ? Sûrement pas de la laine. Du lin, peut-être ? Avec toutes ces teintes dans le tissu fini, il n'avait pas vraiment fait attention à la matière.

« Elles viennent d'où, les couleurs ? » demanda Alvin.

Personne ne lui répondit.

« Y a des fils qui s'détendent.

— Il y a des fils qui s'arrêtent, dit Ta-Kumsaw

— Il y en a beaucoup qui s'arrêtent, dit Becca. Et beaucoup qui commencent. La vie est ainsi.

— Qu'est-ce que tu vois, Alvin ? demanda Ta-Kumsaw.

— Si les fils noirs, c'est ton peuple, fit Alvin, alors j'dirais qu'y a une bataille qui s'prépare, et qu'y aura beaucoup de morts. Mais pas comme à la Tippy-Canoe. Moins grave.

— C'est ce que je vois, moi aussi, dit Ta-Kumsaw.

— Et ces autres couleurs, là, toutes emmêlées, c'est quoi ? Une armée de Blancs ?

— On dit qu'un certain Andrew Jackson de la région à l'ouest du Tennizy lève une armée. On l'appelle le vieil Hickory.

— Je connais l'homme, dit Ta-Kumsaw. Il a du mal à se tenir en selle.

— Il a fait avec les Blancs ce que tu as fait avec les Rouges, Isaac. Il a parcouru toute la région occidentale, du nord au sud, en tirant les gens de chez eux pour les haranguer sur la menace rouge. Sur *toi*, Isaac. Pour chaque guerrier rouge que tu as trouvé, lui a recruté deux Blancs. Et il pense que tu vas aller dans le nord rejoindre l'armée française. Il connaît tous tes plans.

— Il ne connaît rien du tout, trancha Ta-Kumsaw. Alvin, dis-moi, il y a combien de fils de cette armée blanche qui s'arrêtent ?

— Beaucoup. Plusse que des autres, peut-être. J'sais pas. C'est à peu près pareil.

— Alors, ça ne m'apprend rien.

— Ça t'apprend que tu auras ta bataille, dit Becca. Ça t'apprend qu'il y aura davantage de sang et de souffrances dans le monde grâce à toi.

— Mais ça ne parle pas de victoire, dit Ta-Kumsaw.

— Jamais. »

Alvin se demandait s'il suffisait d'en nouer un autre au bout des fils cassés pour sauver la vie de quelqu'un. Il chercha des yeux les bobines qui alimentaient la chaîne, mais ne put les trouver. Les fils tombaient de la traverse arrière du métier, tendus, comme tirés par un grand poids, et Alvin ne parvint pas à repérer d'où ils venaient. Ils ne touchaient pas le sol. Ils ne s'arrêtaient pas vraiment non plus. Jusqu'à un certain point, il les distinguait qui pendaient, bien raides sur toute leur longueur, mais quand il regardait un peu plus bas... plus de fils, plus rien du tout. Ils sortaient de nulle part, voilà, et l'œil humain était incapable d'observer ou de comprendre comment ils naissaient.

Mais Alvin, lui, était capable de voir avec d'autres yeux, des yeux qui voyaient à l'intérieur, comme lorsqu'il examinait du dedans les minuscules rouages du corps humain, les courants glacés au cœur de la pierre. Grâce à cette vision de l'invisible, il plongea le regard dans un seul fil et pénétra sa structure, suivant les fibres qui se torsadaient et se croisaient, s'entortillaient et s'accrochaient les unes aux autres pour donner une chaîne solide. Cette fois, il lui suffisait de les suivre. De les suivre jusqu'à ce qu'enfin, bien au-delà du point où les fils disparaissaient aux yeux ordinaires, il en découvre l'extrémité. La personne que ce fil précis représentait avait une vie bien longue devant elle avant de mourir.

Tous ces fils devaient s'arrêter à la mort des gens. Et un nouveau commencer à la naissance d'un bébé. Un autre fil sortir de nulle part.

« Ça ne finit jamais, dit Becca. Je vieillirai et je mourrai, Alvin, mais le tissage continuera.

— Vous savez lequel c'est, votre fil à vous ?

— Non, dit-elle. Je ne veux pas savoir.

— Moi j'crois que j'aimerais voir. J'voudrais connaître combien d'années j'vais vivre.

— Beaucoup, fit Ta-Kumsaw. Ou peu. L'important, c'est ce que tu en fais, de ces années.

— C'est important aussi, le temps que j'vais vivre, dit Alvin. Dis pas l'contraire, t'y crois pas toi-même. »

Becca se mit à rire.

« Mademoiselle Becca, dit Alvin, pourquoi vous faites ça, si vous avez pas de pouvoir sus ce qui s'passe ? »

Elle haussa les épaules. « C'est un travail. Tout le monde a un travail à faire, et ça, c'est le mien.

— Vous pourriez aller voir les genses et tisser des vêtements qu'ils porteraient.

— Qu'ils porteraient et qu'ils useraient, dit-elle. D'ailleurs, Alvin, je ne peux pas sortir.

— Quoi ? Vous restez tout l'temps enfermée ?

— Je reste ici, toujours dit-elle. Dans cette pièce, auprès de mon métier.

— Je t'ai une fois suppliée de partir avec moi, dit Isaac.

— Et moi, je t'ai une fois supplié de rester. » Elle leva la tête et lui sourit.

« Je ne peux pas vivre longtemps là où la terre est morte.

— Et moi, je ne peux pas vivre un instant loin de mon tissage. La terre vit en toi, Isaac, comme vivent en moi toutes les existences d'Amérique. Mais je t'aime. Même aujourd'hui. »

Alvin se sentit de trop. C'était comme s'ils avaient oublié sa présence, alors qu'il venait à peine de leur parler. Il finit par se dire qu'ils préféraient probablement rester seuls. Il s'éloigna donc, retourna au tissu et se remit à le suivre, dans l'autre sens cette fois-ci, l'examinant en hâte mais minutieusement, le long des murs, parmi les rouleaux et les piles, à la recherche de l'extrémité la plus ancienne.

Impossible de la trouver. Sans doute, il avait dû regarder du mauvais côté ou se tromper de sens à un moment donné, parce qu'il reconnut bientôt un chemin familier, celui-là même qui l'avait mené la première fois au métier. Il fit demi-tour et, très vite, s'aperçut qu'il revenait encore vers la machine. Il ne pouvait pas plus remonter en arrière pour trouver l'extrémité la plus ancienne du tissu que redescendre en aval pour voir d'où sortaient les nouveaux fils.

Il se retourna vers Ta-Kumsaw et Becca. Les chuchotements de leur conversation avaient cessé. Ta-Kumsaw était assis en tailleur sur le sol, devant Becca, tête baissée. Elle lui passait tendrement les mains dans les cheveux.

« C'tissu, l'est plus vieux qu'la plus vieille partie de la maison », dit Alvin.

Becca ne répondit pas.

« C'tissu, il existe depuis toujours.

— D'aussi loin que des hommes et des femmes ont su tisser, le tissu est passé dans le métier.

— Mais pas ce métier-là. Il est neuf, çui-ci, dit Alvin.

— On en change de temps en temps. On bâtit le nouveau autour du précédent. C'est ce que font les hommes de chez nous.

— C'tissu, l'est plus vieux que les plus vieilles fermes de Blancs en Amérique, dit Alvin.

— Autrefois il faisait partie d'un autre tissu plus important. Mais un jour, là-bas en Europe, on a vu un grand nombre de fils passer la lisière. Mon arrière-arrière-arrière-arrière-arrière-arrière-grand-père a fabriqué un nouveau métier. On avait les fils qu'il fallait. Ils sortaient de l'ancienne étoffe ; c'est à partir de là qu'ils ont été repris. Il y a une continuité... c'est ce que tu vois.

— Mais c'est chez nous autres, asteure.

— C'est ici et c'est en même temps là-bas. Ne cherche pas à comprendre, Alvin. Moi, il y a longtemps que j'ai renoncé. Mais n'es-tu pas content de savoir que tous les fils de la vie composent un unique et grand tissu ?

— Qui donc tisse les Rouges partis dans l'Ouest avec Tenskwa-Tawa ? demanda-t-il. Ces fils-là, ils sont sortis du tissu.

— Ça ne te regarde pas, dit Becca. Disons qu'un autre métier a été fabriqué et emporté dans l'Ouest.

— Mais Ta-Kumsaw, il a dit qu'aucun Blanc passerait à l'ouest du fleuve. Le Prophète aussi, il l'a dit. »

Ta-Kumsaw pivota lentement sur le sol, sans se lever. « Alvin, fit-il, tu n'es qu'un petit garçon.

— Et je n'étais qu'une petite fille, lui rappela Becca, la première fois que je t'ai aimé. » Elle se tourna vers Alvin. « C'est ma fille qui a emporté le métier dans l'Ouest. Elle a pu y aller parce qu'elle n'est qu'à moitié blanche. » Elle caressa de nouveau les cheveux de Ta-Kumsaw. « Isaac est mon mari. Ma fille Wieza est sa fille.

— Mana-Tawa, dit Ta-Kumsaw.

— J'ai cru un moment qu'Isaac choisirait de rester ici, de vivre avec nous. Mais j'ai vite vu que son fil s'écartait des nôtres, alors même que son corps était présent. Je savais qu'il partirait pour vivre avec son peuple. Je savais pourquoi il était sorti de la forêt, seul, pour venir nous trouver. Il existe une faim plus grande que celle de l'homme rouge pour le chant de la forêt vivante, plus grande que le désir du forgeron pour le fer rougi au feu et trempé, plus grande même que l'attirance du sourcier pour le cœur évidé de la terre. Cette faim a conduit Ta-Kumsaw à notre maison. Ma mère était encore la tisserande, à l'époque. J'ai appris à Ta-Kumsaw à lire et à écrire ; il a dévoré la bibliothèque de mon père et lu tous les autres livres de la vallée, puis nous en avons fait venir de Philadelphie, qu'il a lus aussi. Il s'est alors choisi son nom, d'après l'auteur des *Principes*. Quand nous avons été en âge, il m'a épousée. J'ai eu un bébé. Il est parti. Quand Wieza a eu trois ans, il est revenu, lui a fabriqué un métier et l'a emmenée à l'ouest, de l'autre côté de la montagne, vivre avec son peuple.

— Et vous avez laissé vot' fille s'en aller ?

— Comme l'une de mes ancêtres qui travaillait sur un vieux métier et qui a laissé s'en aller sa fille de l'autre côté de l'océan, dans ce pays-ci, avec un métier neuf et son père pour veiller sur elle, oui, je l'ai laissée s'en aller. » Becca sourit tristement à Alvin. « On a tous une tâche à accomplir, mais pour toute tâche digne de ce nom il y a un prix à payer. Quand Isaac l'a emmenée, je me trouvais déjà dans cette pièce. Tout ce qui est arrivé était bien.

— Vous avez même pas d'mandé comment qu'elle allait, vot' fille, quand il est entré ! Et vous l'avez toujours pas d'mandé.

— Je n'en avais pas besoin, dit Becca. Il n'arrive aucun mal aux gardiennes du métier.

— Ben, si vot' fille, elle est partie, qui c'est qui va prendre vot' place ?

— Peut-être qu'un autre mari passera bientôt par ici. Un mari qui restera dans cette maison, qui me fera un nouveau métier, pour moi, et puis un deuxième pour une fille encore à naître.

— Et qu'esse qui vous arrivera, alors ?

— Tu poses trop de questions, Alvin », dit Ta-Kumsaw. Mais sa voix était douce, lasse, anglaise ; Alvin n'avait pas peur du Ta-Kumsaw qui lisait les livres des Blancs, et il ne tint pas compte du léger reproche.

« Qu'esse qui va vous arriver quand vot' fille va vous remplacer ?

— Je ne sais pas, dit Becca. Mais on raconte que nous allons au lieu d'où sortent les fils.

— Vous y faites quoi ?

— Nous filons. »

Alvin essaya d'imaginer la mère de Becca, sa grand-mère et les autres femmes encore avant elles, toutes en rang ; il essaya d'imaginer combien il y en aurait, penchées sur leurs rouets, à dévider des fils de la broche, du fil de chaîne tout écru et blanc qui s'en irait ailleurs, qui s'écoulerait et disparaîtrait quelque part jusqu'à ce qu'il se casse. Ou peut-être, lorsqu'il se cassait, tenaient-elles l'ensemble, une vie humaine entière, dans leurs mains, puis le jetaient-elles en l'air pour qu'un souffle de vent l'emporte ; il retombait alors et s'accrochait au métier de quelqu'un. Une vie flottant au gré du vent, rattrapée puis tissée dans l'étoffe de l'humanité ; née tel jour, au gré du hasard, elle luttait ensuite pour trouver son chemin dans le tissu, serpentait pour en pénétrer la résistance.

Et tandis que l'imagination le guidait ainsi, il crut aussi comprendre autre chose sur ce tissu. Plus les fils se tissaient étroitement, plus ils le renforçaient. Ceux qui gambadaient en surface pour ne s'immerger que de temps en temps dans la trame, s'ils apportaient beaucoup de couleur à l'étoffe, n'ajoutaient guère à sa solidité. Alors que d'autres, dont la teinte transparaissait à peine, enfouis, entrelacés, maintenaient l'ensemble. Il y avait de l'abnégation dans ces fils, dans ces botteleurs anonymes. À partir d'aujourd'hui et pour toujours, quand il verrait des gens discrets, des hommes ou des femmes qu'on remarque peu et qu'on oublie souvent, mais qui participent à la vie du village, de la ville, de la cité, qui lient les habitants entre eux, qui les maintiennent ensemble, Alvin les saluerait en silence et leur rendrait hommage dans son cœur, car il savait que leurs vies assuraient une étoffe robuste, un tissage serré.

Il se souvint aussi des nombreux fils qui se terminaient où Ta-Kumsaw devait livrer bataille. C'était comme si le Rouge avait donné des coups de ciseaux dans l'étoffe.

« Y a pas moyen d'réparer ? demanda Alvin. Y reste plus d'espoir d'empêcher c'te bataille d'arriver, pour que tous ces fils se cassent pas ? »

Becca secoua la tête. « Même si Isaac refusait de partir, la bataille aurait lieu sans lui. Non, les fils ne se cassent pas à cause de quelque chose qu'Isaac a fait. Ils se sont cassés dès l'instant où des hommes rouges ont adopté une ligne de conduite aboutissant inévitablement à leur mort dans la bataille ; Isaac et toi, vous n'avez pas parcouru le pays pour apporter la mort, si c'est ce qui te tracasse. Pas plus que le vieil Hickory n'a tué des gens. Vous proposiez des choix. Rien ne les obligeait à vous croire. Rien ne les obligeait à choisir la mort.

— Mais ils connaissaient pas que c'était ça qu'ils choisissaient.

— Si, ils le savaient, dit Becca. On le sait toujours. On ne se l'avoue pas à soi-même, jusqu'au dernier instant, mais à cet instant, Alvin, on voit défiler toute sa vie devant soi et on comprend comment on a choisi, jour après jour, la façon dont on va mourir.

— Et si par hasard y a quelque chose qui tombe sus la tête de quelqu'un et qui l'écrabouille ?

— C'est qu'il a choisi de se trouver à un endroit où se produit ce genre d'accident. Et qu'il ne regardait pas en l'air.

— J'y crois pas, dit Alvin. J'pense que les genses, ils peuvent toujours changer ce qui va arriver, et j'pense qu'y a des choses qui arrivent que personne a jamais voulues. »

Becca lui sourit, tendit le bras. « Approche, Alvin. Laisse-moi te tenir contre moi. J'aime ta foi naïve, mon enfant. Je veux m'accrocher à cette foi, même s'il m'est impossible de la partager. »

Elle le serra un moment, et le bras dont elle l'entourait, un bras à la fois fort et tendre, rappelait tellement à Alvin celui de sa maman qu'il pleura un peu. Il pleura même beaucoup plus qu'il ne l'aurait souhaité, si tant est qu'il aurait souhaité pleurer. Il se garda bien de demander à voir son propre fil, et cependant il se disait qu'il devait être facile à trouver : le seul qui naissait dans la section des Blancs du tissu, mais qui s'en éloignait pour se teinter de vert. Sûrement le vert des partisans du Prophète.

Une autre chose dont il était sûr, tellement sûr qu'il ne l'interrogea pas, et Dieu sait pourtant qu'il n'hésitait pas à poser toutes les questions qui lui passaient par la tête : Becca savait quel était le fil de Ta-Kumsaw et elle savait aussi que leurs deux fils, à Ta-Kumsaw et à lui, étaient liés l'un à l'autre, pendant un certain temps du moins. Tant qu'Alvin resterait avec le Rouge, Ta-Kumsaw vivrait. Alvin savait qu'il y avait deux dénouements à la prophétie : celui où il mourait le premier et laissait tout seul Ta-Kumsaw, auquel cas le Rouge mourait à son tour ; et celui où aucun ne mourait, et leurs fils se prolongeaient jusqu'à ce qu'ils disparaissent. On aurait pu imaginer un troisième dénouement possible : il quittait tout bonnement Ta-Kumsaw. Mais s'il faisait ça, Alvin ne serait plus Alvin, inutile alors d'envisager pareille éventualité, ce n'en était pas une.

Alvin passa la nuit sur un tapis, par terre dans la bibliothèque, après avoir lu quelques pages d'un livre écrit par un dénommé Adam Smith. Où dormait Ta-Kumsaw, Alvin l'ignorait et s'abstint de poser la question. Ce qu'un homme fait avec son épouse ne regarde pas les enfants, il le savait ; mais il se demanda si la principale raison du retour de Ta-Kumsaw dans cette maison ne tenait pas, plutôt qu'à son désir d'examiner le métier, à cette faim dont Becca avait parlé. Le besoin de faire une autre fille pour s'occuper du métier de la tisserande. Ce n'était pas une mauvaise idée, de l'avis d'Alvin, que le tissu de l'Amérique blanche passe entre les mains de la fille d'un homme rouge.

Au matin, Ta-Kumsaw le remmena à travers bois. Ils ne parlèrent pas de Becca, ni de rien d'autre ; on reprenait les vieilles habitudes, Ta-Kumsaw n'ouvrait la bouche que pour donner des ordres. Alvin ne l'entendit plus jamais prendre sa voix anglaise, si bien qu'il en vint à se demander s'il ne l'avait pas rêvée.

Sur la rive nord de l'Hio, non loin de l'embouchure où se déverse la Wobbish, l'armée des Rouges se regroupa, plus de Rouges qu'Alvin n'en avait imaginés dans le monde entier. Plus de gens qu'il n'en avait jamais imaginés réunis dans un même lieu en même temps.

Comme un tel rassemblement ne pouvait manquer de connaître la faim, les animaux venaient aussi aux hommes, devinant leur besoin, accomplissant ce pour quoi ils étaient nés. La forêt savait-elle que son seul espoir de résister à la hache de l'homme blanc dépendait de la victoire de Ta-Kumsaw ?

Non, estimait Alvin, la forêt faisait seulement ce qu'elle avait toujours fait, elle s'arrangeait pour nourrir les siens.

Il pleuvait et la brise était fraîche, le matin où ils quittèrent l'Hio en direction du nord. Mais qu'était la pluie pour des hommes rouges ? Le messager des Français était arrivé de Détroit. Le moment était venu d'unir les deux forces et d'attirer le vieil Hickory vers le nord.

XVIII

Détroit

Frédéric, comte de Maurepas, vivait de grands moments. Loin de connaître l'enfer, ici, à Détroit, sans aucun des agréments de Paris, il ressentait l'ivresse de participer, pour une fois, à quelque chose qui le dépassait. La guerre se préparait, le fort s'activait, ces païens de Rouges convergeaient des contrées les plus reculées de ce pays de sauvages, et bientôt, sous son commandement à lui, Maurepas, les Français anéantiraient l'armée américaine de va-nu-pieds que le vieux Châtaignier avait conduite au nord de la Maw-Mee. Le vieux Saule ? Un surnom dans ce goût-là.

Évidemment, une partie de lui-même s'effrayait un peu de toute cette agitation. Frédéric n'avait jamais été homme d'action, et maintenant il y en avait tant, d'action, qu'il avait du mal à suivre. Ça l'ennuyait parfois que Napoléon veuille laisser les sauvages combattre de l'abri des arbres. Des Européens, et même ces barbares d'Américains, devraient avoir la courtoisie d'interdire aux Rouges d'user de l'avantage déloyal que leur donnait leur habileté à se dissimuler dans les bois. Mais tant pis. Napoléon était sûr de son fait. Franchement, y avait-il aucun risque de déconvenue ? Tout se déroulait selon les prévisions du général. Même le gouverneur La Fayette, ce sale traître de Feuillant décadent, semblait s'enthousiasmer de la bataille prochaine. Il était allé jusqu'à fournir un autre bateau de troupes en renfort, que Frédéric avait vu entrer dans le port moins de dix minutes plus tôt.

« Monseigneur », fit — comment son nom déjà ? — le domestique de service le soir. Il annonçait quelqu'un, en tout cas.

« Qui ? » Qui peut rendre visite à une heure aussi indécente ?

« Un messager du gouverneur.

— Qu'il entre », dit Frédéric. Il se sentait de trop plaisante humeur pour se soucier de laisser un moment l'homme compter les clous de la porte. Après tout, c'était la soirée... nul besoin de feindre d'être débordé de travail à une heure pareille. À quatre heures passées, en fait !

L'homme entra, élégant dans son uniforme. Un officier, un commandant pour être précis. Frédéric devait connaître son nom, probablement... remarquez, ce n'était pas quelqu'un d'important, il n'avait même pas de cousin titré, assurément. Aussi Frédéric attendit-il, en s'abstenant de saluer.

Le commandant tenait deux lettres à la main. Il en posa une sur la table de Maurepas.

« L'autre est-elle aussi pour moi ?

— Oui, monsieur. Mais j'ai reçu l'ordre du gouverneur de vous remettre celle-ci d'abord, d'attendre que vous la lisiez en ma présence, ensuite de décider si je vous donne l'autre.

— L'ordre du gouverneur ! De m'empêcher de recevoir mon courrier tant que je n'aurai pas lu cette lettre ?

— La seconde lettre ne vous est pas adressée, monseigneur, dit le commandant. Ce n'est donc pas votre courrier. Mais je crois que vous voudrez la voir.

— Et si je me sens las d'avoir trop travaillé et que je préfère lire la lettre demain ?

— Alors j'en ai encore une autre, que je lirai à vos soldats si vous ne prenez pas connaissance de la première dans les cinq minutes. Cette troisième lettre vous relève de votre commandement et me confie la garde de Fort Détroit, sous l'autorité du gouverneur.

— Quelle audace ! Quelle impudence ! S'adresser à moi de cette manière !

— Je ne fais que répéter les paroles du gouverneur, monseigneur. Je vous le conseille, lisez cette lettre. Cela ne peut vous nuire, et si vous ne la lisez pas, les conséquences seront désastreuses. »

Intolérable. Pour qui le gouverneur se prenait-il ? Pour un marquis, parbleu Et pourtant, La Fayette était en vérité beaucoup moins en faveur auprès du roi que...

« Cinq minutes, monseigneur. »

Bouillant de colère, Frédéric ouvrit la lettre. Elle était lourde ; quand il la déplia, une amulette de métal au bout d'une chaîne se répandit dans un cliquetis sur le bureau.

« Qu'est-ce que c'est que ça ?

— La lettre, monseigneur. »

Frédéric y jeta un coup d'œil rapide. « Une amulette ! Tudieu ! Que dois-je en faire ? La Fayette serait-il devenu superstitieux ? » Mais malgré son air bravache, Frédéric sut tout de suite qu'il allait la porter. Une protection contre Satan ! Il avait entendu parler de ces amulettes, qui s'achetaient à prix d'or car toutes avaient été touchées par le doigt de la Sainte Mère en personne, ce qui leur conférait leur pouvoir. En était-ce une de ce genre ? Il ouvrit la chaîne et se la passa autour du cou.

« En dedans », dit le commandant.

Frédéric le regarda un instant, déconcerté, puis comprit la recommandation et fourra l'amulette dans sa chemise. Elle était désormais hors de vue.

« Voilà, fit-il. Je la porte.

— Excellent, monseigneur », dit le commandant. Il tendit l'autre lettre.

Elle n'était pas close, mais elle avait été scellée, et Frédéric fut surpris de reconnaître le grand sceau de Sa Majesté imprimé dans la cire. Elle était adressée au marquis de La Fayette. Elle exprimait l'ordre de mettre Napoléon Bonaparte immédiatement aux arrêts et de le renvoyer les fers aux pieds à Paris où il passerait en jugement pour trahison, sédition, félonie et malversation.

*

« Croyez-vous m'attendrir par votre plaidoyer ? fit Maurepas.

— J'ose espérer que le bien-fondé de mes arguments le fera, dit Bonaparte. La bataille est pour demain. Ta-Kumsaw attend mes ordres ; je suis le seul à comprendre pleinement le rôle de l'armée française dans cet engagement.

— Le seul ? D'où vous vient cette soudaine vanité

de vous croire le seul capable de commander, le seul à comprendre ?

— Mais bien entendu, vous aussi comprenez, monseigneur de Maurepas. Seulement, c'est à vous que revient la vue d'ensemble, tandis que moi...

— Épargnez votre salive, fit Maurepas. Vous ne m'abusez plus. Votre sorcellerie, votre influence satanique, tout glisse sur moi comme des bulles qui flottent dans l'air, cela ne m'atteint pas. Je suis plus fort que vous ne le pensiez. J'ai des ressources cachées, moi !

— Grand bien vous fasse, parce qu'en public, on ne connaît de vous que votre idiotie, répliqua Bonaparte. La défaite que vous allez subir sans moi vous vaudra le titre de champion des crétins dans l'histoire de l'armée française. À chaque fois que quelqu'un essuiera un désastre honteux qu'il aurait pu éviter, on se moquera de lui et l'on dira qu'il a commis un « Maurepas » !

— Assez, dit le comte. Trahison, sédition, malversation et, comme si cela ne suffisait pas, insubordination maintenant. Monsieur Guillotin va vous compter parmi ses clients, j'en suis sûr, mon petit coq nain vaniteux. Allez-y, faites vos ergots sur Sa Majesté, vous verrez jusqu'où ils s'enfoncent quand vous aurez les fers aux pieds et qu'on réclamera votre tête. »

*

La traîtrise n'apparut pas avant le matin, mais elle se révéla vite dans toute son ampleur. Tout d'abord l'intendant militaire français refusa de fournir de la poudre aux hommes de Ta-Kumsaw. « J'ai des ordres », dit-il.

Quand Ta-Kumsaw voulut voir Bonaparte, on se moqua de lui. « Pas possible, lui dit-on, ni maintenant ni jamais. »

Et Maurepas, alors ?

« C'est un comte. Il ne traite pas avec les sauvages. Il ne fricote pas avec les bêtes, comme le petit Napoléon. »

À ce moment seulement, Alvin remarqua que tous les Français auxquels ils avaient affaire aujourd'hui étaient ceux-là mêmes que Bonaparte avait circonvenus ; ses officiers préférés, ceux qui avaient sa confiance, restaient introuvables. Bonaparte était déchu.

« Des arcs et des flèches, dit un officier. C'est avec ça qu'excellent tes braves, non ? Avec des balles, vous causeriez plus de dommages chez vous que chez l'ennemi. »

Les éclaireurs de Ta-Kumsaw l'informèrent que l'armée américaine arriverait à midi. Il déploya aussitôt ses hommes pour harceler l'ennemi. Mais désormais, sans la portée de tir des mousquets, ils ne pouvaient guère qu'agacer l'armée du vieil Hickory sous les piqûres de leurs flèches molles, décochées de trop loin, alors qu'ils avaient prévu d'écraser les Américains sous une irrésistible tempête de métal. Et comme les archers devaient s'approcher au plus près des Américains pour tirer, beaucoup se firent tuer.

« Ne reste pas à côté de moi, dit Ta-Kumsaw à Alvin. Ils connaissent tous la prophétie. Ils vont croire que je ne dois mon courage qu'à la certitude de ne pas mourir. »

Alvin s'écarta donc de lui, mais jamais trop loin, pour continuer à voir au plus profond de son corps, prêt à guérir la moindre blessure. Ce qu'il ne pouvait pas guérir, c'était l'inquiétude, la colère et le désespoir qui montaient déjà dans l'esprit de Ta-Kumsaw. Sans poudre, sans Bonaparte, la victoire assurée devenait, au mieux, une opération à risque.

La tactique de base fonctionna. Le vieil Hickory repéra tout de suite le piège, mais le terrain l'obligeait à tomber dedans ou à battre en retraite, et il savait que la retraite équivaudrait à un désastre. Il fit donc hardiment avancer son armée au pas entre les collines grouillantes de Rouges, s'engageant dans le passage étroit où la mousqueterie et les canons français allaient balayer les Américains pendant que les Rouges tueraient tous ceux qui tenteraient de s'échapper. La victoire serait totale. Sauf que les Américains étaient censés perdre toute confiance, toute assurance, et voir leur nombre considérablement réduit par le tir des Rouges tout au long de la progression.

La tactique fonctionna, mais lorsque l'armée américaine, arrivant en vue de l'ennemi, hésita devant les gueules de neuf canons chargés à mitraille et deux mille mousquets disposés pour deux balayages successifs du champ de bataille, les Français opérèrent un incompréhensible repli. C'était comme s'ils doutaient de l'invulnérabilité de leur position. Ils ne cherchèrent même pas à remporter leurs canons. Ils battirent en retraite comme s'ils craignaient l'anéantissement immédiat.

L'issue de la rencontre était alors prévisible. Le vieil Hickory savait profiter des occasions. Ses soldats ignorèrent les Rouges et tombèrent sur les Français en déroute, massacrant tous ceux qui ne couraient pas, s'emparant des canons et des mousquets, de la poudre et des munitions. Dans l'heure qui suivit, ils se servirent de l'artillerie française pour ouvrir trois brèches dans les murs de la forteresse ; les Américains déferlèrent dans Détroit ; des combats ensanglantèrent les rues.

Ta-Kumsaw aurait alors dû s'en aller. Il aurait dû laisser les Américains exterminer les Français et mettre ses hommes à l'abri. Peut-être se sentait-il le devoir d'aider les Français, malgré leur trahison. Peut-être entrevoyait-il une lueur d'espoir : les Américains pris dans la bataille, son armée de Rouges pourrait remporter une victoire, après tout. Ou peut-être savait-il qu'il n'aurait jamais plus l'opportunité de rassembler tous les hommes en âge de combattre de chaque tribu ; s'il se retirait maintenant, sans livrer combat, qui voudrait encore le suivre ? Et si on ne le suivait pas, lui, on ne suivrait personne, et les hommes blancs reprendraient leur conquête en grignotant la terre, dévorant une tribu par-ci, une autre par-là. Ta-Kumsaw savait parfaitement qu'il fallait une victoire aujourd'hui, fort improbable du reste, sinon la résistance serait définitivement condamnée, et tous ceux de son peuple qui ne seraient pas tués sur le coup s'enfuiraient vers l'ouest, une drôle de terre aux forêts insuffisantes, ou bien resteraient vivre ici, diminués, non plus à la mode des hommes rouges mais à celle des Blancs, dans une forêt à jamais silencieuse. Qu'il espère ou non la victoire, il n'accepterait pas cette alternative, pas sans combattre

Ainsi donc, armés d'arcs et de flèches, de gourdins et de couteaux, les Rouges attaquèrent les forces américaines par derrière. Tout d'abord ils fauchèrent les Blancs dans une moisson sanglante, les assommant de leurs gourdins, les transperçant de leurs silex. Ta-Kumsaw leur criait de prendre aux morts mousquets, poudre et munitions, et beaucoup de Rouges obéirent. Mais le vieil Hickory fit alors intervenir le noyau discipliné de ses troupes. Les fusils se retournèrent. Et les Rouges, exposés en terrain découvert, s'abattirent en grands andains sous la mitraille.

Le même soir, au coucher du soleil, Détroit était en feu et la fumée emplissait le bois voisin. Ta-Kumsaw s'y trouvait, dans une obscurité étouffante, parmi quelques centaines de ses Shaw-Nees. D'autres tribus, isolées, résistaient ici et là ; la plupart, tout espoir perdu, s'enfuyaient dans la forêt où aucun homme blanc ne pouvait les suivre. Le vieil Hickory en personne lança l'assaut final contre la forteresse végétale de Ta-Kumsaw, à la tête du millier d'Américains qui ne participaient pas au pillage de la ville française ni à la destruction des idoles dans la cathédrale papiste.

On aurait dit que les balles pleuvaient de toutes parts. Mais Ta-Kumsaw se tenait au beau milieu, hurlant et encourageant ses guerriers à poursuivre le combat avec les mousquets volés aux Américains tombés lors de la première attaque. Pendant un quart d'heure qui parut une éternité, Ta-Kumsaw batailla comme un forcené, tandis que ses Shaw-Nees se démenaient et mouraient auprès de lui. Son corps se couvrit de fleurs écarlates ; le sang lui dégoulinait du dos et du ventre ; l'un de ses bras pendait inerte à son côté. Personne ne savait où il trouvait la force de rester debout, tant il avait reçu d'impacts. Mais Ta-Kumsaw était fait de chair comme tout un chacun, et il finit par s'écrouler dans le crépuscule enfumé, atteint d'une demi-douzaine de blessures dont chacune aurait dû être fatale.

Lorsqu'il se fut effondré, les tirs se ralentirent. C'était comme si les Américains savaient qu'il leur suffisait de tuer cet ennemi-là pour briser l'esprit de l'homme rouge, maintenant et à jamais. La dizaine de guerriers shaw-nees survivants s'esquivèrent dans la fumée et les ténèbres, pour porter la douloureuse nouvelle de la mort de Ta-Kumsaw dans tous leurs villages, et par la suite dans toutes les huttes où vivaient des hommes et des femmes rouges. La grande bataille était perdue d'avance ; on ne pouvait pas faire confiance aux hommes blancs, français comme américains, et le grand plan de Ta-Kumsaw ne pouvait que courir à l'échec. Pourtant les hommes rouges se rappelleraient, pour un temps du moins, qu'ils s'étaient unifiés derrière un seul grand chef, qu'ils avaient formé un seul peuple, avaient rêvé de victoire. On se souviendrait ainsi de Ta-Kumsaw en chanson, tandis que des familles et des villages de Rouges passeraient à l'ouest du Mizzipy pour rejoindre le Prophète ; on s'en souviendrait dans les histoires qu'on se raconterait devant les cheminées de briques, dans d'autres familles qui porteraient des vêtements et tiendraient des emplois comme les hommes blancs, mais qui n'oublieraient toujours pas qu'autrefois il avait existé une autre façon de vivre et que le plus grand de tous les Rouges de la forêt avait été un guerrier du nom de Ta-Kumsaw, mort en essayant de sauver la terre et l'ancien mode de vie perdu des Rouges.

Ce n'était pas seulement les Rouges qui se souviendraient de Ta-Kumsaw. Alors qu'ils tiraient leurs coups de mousquets sur sa silhouette imprécise entre les arbres, les soldats américains l'admiraient. C'était un grand héros à l'antique. Les Américains étaient tous des fermiers et des boutiquiers dans l'âme ; Ta-Kumsaw vivait une geste à l'exemple d'Achille et d'Ulysse, de César et d'Hannibal, de David et des Macchabées. « Il peut pas mourir », murmuraient-ils en le voyant criblé de balles, encore debout. Et lorsqu'enfin il s'abattit, ils cherchèrent son corps et ne le trouvèrent pas.

« Les Shaw-Nees l'ont emporté », conclut le vieil Hickory, et on en resta là. Il ne les envoya même pas à la recherche du Petit Renégat, jugeant qu'un traître blanc de son espèce, sûrement aussi déloyal que les Français, avait dû s'éclipser au cours du combat. Laissez tomber, avait-il dit, et on n'allait pas discuter avec le vieux, hein ? Il leur avait donné la victoire, pas vrai ? Il avait brisé les reins de la résistance rouge une bonne fois pour toutes, non ? Le vieil Hickory, Andy Jackson... ils auraient voulu le faire roi, mais ils devraient se contenter de le nommer président un de ces jours. Entre-temps, ils ne pourraient pas oublier Ta-Kumsaw, et le bruit se répandrait qu'il était vivant quelque part, immobilisé par ses blessures, qu'il attendait sa guérison pour lancer une grande invasion rouge depuis l'ouest du Mizzipy, depuis les marais du Sud, ou depuis un repaire secret, caché dans les montagnes d'Appalachie.

*

Tout au long de la bataille, Alvin consacra ses forces à garder en vie Ta-Kumsaw. À chaque nouvelle balle qui lui déchirait les chairs, il ressoudait les artères sectionnées pour l'empêcher de perdre son sang. Il manquait de temps pour s'occuper de la douleur, mais Ta-Kumsaw ne semblait pas s'apercevoir des terribles blessures qu'il recevait. Alvin était tapi dans sa cachette entre un arbre debout et un autre tombé, les paupières closes, et n'observait Ta-Kumsaw que de ses yeux qui le pénétraient, surveillant son corps depuis l'intérieur vers l'extérieur. Il ne vit rien des faits et gestes qui allaient alimenter les légendes sur le chef des Rouges. Il n'eut même jamais conscience des balles qui l'arrosaient de débris de feuilles arrachées et d'éclats de bois. Il reçut d'ailleurs sur le dos de la main gauche une balle cuisante qu'il ressentit à peine, tant il se concentrait à maintenir Ta-Kumsaw sur ses jambes.

Mais Alvin observa pourtant une chose : aux limites de sa vision, juste hors de portée, il y avait le Défaiseur, comme une ombre transparente dont les doigts chatoyants taillaient dans le bois. Ta-Kumsaw, Alvin pouvait le guérir. Mais qui pouvait guérir la forêt ? Qui pouvait guérir la déchirure entre une tribu et une autre, un Rouge et un autre ? Tout ce que Ta-Kumsaw avait bâti s'effondrait en quelques brefs instants, et Alvin ne pouvait faire mieux que de garder un seul homme en vie. Un grand homme, il est vrai, un homme qui avait changé le monde, qui avait édifié quelque chose, même si ce quelque chose apportait au bout du compte davantage de mal et de souffrance ; Ta-Kumsaw était un bâtisseur, et pourtant, tout en lui sauvant la vie, Alvin savait qu'il avait fait son temps. Sûrement, le Défaiseur accordait à Alvin la vie de son ami. Qu'était donc Ta-Kumsaw auprès de ce festin dont le Défaiseur se goinfrait ? Comme l'avait dit Mot-pour-mot il y avait si longtemps, le Défaiseur pouvait démolir, engloutir, effriter, broyer plus vite qu'aucun homme ne pouvait espérer construire.

Tout le temps de la bataille, sans qu'Alvin sache vraiment où se trouvait Ta-Kumsaw dont l'organisme seul retenait son attention, l'homme rouge tourna autour de la cachette du jeune garçon comme un chien attaché à un arbre, décrivant des cercles de plus en plus étroits. Aussi, lorsque les balles finirent par l'atteindre en trop grand nombre et que le sang s'échappa si vite d'une dizaine de blessures qu'Alvin devint incapable de l'étancher partout, ce fut dans son abri que Ta-Kumsaw s'écroula, s'étalant sur le gamin, lui coupant le souffle.

Alvin entendit à peine les recherches qu'on menait autour de lui. Il était trop affairé à guérir les blessures, reformer les chairs déchiquetées, ressouder les nerfs sectionnés et redresser les os brisés. Désespérant de sauver la vie de Ta-Kumsaw, il ouvrit les yeux et tailla dans les chairs de l'homme rouge avec son couteau de silex, extirpant les balles en faisant levier pour ensuite refermer ce qu'il avait entaillé. Et durant tout ce temps, on aurait dit que la fumée s'était concentrée au-dessus d'eux, rendant impossible à quiconque d'apercevoir le refuge exigu, le trou où le Défaiseur avait fait se terrer Alvin.

Ce fut dans l'après-midi du lendemain qu'il se réveilla. Ta-Kumsaw gisait auprès de lui, faible, épuisé, mais entier. Alvin était sale, il avait des démangeaisons en plus de l'envie de se soulager ; délicatement, il se dégagea de sous Ta-Kumsaw qui semblait tout léger, comme s'il était à moitié rempli d'air. La fumée s'était dissipée à présent, mais Alvin se sentait toujours invisible et il fit un tour en plein jour, habillé comme un homme rouge. Il entendait les chansons de beuverie du camp américain près des ruines de Détroit. Des restes de fumée égarée dérivaient entre les arbres. Et partout où passait Alvin, les cadavres des hommes rouges jonchaient le sol de la forêt comme de la paille humide. Il flottait une puanteur de mort.

Alvin découvrit un ruisseau et but, évitant autant que possible d'imaginer un éventuel cadavre qui y baignerait en amont. Il se lava la figure et les mains, se plongea la tête dans l'eau pour se rafraîchir les idées, comme il avait l'habitude de faire à la maison après une rude journée de travail. Puis il revint pour réveiller Ta-Kumsaw et l'amener boire à son tour.

Ta-Kumsaw était déjà réveillé. Déjà debout, au-dessus du corps d'un ami abattu. Il avait la tête penchée en arrière, la bouche ouverte, comme s'il poussait un cri si profond et puissant que les oreilles humaines ne pouvaient le percevoir, qu'on n'en sentait que les vibrations dans les tremblements du sol. Alvin courut et jeta ses bras autour de l'homme rouge, s'accrochant à lui comme l'enfant qu'il était ; seulement, c'était Alvin qui réconfortait, Alvin qui chuchotait : « T'as fait de ton mieux, t'as fait tout ce qu'était possible. »

Et Ta-Kumsaw ne répondait rien, mais son silence équivalait à une réponse, comme s'il disait : « Je suis vivant, c'est donc que je n'ai pas fait assez. »

Ils partirent dans le courant de l'après-midi, sans même prendre la peine de se dissimuler. Certains hommes blancs se réveillèrent plus tard avec la tête lourde et jurèrent avoir eu la vision de Ta-Kumsaw et du Petit Renégat marchant au milieu des cadavres de l'armée des Rouges, mais personne ne leur prêta attention. Et puis quelle importance ? Ta-Kumsaw ne représentait plus un danger pour les Blancs désormais. Il avait déferlé sur eux comme une grande vague, mais ils avaient tenu bon ; il croyait les mettre en pièces, mais c'étaient eux qui avaient dispersé le Rouge et ses hommes comme autant d'embruns, et s'il en restait encore quelques gouttelettes, quelle importance ? Elles n'avaient plus de force. Elles les avaient toutes perdues en un unique affrontement aussi brutal que vain.

Alvin n'adressa pas une seule fois la parole à Ta-Kumsaw durant tout leur voyage vers le cours supérieur de la My-Ammy, plus au sud, et Ta-Kumsaw n'ouvrit pas la bouche quand ils évidèrent ensemble un canoë. Alvin attendrit le bois où il fallait, si bien que l'opération leur prit à peine une demi-heure, plus une autre pour tailler une bonne pagaie. Puis ils tirèrent l'embarcation au bord de la rivière. Ce n'est que lorsque le canoë fut à moitié poussé dans l'eau que Ta-Kumsaw se retourna vers Alvin, tendit une main et lui toucha le visage. « Si tous les hommes blancs étaient aussi honnêtes que toi, Alvin, je n'aurais jamais été leur ennemi. »

Et tandis qu'Alvin regardait Ta-Kumsaw descendre le courant à coups de pagaie réguliers et disparaître à sa vue, il eut soudain l'impression que le Rouge n'avait pas perdu. C'était comme si la bataille ne concernait pas Ta-Kumsaw. Elle concernait les Blancs et leur mérite à jouir de cette terre. Qu'ils pensent avoir gagné, qu'ils croient que l'homme rouge, vaincu, s'était esquivé sans demander son reste ou qu'il avait courbé la tête; en fait, c'était l'homme blanc le vaincu, parce que lorsque Ta-Kumsaw descendait la Wobbish jusqu'à l'Hio, puis l'Hio jusqu'au Mizzipy, et qu'il s'enfonçait dans les brumes pour gagner l'autre côté du fleuve, il emportait la terre avec lui, le chant vert; ce que l'homme blanc avait gagné au prix de tant de sang et de déloyauté, ce n'était pas la terre vivante de l'homme rouge mais son cadavre. Il n'avait gagné que pourriture. Qui tomberait en poussière entre ses mains, Alvin le savait.

Mais je suis un Blanc, pas un Rouge, quoiqu'on en dise. Et qu'elle pourrisse ou non sous nos pieds, cette terre, c'est la seule qu'on a, et notre peuple, c'est le seul qu'on a aussi. Alvin suivit donc les bords de la Wobbish, vers l'aval, sachant qu'au confluent où se déversait le cours moins important de la Tippy-Canoe, il trouverait son p'pa et sa m'man, ses frères et ses sœurs, qui l'attendaient tous pour apprendre ce qui lui était arrivé depuis qu'il les avait quittés un an plus tôt afin de devenir apprenti forgeron près de la rivière Hatrack.

XIX
Retours

Bonaparte ne porta pas les fers pour retourner en France. Il dormit dans la seconde cabine et prit ses repas avec le gouverneur La Fayette, qui n'était que trop heureux de l'avoir à sa table. Durant les chaudes après-midi de la traversée de l'Atlantique, La Fayette confia tous ses projets de révolution à son plus cher ami, et Napoléon lui donna de judicieux conseils sur la façon de la mener plus vite et plus efficacement.

« Ces tristes événements ont au moins eu un mérite, dit La Fayette le jour où la vigie signala la côte de Bretagne, c'est que nous sommes désormais amis, et que la révolution est assurée de réussir parce que vous y participez. Penser que j'ai pu me défier de vous, vous croire l'instrument du roi ! L'instrument de Charles ! Mais bientôt la France vous reconnaîtra pour le héros que vous êtes et rendra le roi et Frédéric responsables de la mise à sac de Détroit. Tout ce territoire entre les mains de protestants et de sauvages, pendant que nous, nous offrons un meilleur et grand espoir, un gouvernement plus juste au peuple de France. Ah ! Napoléon, j'attends un homme comme vous depuis toutes ces années où je rêve de démocratie. Tout ce qu'il nous fallait, à nous Feuillants, c'était un chef, un homme capable de nous guider, capable de mener la France sur le chemin de la vraie liberté. » Puis La Fayette soupira et s'enfonça davantage dans les coussins de son fauteuil.

Bonaparte avait écouté ces belles paroles avec satisfaction, oui, mais aussi tristesse. Car il avait cru La Fayette à l'abri de son charme à cause d'une grande force intérieure. Désormais il savait que c'était seulement à cause d'une bêtise d'amulette, que La Fayette ressemblait au commun des mortels quand il s'agissait de lui résister ; et maintenant que l'amulette gisait enterrée au fond d'un charnier du côté de Détroit, assurément toujours enchaînée aux vertèbres tombées en poussière de Frédéric de Maurepas, il comprenait qu'il ne trouverait jamais son égal dans ce monde, à moins que ce ne soit Dieu en personne, ou Dame Nature. Il n'y aurait personne pour le contredire, ça au moins, c'était sûr. Alors il écouta le babillage de La Fayette en regrettant la race d'hommes à laquelle il avait un jour cru qu'appartenait le gouverneur.

Les matelots sur le pont s'affairèrent, s'activèrent au milieu de mille bruits de chocs pour la manœuvre d'accostage ; Bonaparte était enfin chez lui, en France.

*

Ta-Kumsaw n'eut pas à redouter l'épais brouillard qui descendait sur le Mizzipy lorsqu'il atteignit l'embouchure où l'Hio se déversait et se perdait dans les puissants courants du fleuve. Il connaissait le chemin vers l'ouest, et n'importe quel rivage serait son refuge, sa sécurité, la dernière étape de sa vie.

Car il ne voyait d'autre avenir pour lui désormais. La terre à l'ouest du Mizzipy était celle de son frère, le pays où l'homme blanc ne viendrait jamais. La terre elle-même, l'eau, tout ce qui vivait se ligueraient pour barrer la route à ces Blancs assez bêtes pour croire que les hommes rouges pourraient être à nouveau vaincus. Mais c'était des dons du Prophète que les hommes rouges avaient dorénavant besoin, non de ceux d'un guerrier comme Ta-Kumsaw. Il resterait peut-être une figure de légende dans l'Est, parmi les Rouges déchus et les Blancs stupides, mais dans l'Ouest on le connaîtrait pour ce qu'il était. Un échec, un homme aux mains souillées de sang qui avait conduit son peuple à la mort.

L'eau clapotait contre son canoë. Il entendit un cardinal, l'oiseau rouge, chanter dans les environs. La brume blanchit, éblouissante ; puis elle se dissipa et le soleil brilla avec un éclat qui l'aveugla. En trois coups de pagaie il propulsa son canoë vers le rivage, et là, à sa grande surprise, il vit un homme en silhouette devant le soleil de la fin d'après-midi, debout sur la berge. L'homme sauta et saisit le nez du canoë pour l'amener tout contre la rive, puis il aida son occupant à sortir de la petite embarcation. Ta-Kumsaw n'arrivait pas à distinguer son visage, la lumière le gênait trop ; mais il sut tout de même de qui il s'agissait, rien qu'au toucher de sa main. Et ensuite à sa voix qui murmura : « Laisse partir le canoë. Tu n'auras plus à passer de l'autre côté, mon frère.

— Lolla-Wossiky », s'écria Ta-Kumsaw. Puis il pleura et s'agenouilla aux pieds de son frère, s'accrochant à ses genoux. Toutes ses angoisses, toutes ses peines s'enfuirent, tandis qu'au-dessus de lui Lolla-Wossiky, dit Tenskwa-Tawa, dit le Prophète, lui chantait une chanson mélancolique, une chanson sur la mort des abeilles.

*

Alvin nota du changement lorsqu'il approcha du village. Il y avait un écriteau sur la route de la Wobbish qui disait :

SI TU PEUX, ÉTRANGER
PASSE DONC TON CHEMIN,
OU ENTENDS NOTRE HISTOIRE,
INSUPPORTABLE AUX HUMAINS.

Alvin connaissait la raison de cet avertissement. Mais il n'était pas un étranger au pays.

Et si c'était le cas? Tout en suivant la route de Vigor Church, il vit qu'on avait installé de nouveaux bâtiments, construit de nouvelles maisons. Les gens d'ici vivaient plutôt coude à coude à présent, et Vigor Church devenait une véritable cité. Mais personne ne le salua sur son chemin, et même les enfants qui jouaient sur les communaux n'eurent aucun mot pour lui; sûr que leurs parents leur avaient recommandé de ne pas accueillir les étrangers, ou peut-être qu'ils en avaient tout bonnement assez d'entendre leurs pères et leurs frères aînés raconter leur terrible histoire à tous les inconnus qui venaient à passer. Valait mieux n'accueillir ni homme ni femme par ici.

Et en l'espace d'un an, Alvin avait changé. Il était

plus grand, oui, mais il savait qu'il marchait différemment, davantage comme un homme rouge, qu'il avait perdu l'habitude de sentir une route d'homme blanc sous ses pieds, qu'il aspirait au chant de la forêt, presque réduit au silence dans cette région. Peut-être que je suis vraiment un étranger à présent. Peut-être que j'ai vu et fait trop de choses depuis un an pour jamais revenir et redevenir Alvin junior.

Malgré les modifications apportées à la ville, Alvin reconnaissait quand même sa route. Tout n'avait pas changé : il y avait toujours des ponts pour enjamber le moindre petit cours d'eau sur le chemin menant chez son père. Il essaya de retrouver ses anciennes impressions, de sentir la colère de l'eau contre lui. Mais le mal noir, l'ennemi d'autrefois, avait lui aussi peine à l'identifier, maintenant qu'il se déplaçait comme un homme rouge, ne faisant qu'un avec le monde vivant. Ne t'inquiète pas, se dit Alvin. Quand la terre sera matée et défrichée, je retrouverai le pas d'un Blanc, et le Défaiseur me reconnaîtra. De même qu'il a brisé l'emprise bénéfique de l'homme rouge sur cette terre, il cherchera à me briser, moi aussi, et si Ta-Kumsaw n'a pas été assez fort, ni Tenskwa-Tawa assez sage pour résister au vieux Défaiseur, qu'est-ce que moi, je pourrais bien faire ?

Simplement suivre ma route, jour après jour, comme dans le vieil hymne.

Suivre ma route, jour après jour. Seigneur très haut, lumière d'amour, dans ma peine, soulage-moi, emplis ma coupe, relève-moi, allège mon cœur de toute douleur. Amen. Amen.

Cally était là, debout sur la galerie, oisif, l'air de guetter, au cas où Alvin junior reviendrait aujourd'hui ; d'ailleurs, c'était peut-être ça qu'il faisait, peut-être bien. En tout cas, ce fut Cally qui cria, Cally qui le reconnut tout de suite malgré tous les changements dans son apparence.

« Alvin ! Ally ! Alvin junior ! L'est r'venu ! T'es r'venu ! »

Le premier à répondre à son appel, à faire le tour de la maison au pas de course, les manches relevées et la hache lui pendant encore à la main, ce fut Mesure. Dès qu'il vit qu'il s'agissait vraiment d'Alvin, il laissa tomber son outil, prit son frère par les épaules et l'examina de haut en bas en quête d'éventuelles blessures, pendant qu'Alvin faisait de même et cherchait des cicatrices sur son aîné. Aucune, parfaitement guéri. Mesure, lui, trouva des blessures plus profondes chez Alvin et il lui dit avec douceur : « T'as grandi, Al. » Alvin n'avait rien à répondre à ça, car c'était vrai, et l'espace d'un instant ils se contentèrent de se regarder dans les yeux, chacun sachant jusqu'où son frère était allé sur la longue route de souffrance et d'exil de l'homme rouge. Aucun autre homme blanc n'apprendrait jamais ce qu'eux savaient.

Puis m'man sortit sur la galerie et p'pa monta du moulin, et alors ce furent des embrassades et des baisers, des rires et des pleurs, des cris et des silences. Ils ne tuèrent pas le veau gras, mais certain jeune cochon ne revit pas le soleil se lever. Cally courut aux fermes des frères et au magasin d'Armure-de-Dieu annoncer la nouvelle, et bientôt toute la famille était réunie pour accueillir Alvin junior, qu'on savait en vie mais qu'on n'espérait plus revoir un jour.

Puis, comme il se faisait tard, vint l'heure où p'pa se cacha les mains dans les poches, où les autres hommes se turent, et ensuite les femmes, jusqu'à ce qu'Alvin hoche la tête et dise : « J'connais l'histoire que vous d'vez raconter. Alors racontez-la tout d'suite, vous tous, et après, moi j'vous dirai comment que j'y ai participé. »

Ce qu'ils firent, puis Alvin prit la relève, et ce furent encore des pleurs, mais de chagrin cette fois, non de joie. Cette vallée de la Wobbish était le seul foyer qu'ils connaîtraient jamais, désormais ; ils n'avaient d'autre choix pour supporter leur existence, tous ceux coupables de crime à la Tippy-Canoe, que de rester entre eux et d'éviter les étrangers. Où pourraient-ils aller vivre en paix, s'il leur fallait dire à tous les passants ce qu'ils avaient commis ?

« On est donc forcés d'rester, Al junior. Mais ni toi ni Cally, tu sais. Et p't-être que ton apprentissage, ça peut encore se faire, qu'esse t'en penses ?

— On aura l'temps d'y penser plus tard, dit m'man. On aura l'temps pour toutes ces questions plus tard. Il est r'venu, vous m'entendez ? Il est r'venu, lui que j'croyais plus jamais revoir. Grâces soyent rendues au Seigneur Dieu qu'a pas fait d'moi un prophète quand j'ai dit qu'mes yeux verraient plus jamais mon adorable petit Alvin. »

Alvin serra sa m'man contre lui aussi fort qu'elle l'avait serré. Il ne lui dit pas que sa prophétie était vraie. Que cette fois, ce n'était pas son adorable petit Alvin qui rentrait à la maison. Qu'elle le découvre toute seule. Pour l'heure, une année s'était écoulée, durant laquelle il avait vu de grands changements s'opérer, ça suffisait comme ça ; et désormais, même si les conditions étaient différentes, même si elles étaient difficiles à supporter, la vie suivrait un chemin bien tracé, dont le sol ne céderait plus sous le pied.

Ce soir-là, dans son lit, Alvin écouta le chant vert au loin, toujours beau et chaleureux, toujours gai et plein d'espoir malgré une forêt plus clairsemée, malgré un avenir si incertain. Car il n'existe aucune crainte de l'avenir dans le chant de la vie, seulement la joie perpétuelle du moment présent. C'est tout ce que je veux pour l'instant, songeait Alvin. Le moment présent, et ça me suffit.

AINSI S'ACHÈVE

LE PROPHÈTE ROUGE

DEUXIÈME LIVRE DES

CHRONIQUES D'ALVIN LE FAISEUR

DU MÊME AUTEUR

Aux Éditions l'Atalante

LE SEPTIÈME FILS (Folio Science-Fiction n° 14)
LE PROPHÈTE ROUGE (Folio Science-Fiction n° 15)
L'APPRENTI (Folio Science-Fiction n° 16)
LE COMPAGNON
FLAMMES DE VIE
AVATARS
L'HOMME TRANSFORMÉ
LA RÉDEMPTION DE CHRISTOPHE COLOMB
LE TRÉSOR DANS LA BOÎTE
PATIENCE D'IMAKULATA
BASILICA
LE GÉNÉRAL
L'EXODE
LE RETOUR
LES TERRIENS
JASON VALOIS
CONTES DE CAPITOLE ET DE LA FORÊT DES EAUX

Aux Éditions Denoël

ESPOIR-DU-CERF
SONATE SANS ACCOMPAGNEMENT
LES MAÎTRES CHANTEURS
UNE PLANÈTE NOMMÉE TRAHISON

Aux Éditions J'ai lu

ABYSS

LA STRATÉGIE ENDER

LA VOIX DES MORTS

XÉNOCIDE

Composition et impression Bussière
à Saint-Amand (Cher), le 2 juin 2006.
Dépôt légal : juin 2006.
1er dépôt légal dans la collection : septembre 2003.
Numéro d'imprimeur : 062282/1.
ISBN 2-07-041579-9./Imprimé en France.

145607